有爱的青春陪伴者

诗在年之上

止宁 · 著

ZHINING
Works

广东旅游出版社
GUANGDONG TRAVEL & TOURISM PRESS

图书在版编目（CIP）数据

将军在上 / 止宁著. — 广州：广东旅游出版社，
2023.2

ISBN 978-7-5570-2745-2

Ⅰ.①将… Ⅱ.①止… Ⅲ.①长篇小说－中国－当代
Ⅳ.①I247.5

中国版本图书馆CIP数据核字(2022)第079143号

将军在上

JIANG JUN ZAI SHANG

止宁 / 著

◎出版人：刘志松 ◎总策划：胡晨艳 ◎责任编辑：何方 ◎责任技编：冼志良
◎责任校对：李瑞苑 ◎策划：蔡杭蓓 ◎设计：颜小曼 孙欣瑞 ◎图片绘制：
RedMatcha

出版发行：广东旅游出版社
地址：广州市荔湾区沙面北街71号
邮编：510130
电话：020-87347732 020-87348887（销售热线）
印刷：长沙鸿发印务实业有限公司
地址：长沙黄花工业园三号
邮编：410137
开本：889毫米×1194毫米 1/32
印张：10
字数：296千字
版次：2023年2月第1版
印次：2023年2月第1次
定价：45.80元

目录

▼

目录

▼

楔　子 ◆

不过旁人逐权路上的一颗棋子罢了。

暨和三年除夕，京城下了一场百年难遇的大雪，积雪压断了北安朝国寺开元寺的顶梁，主殿南无燃灯上古佛竟流下两行血泪。

这注定是不平静的一年。

开春后，八王之乱始，各地藩王揭竿而起，短短数月之间，狼烟四起，民不聊生，不到三年，叛军破京，绵延了数百年的北安朝就此步入末路。

杀戮已近尾声，残阳如血，倾泻在一处不起眼的宫殿里。

大门被重重踹开，碎屑灰尘映着猩红的日光胡乱飞舞，空气中弥漫着一股血腥气。

主殿大梁上挂着一个明黄色的人影，晃晃悠悠，人影披发赤足，足尖垂着，正滴着血水。

两位叛军兵士狂喜："找到皇帝了！"

听得一声抽剑的尖厉声，挂着的人应声落下，姿势扭曲而畏缩地摊在地上，像一块沾满血腥的破黄布袋子，很快，血水漫开来，在地上蓄成一汪暗红。

"死了。"

一个兵士拿脚踢了踢，顺便一脚踩在死尸身上。

他打量了几眼，忽而想起了那些坊间的传闻，面上不由得带了几分鄙色："这朝元帝果真是个亡国命格，也不知长得怎样，嘿嘿，老子倒是好奇了。"

他兴致勃勃地拿剑将死尸的乱发挑了起来，被吓了好大一跳——只见那人脸上有几道横七竖八的入骨刀伤，血肉模糊，可怕得很。

"狗皇帝，死了还这般糟污人！"

兵士啐了一口，忙不迭将把剑拿开，他愈想愈气，骂骂咧咧一脚踹了过去。

死尸滚了一道，扭曲地歪在一旁。

外头几声呼哧，赤虎军副帅曹纲率一队人马轰然而进，二人忙不迭退守一侧。

待数十人围合宫殿，殿门的日光暗了暗，一个身着玄黑铠甲的高大将帅缓步而进，众人敛眉屏息，空气顿时凝重了几分。

来人正是赤虎军主帅猊烈，他高鼻深目，眼神狠戾，形如罗刹，一道深深的刀疤自眉峰而下，蔓延至下巴，大片干涸的血珠凝结在面上，更显得那一张脸阴鸷而恐怖。

两位兵士早已听闻赤虎王治军手段酷暴，作为千古难逢的悍将，猊烈骁勇无匹，杀人如麻，未及敌营，"人屠"之号已令对方闻风丧胆。因八王之乱愈演愈烈，远在疆北的赤虎军承朝廷之令一路平叛，待战乱平息，始料未及的是入京城护君的赤虎军反了——平叛的赤虎军大将猊烈打着"清君侧"的名号，率军攻破了京城。

猊，凶兽，掖幽庭奴姓。谁能想到，不过短短十数年，这北安朝的天下便被这宫中奴婢颠覆了颜色。

曹纲吞了吞口水，上前检视地上的死尸。不多时，他站了起来，拜首道："主帅，人死了。"

"是朝元帝？"

"他确是穿着帝皇衣物，然此人面目已毁，恐是有诈。"

猊烈缓缓踱了几步，道："带司马昱进来。"

很快，归降的司马昱被带了进来，他形容落魄，早不复当初侯爵贵胄的金贵气度。

司马昱早便瞧见了那死尸，吓得面上的血色已褪得一干二净，他伸出颤抖的手，似是害怕又似难以置信地拨开那沾满血污的杂乱乌发。

待看清那张脸，他双目通红，犹不可信，又翻找着死尸身上的特征。待死尸心口那块红色胎记入目，他更是呜咽一声，浑身脱力似的瘫坐在地上。

"回赤虎王，是朝元帝。"他难以自控地颤抖，"若赤虎王不信，可即刻找寻贴身内侍辨认。"

不多时，便有将士押着几位内侍前来辨认。

猊烈收刀入鞘，于他来说，这尸首是不是朝元帝已不太要紧了，便是逃脱，这样声名狼藉、庸碌无为的皇帝亦不会翻出多少水花来——整个京城的局势都已掌握在他的手里，有司马家在前，这一场叛乱可以用"清君侧"这一最符合朝廷利益的理由结束。

他居高临下地睥睨着地上衣衫不整的天子尸体，嘴角泛起一丝嘲意。

当年明德帝在位之时，司马昱之父，也就是镇北王司马忌敬献一美姬入宫，这美姬生得极其美艳，明德帝自是百般宠爱，美姬很快便诞下一子，没承想此子降生当日，道乾殿主梁崩塌，砸在龙椅上，险些危及龙体。

钦天监当夜面圣，称妖星冲日，国体不稳。

妖物生，祸朝纲，天将大乱，必有异象。

前朝亡国便有此说，明德帝自是怒极，当日便令宫人坠井杀孩子。也是那妖物之幸，坠井之时正巧遇着开元寺长老空远大师入宫布法，大师当下便拦了，而后面圣劝说几番。

北安朝乃礼佛之国度，即便是帝皇亦会听着几分，那妖物便因着这份机缘被关在开元寺，有一口饭供着，随着空远大师修行。

然而过了几年，那妖物却被恢复了皇子的身份，记牒于无子的司马皇后膝下，后面更是越过两位正统成年皇子夺得了皇位，成了这声名狼藉的朝元帝。这之中少不得重臣司马家多年的谋算，而这谋算的目的自是昭然若揭，否则各地藩王也无打着"清君侧"的旗号造反的机会。

天下大乱，最终赤虎为王。

年少的屈辱已风吹云散，这天下，终是归属于他的了。

猊烈步出了大殿，看到天地间如同浸透了夕阳的血色，炙热地呈现出不一样的风景。

猊烈闭了闭目，蓦地回头："曹纲，给我找一个人。"

随行们自是不明白这当口儿主帅找寻一个宫女的原因，但曹纲是明白的，猊烈本是罪将之后，父亲被诛杀，他不到三岁便被羁押在掖幽庭为奴，在这皇宫中没少受到残酷的苛待，听说是得了位小宫女的照拂，才得以存活。

是以此次攻城，冷硬嗜血、杀人不眨眼的赤虎王居然连下三道军令，命赤虎军众将士不得染指女人，否则格杀勿论。

曹纲不敢怠慢，将话递了下去。

朝元帝的尸首已被收殓进一口薄棺，待事态平息，这司马家族弑君的罪名便要昭告天下了，八王之乱，皇族血脉中断，这天下真正的要换主人了。

曹纲看着棺内血污一片的朝元帝，心间感慨万千。

自己曾经教过这位天子，印象中这位朝元帝因不祥的缘故被先帝所恶，几位皇子也常欺辱他，宫廷倾轧中，他总低眉顺眼地坐在太学院的最角落，连呼吸都是轻微的。

曹纲对他是有几分悲悯的。

然而世事无常，曾经太学院的学士因不得重用，郁郁不得志而投效军营，如今跟随着霸主颠覆了天下，而当初那个畏缩在学院一角的孩子却被佞臣推上帝位，最终落了个身死名败的下场。

念此，曹纲不由得生出几许造化弄人的感慨。

棺内的朝元帝静静地躺着，他被换上帝皇的奠服，狼藉不堪的面目已用玉片覆盖住，成全了他最后一份体面，世间的纷争与他再无瓜葛，他荒诞无道的一生早已刻上了耻辱的印记，将被写在史书上，世世代代遭人唾弃。

但这一切朝元帝已经不在乎了，他的灵魂已从破败的肉身里抽离出来，静静地俯瞰着这一切，俯瞰着堂中那个浑身戾气的高大将领。

"你可还记得……"

他的目光中似乎有悲悯，张了张嘴，做了个口型，看着分明便是一个如果。

如果……

他笑了，在魂魄湮灭之际，他看见了那个荒芜宫殿的雨夜，看到了孤兽一般紧紧依偎在一起的两个孩子。

如果一切重来……是否会不一样？

随着一声缥缈的叹息，他纵容自己的灵魂坠入了虚无的幻境中。

第一章 ◆

一片寂静中，少年浑身是血，缓缓站了起来。

"哗啦"一声，一瓢冰水泼在脸上，刺骨冰寒。

李元悯头痛欲裂，恍恍惚惚地睁开眼睛。

他被两个内侍押着，眼前站着两个华服束冠的贵气少年。

身量略高一点的少年嘴角噙着蛇蝎似的冷笑，另一个则满面怒气地说："都怪你这废物！害我输给了皇兄！"

李元悯甩了甩头，吐出了嘴里的冷水，心间迷惑起来：自我当上了皇帝，已是多年未有这样狼狈的时候了。

说话的是四皇子李元旭，另一位乃二皇子李元朗。

可他们俩不是已死于乱军了吗？如何还在眼前？又如何会是这般少年模样？

而自己……怎么又活了过来？

眼看着周围熟悉又陌生的一切，李元悯的脑袋再次剧烈疼痛了起来，一个可怕的念头油然而生，直叫他彻骨生寒。

李元旭见李元悯木讷呆滞，半天不说话，更是气得连连挥瓢，泼得对方浑身湿透。

今日他本与大皇兄李元乾比试箭术，内务庭侍人为讨皇子们欢心，特地去掖幽庭拉了一批奴婢过来。活靶子自是比死气沉沉的草靶子有趣得多，李元旭兴味高涨，不想却被这平日里闷不吭声的不祥之人摆了一道——李元悯暗自领来了太学院教学的五经博士，那博士岂看得这般残忍的把戏，当即一状告到了御前。

这下不仅一点消遣也没了，还得受着父皇的责罚，这叫他如何咽得下这口气？待一回宫，他便遣人将李元悯捆了过来一通收拾。

他阴沉着脸，朝内侍使了眼色。

李元恽被拖了起来，下巴被李元旭掐着。听得两声闷响，李元恽那湿漉漉的苍白脸颊瞬间红肿起来。

然而李元恽非但没有半分痛楚神色，反而还笑了，笑得上气不接下气，状若癫狂。

"你……你笑什么？"李元旭心里发毛。

他身后的李元朗亦是狐疑地盯着李元恽。

可李元恽仍是笑，笑得涕泪涟涟，浑身发颤，形容扭曲。

李元旭心下生惊，暗道：这厮莫不是疯了？

若对方真有什么好歹，他倒不怕父皇因此生怒，父皇厌恶这厮的程度恐怕不下于他，就怕前朝那些文官动辄便雪花一般上书，届时父皇多多少少顾及群臣面子也要罚他些许。

为了一个贱妇之子，折了父皇的颜面……

眼看着那厮笑得越发癫狂，李元旭终是啐了一口，狠狠地推了他一把，说："拖这厮回西殿，记得别让人瞧见。"

日头透着乌云半掩。

开元寺与西殿毗邻之处，林木森森，一座十余丈高的巨佛冲天而立，煞是壮观。

李元恽脸上红肿青紫，半躺在大佛光秃秃的佛脚上，佛脚巨大，衬得他如浩瀚海面上的一叶扁舟。衣袍已是湿污一片，但他浑然未觉一般，只举起一只苍白干瘦的手，透过指缝去瞧那漏过的细碎阳光。

他一夜未睡，如今被这日头一照，长期羸弱的身体有些发虚。他缓才坐起来，地上的水洼映照出一张因长期缺乏养分而显得干瘦苍白的脸，这具身子才十三岁，还没长成后来的那副样子。

重回他寂寞干枯的十三岁，没有什么不一样。

李元恽的喉间发出了一声类似于哭泣的悲鸣。

大佛宝相庄严，半垂着双眸慈悲地俯瞰众生。

李元恽呆呆地与之对视半晌，终是闭了闭眼睛，徒步回了西殿。

一连几天，他都只待在自己的寝殿里，哪里都不曾去。

他的西殿冷清，平日里少有人来，仅配有两个宫女。这俩宫女一人木讷，眼间全无活计；另一人欺李元悯年幼无势，自不会上心，连送去的食盒未曾动过都不关心。这会儿见他整日躲在房里，她们自是乐得轻松，早便各做各的去了。

李元悯本就羸弱，这几日下来更是瘦到脱相，几乎就只剩一把骨头了。

这几天，他在求死与苟活的生死线上拉锯了许久，最终，他不想死了。

李元悯从未想过上天会厚待自己，可重新来过这件事太过荒谬，荒谬到令他生出了几许希冀。

这一次，他想活得不一样，他想过另一种人生。

他不会让自己轻易被司马家所控，也许等到十四岁，他还可以谋得一块小小的封地。虽然父皇厌恶他，但祖制不可违，北安朝满十四岁的皇子便可外放开府建牙，那时他便可以借机逃出这座牢笼，他一辈子也没有见过宫外的世界，他太想看另一种世界了。

若还是不行……

李元悯嘴角露出一丝空寂的自嘲。

那他再死一次也可以。

反正，于他短暂可笑又乏善可陈的一生来说，死亡几乎是一件最轻松的事情。

打定好主意的李元悯一阵发虚，他闭了闭眼，踉踉跄跄走到食盒前，开始艰难地吞下那早已冷透的吃食。

夕阳西下，一个孤独的身影被拉得很长，与地上寂寞的青砖融在一起。

待残阳的最后一抹血红彻底消失，从外面传来一阵匆匆的脚步声，似乎有人往这边来，仓促的脚步声在静谧的宫殿里显得有几分突兀，李元悯幽幽叹了一口气，睁开了双眼。

门外进来了个脸蛋颇为秀美的宫女，她冷不丁与李元悯打了个照面，面上一滞，旋即又流露出几分不耐烦："三殿下怎么还躺在床上？今儿十五，例行的大日，得去前殿磕头谢恩。"

这宫女叫秋蝉，她本是容华宫的掌事宫女，因被司马皇后跟前的大宫女所忌才被遣至西殿伺候这不祥之人。

她心中早有百般不甘，又见这西殿的主儿瘦弱，半点儿主子样也没有，想起往后毫无希冀的日子，她心间的鄙薄更是带了几分自怜，愈是冷声催促："快些，迟了太侍要责备的。"

李元悯并不在意她的语气，他面色极其平静，稍稍抖了抖衣摆，说道："好，我换了装就去。"

秋蝉心里一顿，眼前人虽然语气平淡，人也还是那般半死不活的模样，但不知为何，她总觉得这人跟以往有些不一样。

到底还存有尊卑顾忌，她语气缓了缓："我给您拿宫装去。"

暮色降临，天也越发阴沉了。

李元悯独自去了道乾殿，果不其然，与过往一样，他根本没有入殿磕头的机会，只得孤零零地跪在殿外。

内廷宫乐缭绕，其乐融融的欢声笑语不时飘出，曾经的他还能伤心一场，如今也只剩冷笑了。

心存希冀才会伤心，如今的他，又有什么可期待的呢？

他虽是皇子，但身份并不高贵，他的生母只是皇后殿内的一名姬女。

姬女与宫女不同，并不打理宫务，只在妃嫔身子不便的时候替代主子伺候皇帝的，姬女若因此怀上龙种，也是记在主子名下，故而后宫诸殿多设有姬女固宠，司马皇后的容华宫也不例外。

司马皇后自小产落下病根，缠绵卧榻已有两年，为保得恩宠，便让身为镇北王的兄长司马忌网罗美姬入宫。自古王侯家皆是一荣俱荣，一损俱损，作为司马家族长的镇北王自是上心，一番费心，终于寻得一美姬。这美姬倒也争气，那一段时间明德帝几乎一半的时日都在容华宫里过夜。不多久，美姬便有身孕，却不想诞下他这样不祥命格的妖物。

他的出生，累得生母惨死，皇后失宠，确是不祥，幸得空远大师入宫布法，寻机相救，养在开元寺，否则他哪里能活得到如今。

然而活下来又怎样呢，不过是旁人逐权路上的一颗棋子罢了。

跪了半个多时辰，李元悯的膝盖早已不是自己的了，好在明德帝终于在内侍的提醒下想起了外头还有个儿子跪着，便暗沉着脸让人传了话，让他不必入内，原地磕头谢恩便可自行离去。

李元悯缓了缓站起来，他的嘴角还有那日折辱留下的淡淡青紫，微微抿了抿唇，远远瞧着那幽深的宫门半晌，垂眸离去。

回去的路上，天上下起了雨，淅淅沥沥的，没一会儿的工夫，雨势渐疾，一下子便将李元悯淋成落汤鸡。然而他似是浑然未觉，只愣愣地向前走着，不知不觉，脚步停在了掖幽庭门口。

他又看见那个孩子了。

李元悯的心剧烈跳动着，觉得这并不是一般的孩子。

那孩子不过十岁的年纪，被关在狭小腌臜的铁笼子里，他蜷缩着身子，浑身脏污，头发已蓬乱得不成样子，似是连日未进米水早已饿极，此刻正巴巴地抓着铁笼，饿犬一般伸着舌头接雨水。

前几日围猎时，那孩子被当成活靶子，李元悯救了他。后来，李元悯还想方设法将他营救出宫去，却不想，正是这样的举动给北安朝放走了一只颠覆乾坤的凶兽。

李元悯突然想起了破城的那天。

那天，邪雨倾覆，杀声震天，城墙都被人血染红了一遍又一遍，随着雨水淌成了血河。

他站在宣武门的殿台上看见乱军攻破城门，骁勇猛悍的叛军头子身着黑甲，披着浑身的血腥罗刹般沉步而入，他目色血红，煞气震天，人神共惧，便是此刻想起，心间亦是震慑。

一记闪电劈下，照亮了人间，关在铁笼子里的少年也瞧见了李元悯，因为被雨水冲刷得看不清脸面，以为又是那些作践他的皇亲贵胄，立刻防备地缩在铁笼子一角。

而李元悯隔着瓢泼大雨，怔怔地看着少年。

还是那日，司马昱亲自砍下了守城将士的头颅，跪迎乱贼入城。

而作为降臣，第一件事便是求李元悯。

"那反贼暂且安置郊外，我们还不到最后一步！

"只要陛下拟个退位诏书，悉心安抚，那反贼一高兴，何愁没有你我的翻身机会？

"你这般瞧我作甚？我们已别无选择！"

李元悯看着那双灼烧着烈烈欲望的眼睛，想起了曾经那个月下结拜的芝兰玉树的青年，突然笑了一声，低喃："好啊。"

闻言，司马昱兴高采烈地去了。

只是他错了，他并非别无选择。

当夜，李元悯极其平静地选择了死亡，也选择留给司马昱一条绝路。

"轰"的一声巨响，将李元悯从梦魇一般的回忆里扯了回来，他失魂落魄地晃了晃身子，不再看那铁笼里的少年，只跌跌撞撞转身离去。

重新来过的第一件事，便是收起他那些廉价而无用的同情心。

因着这场雨，李元悯大病了一场。

毕竟是入牒司马皇后名下的皇子，秋蝉自是担心他一命呜呼殃及自己，终还是让冬月去容华宫禀报一声。

果如秋蝉所料，司马皇后再不喜欢这位养子，毕竟是记牒了的，未免落人口实，便遣了太医院的人过去。

李元悯病得迷迷糊糊，睁眼便瞧见了一张熟悉的脸，他不敢置信地瞪大了眼睛，忽而一下坐了起来，紧紧抓住对方的手，失声哽咽："知鹤兄，怎么是你？你怎么还活着？"

"你怎么还活着？！"

秋蝉大急，一边将抓住年轻太医的李元悯给按住，一边带着歉意道："贺太医，三殿下这是病糊涂了，乱说话呢。"

"不碍事……你且将他放下来。"

贺云逸揉了揉被抓得通红的手腕，心觉奇怪，知鹤是他的别号，少有人知，虽说贺家是太医名家，可这是他进太医院以来第一次面诊，眼前这枯瘦的三皇子怎会知晓，还说了这些奇奇怪怪的话？

贺云逸眉头一皱，心下有几分不快，但眼前的少年看起来很伤心，眉间悲苦的神色不似一个十三岁的孩子该有的，他略略沉吟，不再细思，准备施针。

待解开那小衣，贺云逸不由得倒抽一口冷气——太瘦了！这哪里是一个养尊处优的皇子的身子？但见那苍白如玉的皮肤上还有些新旧错陈的淤青，一眼望去便知是人为。

贺云逸不由得想起那些太医院里的传闻，暗暗心惊，没承想这个人人避之不及的不祥皇子居然被人糟践成如此。

贺云逸内心唏嘘，面上却是不显。他虽才十七岁，但身为太医世家的长孙，早已浸淫了父辈的圆滑融通，时下他双目无波，像是没看见那些异状一般开始施针。

一炷香的工夫，眼前人悠然转醒，怔怔地看着自己。

贺云逸这才发现这位瘦骨嶙峋的三皇子长了一双极漂亮的凤目，瞳仁漆黑，水波清漾，里面却含着一丝若有若无的苍凉。贺云逸一时有些恍神，但对方似有克制，最终垂下那双水墨一般的眸子，道了声谢。

贺云逸目光一顿，微微颔首，便起了身。

秋蝉殷勤地拿着他的行医箱迎了上来，面上带了娇俏的笑。

"贺太医年纪轻轻便可出任医官，可真叫秋蝉佩服得紧。"

秋蝉生得秀美，便是在皇后宫中当值时亦是佼佼者，也因这个缘故她才会被容华宫的大宫女青荷所忌，被排挤到这暗无天日的西殿当差。凭着这几分不俗的相貌，她的心气自然也高了几分。

她已是想得极明白，既然宫中升迁机遇微渺，不如为自己往后的婚配打算上一番。

宫中的泼天富贵早已养叼了她的胃口，过了年她便十九了，她可不想放出宫后随意配给一个乡间野夫。但她亦有几分自知之明，也知肖想王侯贵胄除了赔上清白的身子捞不到好处，倒是退一步有大乾坤可做——好比这太医院的医官们，他们自有皇家饷俸供养，身份虽非贵胄可比，但也是比下有余，算是一番良配了。

更何况眼前这贺太医的相貌……

念此，秋蝉眼波流转，拿捏着姿态说："此番有劳贺太医了。"

"无妨。"

贺云逸淡淡道。

他不动声色又往垂幔里瞧了一眼，垂幔中的人影低垂着头，额头抵在膝上，影影绰绰的身影看上去无端有股寂寞的味道。

贺云逸目光停顿片刻，接过秋蝉手上的医箱，客气地道了声别，便头也不回自行离去。

秋蝉恋恋不舍的目光流连于那挺拔的身影良久，还未回神，便听见屋里的人唤了一声。

秋蝉心里不由得烦恨，轻轻"啧"了一声，撩开珠帘走了进去。

"殿下有何事？"

声音不算失礼，可绝对称不上恭敬。

李元怏撩开纱幔坐了起来，缓缓抬起眼皮看着眼前之人。

"莫要肖想贺太医。"他直白道。

一下被戳中心思的秋蝉又羞又恼："殿下莫不是病糊涂了罢！奴婢不知你说什么胡话……"

李元怏瞬间冷了眸子，唬得秋蝉蓦地收了口，羞恼间带了惊疑。

寝房内的气氛多多少少有些微妙。

半晌，李元怏不辨喜怒的声音传来："本皇子虽无多少权柄，但驱逐一个宫女，尚且算不上费力。"

他语调轻缓，但如石入镜湖，让秋蝉心里重重一跳，这语气一点都不像一个十三岁少年的口吻，这三殿下……缘何无端像是变了个人？

以往这个默不吭声的三皇子，即便下人逾矩，只要不太过分，他一向是淡淡揭过，是以这些年她从未将这主子放在眼里，以至于她都快忘了眼前这个人身份是个皇子啊。她从容华宫贬到了西殿，早已退无可退，若是这儿也容不得她……这宫中可多的是吃人的地儿。

秋蝉背后一凉，当下扑通跪下告饶："奴婢一心只为服侍殿下，何尝敢肖想其他！"

她抬头窥了一眼李元怏，又慌忙伏下，继续说："望殿下切莫怀疑奴婢的为主之心……"

李元怏盯着她半晌，道："退下吧。"

"是。"

秋蝉心有余悸，又抬头看了眼李元悯，见他已合上了双目，似已疲倦。她吞了吞口水，小心翼翼地退出去了。

李元悯轻轻叹了口气。

上半生秋蝉施计迫使贺云逸娶了她，贺云逸待她虽无夫妻情分，但到底是不薄，然而秋蝉却在司马昱的诱导下毒杀贺云逸……

他已亏欠贺云逸太多，贺云逸之死归根到底皆在自己，今生他定要保着贺云逸。

他当了一世的傀儡皇帝，早就瞧遍了人心，如今的他已不是曾经那个十三岁的彷徨无依的怯懦少年。

他方才的话没有说全，他自有驱逐秋蝉的办法，但对于目前的他来说，代价太大，所幸他还有一段时日筹谋，至于秋蝉这样的小人，只需先用这名不副实的主子头衔震慑一下就可以了。

既已决定活下去，就算这辈子千难万难，也要好好打算每一步。

他揉了揉眉头，一股疲累袭上心头。

休养了五日，李元悯已是无恙，夜里的噩梦也少了许多，只是铜镜中的那张脸依旧没有丝毫血色，长发披散，宛若游魂。

倒也符合这宫中人人谈及色变的不祥身份。

李元悯嘴角轻轻一勾，自嘲似的。

秋蝉端着水小心翼翼地从外头进来，她仔细打量着李元悯脸上的神色。

"殿下，该洗漱了。"她放下了水，殷勤地上前为之绾发，似是关切地问，"您身子已大好，今日这太学院……要去吗？"

秋蝉自是以为李元悯是遭了欺负才不愿去太学院，哪里知道他迟迟未去的真正缘由。

李元悯初遇司马昱，正是在太学院。

北安朝自太祖成帝始，便设"太学院"及"国子学"二处，太学院位于北殿，是教习皇子们的地方，毗邻太学院的便是专供公卿大夫子弟教习的国子学。待有皇子年满十六，便要"秋选"，即在国子学里挑选一批背景资质优越的子弟作为皇子们的伴读，明里是天家鸿恩，暗里自是为将来的朝政铺路，这些子弟大多便是皇子们争取的左膀右臂，亦是未来天子的朝中肱骨，故而对于双方来说，秋选可谓至关重要。

明德帝子嗣不多，膝下仅四子二女，大皇子李元乾为赵淑妃所生，赵家左相乃三朝元老，麾下门生遍布朝野，自成党派，故而赵淑妃虽不得圣宠，但大皇子李元乾的地位不可轻撼，能与之相抗衡的唯有宠妃王贵妃王朝鸾所生的四皇子李元旭，剩余的二皇子李元朗、三皇子李元惘皆为姬女所生，自然与皇位失之交臂。

尤其是三皇子李元惘，他因命格不祥的缘故为明德帝所恶，早无任何希冀，贵胄子弟均避之不及，唯恐被挑去做他的伴读，没承想，反而是几位皇子皆中意的镇北侯世子司马昱选了他。

当年在宫廷倾轧的淤泥里挣扎的李元惘，看见那位芝兰玉树的世家子弟如神祇一般向他伸出了橄榄枝，他心间讶异又有涟漪。

只是那时……

李元惘眸色微垂，掩去其间的冷色。

大皇子李元乾已年满十六，再过一个月便要秋选了。

秋蝉见李元惘微微蹙眉，心下嗤笑，面上却关切道："奴婢瞧着殿下还是去吧，若陛下见殿下这般勤勉，定是欢喜的。"

听得"欢喜"二字，李元惘轻笑一声，淡淡瞟了一眼她。

秋蝉面色一紧，却换上了更谦卑的笑："奴婢僭越了，这便去太学博士那儿告假。"

"不必了。"李元惘打断道，"我去。"

秋蝉一边心间腹诽，一边吩咐候着的另一位面相木讷的宫女："冬月，给殿下备好行装。"

太学院位于北极殿，树荫环绕，莺啼婉转，一角檐牙矗立绿影中，更显清幽安宁，可今日的北极殿却是喧闹一片。

未近大门，李元惘就已听到四皇子李元旭的笑声传来。

"今日博士不在，便让你们瞧瞧咱新得的宝贝！"

怎是今日？

李元惘闭了闭眼，只好咬着牙进去了。

待小门一开，喧闹声愈盛，喝彩伴随野兽的嘶吼纷至沓来。

云台前围了一圈人，除了染上风寒在宫中休养的大皇子李元乾，其余皇子皆在，云台右侧设有帘座，座上的是司马皇后的独女凤鸣公主李姒，她躲在随行嬷嬷怀中，既害怕又好奇地觑着云台上的铁笼子。

笼中半跪着一个血肉模糊的少年，对面一只皮毛黑亮、高大壮硕的獒犬仰天长啸，梢头鸟雀被惊动，呜啦啦四处逃散。

虽知道即将看见什么，但李元悯依旧如上半生一般惨白了脸。

他自是认得那个少年，也认得笼中的凶兽——四皇子李元旭宫里的"啸天"，过往他少不得被李元旭拿它恫吓捉弄。啸天性恶凶猛，平日里都用活物来喂养以蓄养凶性，甚至有传闻钟粹宫里的宫人若触犯了王贵妃的逆鳞，亦是直接给丢进笼子里喂食。

这样嗜血的野兽放在此处自不光为了给人观赏。

笼子里已是血腥一片，那少年反手抓着铁笼，警惕地盯着前方，他浑身被泼了牛血，肩背和大腿已被撕开了几道深深的口子，皮肉翻卷着。这血腥的一切刺激着啸天的杀戮神经，它咧开嘴，黏液从嘴角淌下，喉间发出咕噜咕噜的危险的气音，不消片刻，猛地向前扑了上去。

李元悯心一颤，别开头去，不忍再看。

眼看着啸天即将撕碎那少年，众人目光越发兴奋，却不料那少年就地打了一个滚，一跃而上，径直翻坐在啸天背上。啸天上下乱窜，而少年十指紧抓，几乎要掐进獒犬的脖颈肉里，啸天更是像疯了一般。

李元旭看红了眼："孽畜！咬死他！"

他一鞭子打在铁框上，发出了一声巨大的轰鸣。

啸天急红了眼，重重往上笼壁上一撞，那少年伤处被铁栏杆撞得血沫横飞，终是吃痛掉了下来。

众人屏息，兴奋地等待啸天给予少年最后致命一击。

然而始料未及，那少年速度奇快，借着落地的力量一弹，抱住了啸天的脖子，双脚环住其肚腹，竟一口死死咬住了獒犬的脖子。

血液瞬间喷溅而出。

獒犬疯狂跳动，嘶吼着试图将人甩下来。

少年青筋暴起，蓦地狰色一闪，齿间生力，竟生生扯断了啸天颈间血管，鲜红的血液从伤处喷溅出来，那獒犬一颤，剧烈的跳动减缓，最终重重地摔在地上，四肢抽搐。

一片寂静中，少年浑身是血，缓缓站了起来。

角落里，李元悯的背已让汗水浸透。

众人几乎不可相信，一个十岁的掖幽庭奴婢，居然赤手空拳戕杀李元旭的嗜血猛兽。

然而李元旭非但没有生气，眼中反而多了几丝兴奋的光芒："果真是虎女所生的怪物，嘿嘿，倒真叫我寻到一个宝贝！"

一个娇柔的声音疑惑道："什么虎女？"

说话的是凤鸣公主李姒，她已十岁有余，同司马皇后一般长了一张白皙的瓜子脸，小小年纪就已出落得明艳秀美。明德帝极为喜爱，是以她身为公主，却一样能在太学院受教。

李元旭正待解释，却听得李元朗咳嗽一声，他自也意识到不妥，笑了笑，改口道："六妹年纪小，听不得这些污糟事，方才可是受惊了？"

李姒自是知道李元旭不想说，秀眉一蹙："四哥莫要打岔，我怎么就听不得？若是四哥不肯说，我便去父皇那儿告状，说你欺负我。"

李元旭大笑，直叫冤枉："好皇妹，四哥岂会欺负你。"

他勾了下李姒的秀鼻，却也拣了些话与她说了。

"这奴婢之父便是当年丢了南台十六州的飞将军倪焱，听说那倪焱年轻时中伏误入深山，被一母虎养大的虎女所救，后竟与这不知礼节的虎女诞下一子，便是这小奴婢了，啧啧……这倪焱出身寒微，若不是带兵打仗颇有一番本事，父皇岂会将江北大营交予他？可惜啊，英明如父皇亦有看走眼的时候，贱民便是贱民，哪里是勋贵可比，倒是他与那虎女苟合而生的小畜生，可比啸天凶猛多了。"

"这……"

李姒眉头一皱，又见那奴婢蹒跚着趴在啸天抽搐的身体上，去吸食它脖间汩汩冒出的鲜血。原本她还富有同情心，此刻自不免生了厌恶之心。

"呀，四哥，快快遣人将这吃血的奴婢打发走，怪叫人作哕的。"

李元旭站了起来，饶有兴致地看着笼中的血污，摸了摸凤鸣公主的脑袋，说："五妹有所不知，这小畜生已断了米水两日，此刻便是拿装着燥矢的恭桶于他，亦会吃得津津有味。"

他顺手拿了些糕点，往笼子里丢了进去，问道："这小畜生叫什么？"

掖幽庭侍役赔笑道："主子，他叫猊烈，按掖幽庭惯例改了姓氏，猊为凶兽之猊，烈为烈火之烈。"

"好，猊烈。"

李元旭蹲下来看着笼子那个少年。

"我的獒犬死了，而今就由你来替吧。"

"这……"侍役赔笑，"殿下，掖幽庭宫人明令不可留于内廷，况且这贱奴狠戾凶残，只怕冲撞了贵人。"

李元旭岂听不出侍役的推托之意，只是未等他发作，一旁恭顺候着的李元朗早已开口叱道：

"四殿下说要便是要，你掖幽庭的人弄死了咱的獒犬，怎么，不得赔他一只？再说，咱四殿下的舅父乃掌宫禁之权的巡防营都督，便是查到了，又岂会怪到你头上？"

侍役正想再说什么，李元朗一记阴狠的眼神杀过来，侍役唯有吞下喉间的话语。

"既是四殿下看上了……也算是他的福气。"

李元旭满意地笑了一声，饶有兴致地摸了摸手上的扳指，而身后的李元朗却露出一丝不易察觉的冷笑。

那天夜里，李元悯又开始做噩梦了。

梦里是那个雨天。

一个孩子紧紧抓着他的衣襟，喃喃道："宫女姐姐……你莫要忘了阿烈……"

李元悯身上掩饰身份的宫女衫衣已经湿透，他摸了摸孩子湿漉漉的脸，柔声安抚道："好，阿烈，我不会忘记你，你吃了这药，待三日过后，你便自由了，往后……姐姐不能再护着你，你一人在外……要好好照顾自己。"

梦里的雨依旧下得很大，雷声轰鸣，震慑天地。

李元恫猛地坐起来，喘息着。

夜风冲开了窗户，月色从外头倾泻进来，满地银辉。

李元恫愣愣地看着地面，缓缓蜷起腿，抱住膝盖，将脸深深埋在其间。

寒风吹得背颈冰凉一片。

往后的数日，李元恫照常去了太学院。一切似乎恢复了原来的模样，他依旧是太学院卑微的存在，只与上半生不同的是，他并没想方设法去拯救那个孩子，也不再趁夜乔装给那孩子送吃的、送伤药，给说话本里的故事。他的心间不再有惶恐与自伤，只徒留一片荒漠，只是他忍不住常念起前尘往事。

那个孩子，真的很争气啊。

原以为二人至此生死不见的，他困在宫中做傀儡，那孩子于世间沉浮挣生机，却不想还有再见面的机会。

与那孩子再会是鄞州大捷，作为主将的他进京面圣受封。

李元恫戴着帝皇厚重的冠冕，隔着重重珠帘望着大殿内的那个自己救下来的孩子。

他长大了，长得结实了，甚至比大殿内的任何一个武将都高大英朗，李元恫心间无比欣慰，想留他下来说说话，也不知道他还记不记得自己，想着问问他是否记得他的"姐姐"，或许自己问的时候还会脸热，又或许彼此爽朗一笑，前尘往事皆作古。

但李元恫毫无办法，他连召见猊烈的权力都没有——他所有的一切都已被司马家控住了。

然而那次大捷受封的却不是军功赫赫、血战数年的主帅猊烈，而是司马昱的亲信，督军鲁肃。

"一掖幽庭贱奴耳，何担勋贵之重？陛下便不要关心这些军机事务了。"

虽然他们一个是帝皇，一个是一方主将，但永远是权力中心的末微存在。

李元恫看着殿中站在队末的高大落寞的身影，自己小心翼翼地看护了他那么多年，他是那样懂得那份寂寞，懂得自己的心都开始痛了。李元恫想下了朝定去求镇北侯给那孩子赏赐，即便一个有名无实的头衔也好。

但是啊，后来，他知猊烈，猊烈却不知他。

"四弟，你殿里的那小畜生可是驯养好了？"

大皇子的话惊醒了李元惘。

李元旭轻笑道："那是自然，要说这畜生倒是骨头硬，咱宫里的太侍个个拿他没办法，也就二哥主意多，这才拿下了。"

"四弟所托，我岂有不尽心尽力的道理。"身后恭敬候着的李元朗一笑，又道，"不过这厮可比当年的啸天难驯服多了，恁是花了我半个多月依旧凶性难驯，亏得咱去太常寺一查，原来这厮还有个胞妹在教坊司，当日便拿了她的一件血衣往他面前一丢，那奴婢眼睛都充血了，这才乖乖就范。这会儿五经博士不在，四弟何不将那畜生牵来给大哥瞧瞧？上次大哥可是没瞧过这厮生撕了啸天的模样。"

"哦？"李元乾早已听闻这桩奇事，倒有几分好奇，"我倒想瞧瞧他怎生骁勇。"

李元旭少有在李元乾面前得势的时候，心下不由得暗喜，语气上便带了几分自得："这回可不是大话，这小东西之凶性，饶是大皇兄见多识广也未必见识过的。"

话毕，他便朝着身边的人使了个眼色："去，把人带上来！"

李元旭的随行太侍得令去了。

李元朗眼尖，一把扯住要离座而去的李元惘，问道："你这是意欲何为啊？怎么着，不瞧瞧咱四殿下的凶兽？"

李元惘双眸低垂，小声说："我身子有些不适，不便多留了。"

李元旭面上便有些不悦，他好不容易驯好了这奴婢，自想在众人面前炫上一番，不想竟有人在这当头扫兴。然而大皇兄在场，他自是矜着身份不好发作，只抬眼看了看李元惘，冷笑道："你这不识好歹的东西，快快退了去，省得本殿下瞧见心烦。"

李元惘默然，像是习惯了这些辱骂似的，双手一揖，不着声色退了出去。

饶是李元惘加快脚程，却还是听得那阵铁链拖地的声音从拐角处传来，他呼吸一滞，便见一钟粹宫的内侍牵着根铁链远远地来了，还有一"人"

紧随其后。

确切来说，那人是被铁链锁着脖子，如同牲畜一般四肢着地跪爬着被牵着走的，他的手肘、膝盖处已被地面磨破，浸出一层血印，但他似浑然不在乎，眼神空洞地前行。

李元悯喉头发紧，握紧了拳头，目不斜视由着他们从身边而过。

内侍自是瞧见了李元悯这不祥之人，并不问安，只如往常一般无视走过。

不一会儿远处的宫门轰隆隆地推来了两个大铁笼，两只壮硕的虎豹正隔着铁栅栏嘶吼着。

跪行的少年低着头，垂了双眸，将方才内侍丢在地上的、沾了灰土的点心叼了，吞吃下去，仿佛一只真正的兽畜。

浑浑噩噩回到西殿，李元悯当夜梦中入魔了，到了后半夜，又发起了高热。李元悯觉得自己仿佛在做一个永远无法醒来的噩梦，梦里一直有一个猩红的铁笼。

当秋蝉起夜时，发现李元悯已经开始说胡话了。

秋蝉冷嗤一声，脚步稍歇，正打算故作不见退出去，忽然福至心灵，暗自想了想，立刻回自己的屋里，换上一件平日里最喜欢的鹅黄色宫装匆匆往太医院去了。

"太医！"秋蝉冲进门便开始娇声啼哭，"太医！救救我家主子！"

当值的却是一名不相熟的中年太医，他略显困顿，却还是站起来温言问道："是哪位宫里的主子？"

秋蝉原以为那贺太医年轻，值夜理应频繁，却不想大失所望，心里暗恨，却也只能福了福身子，回道："奴婢是西殿的，我们三殿下好端端的突然发起热来，也不知怎么回事。"

见中年太医面上有些迟疑，秋蝉自是知道为何，这个宫中怕是谁都不想与西殿那不祥之人沾惹上关系，若无宫中别的贵人发话，哪个太医愿意去？她暗恨自己命苦在西殿当差，正待知趣地找个台阶下，内室门帘一掀，出来了个人，面若冠玉，身姿挺拔，她顿时一喜，这可不就是贺太医吗？

贺云逸面静无波，只是动作上多了几分仓促，他顺手披了件罩衣，又拎了行医箱，与那中年医官一鞠："父亲，由我去吧。"

中年太医眉头一皱，到底说不出阻止的话。

"也好，你且妥帖些，速去速回。"

"是。"

秋蝉心间雀跃，面上却依旧带了哀婉，眼眶生红，越发显得楚楚可怜。

"贺太医，这厢又要辛劳你了。"

贺云逸摆了摆手："无妨。"

话毕，他匆匆踏出门去，秋蝉连忙跟了上去。

步入西殿，觉得殿内一片清冷，堂中的炭火只剩灰末，寒森森的。

"怎么不生炭？"

秋蝉一愣，咬着唇，楚楚可怜地说："咱们殿下向来不得圣宠，便是这炭亦都是被别的宫层层盘剥而剩的杂炭。可即便如此杂色，落到了我们殿里，十成也只剩一二，奴婢紧着，亦堪堪能隔日生一回炭火……每回入冬，奴婢这手上都要生疮，碰水都疼……"

秋蝉小心端详了一下贺云逸的神色，看出了他脸上明显的怜惜之意，心下一喜，正要再说什么，贺云逸已经径直进去了。

没承想内寝更是寒意浸骨，西殿常年日照甚少，更何况更深夜重。

床上的人盖着一张被子，脸色通红，眉头紧皱，嘴里还无意识说着些什么。

贺云逸正准备放下医箱，手腕突然被攥住，只听得对方咬着牙根痛苦地低喃："救他……快救他……"

贺云逸想将李元悯的手扯下来，却发现他使了死劲，犹豫半晌，不再挣扎，只好单手为之诊治。

待施了针，李元悯终于平静了下来，蹙着的眉头渐渐放松。

贺云逸盯着他半晌，终于将腕上的手拿开，置入被褥之中，走出内室唤来了秋蝉。

"劳烦姑姑明日按着方子去太医院拿药。"贺云逸似是想到西殿的处境，又柔声补了一句，"放心，我自会交代，断不会有人刁难。"

秋蝉见他待自己如此上心，脸色微红，心间一片喜意："多谢太医。"

贺云逸想了想，又从怀中摸出一个玉盒，说："这是固本培元膏，务必让殿下每日服用。"

他正要再交代什么，内帏中一声沙哑的"贺太医"叫住了他。

贺云逸一顿，立刻将手上的药丸放下，撩开帷帐进去。

一只纤细冷白的手将床帏撩开，那张脸比上次看上去更苍白，只双眸还是如秋水一般，漾开一点云雾烟波，让人看不清，瞧不明。

贺云逸不知道自己心中那种感觉是什么，只是他有点不太适应，轻咳了声，问道："殿下唤我何事？"

"你……能否方便给我些伤药？"

贺云逸一愣："殿下可是哪里伤着了？"

李元悯摇摇头，睫羽微动："我没有，只是……"

他顿了顿才继续说："备着安心，不知方便否？"

这虽不是什么大事，但西殿人人忌讳，若是被父亲知晓少不得被叨念两句，然而贺云逸只略略一凝思，便点点头："明日午后我当值，届时一应配齐给殿下送过来。"

李元悯望着这位上半生的至交，此刻他们仅两面之缘，可他依旧毫无芥蒂帮自己这个忙。想起上半生他凄惨的下场，李元悯心下微酸，暗暗握紧了拳头。

"多谢贺太医。"

知鹤，这辈子我定拼尽全力不会让你惨死，只望你平平静静过好这一生。

秋选将近，几位皇子开始忙碌起来，递帖子，觐幕僚，与内外互通有无，皆力图为前路铺垫。

尤其是王贵妃，她的四皇子不比大皇子有个三朝元老、子弟遍布的左相外祖父，便更加上心，她得宠十数年，朝中也布了些耳目党羽。

离秋选仅余两月，朝廷适龄的贵胄子弟去向皆已明朗，唯有镇北侯世子司马昱态度暧昧不清，这一段时日，镇北侯皆托病谢客，谁也不见。

王贵妃自是心焦，这北安朝一半的军权兵力可是掌握在镇北侯手上！若是得其子入帐，那可是一大笔胜算。可四皇子的门帖已经递送了七八张，皆被各般理由一一推拒回来，王贵妃不免心急，又听说大皇子也是一般遭遇，心下稍安，一边遣了人手紧盯镇北侯府的动静，一边抓紧时间谋划人马。

倒是有几分焦头烂额的滋味。

西殿。

李元悯看着跪在地上的冬月，嘴角噙着一丝冷笑。谁都不曾想到，这个木讷甚至有些痴傻的偏殿宫女，竟是司马家安插在他身边的眼线。

冬月手里拿着一封信，不用打开，李元悯便知道里面是何内容。

上半生，他就是靠着这信里递送的高枝，这才让他渐渐成了司马昱的傀儡。

而今时今日，他没有了曾经的迷惘与欢喜，徒留冷意。

冬月见他目色幽深，只以为他心存犹豫，于是柔声安慰道："殿下，莫要担心，一切有世子呢，你且静候秋选。"

将手上的信交由李元悯后，冬月面上的表情瞬间消失，又成了那个木讷呆滞的宫女，她福了福身子，退了出去。

"世上纷扰，但凭心意，有些东西不必详说。"

彼时，李元悯自是问过这一切的缘由，可司马昱只淡淡回了这么一句，眼中含着柔情。

李元悯自小被视作不祥之人，莫说旁人，便是宫中杂役皆避之不及，唯恐与之产生联系。

他寂寞清冷地长到了十三岁，匮乏的生命已是至暗至冷，突然间让他遇到那点光亮，即便晓得是飞蛾扑火，又怎不会义无反顾？

李元悯虚无地笑了笑，缓缓合上了双目。

那封信李元悯看都未看，便丢在烛火上烧了，一缕青烟缥缈，散尽于这毫无暖意的殿内。

第二章 ◆

一切，便等秋选那一天了。

岁末将至，京城飘起了第一场雪，宫城的墙头染上了一层细微的白，北风似要吹进骨缝里，宫人行色匆匆，皆不欲多在外头停留半刻。

与外头的天寒地冻不同，钟粹宫内是另一番奢华风景，地龙整日暖着，兽首金炉里氲出几缕白烟，一派暖和馨香。

殿内，数位太侍宫女敛眉屏息，半分声响也不敢出。

王贵妃斜靠在软榻上，她方过而立之年不久，一张保养得当的脸艳丽无双，华美的宫装精致，通身上下贵不可言。她手上握着个金线织锦手炉，冷冷地盯着地上跪着的李元朗。

"废物！"

手炉随之掷出，闷声一响，捽在李元朗头上。

力道并不轻，李元朗顿时被热水泼得满脸，他不敢闪躲，只立马俯首："母妃息怒！"

"息怒？这后宫都快没本宫的位置了，叫本宫如何不怒？！本宫悉心养你多年，到头来还不如一条狗来得有用！"

李元朗眸中闪过一丝隐忍，声色却是越发谦卑："孩儿无能，叫母妃失望了，要打要罚但凭母妃一句话，只望母妃垂怜孩儿，莫要气坏了身子，切切保重，孩儿便是死也甘愿了。"

如此伏低做小倒是抚平了不少王贵妃心中的怒火，她深吸一口气，训斥道："秋选已不足两月，倘若那镇北侯被李元乾得了先机，你也别叫本宫母妃了。"

"孩儿谨记！"

李元朗吞了吞口水，恭顺站起，垂手走到王贵妃身后，为之揉按肩膀，似乎全然无方才那一番风波一般。

他自小讨好王朝鸾，知她素来有头疾，便悉心学这揉穴之法，经年累月，也竟练得一手好本事。

果然，片刻工夫，王贵妃微合双目，微垂的嘴角放松不少。

"若不是你这孩子知趣，办事也颇利索，岂能有今日？瞧瞧西宫那位，也便知道本宫待你着实不薄。"

李元朗声音越发温顺："母妃素来待孩儿如亲出，只怕是亲娘也比不了，如此大恩孩儿自是铭记在心。"

王贵妃嘴角一扯，斜睨他一眼："今日也莫怪本宫火气大，只你四弟素日无心眼，本宫自要替他担着。你作为兄长，自也要多担待些，若半分忙帮不上，本宫这殿堂，又岂能养些不中用的人？"

"儿子记下了。"

李元朗揉按的力道越发中意，王朝鸾不由得惬意地说："你这手上的功夫真是越发长进了。"

一旁花鸟浮纹铜镜中的人虽年逾而立，但多年的盛宠娇养令她面上没有留下多少岁月的痕迹，依旧担得起那"江南第一美人"的称号，想她王朝鸾当年不过是个湖州通判之女，京城侯爵贵女无数，若非她这张脸及心计，又如何走得到今日？

她对自己的容貌有着十足自信，论起相貌，她可从来没遇过什么对手……念及此处，一张久远而朦胧的脸庞猛然间侵入脑海，王朝鸾眸色一冷，指尖不禁掐进掌心。

半晌，她慢慢放松下来，嘴角浮起冷笑。

即便有又如何，那贱姬命格轻贱，纵然当年得陛下独宠，也就是落个血崩而亡的结局，还留了个命格不祥的东西来污秽天家，只怕如今陛下念起她也只会满心烦恶。

司马漪那贱妇还妄图利用她争宠，简直笑话！司马漪出身煊赫的镇北侯府又如何？还不是生不出自己的孩子！如今司马家位高权重，也不得不在大皇子与自己的四皇子间择木而栖，若非母家不盛，她怎会上赶着笼络司马家？又怎会一忍再忍司马漪压着自己稳坐皇后尊位？

想起素日在容华宫那边皮笑肉不笑的交际讨好，王朝鸾深深地压下一口气。

不急一时。

正待她慢条斯理地靠上枕簟，通传太侍轻手轻脚地进了来。

"娘娘，三皇子过来请安。"

"谁？"王朝鸾一时以为自己听错了。

太侍道："便是西殿那位……"

王朝鸾皱眉，自她掌事后宫印玺，早在五年前便免了这晦气之人的请安，怎么今日又过来了？

脑中一瞬又略过那张模糊而清丽绝伦的脸，王朝鸾突然起了几分兴味，只思忖片刻，扬了扬手，说："让他进来。"

李元悯的脊背微微躬着，眸色低垂，尚还保持着顿首作礼的姿态，袅袅轻烟中，王朝鸾眯着眼睛审视着眼前这个人。

上回见他乃五年之前，不知开元寺那老秃驴与陛下说了什么，这厮不日便被召回宫来。曾记得偌大的道乾殿内，他不过是一个被太侍牵着的，畏畏缩缩、神色仓皇的孩童。

想来这些年过得颇为辛苦，眼前之人怎么也瞧不出有十三岁，身上的袍子并不合身，松松垮垮的，磨旧的衣领和袖口甚至泛了些白，落着些浮线。

简直半分皇家子弟的样子也没有。

王朝鸾先是嗤笑了一声，连客套也懒得应付："本宫记得与你说过，无事不要随意来钟粹宫。"

李元悯稽首："元悯得娘娘照顾多年，虽娘娘怜惜元悯奔波，免去晨昏定省，但这些年来，元悯心内着实难安，此厢前来一则是为请娘娘安，了元悯多年夙愿，二则……这几日元悯做了个梦，梦中所见，着实令元悯惶恐。"

"哦？"王朝鸾讥讽一笑，"什么梦？"

"梦见娘娘有大难，故元悯特来相救。"

这番话倒是大大出乎所有人意料，未等王朝鸾怒斥，一旁的李元朗早已发难："好你个西殿杂碎！胆敢这般诅咒母妃！怕不是有九颗脑袋可砍不成？"

李元悯并不惊慌，平静地说："元悯知道这话大不敬，然此梦元悯做了三次，无一有异，必是神佛相告。幸得元悯幼年在开元寺习得一些驱瘟之法，故而不敢耽搁，特前来钟粹宫相救。"

王朝鸾气极反笑："好，你倒是详细说说你做了什么梦，又怎么需要你来襄助本宫，本宫也好用这片刻工夫想想今日如何磋磨那等怪力乱神、胡言乱语之人！"

李元悯脑袋越发低垂，鸦羽似的睫毛在眼下投下一片阴影。

他嘴角微抿，继而放松，说："元悯梦见有百万饿死的幽魂自浙西拥入皇城……"

不过轻飘飘的一句话，却使得王朝鸾猛然一掌拍在案台上，面上霎时褪去了血色，一片骇厉！

这仗势唬得殿内宫人齐齐跪下。

李元朗不知所以，亦只能跟着跪了下去，一边念着"母妃息怒"，一边悄悄瞥她。

他从未见过王朝鸾有这般失态的时候，自是以为她亲信了这荒谬之言，忙劝道："母妃，鬼神之说实属荒谬，此人心思叵测，故意捏造些谬言来恫吓母妃，母妃可千万不要着了他的道。"

"你闭嘴！"王朝鸾拂袖怒斥。

李元朗无端挨了一巴掌，眼中一片晦涩，只生生压下了脑袋，静默不语，殿内更是一丝声响也没有。

王朝鸾胸膛起伏不定，死死盯着殿内之人。

并非她相信鬼神之说，若是旁的也就罢了，只是对方口中的"浙西饿鬼"着实让她吃惊不小。

浙西……怎会有人知晓？

她虽贵为宠妃，然因母家不盛，诸事皆要由自己一力打点，朝中耳目、亲信党羽，哪一样不需要白花花的银子？区区那点宫俸岂能堵住这偌大缺口？于是她便将主意打到吞盗救济灾民的官粮头上，原以为父亲与浙西知府做得神不知鬼不觉，竟不想……

叫她如何不心惊胆战！

王朝鸾深吸一口气，稳住神色站起来，目中泛着冷光，指着李元悯咬牙切齿道："除了他，全部人都出去！"

"是！"

李元朗恶狠狠瞪了李元悯一眼，拱手随着众人退了出去。

王朝鸾盯着那垂手站着的人半晌，慢慢踱步过去。她浸淫后宫十余载，素来晓得操纵人心，故而她并不着急开口，想用这般无形威压，令其露出些许端倪。然而对方如同磐石一般，只木讷地站着，似浑然未觉。

王朝鸾皱了皱眉，心下暗忖：兄长掌宫禁之权，整个偌大的宫城皆在我眼皮子底下，量这贱种也无通天的本事知晓自己的底细，许是我多虑了。想必这厮过得极不好，故意危言耸听，为他自己赚个转机罢了。

念此，她心内微安，遂冷笑道："京城乃龙气之地，你以为什么腌臢东西都能接近皇城不成？今日若不是给本宫说个清楚明白，想来你这西殿也不必回去了，本宫兽房内可是多日未见活物了！"

李元悯幽幽叹了口气："元悯并无妄言，只元悯自幼长在开元寺，常伴神佛足下，自要比常人略通方术，原本不该搅娘娘清静，但此次着实凶险，再难元悯也要勉力一试。"

"方才元悯已在钟粹宫外布阵，待今日日落，便有紫色祥云携蓬莱仙鹤来驱散饿鬼，娘娘自此万事无忧，娘娘若是不信，静待神迹便可。倘非如此，明日元悯自会前来请罪，届时要杀要剐，悉听娘娘尊便。"

"紫色祥云，仙鹤……"王朝鸾焉能信他半个字，心下冷笑，这厮约莫是过得不太好，竟想出这种荒唐法子来讨钟粹宫的好了，简直可笑至极！

她一时暗悔自己方才反应太过，但也不急着当场发落，倒是想瞧瞧他明日如何收场——她心间已是流转了不下十余种磋磨人的法子了！

"好！本宫且留你到明日，瞧瞧这紫气东来的仙鹤究竟能不能来救你的贱命！"

顿了顿，她深吸一口气，呵斥道："出去！"

李元悯悄无声息地长吐了一口气，请了声安，便垂手退了出去。

钟粹宫外是曲曲折折的连廊，李元惘慢慢踱步其间。

浙西吞盗救灾官粮之事还要三年才会爆发出来，只是那时明德帝已病入膏肓，这桩事也沦为党争的手段，并无人最终为此负责，待他被司马家推上皇位，浙西流民起义，便是北安亡朝的开端。

可现时除了他，谁都不知道一场亡国危机爆发在即，只怕现下北安朝的官宦贵胄们皆还沉浸在歌舞升平的假象里。

他不由得叹气，前尘往事历历在目，一切如山重，不知凭借自己微末之力，能改变命运几许。

李元惘正恍惚着，一个身影疾步至他跟前，未等他反应过来，脸上猛然挨了一个耳光，只听得一声闷响，李元惘一个踉跄，重重扑在连廊腰靠上。

他眼前发黑，五脏六腑翻搅着，喉间一股腥甜冒了上来，生生被他咽下。

旋即，耳边一个尖厉的声音响起："莫不要以为你这贱人凭着三言两语就可以攀上钟粹宫！凭你也配！"

李元惘不用看也可想象到李元朗怨毒的模样，他就地喘息片刻，待神志清明后缓缓站直。

李元朗其人隐忍善藏，在钟粹宫伏低做小那么多年，从未将失控的一面展露给外人看，唯有李元惘是个例外。

历经了两辈子的李元惘自是知道究竟为何——

一个人忍到极致，必要有宣泄的途径，而他李元惘便是最佳人选。

没有后台，受了苦难也唯有受着，没有任何人为之撑腰，即便被狠狠欺辱了也只能一点一点咽下去，最要紧的是李元惘比他更卑贱。

李元朗似乎听到一声笑，脸色一沉，掐住李元惘的下巴，迫使他对着自己的脸，但他那双偌大的眼睛里不再有惶恐软弱，甚至连一丝情绪也没有，就那么淡淡地望着李元朗。

"你害怕的一切……马上就会发生了。"李元惘喘息着，轻声呢喃。

"什么？"

可李元惘不再说话了，带着血丝的嘴角轻轻一勾，露出一个极淡的微笑，竟生出了一股寒意。

李元朗从未见李元悯这样笑过，不知为何，总觉得这笑容刺眼极了，叫他心间突突猛跳，同时一股凉意自脊背油然而生。

他手劲不由得松了，怔在当场。

这人是谁？这个人他不认识！究竟是谁？

李元朗心跳如擂鼓，惊疑不定，待回过神来，那人已消失在连廊的尽头，轻飘飘的，仿佛没有出现过一般。

李元朗面色阴沉。

这天，李元悯并没有立即回西殿，而是悄悄拐去了钟粹宫的兽房。

秋选在即，王贵妃自是约束着李元旭在宫中温习功课，唯恐旁生枝节，故而一向热闹的兽房冷清了下来。加上兽房离正宫颇远，并非要地，且有凶兽盘踞，宫人们尚且避之不及，又哪里还会上赶着往这边来，故而守门的侍卫们并不上心，轮值时也是聚在远处吃酒，对进出兽房的杂役宫人一概不做盘查。

日头已近西山，正是晚膳的时候，守门侍卫也仅剩一人。

李元悯已观察了好些日子，知道不消片刻那侍卫便会领了食盒，躲在耳房偷懒。

李元悯靠着假山，用手背蹭了蹭破损的嘴角，瞥了一眼上面的血渍，吸了吸鼻子，不甚在意的模样。他掏出假山一处隐秘的洞穴里的包袱，翻出一套陈旧的宫女衣裳换上。他的长相本就清秀，加之身量小，换了衣裳倒十足像个小宫女了。

待守门侍卫脚步声渐远，他便悄无声息进了兽房。

一股恶臭扑鼻而来。

重重栅栏将兽房分隔成几块区域，关着各类狮虎猛兽，伴随着野兽此起彼伏的低吼声，李元悯敛眉屏息快步走到最里面。

一个人影蜷缩在地上。

绿头蝇虫飞舞着，偶尔停落在他身上，若不是他身体有些许轻微的起伏，倒像是个死了多时的人。

此刻，地上的"死人"慢慢睁开眼睛，瞧了瞧来人，厌烦似的转过头，又将眼睛闭上了。

李元悯像是没有看见似的靠近，隔着栅栏将猊烈身下的干草往自己方向使力拖了拖。

待人靠得近一些，李元悯轻手撩开他污黑的衣领，露出胸膛上狰狞的伤口，伤口边缘已开始结痂，不再溃烂生虫。

前几日，是李元悯用银针将伤口里的蛆虫一条一条给挑了出来。

在四皇子兴味最浓的时候，猊烈几乎每隔两日便要有一场恶斗，往往旧伤未愈，又增新伤，不说医治，便是吃食也难保证。加之兽房脏污潮湿，伤口更是溃烂生虫，饶是他筋强骨健，也生生被磋磨得奄奄一息。

如今李元旭忙着秋选冷了这边，兽房的太侍们自然是放任他自生自灭。

曾经那个神勇无匹、杀人如麻、令敌闻风丧胆的杀神"人屠"，如今只像那微不足道的尘垢秕糠，萎缩于这阴冷污臭的兽房中。

所幸贺云逸给的伤药是好的，如今看来，伤势似乎有所好转了。

李元悯正准备继续除去猊烈的袄裤，一个粗糙嘶哑且恶狠狠的声音响起："做什么？"

李元悯手上的动作一顿："让我看看其他的伤。"

可猊烈却紧紧抓住裤头不松手。

李元悯眉头一皱，目光落在对方赤红躲闪的双目上。

"滚！"少年喘息着，恶声恶气，咬牙切齿，如同一只不肯让人侵犯领地的凶兽。

他身上那么多化脓的撕咬伤，这般动作之下，汗出如瀑，显然是痛极了。他浑身发抖，可依旧是死死抓住裤头。

"你……"李元悯突然意识到什么，他脸色微微一红，轻咳了一声，"没事……我并非……"

他轻轻叹了口气，伸出手掌覆盖住那双死死拽紧裤头的手，声音放柔："不用怕，我会帮你……"

他抿了抿唇，又说道："这并不算什么。"

猊烈目色血红，他早已耗了多日，再是精悍也只是个十岁的少年，他闷哼一声脱了力，最终跌在干草上。

李元悯迟疑片刻，伸手解开了他的裤带。

更加剧烈的腥臊恶臭扑面而来，但见他双腿之间黑黄之物狼藉一片，李元悯不由得蹙紧眉头。

犰烈偏过头，死死咬着牙根，双拳僵硬地握在身侧，骨节分明，显然是羞耻之至，紧闭的眼角分明有湿迹。

李元悯想，不过是个孩子啊。

他不再耽搁，吃力地搬来了猛兽饮水用的水槽，在水缸打了水，先是脱去那沾满污物的袄裤稍作清理，又撕下一片下摆沾了水，为之仔细擦拭。

天色渐渐阴翳下来，四处笼上一层朦胧的暗色。

李元悯额间生了细密的汗，他看了看干草堆上已经清爽多了的少年，心里松了一口气。

许是站得过快，他脑袋一阵眩晕，耐力瞬间瓦解，再也忍不住，伏在栅栏边上呕吐起来。

看着那个连胆汁都快要吐出来的"小宫女"，犰烈眼角发红，心下恨恨想着：既是这般受不了，又何必假惺惺？！世人皆如此伪善险恶，此人也不过如此！

李元悯轻喘着用袖口擦了擦嘴角，额头轻轻靠着栅栏上，无意间碰上少年那双黑漆漆的眼睛，一时有些恍惚，仿佛看见了曾经那个喊他姐姐的孩子，李元悯的目光一瞬变得柔软。

犰烈一怔，粗喘着，侧过头去。

李元悯突然笑了一下，而后慢慢靠着栅栏坐了下来，他抬起头，将目光放得很远。

兽房的上方是窄窄的一片天空，此刻正阴郁地昏暗着，似暗淡晦涩的水墨画。

他心想：我尝试了无数次也无法心安理得地放下这个孩子，也许自己永远就是这般廉价而被动吧。

"这辈子……这辈子就这么算计着，走一步算一步吧。"

李元悯自言自语。

犰烈忍不住回头，奇怪地看着这个"小宫女"。

时光静静流动着，李元悯闭上眼睛，他的周围充满了恶臭、腥臊，诸般难闻的气息交织在一起，可他却是奇异地在其间感受到了一股宁静。

猛然，远处有人声骚动起来。

有宫人激动地叫喊着："快看天上！"

"神迹！是神迹！"

李元悯睁开眼睛再望向天空，原本晦涩不明的天空一片明亮紫红，仙鹤飞舞，偶尔低低地飞过，如同蓬莱仙境。

铭心刻骨的奇景再现，李元悯瞬间红了眼睛。

兽房内的凶兽齐齐嘶鸣，似被此等景象感化，静静于原地候着，仰望上空。

世间好似突然安静了。

初武廿一年的小寒天，钟粹宫上方紫色祥云环绕，仙鹤飞舞。明德帝大喜，视为吉兆，命礼部拟呈，太庙祈告，后大封前朝后宫。

因着吉兆之事，宫中热闹了好几日。

然而一切的热闹皆不关乎西殿。

外头飘起了小雪，落在地上化为湿漉漉的痕迹，西殿院内的杂草早已枯黄，待西风一吹，摇摇曳曳的，露出几分衰败的模样。

李元悯望着庭院的雪水发愣，心里不免多了几分忧虑。

"殿下忧心什么？"

李元悯回过神来，勉力一笑："昨日还是日头顶着天的模样，今日便下起了雪，也不知……多少人该受冻了。"

"毕竟入冬了，气候反复也是常事。"

贺云逸不动声色地观察着他，这段时日以来，他的气色好转了不少，只是身量依旧屡弱，不由得让人揪心。

时下，李元悯穿着一身锦鼠灰对襟袄，织锦腰带，虽非名贵料子，倒比先前好多了。

听说这是王贵妃怜他凄苦，特令内务府侍官送了些过冬用物过来。

连殿内的铜炉也添了不少生炭。

贺云逸高兴地说："幸得贵妃娘娘照顾一二，你的好日子总算到了。"

李元悯笑笑不语。

"既是来了，便给你诊诊脉。"

未等他反应过来，贺云逸拿住他的手腕，双指搭在他的脉上，半晌，贺云逸展颜一笑。

"好在那固本培元膏有几分效用，这脉象倒比前几次好得多了。"

李元悯神色一动："那固本培元膏……待伤弱者是好的吗？"

"那是自然，固本培元，补虚养气是极好的。"贺云逸难得有几分自得，"我们贺家的固本培元膏可是立身之本，自然不是旁的事物可比。"

李元悯若有所思地抚摸着手中那个雕刻着繁复花纹的药盒。

贺云逸知李元悯一向谨小慎微，轻易不受恩，只宽慰道："不过是些寻常补药熬制的，只制法是麻烦了些，可也不算什么金贵之物，你安心用着便是。"

他又从医箱里拿出几盒膏药，推至李元悯面前："这几盒是新制的，我特意调了些冬蜜，入口容易些。"

李元悯这次倒不再推辞，嘴角浮起微笑，只收了下来，正待再说什么，外头一声通传，进来了个面若圆盘、身着绯兰宫装的高等宫女。

"三殿下，王贵妃请你过去钟粹宫一趟，尝一尝新进的香茶。"

这是钟粹宫的大宫女青荷，仆随主"变"，这段时日王贵妃待李元悯另眼相看，也令她对眼前之人多了几分恭敬。

李元悯悄无声息地叹了口气，站了起来，说："难为娘娘记挂，只是我的咳疾未愈，怕过了病气给娘娘，这便不去了。"

"这……"青荷面上犹豫。

李元悯揖了下身子："劳烦姑姑回禀娘娘一声，待日后痊愈，元悯定当前去请罪请安。"

青荷知此行又是无果，唯有福了福身子，道了些吉祥话便退了出去。

"你咳疾未愈吗？"贺云逸忙问。

李元悯轻笑了声："只是找个由头不去罢了。"

毕竟久浸宫闱，贺云逸不禁替他打算："虽说殿下素来不喜逢迎，然而贵妃毕竟是后宫中馈，往后……切不可一味推托。"

李元悯自是不会与贺云逸解释，只笑了笑："我记下了。"

此次出来，贺云逸是找了别的由头的，眼见坐得也久了，怕父亲起疑，便背上了行医箱站了起来，低声道："也不早了，我得回太医院了。"

李元悯点点头，跟着站了起来。

他迟疑了半晌，随意地说："我如今身子已大好，往后贺太医不必专程过来诊脉了，这西殿……"

他顿了顿，继续道："往后如若不适，我自会去请。"

贺云逸心间一痛，心道：他岂能请得动？又有哪个太医愿意过来？恐怕这十几年的病痛他皆是硬生生扛过来的，我是清楚他的底子的，本就先天不足，这些年也耗得差不多了，如若再不养着，寿数恐难长久。

"也不是专程过来，路过顺道而已。"

望着李元悯眼里的一汪柔和，贺云逸心下酸楚，他怎会不知李元悯担心自己不祥的名头累及他，当下并不点破，只跟着笑了笑。

他走了几步，又回过头来，不由分说往李元悯手上塞了一个玉佩："往后若有要事，送这个去交给药局小倌，我便会过来，殿下可千万别自己扛着。"

"嗯。"李元悯点点头，珍重地收在怀里，微微一笑，"我记下了。"

奢华靡丽的钟粹宫内香雾环绕。

王朝鸾倚着贵妃榻，眼睛半合着，李元朗正给她悉心揉按着太阳穴。

"往后待西殿那位客气点。"她懒洋洋地随口吩咐道。

"是。"

李元朗面上毕恭毕敬，心间却是一片惊涛骇浪。

王朝鸾突然待西殿那位的态度天差地别，念起那日连廊上李元悯对自己说的话，李元朗心内一片惊骇，吞了吞口水："母妃放心，前些年是孩儿不懂事，这些日孩儿已自省多次，往后定当与三殿下兄友弟恭，不叫母妃挂心。"

"兄友弟恭……"王朝鸾嘲讽似的一笑。

自小寒天紫霞仙鹤神迹出现，那不祥之人便各般托辞不肯往这边来了，倒是拿捏得一副好姿态，偏生他有几分神神鬼鬼的本事，如今自不能对他如何，只能各般想法子拉拢他过来。

这些天，她派了好几路密探摸探李元悯这些年的行踪轨迹，并没有发现什么可疑的地方。

想起那日傍晚漫天的紫霞仙鹤，世人皆视为大吉兆，却令她浑身发冷、惊惧。

这一切竟被那厮言中，那么浙西饿鬼……

却是容不得她不信了。

王朝鸾正心烦意乱思索着，青荷从外头进来了。

见她面带几分难色，王朝鸾眼中厉色一起，"啪"一下捽碎了手中的玉盏！

"他这次又拿什么做借口？！"

青荷不敢耽搁，依样画葫芦回了话。

王朝鸾面上铁青，半晌，露出一个艳丽狰狞的笑容来。

"好，本宫万算他的半个母妃，儿子病了，我岂能不去关切关切，来人！摆驾西殿！"

待外头熙熙攘攘的脚步声响起，李元悯揉了揉眉头，暗叹：这才三日，她便坐不住了。

他轻吁了口气，站了起来，未及出门口迎接，便见王贵妃的仪仗在一众太侍宫女的簇拥下，风风火火朝殿门来。

李元悯垂下双眸，抖了抖下摆，稽首拜道："恭迎娘娘大驾。"

"不必多礼！"王朝鸾面上带着和悦的笑容，忙踏下步辇，作势扶住他，"又非外头，大可不必守着这些繁文缛节。"

她托着李元悯的手臂，面上露着关切，上上下下打量着。

"叫人唤了几次，总是不见你来，着实叫本宫忧心，好在看你这气色该是无甚大碍了。"

李元悯露出感激的神情："多谢娘娘关心，元悯已经大好……"

话音未落，王朝鸾瞬间带了几分责备："你这孩子，既是大好，怎本宫三催四请都不过去？亏得本宫处处念着你，见那新进的雪峰玉品相极好，仔细给你留着，这可不，还得专程过来请你，你打听打听，便是元朗也没有这般待遇的。"

李元朗在身后一躬，面上的笑颇为勉强。

满意地见到李元悯面上的受宠若惊，王朝鸾嘴角一勾，轻轻抓住他的手臂，说："走吧，趁着新鲜。"

李元悯并未上前，他垂着脑袋，支支吾吾的，面上似有纠结，未等王朝鸾发问，蓦地跪了下去。

"娘娘！元悯有罪！"

王朝鸾亲厚的戏码还未做全，倒被他吓了一跳。

"你何罪之有？"

李元悯伏着单薄的身体，脑袋越发低垂："元悯隐瞒了娘娘，请娘娘责罚！"

王朝鸾见他语调骇怖，心间惊疑不定，忍下了破口大骂的冲动，扶起他，说道："本宫怎么会责罚你，你可是帮了本宫大忙。"

李元悯摇了摇头，语调艰难："我……又做梦了。"

"什么？！"王朝鸾脸色大变，念起上次他说的百万浙西饿鬼，终究是保持不了淡定，"你快说，一五一十全说出来！"

她好歹还保有几分理智，顿了顿，朝身后扫了一记狠戾眼神："你们都退下！"

"是！"

李元朗瞄了一眼对面的人，眼中滚涌着不明的暗潮，他朝着身后一挥手，众人齐齐退了出去。

荒芜的西殿内仅剩下二人，王朝鸾压下心头的滔天巨浪，深深吸了一口气："说。"

李元悯露出挣扎神色，嗫嚅道："其实娘娘的饿鬼之难并未全解……"

"你说什么？！"王朝鸾陡然拔高了声音，她踉跄着后退一步，背上霎时出了一层冷汗。

她又抓住他的手腕，指尖几乎掐进他的肉里，质问道："你不是说那些紫霞，那些劳什子仙鹤可帮本宫解饿鬼之厄？！"

腕上刺痛，叫李元恓不由得皱眉，他深吸了口气，说："原是元恓不该托大！"

"胡说！"王朝鸾声音尖厉起来，"神迹已现，怎敌不过那些饿鬼？"

李元恓摇头道："若是几十饿鬼自是可敌，然此次饿鬼众多，源源不绝自浙西来，饶是蓬莱仙鹤也难敌这万千戾气……娘娘，是元恓无能！"

王朝鸾再也装不出高高在上的模样，她脸色苍白，浑身发抖，指着李元恓咬牙切齿道："你胆敢信口开河！本宫若是有事，定当拿你陪葬！"

李元恓脸色惨白，似自言自语："万事皆有因果，可元恓一直参不透为何那般多饿鬼皆从浙西来，按说浙西乃富庶之地，怎会鬼魅横行？元恓着实不明个中因缘。"

这番话如石破天惊，令王朝鸾浑身一震 是了，这厮久居后宫，耳目闭塞，怎会知晓今年初夏浙西洪水肆虐、流民千里之事，这些饿鬼如何来的他自是不知晓，亏得今日走了这么一趟。

她利目一转，暗忖：父亲苦秀才出身，眼界着实狭小，做事又太不留余地，早便劝过他，这赈灾官银如何能尽数吞下，如今倒是报应在本宫的头上了！

诸般念头往心间过了一遭，王朝鸾当下有了打算，平稳了呼吸，闭了闭目，再睁眼时已复清明："此事也不怪你，你起来吧。"

她嘴角又带了和悦的笑："方才是本宫情急失态了，你可千万别怨怪本宫。"

李元恓谦卑道："儿臣岂敢，原本便是元恓无能，娘娘怪罪的是。"

"罢了，此事就此而止。"她瞧了瞧四周，凑近了些，带了几分慎重，"这梦境之事，天知地知你知我知，莫要与第三人道，可千万记住了。"

"元恓谨记。"

王朝鸾展颜，拍了拍他的手，说："好了，这天冷，莫在院中久站，仔细受了风，回去吧。"

话毕，她再不多待，速速往外走去，未及钟粹宫便迫不及待差人往国丈处递口信，命他进宫商议要事。

雪花渐渐地大了。

李元悯原地站立半晌，瞧着她匆匆离去的身影，嘴角轻轻一勾。

他随手掸去落在肩上的几片雪花，往回走去。

湿冷昏暗的兽房内，猛兽们大多都睡下了，少部分醒着的也只是无聊地甩着尾巴，对眼前来来去去的人也无最初的警惕。

一身宫女装扮的李元悯将草堆上略为清爽的干草搬到最里面去，往来没几趟额上便已出了薄薄的汗，时辰有限，他不敢耽搁，只轻喘着，将猊烈身下的干草换了一批。

笼中的少年体魄非常人可比，这才几日伤势就已大好，可坐立无虞，然而他一言不发，背着李元悯坐着。

忙活了约莫一炷香的时间，终于将笼中的干草换成新的了，李元悯擦了擦汗，这才绕到猊烈身边靠着栅栏坐下。

猊烈身上衣着单薄，但看上去肢体舒展，并不畏寒，李元悯放心不少。

“并非我言而无信，只是突发了些事情耽搁了。”

如今李元悯已成为钟粹宫的座上宾，王朝鸾已是惊弓之鸟，时不时便会召他过去问询，唯恐他又做了什么梦。原本便说好今日午时过去的，可刚出门，青荷便来请他了，这一去，便被留下用了晚膳，待脱了身，夜色已深了。

李元悯看着身上略为陈旧的宫装，叹了口气，谁叫西殿仅秋蝉冬月两个宫女，倘若有个太侍也好，他也不用做这般滑稽的宫女打扮了。

猊烈没有理会他，神情漠然，只盘腿坐着，手上揪着根干草，置于指间搓揉着。

李元悯心知猊烈正生着闷气，又无法与他说自己爽约的缘故，只伸出手，叹着气，像上半生那般轻轻拍着他的背部，如同对待一个孩子一般。

猊烈呼吸一滞，眼中颇有几分羞恼，蓦地，他眼神一变，警觉地朝后一看，一把扯过眼前人，推到笼边厚厚的干草堆处。

李元悯立马意识到有人往这边来了，他缩了身子，一掀干草，隐身其中。

进来的是抬水的杂役，二人将兽房内的水槽装满水，便又退了出去。

待脚步声渐远，李元悯连忙爬了起来，他气血本就不足，起得急了当下便有些站不稳，差点磕到栅栏，幸得猊烈一把抓住他的手腕。

手中细瘦的腕子冰凉，几乎不像活人的手。

猊烈眸色幽深，看着李元悯毫无血气的苍白的脸，想起方才那气喘吁吁搬动干草的模样，那一垛不过一二石，却令其疲累如此，想来底子并不好。又瞧其打扮，也不过是宫中下等杂役宫女，在这吃人的宫中，该是同他一般，受尽磋磨。

猊烈眼中闪过一丝阴郁，将"小宫女"的手放开了。

李元悯不以为意，拍了拍身上的浮土，突然想起什么，从袖口里摸了个药盒出来，拿出一丸药，置在猊烈的唇边。

猊烈又感受到对方指尖的冰冷，还有袖中拢着的淡淡香气。

他不由得张嘴，将那微微发苦的丸药吞了下去。

李元悯能感觉得到这个沉默寡言的冷酷少年微微的妥协，不禁浅笑，收起了药盒。

突然，他余光一暗，看见猊烈将干草堆中的一个油纸包推给他，语气僵硬。

"拿去。"

李元悯一愣，这是自己给他带的吃食。

都说他是个怪物，兽房的杂役们自然玩弄似的给他投喂畜类食物，从未把他当过人。李元悯瞧着他捧着生肉撕扯的模样便心酸，便悄悄带些干粮来给他。

"这些……"

这些都是些干馍之类的食物，虽不好吃，但顶饱且易于存放，李元悯好几日才能过来一趟，自然只能带这些吃食。

李元悯原以为他不喜欢，正待解释，突然意识到什么，心下微酸，只勉强笑道："我吃得饱的，这些都是给你的。"

李元悯蹲了下来，将那油纸包重新藏入草堆下，心下酸楚愈盛：这样的孩子，如何会变成后来那个杀人如麻的人间魔王的呢？

他扒拉着干草，突然开口："如果……"

猊烈抬起头看着李元悯，瞳仁漆黑。

李元恼理了理地上凌乱的干草，扯了扯嘴角："没什么……我得走了。"

其实也不必问他什么，自己不可能像上半生那般放他独自出宫、为祸人间，眼下也只有另一条路了。

李元恼垂下双眸，隐藏住内心所有的波动。

一切，便等秋选那一天了。

第三章 ◆

他不争，便是他人上位，百年世家，容不得淡泊。

秋选那天是一个好天气，连下了三日的大雪停止，天色放晴，皇城上空碧蓝、万里无云，辽阔如平静无波的昱海。

好些年以后的李元悯还会记得这一天。

这是他命运的分歧，他做了一个与曾经截然相反的决定，从此，命运开始逆转，只是这时的他还并不知晓自己将去往何方，只惶恐着、坚持着。

他像一个在泥泞中前行的老人，前途茫茫，然而毫无退路，身后是幽暗的深渊凝视着他，似乎随时等着将他吞没，他只有前行才能摆脱这份被凝视的恐惧。

钟粹宫内，起迟了的王贵妃尚在内殿梳妆，三位皇子正于外殿候着。

李元朗、李元悯坐于堂中下首，正座上的正是月余未曾露面的四皇子李元旭，他早已换上了隆重的蟒袍，斜靠着枕簟，时不时往嘴里丢几颗茴香豆，一副百无聊赖的模样。

他这些日一直被看管在偏殿熟读五家，早就关得烦了，昨儿傍晚王贵妃才解的他的禁，偏生今日还有场硬战，更是胡闹不得，念此，他额上便突突突地发疼。

漏刻上显示的时辰已是卯时正中，青荷率宫女们进来，添了第三回茶。

"母妃还未曾妥当？"李元旭颇有几分不耐烦。

青荷福了福身子，道："娘娘这些日本就睡不好，为了今日秋选，更是竭虑良多，到底是累了，今日起得是迟了。"

李元朗听罢，似是感慨，叹道："母妃着实辛苦了。"

李元旭摆了摆手，满不在乎："母妃到底是想太多，舅父已说了，司马忌那只老狐狸素来与左相大人不和，怎会让嫡子去当大皇兄的黄门侍郎？

难不成还有比本殿下更好的选择？"

李元朗笑着说："是。"

他用余光扫了一眼身边的李元悯，对方依旧是那副没有人气儿的态势，双手垂在身侧，低着头，一副任人鱼肉的模样——李元悯理应如此，亦本当如此，可李元朗却是知道，这副孱弱皮囊绝不是这般。

那日连廊上所发生的一切已成为心间沉疴，叫他每每深夜思及，必难免心惊。

可他说不出哪里不对。

叫他更为忌惮的是，李元悯居然短短数月便拿下了曾视其狗彘不若的王贵妃。这些日子以来，李元悯俨然成了钟粹宫的贵客，地位甚至隐隐有越他而上的苗头，叫他如何安枕？可他不知这一切究竟如何发生的，更要紧的是不知道这厮究竟意欲何为。

李元朗眼底浮着暗黑的浪涌，不动声色地审视李元悯半晌，但对方依旧没有丁点反应，如同僵化的木偶一般，静静坐在椅榻上。

李元朗不由得微微眯起眼睛，心下一番算计，遂转过头去，朝着上首的李元旭温声一笑："多日不见四弟，倒是清瘦不少，想必这些时日功课颇有进益。"

不说还好，一说李元旭便烦恶地"啧"了一声。

"二哥难不成不知我素来厌烦那些之乎者也？进益倒谈不上，只这几日可把本殿下给折腾坏了。"似是勾起不愉快的记忆，李元旭眼中暗沉，带着几分怨毒，"曹纲那老匹夫最是迂腐固执，这几日就差没把我的皮给揭了一层，着实可气，偏生一时奈他不何。此仇不报非君子也，日后我定要叫他明白得罪本皇子的下场！"

若是知道李元旭的为人，便知此话定不是说说而已。

李元悯恍惚一瞬，定了定身形，紧紧抓住扶手。

赤虎军军师曹纲，如今不过是一个郁郁不得志的太学院学士，彼时，性格刚烈的他因开罪四皇子被贬至白身，后为猊烈所启，投效军营，二人一个骁勇无匹，一个能谋善断。风云际会，赤虎军原不过边陲之地五千护城军，短短数年，便发展成一把颠覆天下的劈天剑。

原来，一切皆是因果报应。

李元朗自小跟着李元旭，对他的脾性一清二楚，自是顺着他的话道："父母之爱子，则为之计深远。母妃爱子之心切切不假，也是瞧着那曹学士久负才子盛名才特意请他教授，又怎会想到这厮性子又臭又硬，这些日辛苦四弟了。"

"母妃事事忧虑太过，倒来磋磨我了。"李元旭嗤之以鼻，"谁都知道父皇一向另眼相待我们钟粹宫。大皇兄不过是有个好外祖父罢了，其他的又有什么可与本殿下比？世人都有双慧眼，怎会瞧不出来将来这天下……"

他虽狂悖，也知有些话目前说不得，顿了顿，只轻哼一声，自信满满道："好在过了今日，母妃便松快了。"

"是啊。"李元朗目光幽深，"总算松快了。"

他转过头，看着李元悯，嘴角浮起似笑不笑的幅度："你说是吧？"

李元悯微微颔首："是。"

"哦？"李元旭斜睨了一眼下首坐着的人，上下扫了几眼，讥讽道，"何时咱们这位爷也出入钟粹宫了？"

李元悯并不答话。

李元朗接口道："这些日子所幸有三殿下承欢膝下，倒是解了不少母妃的思儿之苦。"

李元旭面上便有些不悦，昨日李元朗早已在他面前添油加醋说了不少，心里本就存了几分不快，别的人讨好钟粹宫不打紧，只眼前这货不行，不说李元悯身份卑贱，便是那不祥之身看着也硌硬，也不知母妃如何想的，竟着了李元悯的道。

"三殿下？不过是个贱妇所生的晦气东西，也配叫殿下？"

这话便是背后说也是大大的不妥，更何况当面。李元朗不再接话，只露出一个几不可见的笑容，斜瞥了一眼身边。

然而李元悯没有半分恼怒，只木着一张脸坐在那里，如一块没有情感的石头。

李元朗最是厌烦他这种模样，以前倒罢了，如今他愈是没反应，李元朗就愈想撕破他这层假惺惺的皮囊。

正待李元朗想法子再激李元旭一番时，内殿便有了动静。

珠帘一掀，环佩叮咛，王朝鸾一身盛装自内殿缓步而出。

"不得无礼！"

王朝鸾恼怒低喝，说的却是自己的亲生皇子李元旭。

李元旭第一回见母妃如此袒护他人，况且还是个无关轻重之人，面子一时拉不下，正待回上两句，又见她面上凝重躁郁，一副心事重重的模样。他到底不敢在这当口触母妃的逆鳞，只能按捺下来，恶狠狠地瞪了一眼李元悯。

王朝鸾深吸一口气，上上下下打量了一眼李元朗，似笑非笑地说："二殿下可当真有一手挑拨的好本事。"

李元朗心下一惊，忙拱手："元朗不敢。"

他心下暗悔方才的挑拨举动，若私下倒算了，谅李元旭那蛮子只能由着自己摆布，只是在王朝鸾这等浸淫后宫十数年的高手面前，岂能瞧不出他那点心思？

他本就藏得极深，偏叫他遇见那厮便脑热失了分寸，呼吸一时重了几分。他刚想好措辞，王朝鸾已转身离去，叫他一时插话不得，心下越发忐忑不安，唯有垂手退到一侧。

今日，王朝鸾打扮得尤为隆重，细微之处无一不精致，只是她连日操劳，夜里又多梦，不免疲乏，她目下虽拿胭脂香粉精心修饰，还是看得出几许黑影。饶是青荷手巧，依旧掩饰不了其面上的疲色，眉间更是有一缕觉寐不调的躁意。

非她庸人自扰，这些日以来，她为填平浙西赈灾的银两窟窿已经焦头烂额，再加上秋选之事，几乎熬尽心血。

可镇北侯府那边仍守口如瓶，一丝风声也没有。不说他们，大皇子那边亦是同样吃了闭门羹，仿佛这场天潢贵胄极其重视的秋选不关他司马忌的事一般。

司马忌这只老狐狸究竟做何打算？

王朝鸾自是不信司马忌真心愿意当这个纯臣，只怕他想当，他背后的镇北侯府阖族也不会令他如愿——哪个勋贵世家能够在党争中独善其身？历朝历代新皇更替，朝中势力皆是此消彼长，他不争，便是他人上位，百年世家，容不得淡泊。

只如今再去猜度也毫无意义，待今日午时过后便见分晓了，好在司马忌与赵左相素来有隙，今日李元乾的胜算并非不大，只是未到最后，不免还是忐忑，毕竟多年的宫闱经历叫王朝鸾明白一件事——任何东西落不到囊袋之前决不作数。

心下忧思难眠，一早又见自己的亲儿子如此愚钝，两三下便着了李元朗这般浅显的道，愣头愣脑当了人家的刀枪，偏生还什么都不知道，简直恼火。这李元朗……到底是长大了，心眼可是多了不止一丁半点。

桩桩件件事情拢在一起，叫她心火似焚。

然王朝鸾自非凡人，当下倒是一力压制下来，一边拉着李元悯说些安慰之语，一边数落李元旭。

李元悯自是一副大为感激又不甚惶恐的模样。

如此，这早间风波，在各人诸般心思中，就似乎这么轻易揭过了。

今日的太学院与往日相比格外肃穆庄严。

北安朝自开国便沿袭前朝设三省六部，另于礼部特设司礼监，专司这秋选，可见其隆重。

待钟鼓鸣过三轮，明德帝率百官朝拜孔圣，祭天祀地。

半晌，钟鼓闭，明德帝坐于正座，其后设帷帐，司马皇后携众嫔妃按位份坐于其间。

高高的云台上，明德帝朝着跪拜的百官伸手："众爱卿请起。"

百官山呼万岁。

左相大人赵构资历最老，且年逾耳顺，皇帝特赐独坐于下首，其余官员按官阶品位入座，最靠前的乃天子重臣、一品亲贵，其子司马昱年方满十六，坐于镇北侯司马忌左侧，父子二人敛眉而坐，气度容貌不俗，只是司马忌行伍出身，沧桑间多了几分英武之气，叫人不得小觑。

秋选一示天家恩宠，二为皇子选立近臣，待百官入座，司礼监礼官展开卷宗，颂天家恩德，并诏天恩告，明德帝循例训了些话，如此，便到了辰时。

四位皇子自南门而入，走在最前面的乃大皇子李元乾，其次为四皇子李元旭，姬女所生的二皇子李元朗、三皇子李元悯紧随其后。

龙生九子，各有不同，只最后那位……未免孱弱瑟缩了些，不似皇家子弟。

在场的官员们多是如此感慨。

李元乾大马金刀入座，上个月他便年满十六，已是一副大人模样，生得威仪堂堂，容貌颇似明德帝。明德帝虽宠爱四子李元旭，但待李元乾并不薄，早早便恩准其开牙建府，御赐亲王府邸，着内务府督造，颇是隆重。

左相大人远远瞧着自己英姿勃发的外孙，不禁抚须，露出爱惜赞赏的目光。

王贵妃隐在珠帘后，看着比自己儿子高了不止一个脑袋的李元乾，装作从容不迫，气度俨然，心下不禁嫉恨，又见李元旭躲在李元乾身后悄自打哈欠的模样，心间更是烧了一把火。

司马皇后自也看见了，轻轻一笑。

身后的褚贵人会意，挑着眉道："看来四殿下这段时日颇为刻苦，咱们贵妃娘娘倒是辛苦了。"

王朝鸾岂不知这皇后狗腿子的暗讽之意，冷笑着回道："本宫这孩子愚钝，自要多加辛劳，此间苦楚妹妹哪里能体会得到。皇后娘娘，你说是不是？"

意思自是清楚得很——你俩想受这份教导皇子之苦还没有资格呢。

褚贵人面色一紧，轻哼一声背过头去。

司马皇后倒没有露出什么旁的脸色，只叱道："观礼呢，莫要喧哗。"

其余妃嫔面上各般神色，有幸灾乐祸观战的，有闻言自怜的，有隐忍怨毒的……只有大皇子的生母赵淑妃并未参与其间潮涌，她面上露出恍惚之意，目光只痴痴地望着云台下的某个身影。

帷帐后是个不小的战场，帷帐前更是。

秋选按诗、赋、时文、论四部分分别对皇子进行考核，虽明面上说命题当日才揭晓，但如四皇子之流，早已通过诸般手段提前从翰林院拿到命题，并经由幕府门客拟好应试之文、加之润笔修饰，文采斐然。

日头渐渐偏移正中，待巳时三刻一到，司礼监礼官鸣钟，云台上的皇子们皆放下笔纸，避免笔迹被识，由数位执笔太监收了卷宗于帷帐后誊抄，置于四个密匣之中，并上呈皇帝。

明德帝随手打开一个密匣，翻了两卷，面上浮出笑意，连声道好，便命礼官将卷轴悬挂云台木桁上，供百官品评，分四等，按优劣置朱碧缃玄四色玉简。

但今日的重点显然不在于几位皇子究竟考得如何，而在于这些世家侯爵如何抉择。众人虽皆装作品鉴模样，目光却不由得齐齐聚在镇北侯爷身上，然而他像是没有留意一般，步履不疾不徐，只轻抚胡须，笑着与身边翰林院林编撰谈笑风生，间或指点木桁上的文章诗赋。

王朝鸾焦躁地坐在帷帐后，她等了半日也未曾见司马忌置下玉简，一颗心几乎吊在了嗓子眼，暗骂这只老狐狸装腔作势，不给人痛快。

云台暗涌流动，众人齐齐关注四色玉简数目，唯有李元悯心思不在此处，他只垂眸出神地盯着眼前的桌案，深色桌面上，一滴墨不小心滴在了上面，缓缓渗透开来，将桌案染了一道除不掉的污渍。

看着那抹墨色，他心间奇异的平静。

再次相逢，他原以为自己该是连笔都握不住的。

他缓缓抬头，对上了一双温润雅致的眼睛。

前半生，他曾在这样的目光下，一步一步走向了不可挽回的绝路。

司马昱温和一笑，朝李元悯微微点了点头，世家公子，温文尔雅，芝兰玉树，与前半生的初次相见并无二致。

这个情境下，李元悯突然想起了前半生与司马昱的二三事来。

李元悯自小被冷落苛待，小小年纪已然尝遍世间人情冷暖，上一次的初遇与其说是惊艳，不如说是他黑暗岁月的救赎。

一个自小苦寒的人，哪里能逃得过那样一个如阳光般炙热的人的至诚相待，他诚惶诚恐地接受了这份上天难得的馈赠，以为命运终究待他不薄。然而随着二人朝夕相处，敏感如李元悯，还是察觉了一丝不对，司马昱瞥向他的目光虽一概温和，却偶有隐忍，甚至有一丝厌恶，但司马昱藏得极好，好得让他以为自己看错了。

他后来才晓得，司马昱是怎么强忍着厌恶，以身作饵，扮作伯牙子期相知的模样，诱他进地狱的。

李元恼按下朝司马昱冷笑的冲动，微微颔首致意，便将目光移向他处，再不往那边瞧上一眼。

云台上，四色玉简也投得差不多了，四位皇子誊抄的卷轴虽未署名，可内容私下早已通过气的，心中有数的侯爵贵胄们焉能瞧不出哪些诗赋是谁所为？

待一炷香过后，象征最佳的朱红玉简几乎都分布在大皇子和四皇子的卷宗下。剩余两卷，一个好歹也有一二片朱红玉简，而属于李元恼的卷轴下，皆是象征末等的玄色玉简。

李元恼入太学院虽迟，但功课颇为用功，太学院的五经博士虽碍着其他皇子的面子，从无另眼相看过，但私底下颇有鼓励。彼时他为着这场秋选，可谓夙兴夜寐，苦读五家，然而秋选却等来这样的结果，一个十三岁的孩子哪里晓得这其间的门道，以为自己一无是处，难免打击巨大。却在那等灰心绝望的时刻，司马昱如菩萨一般，持着那张朱红色的玉简，置在他的卷轴前。

李元恼闭了闭眼睛，嘴角露出一丝讥笑。

眼见百官差不多都落下玉简，木桁前，独留司马忌还在徘徊，明德帝见状，笑道："镇北侯如何还未决断？"

司马忌摇了摇头，颇为苦恼的模样，叹道："陛下这可难为老臣了，论行军打仗，老臣自然在行，可是这文绉绉的东西，不动一兵一卒便闹得老臣头疼，我看啊，这分明比打仗难多了。"

众官笑。

明德帝亦是龙颜大悦："罢了，算是朕为难你了，咱们君臣多年，朕岂能不明白你的心思，瞧着你今日特地带了元若过来，想必是来救你的急的，也好，朕倒也想瞧瞧元若自个儿想当谁的太学侍郎！"

司马忌感激拜首道："陛下圣明。"

　　明德帝拂须一笑，当即朝司马忌招招手："元若，还不速速前去襄助尔父？"

　　司马昱微微一笑，站了起来朝明德帝行了礼。

　　帷帐后不由得一阵骚动。

　　褚贵人惊叹了一声，朝着司马皇后说道："不愧是人人口中的'京中玉人'，皇后娘娘这宝贝侄子仪表堂堂、风度翩翩，可把京城一众世家子弟给比下去了，也不知往后便宜了哪家贵女。"

　　皇后笑了笑："想当初昱儿不过襁褓中一幼儿，而今已十六，倒真是可以考虑婚事了。"

　　王朝鸾也紧紧盯着司马昱，自他接过司马忌手上的四色玉简，她的一颗心已是咚咚咚地狂跳了起来。

　　一切便看这片刻工夫了。

　　她的注意力皆在司马昱身上，自然关注不到其他，待身边褚贵人的尖叫声骤起，她一时还回不过神来，待看清眼前，也不由得惊叫出声！

　　云台下已经乱作一团，众人纷纷尖叫着逃窜。

　　一只猛虎不知从何方飞跃云台上，瞬间踏碎了木桁，尘屑齐飞，而猛虎躁动不已，仰天嘶吼。

　　王朝鸾脸上的血色尽失。

　　她兽房内的猛兽岂会跑到这儿来？

　　未等她想明白，御前已经乱成一锅粥了。

　　"护驾！护驾！"随行太侍变了脸色，高声喝道。

　　一瞬间，猛虎跳上台阶，明德帝慌得从龙椅上滚下来，御前侍卫反应倒迅速，片刻工夫便将明德帝守卫得严严实实。

　　猛虎异常躁动，追逐云台中四处逃窜的人。

　　大皇子和四皇子自有官员掩护着退后，李元朗倒也机敏，速速从云台上跳了下去，木桁边上只剩李元悯一人。

　　他的心怦怦直跳，并无多少惊慌，眼中反倒生起了几分狂热。

　　"跟我来！"手腕被一只骨节分明的手握住，李元悯回头一看，是司马昱，未等反应过来，便被他揽住，亦从云台上跳了下去。

数名侍卫合围上来，护着他们转移到安全之地。

御林亲卫军来得很快，层层重兵将云台围住，待首领手势一挥，弓弩手就位。

"放箭！"

一声令下，大片剑雨飞出，猛虎发出了凄厉的怒吼，顷刻间被射成了一只刺猬。

猛虎轰然倒地，血漫了一地。

李元悯闭了目，将视线从那片血渍上移开。

"没事吧？"司马昱显然受惊不小，但还记得柔声问他。

李元悯喘着气，没有回答，只摇了摇头。

局势已安，明德帝惊魂未定，又听得身后一阵急促的叫声。

"娘娘！娘娘！"

原来是一向胆小的英美人昏厥了过去。

"传太医！"明德帝拂袖。

片刻工夫，一众太医倾巢出动，齐齐赶往太学院。

待贺云逸匆匆走进太学院，第一眼先瞧见了狼藉一片的云台，一只硕壮的插满了箭矢的猛虎一动不动倒在地上，显然已了无生息。

云台前呻吟之声此起彼伏，有忙乱逃窜中摔伤的宫人，亦有被吓到昏厥的官员，一片混乱。

贺云逸心下惴惴，四下逡巡，待看见云台下安然无恙的李元悯，心下稍安。

李元悯也瞧见他了，面上带着几分不自在，居然别过脸去。

情况紧急，不容得贺云逸多思，他在别的太医的帮忙下，将伤者抬去软席，路过猛虎尸首的时候，他闻到了一股极淡的特殊草香。

他身体一僵，瞳仁凝缩，惊疑的目光落在猛虎尸首上。

另一名太医喊道："贺太医？"

贺云逸回过神来，喉结动了动，面色有一丝苍白。

"这里有我，你去帷帐后方瞧瞧英美人。"

贺云逸点点头，待英美人被搬至一旁软席上，他便背上行医箱踏入帷帐。

在镇北侯的指挥下，云台上的秩序渐渐恢复正常。

明德帝坐在龙椅上面色铁青，秋选这样的大日子，他却在百官面前失了仪态，何其恼火。

官员们皆垂首站着，大气也不敢出。

很快，数个御前亲卫押解了一内侍上前。

为首的侍卫道："启禀陛下，臣已找到放虎之人，便是这钟粹宫的内侍陈喜。"

明德帝顿时一掌拍在座边龙首上，朝着身后帷帐怒斥："巍巍皇宫，天子脚下，居然混进一只凶兽，王贵妃，人是你宫里的，你做何解释？"

王贵妃在帷帐后已失了方寸，忙撩开珠帘扑通一下跪在明德帝面前："陛下，人虽是臣妾宫中的，但绝非臣妾所为，此事定是有旁的缘故。"

她杏目当即一冷，朝着那内侍怒喝："你究竟是哪个宫里派来陷害钟粹宫的？"

内侍双腿颤抖，早已是面无血色，他扑通一声跪了下来："小人……小人不知发生了什么。"

王朝鸾稳了稳神，很快便定下心来，知道今日之事怕是不能善终。钟粹宫兽房的存在众所周知，只原先兽房养的皆是些供人赏玩的奇珍异兽，并无威胁，这些年才进了些猛兽凶禽，因兄长乃巡防营都督，掌宫禁巡防之权，故而此事做得隐秘，如今事发，再是如何也逃不了问责。当下之计，自是先暂缓事态，再好好谋算一番。

想到这里，她遂软声道："陛下，此事干系重大，必得详细盘查。臣妾看这奴才都吓坏魂了，一时半会儿也问不出个什么，不妨先安抚伤患，这奴才暂且关押大理寺，日后再行盘查发落。"

她话音未落，褚贵人讥讽的声音传来：

"正因此事关系重大，才要当场好好查查，免得百官误以为陛下包庇谁呢。"

珠帘一掀，司马皇后已在褚贵人的搀扶下缓步出来。

二人看了一眼跪着的王朝鸾，双双朝明德帝福了福身子。

王朝鸾咬牙切齿道："此事未明，你这毒妇便口口声声包庇，到底是何居心？"

"你说话怎可如此没轻没重？"司马皇后对着褚贵人轻斥道，旋即扶起了王朝鸾，"妹妹素来恭顺，哪里会做这般无法无天之事，其中定是有什么误会。"

"不过……"她话锋一转，"褚贵人说得也是，此事必须要慎重。本宫相信此事定非贵妃所为，正因如此，更要在百官面前还贵妃清白，今日怕是要当场查个水落石出了。"

王朝鸾看着嘴角噙着温柔笑意的司马皇后，一口银牙几近咬碎。

她正准备辩驳几句，明德帝已是面色铁青地发话了："将那狗奴才押近些问话！"

很快，那内侍被拖到了御前，他涕泗横流，只一个劲儿地磕头："奴才什么都不知道，什么都不知道啊，陛下！贵妃娘娘，您救救奴才！救救奴才！"

"闭嘴！"明德帝忍着怒火，"你说！好端端的为何会带着这只凶兽来太学院？"

内侍哭道："是三殿下！是三殿下吩咐的！"

此话一出，举众哗然，在场之人齐齐将目光转向那位孱弱的三皇子。

"混账东西！"

明德帝本就是厌烦这命格不祥的皇子，若非当年开元寺的空洞大师苦苦相劝，岂能留他于世。

明德帝当即气血上头，拂袖大怒："来人，将这孽障拉下去，杖责一百！"

这杖责之刑，便是壮汉也受不住百棍，更何况这小袍子都填不满的三皇子。

司马昱眉头深皱。

此时的贺云逸正在帷帐内为晕厥的英美人施针，听得这话，心急如焚，却听得皇后娘娘的声音传来：

"陛下息怒，此事查明定要严惩，只不过臣妾有一事想不通，这钟粹宫的宫人自有王贵妃调教，如何听得三皇子的差遣？"

"臣妾冤枉！"王朝鸾立刻喊冤，"这些时日，臣妾见三皇子独居西殿，怜他凄苦无状，便略照顾一二，有了这层干系，三皇子进出钟粹宫自也方便。想必宫人们亦是看在此处才让他行事方便，不想竟中了计！"

她目色一狞，指着司马皇后哭道："皇后娘娘，这三殿下可是记在您名下的！臣妾到底是何处得罪了您，叫您如此处心积虑？"

"你——"

司马皇后脸色一变，怎知对方如此狡赖，顷刻间便将这把火引到自己身上。

明德帝被吵得脑仁生疼，他揉了揉眉头，这会儿倒是冷静下来，缓缓踱了几步，命令道："拉那孽障上前问话！"

李元悯长长吐了一口气，从侍卫身后走了出去。

司马昱心念一动，正想悄自代李元悯几句，然而李元悯似没发觉他的暗示一般，微微抿着嘴往御前走去，一掀下摆，跪在御前。

明德帝瞧了李元悯那副弱不禁风的模样几眼，心下生厌，沉了脸："你且将你这些日所为一五一十说出来，若有半句隐瞒，朕必不饶你！"

对于这位亲生父亲，前半生的李元悯除了畏怕，其实还有几分隐藏在内心极深处的期许。他想，若无父母，他怎会降生这世上，可他一辈子分明却是这般无父无母的态势，何为舐犊情深？何为父母慈爱？他全然不知。

隔了这么多年，上方所谓的"父皇"待他依旧一副视若狗彘的模样。他在这个世上太飘忽了，不由得生出一股怅惘之意，如无根之浮萍，天地之大，不知何方才是归处。

明德帝见他面色恍惚，怒喝道："还不快说出来！"

李元悯浑身一颤，眼中唯一一点光亮熄灭，跪俯下去，似被惊吓到，嗫嚅着："是二哥……二哥嘱咐我辰时便将那只猛兽运过来……"

"你胡说！"

李元朗一瘸一拐冲了出来，方才慌乱跳下云台之际，他不慎崴到了脚踝，然足下再痛，岂能比得上此间的慌乱暴怒。

他指着李元悯骂道："好你个李元悯，竟血口喷人！"

李元悯蓦地抬起头，惊疑地看着他，双唇抖瑟，眼中恐慌，最终艰难开口：

"回父皇，此事皆是元悯一人所为，不关二哥的事。"

在场众人面面相觑，立刻心领神会，三皇子在后宫的境遇众所周知，如若他死咬着，旁人自还会存着几分疑虑，然而他如此大包大揽，旁人又岂能信李元朗清白？

一股恐惧袭上心头，李元朗慌张地往上一瞧，果然，王朝鸾一双杏目正泛着冷意死盯着他，眼中是点点寒星。

一亲卫上前，双手呈上一把铜锁："启禀陛下，此乃在关押猛虎的铁笼上找到的锁具，卑职已查验过，这锁头外观虽完整，但锁芯已被人动过手脚，只需轻轻一碰便会脱落，故而这凶兽才这般轻易逃脱。"

明德帝面色黑沉："好，好，倒是算计到朕的头上了！"

亲卫犹豫着说："卑职还遣人去了钟粹宫的兽房……"

明德帝瞧了一眼钗发散乱的王贵妃，见她面上慌乱一片，忍不住心下沉怒："说！那里还养了多少只凶兽？！"

"狮虎三只、罴熊两只、花豹五只……"

听闻亲卫口述，知道后宫竟蓄养如此多凶兽，不仅百官妃嫔，便是明德帝也不免心惊肉跳，背后立刻发了一阵冷汗。

"除此……"亲卫窥着明德帝的脸色，又道，"里面还关有一人。"

明德帝险些怀疑自己的耳朵："人？"

"乃一掖幽庭贱奴。"

后妃宫殿，竟私藏掖幽庭之奴，官员们面色发青，均不敢先发一言。

明德帝眼前发黑，他跌跌撞撞后退几步，怒瞪了王贵妃一眼，半晌，咬牙切齿道："将人带上来。"

王朝鸾怎知自己兽房中竟藏了一个人，她扭头惊疑地看了一眼云台下的李元旭，见对方满目骇然，她心下绝望，跌坐在地上，只恨这些年对亲儿纵容太过。

很快，御林亲卫将关着猊烈的笼子运到了御前，一同来的还有掖幽庭中令。

猊烈目色黑沉，紧紧抓住栅栏，警惕地观察着周围，方才一堆官兵模样的人围了兽房，将他连人带笼拉到了这儿，他虽不知发生什么事，可心下明白绝非好事。

　　这个云台他自是熟悉，他曾在这儿与无数野兽搏斗厮杀，原以为又要来一场血战，然而今日之状，显然并非如此。

　　他的目光落在眼前一个跪在地上的背影，皱了皱眉，觉得很熟悉。

　　明德帝端详猊烈半晌，心知关押在掖幽庭的必是朝廷钦犯的亲眷，只是猊烈头发蓬乱，脸面污黑，自是瞧不出样子。

　　"笼中何人？"

　　早在四皇子向他讨要这贱奴之时，中令便知迟早会出事，只是不知后果竟如此严重，他汗出如瀑，颤声道："此乃叛将倪焱之子，猊烈。"

第四章 ◆

他看着地上昏迷不醒的李元朗，笑了一声，
不知是笑李元朗，还是笑自己。

叛将倪焱，出身寒族，曾凭着赫赫战功当上了江北大营的主帅。初武十年，江北大军苦战三年，终于收复漠北，将北安的版图扩向西域，立下不世之功。然而五年前，此人通敌卖国，使得北安短短数日就丢了南台十六州。消息传来，明德帝大怒，当场下令斩立决，倪府上男丁年满十六者皆诛杀，未满者押入掖幽庭为官奴，女眷充入教坊司。

掖幽庭中令知道此事已一发不可收拾，只能一五一十地将事情给抖搂出来——那四皇子如何讨要猊烈，又是如何将其充作凶兽与猛兽相搏。

在场不少武将与倪焱共事过，多数人仍对当年那一桩死案疑虑在心，此刻看见倪焱独子小小年纪便遭受非人折磨，不由得义愤填膺。

一个老将含怒上前，隔着栅栏拖过猊烈，一把将他身上污黑得看不清颜色的衣服扯开，一具狼藉一片的身子敞露在众人面前。

上面或新或旧的撕咬伤口有尚还在发炎的，亦有结了厚厚血痂的，满身肌肤竟找不到一寸好的地方。

猊烈目色血红，正待出招卡住那老头的咽喉，余光却见眼前跪伏的人将目光投向了他，几不可见地摇了摇头。

猊烈手一松，怔在当场。

他正要细看，那人已经转移目光，恍若完全不认识一般。

猊烈胸膛剧烈起伏着，突然想起了最后一次会面，那人与自己说，无论如何都要装作互不相识，切记。

是那个"小宫女"？可为何会穿着皇子的衣服？又为何跪在地上？

猊烈紧抓着铁杆。

方才扯开猊烈衣物的乃北疆军老将谢荀，他素来欣赏倪焱，当年也因倪焱的缘故从正三品大将贬至如今六品参将。

见故人之子如此备受磋磨，他岂能耐得住性子，眼中含泪，当即合掌跪下："陛下，当年倪焱虽犯下不可饶恕的罪孽，但他身已伏诛，阖族覆灭，已受到天威严惩，可他亦有大功在身，看在漠北疆域的分上，这孩子怎能被如此苛待？"

明德帝面色青红，他怎知一桩事的背后竟还有一桩，倒像是拔出萝卜带出泥，今日怕是不能轻易善终了，一时暗悔没有听着王贵妃的建议私下审定，才面临这等被架上台面的局势。

事情越发棘手，倪焱通敌，罪有应得，但其漠北之功亦不可埋没，北安素以仁政治国，一个有功的罪将处理起来最是微妙。当年那场风波，至今仍是众多武将心间的一根刺，而今这倪焱之子，却是这般被皇家子弟苛待，若不好好安抚，万一让有心人拿此事做文章，显然会寒了天下人的心。

明德帝遂冷声道："带四皇子上来！"

饶是仗着明德帝的宠爱，李元旭也知道今日这事不可能轻易揭过了，他跌跌撞撞跪在明德帝足下，哭道："孩儿一时贪玩而已，都是孩儿一时贪玩，父皇，孩儿再也不会了！"

明德帝恨铁不成钢，一脚踹开他："糊涂东西！今日之祸皆是因你而起，若不让你长长记性，日后怕是把这天给捅穿了！来人！拉这孽障下去杖责二十！"

王朝鸾花容失色，顿时扑过去抱住明德帝的大腿，哭着哀求："陛下，元旭尚小，岂能经得住这二十苦杖，都怪臣妾教子无方，才让他犯下今日这大错，便让臣妾代他受过吧，陛下！"

"父皇！儿臣错了！儿臣真的知错了！"李元旭现时是真的怕了，扑在王朝鸾怀里涕泪横流。

母子二人紧紧相拥，哀泣不已。

明德帝胸膛剧烈起伏着，面上难免露出不忍之色。

李元朗心知今日自己定是难逃问责，与其等旁人朝他发难，还不如置之死地而后生，当即咬咬牙，冲了出去，双膝扑通跪地："父皇，元朗对天发誓未曾差遣过三弟，也并不知这猛虎如何来的，然而今日这一切皆是孩儿的错！"

明德帝冷笑：“你既不认这桩公案，又如何言说都是你的错？”

李元朗泣声：“元朗身为兄长，自要处处提点，四弟尚小，一时贪玩，不辨是非，是我这做哥哥的未能及时劝阻，才得以有今日之祸事，恳请父皇恩准我代替四弟受这二十杖责！”

明德帝微眯着眼睛：“你可是说真心话？”

“儿臣一片真心。”李元朗跪伏，做足心甘情愿的态势，“恳请父皇允准儿臣替四弟受过！”

明德帝点头，沉声道：“好！难为你有此等觉悟，朕便准了！只是你要记住，今日这二十棍并非纯是替你四弟受的，纵虎之事，朕在查清之前，暂且不发落你，然旁的你也逃不了责任，这二十棍给朕好好受着！望你日后谨记！”

李元朗将额际抵着石板地面，咬了咬牙：“儿臣谨记。”

明德帝微微颔首，没好气地看了一眼李元旭：“你这孽障也绝不可轻饶，从今日起，在偏院禁足一个月，没有朕的允许，不得踏出房门半步！”

王朝鸾低泣，放开怀中的李元旭，两人齐齐跪恩。

“陛下……”褚贵人上前一步。

明德帝却扬手一阻，喝道：“你还想添什么乱？”

褚贵人面色一紧，退回司马皇后身后，含恨瞪了一眼跪在地上的母子。

而司马皇后只几不可见地深吸一口气。

处理好那厢，明德帝踱步至李元悯面前，目中烦恶：“你这愚钝东西，且不论是否被人指使，今日之祸开端皆在你，若不给你点教训，恐怕你这混账东西长不了记性，便一同拉下去杖责三十！西殿宫人看管不力，杖毙！”

话音刚落，在场官员神色各异。

众人都晓得明德帝厌恶三皇子，然今日之事，始作俑者却仅是禁足一个月，那三皇子历来谨小慎微，胆小如鼠，岂会做这等恶事，显然是为他人所利用，可受的惩罚却是最重的，不免让人唏嘘。

另一边，大皇子李元乾微微抿着唇，心下后怕，四弟素来横行霸道，处处逞能称强，兽房蓄养猛兽之事他早便知晓，原本欲借此打压四皇子一脉，却被左相阻了，如今他可算知道外祖父大人的高瞻远瞩了，不由得与赵左相相视一眼，目露感激。

"儿臣遵旨……"李元悯似是畏怕，他缩着双肩，面上带着讨好，"儿臣还有事请奏。"

"说！"明德帝不耐烦。

李元悯吞了吞口水："今日之祸事皆因儿臣愚钝而起，儿臣愿受这三十杖责，另还请父皇恩赐这掖幽庭之奴做我西殿的太学侍郎。"

此话一出，众大臣间轰然议论纷纷。

按秋选惯例，每个皇子至少要选配一名太学侍郎，旁的皇子都好说，只是这晦气不祥、受明德帝厌恶的三皇子不好安置，侯爵贵胄们又怎会让阖族命运与他产生关联，自是人人避之不及。

原本秋选前明德帝还在发愁要如何定这个人选，听闻他这么一说，不由得心念一动。

倒也是好主意，一则免去他安排西殿侍郎人选之烦忧，二来这孽障好歹有个皇子身份，让一个罪将之子除去奴籍，当其太学侍郎，到底算是个恩赐，如此也好安抚在场武将们的心。

当下他抚须思虑半晌，清了清嗓子，装模作样地询问："众爱卿以为如何？"

伶俐些的大臣们岂能领会不到明德帝的意思，当下连声称好，大赞陛下仁慈。

明德帝龙颜大悦，命执笔太侍即刻上前撰写圣旨。

云台下，司马昱目中暗色浮动。今日他父子二人本就有另一番打算，不想被这突如其来的猛虎给打断，现如今只能暂且按捺下来，日后再计。他不动声色地看了眼不远处的侯父，对方没有半分大计被阻的沮丧，仍旧面如春风，与一旁的官员谈笑交好。

到底是自己年纪尚小，修为不够。

他深吸一口气，将内心的郁丧冲散了几分，目光望向远处，那人已被侍卫带去接受杖责了。

看着那个单薄孱弱的背影，他蓦地起了一丝莫名其妙的不安，这个三皇子，与他料想中的不太一样。

但哪里不一样，他又说不上来。

他看着李元悯的身影，一种说不上来的感觉笼过心头。

一直在关注李元悯的还有猊烈，他呼吸炙热，十指紧紧掐进肉里。从刚才那一眼开始，他便沉浸在一股莫名的躁意里面，而这股躁意随着皇帝罚李元悯的三十杖责而达到顶峰。

他想李元悯应该会再看他一眼的，但直到李元悯被侍卫押解着经过他的铁笼，都不曾往他这边看过。

李元悯面上平静、坦然，仿佛并非去受刑一般。

为什么？

猊烈咬紧牙根，闭上了眼睛。

太学院外，执杖的太侍此起彼伏杖打起来，小儿手臂粗细的木杖打在臀部，发出沉闷的声响。

李元悯咬着牙，紧紧抓住身下的长凳，冷汗早已浸透了他的衣衫，剧痛袭来，似乎无穷无尽。

身边的李元朗号哭："你这贱妇子！我决计饶不了你！饶不了你！"

李元悯没有理会他，神志已在剧痛的侵袭下恍惚了起来。

好痛，太痛了。

连日光都变成了刀刃，杀进眼里，刺得眼睛瞧不清前途。

李元朗的二十棍已先打完，他的嘴唇已经被咬出口子，沁出血珠，他的瞳仁充满了仇恨，如同鬼煞，死死盯着李元悯：

"我定会杀了你！

"杀了你！"

狰狞沙哑的声音如诅咒一般回荡。

随着最后一声沉闷的声响，李元悯的三十杖棍也执行完毕，宫人收起了杖棍，齐齐到院内回话。

李元悯趴在长凳上，缓了缓，艰难地转过头。

"放心……你杀不了我……"他剧烈地咳了一声，竟呕出一口鲜红来，然而他似是浑然不在乎，还露出一个微笑来。

"因为……王朝鸾再不会信你了……你这二十棍……白打了……"

纵虎之事，除了他们二人，谁也不能笃定真相，经此一事，李元悯已在李元朗与王朝鸾之间划了一道裂痕。

李元朗龇牙咧嘴，大叫一声准备扑过来，然激痛之下却是滚在地上。

"李元悯！"他拼尽了浑身气力，嘶吼一声，旋即面色一狞，一口气上不来，双眼翻白，就这么昏厥了过去。

李元悯又咳了一声，眼前的光影越发恍惚起来，看着地上昏迷不醒的李元朗，不由得笑了一声，不知是笑他，还是笑自己。

李元悯想：好累啊，又累又痛……

他的眼皮愈来愈重，待眼前的世界拉成一条长线，他瞬间跌入了黑暗之中。

李元悯昏迷了三日。

待醒过来的时候，睁眼便是猊烈的那一双野兽似的眼睛，他的瞳仁很黑，有些冷冽，像两颗寒夜里的黑玉。

李元悯不由得伸手过去，待触及那温热的皮肤，他突然意识到，这不是梦境之中。

他扯了扯嘴角，没有血色的唇露出一丝艰难的笑来。

他想，他总算把这孩子给救出来了。

"阿烈……"李元悯笑了，笑得滚出眼泪，又叫他，"阿烈。"

猊烈原本存了一堆的话要质问他，为何骗他，为何救他……

然而却在这一声声"阿烈"中，他内心那股莫名而生的闷气，不知所以便化为了乌有。

午后，一道圣旨下来，敕封三皇子李元悯为广安王，赐岭南封地，待伤愈后即刻出发前往。

岭南是个远离京城的烟瘴之地，民风彪悍，自古以来便是个苦地。

但自从接到这个圣旨后，李元悯心间忍不住咚咚咚地跳起来。

这辈子，终于有机会让他踏出皇城了。

无论如何，自他谋算纵虎之事始，这已经是他能够想得到的，最好的结果了。

殿内已无旁的宫人伺候，除了躺在床上的李元悯，来去自如的也只有一个猊烈了。

他没有学过宫规，虽然被赐了一个"太学侍郎"的名头，但实际上不过是个野性难驯、毫无规矩之人。李元悯本想让他自行在偏殿收拾一间厢房出来暂时安歇，然而他却自作主张去偏殿搬了一张长榻至李元悯的卧前，又不知从哪里翻出来一张褥子，便这么凑合了。

李元悯叹了口气，心知这孩子一时半会儿也立不了规矩，只能随他。

这几日清静中，李元悯的伤势渐渐好转。再过了两日，他便可以下地了，只不过行走吃力些，从寝殿到宫门，要足足花上一炷香的时间。

他的心情一日比一日明朗，逃脱京城的日子在即，又没有旁的令人烦心倦目的人事来侵扰，自是轻松惬意，一生松快的日子并不多，这几日的清静已经足够令他感激上苍了。

只是知鹤，是许久未来了。

秋蝉如今已经杖毙，再也无法伤得知鹤半分，李元悯总归安心了几分，只是他想在出发前见见这位曾经唯一的挚友，此去路途遥遥，不知归期，更不知何时何地才能再见面。

心下难免起了几分怅惘。

只未等他想到办法避开耳目将玉佩送去药局，贺云逸就来了。

外头暮色一片，四处像蒙了一层暗纱，李元悯原先瞧不清他，只试探地喊道："贺太医？"

待那张熟悉的脸映入眼帘，李元悯面上不由得带上了惊喜："知鹤！"

本想再难相见的，李元悯欢喜得不知如何是好，忙站起来迎了上去，他一时起得急了，扯到了伤处，不由得"哎哟"一声，一时颇有些脸热，一瘸一拐地向贺云逸走了过去。

他自满心欢喜，然瞧清对方脸上的神色后，脚步不由得慢了下来，面上的笑容亦渐渐凝固。

贺云逸面上带了自己看不懂的神情，就那么木木地看着他。

李元悯不明所以："知鹤？"

贺云逸讥诮似的一哂："苦地丁与骨碎草，性寒，清热毒，消痈肿，活血止痛，补筋强骨，二则混同自是极好的外用之药。"

这一番外人听了不明所以的话叫李元悯浑身一震，脸色瞬间白了："知鹤……"

然而贺云逸似乎并无关心他的反应一般，只自顾自地说："可若这二者一同内服，便会使人筋骨俱痛，躁动难安……猛兽更是如此。"

贺云逸幽幽看向李元悯，目中似一汪瞧不清模样的深黑湖水："记得我曾千般嘱咐过三殿下，这外用之物切切小心，用后即刻净手，免得误服。不想三殿下胸间早有丘壑，无须在下碍事。"

他乃太医世家贺氏出身，贺家族人嗅觉灵敏，非常人可比，旁人不知，唯他闻得出那日猛虎身上这二味草药的气息。

这《药经》所载，他曾在对方有意无意的诱导下，当成谈资随口道出，怎料得一开始便落入对方的谋算之中。

"知鹤……"一股无力感袭上心头，李元悯张了张嘴，"你听我说……"

他晃了晃身子，心脏如坠深渊，一片暗沉，他想解释，却不知如何说起，因为他确实利用了贺云逸。

可他实在没了法子，他手上能利用的东西太少了，少到他寸步难行，只能眼睁睁瞧着自己徒劳地在这摊污浊里苦苦挣扎，重复着前半生的噩梦。

他想逃出去，太想了。

自那日贺云逸送药膏来，特别叮嘱一番后，他便起了这筹谋纵虎的念头，为保计划不出错，他……确实别有目的地套了贺云逸一些药性方面的话。

"知鹤……"李元悯喉间发苦，深不见底的苦水浸没了他，可他却无法向贺云逸倾诉半分。

该从哪里说？又该如何说？

听闻"知鹤"二字，贺云逸身子晃了晃，唇边更是浮起了一丝自嘲。

与他初次相会，二人并不相识，可他却是半昏半醒地喊着"知鹤"，也正是这一声知鹤，令自己生平第一次起了怜惜，才有了二人后来的交情。

当局者迷旁观者清，如今一想，那时自己刚入太医院不久，是个不为人知的年轻太医，一个久居冷宫的皇子岂能晓得自己从未告知旁人的字？

怕是第一次会面，便落入他布下的局了。

有着那样清亮无垢的双眼的人，心思竟如此深沉！

这些时日以来，那些会面的欢喜，那些倾心相交的一言一语，那些为他身子殚精竭虑的忧心忡忡……如今看来都像是一场笑话。

父亲一向为自己骄傲，少有厉色的时候，秋选那日的夜里，却是急急将他关在祖祠劈头盖脸怒斥了一番。

"一个冷宫之子，自小尝遍人情冷暖，岂有你想象的软弱良善，需要你区区一个太医院左院使上赶着替他打算？

"纵虎之事是谁所为，瞒得了他人，瞒不了你我！

"陛下圣明，亦被此子耍得团团转，你以为你是谁？不过人家趁手的一件工具！

"如若你还记得自己是贺家子孙，从今日起，便断绝与他往来！除非你想亲眼瞧着贺家阖族覆灭！

"知鹤！迷途知返啊！"

句句字字如雷霆贯耳，叫人心神俱裂。

贺云逸笑了几声，失魂落魄似的连连向后跌了几步，待他站稳，面上却是渐渐收了笑。

他从怀中摸了一盒膏药出来，自嘲道："我贺某人交友从来无愧于心，今日便算是来做个了结。"

他双手伸平，将膏药示在李元悯面前。

"此乃苦地丁与骨碎草所制的伤药，对你身上的伤再好不过……"

他语气渐渐平淡了下来，收起了所有的情绪，无论好的，还是不好的。

最后，他只是轻声道："只望殿下此次莫再用错了。"

话音刚落，他将那盒膏药往一旁的桌案上一放，发出了一记沉闷的声响。

李元悯浑身一颤，他知道自己马上就要失去很重要的东西，一下子抓住了贺云逸的手，慌乱又强自压制着："知鹤，你等等，你等等，让我好好想一想。"

他想该怎么说？他怎么将一切和盘托出？他的缘由是那么荒谬，荒谬得半梦半醒间只以为自己做了个梦。

可他太想留住贺云逸了，他的知鹤，曾经唯一的至交，他不想失去。

重新来过后，李元悯第一次如此慌乱，双手都在颤抖着，连着嘴唇也是。他努力地想着该从何说起，可说出来的，仅是无措地喃喃："知鹤……我有苦衷的……"

他抬起头来，却看见对方面上的讥诮，那双眼睛里再也没有了素日里的关心温柔，只剩下了淡漠。

李元悯心间一痛，放开了贺云逸的手，瞬间红了眼眶。

回不来了。

他知道一切再也回不来了，他彻底地失去了这个至交，前半生他拥有的并不多，唯独的这个，也让他给弄丢了。

一切皆是因果报应。

那一瞬间，李元悯突然想起了李元旭。当李元旭肆意折辱猥烈，想方设法报复曹纲之时，可会想到他自认为的一二小事，却成了他自己，甚至整个王朝的催命符?

一股宿命之感油然而生。

前半生的李元悯虽懦弱，却待贺云逸至诚，从无半分欺瞒利用，那样的人才值得贺云逸以心相交，而不是这辈子担负了逃离欲望的自己。他利用了贺云逸，无论是如何情非得已，到底是玷污了这份真情。

人活于世，都要为自己所做的一切负责。

贺云逸已经走远，从今往后，再也没有这样倾心相交的日子了，心碎如斯，痛极了，连身体的痛楚与此时相比，好像都显得那般无关轻重。

他失去了贺云逸，失去了他珍贵的东西，因为这辈子的一个选择。

李元悯捡起了那盒药膏，慢慢蹲了下去，大颗大颗的眼泪从他眼眶中掉落。

站在命运前方，他如同蚍蜉一般渺小。

启程那日天色不佳，阴郁暗沉。

没有浩大的昭天祭典仪式，只有内务府按规制安排的一行五十六人的卫队。

前来送行的唯有秋选那日为猊烈讲话的老将谢荀，与他一同来的，还有两个身长八尺的随行。

谢荀须发皆白，面上已带了岁月留下的沧桑，厮杀战场的将军终于有了几分普通老者的样子。

他拍了拍猊烈的肩膀，说："好孩子，此去且好好照顾自己。"

看着那一张酷似故人的脸面，似勾起了他那些戎马倥偬的记忆。他眼角带了几许泪花，又朝着李元悯深深一鞠："多谢三殿下。"

谢什么，他并不点明。

李元悯忙扶起了他。

谢荀又唤过身后两名随行，对李元悯说："此乃我军中的两名随行，张龙、周大武，他们虽是粗莽不堪，倒也忠心耿耿，便交由三殿下使唤了。"

李元悯眼眶一热，心知眼前这位老将虽是军旅粗人，心思却颇为细腻，看出了他无人可用的局促境地。

他当下不再推辞，只郑重地朝谢荀一拜："多谢老将军。"

迟疑片刻，他又说："将军，元悯还有一事相求。"

"哦？三殿下但说无妨。"

这件事着实是难为谢老将军，可李元悯没有办法了，想起猊烈日后的暴虐，他也要尽力一试。

"若是可以，还请谢老将军想方设法营救倪将军之女倪英，她如今身陷教司坊，才六岁的年纪……"

他顿了顿，有些羞愧："我……我人微言轻，前些日递的折子音信全无，想必未至御前便不见踪影了。我实在别无他法，还望将军看在倪将军的分上，尽力一试。"

猊烈浑身一震，看着眼前恳切相求之人，这事自己无法开口要求，故而只能深深压抑心中，夜夜辗转难安，却不想如此境地的李元悯一直记着。

然而谢荀倒没有露出为难的神情，面上一片钦佩："三殿下放心，今日虽只有老朽一人前来，但朝中武将多有正义之辈，老朽一定同他们想方设法相救，即便一时脱身不得，也可暗中照顾一二，你们但请安心。"

猊烈目色深黑，什么话也不说，只"扑通"一声跪了下来，朝谢老将军重重地磕了三个头。

"好孩子，你不必如此。"谢荀将猊烈扶了起来，"我与你父惺惺相惜，老夫信他绝不是叛国之人，个中缘由，老夫直至如今仍还在暗查。你切要保重自己，往后像倪将军一般，做个顶天立地、无愧苍生的好男儿！"

猊烈紧握双拳，点了点头。

卫队领兵已经前来催促了，他们不便多说，只好互相郑重道别。

重重的城门开启，素色车舆在一行兵马的护送下往京城外驶去。

李元惘掀开轿帷，望向不断远去的巍峨城门，以及在原地看着他们离去的谢老将军，心间并无想象中的激动，反而起了一丝淡淡的落寞。

队伍行走在茫茫天地之中。

待行了半个时辰后，他摸了摸手中的药盒，开口道："停！"

闻言，队首的领队挥了挥手，示意停下。

猊烈掀开帷帐，将李元惘扶了下来。

李元惘轻轻咳了一声："你们在此处等候片刻。"

他一人走向了不远处的小山包，那里有棵孤零零的小树。

他站定，将怀里的一块玉佩掏了出来，垂眸细细端详着，仿佛透过这块莹莹玉润的玉佩便可以瞧见那张温煦的脸。他一怔，幻象散开了。

他叹了口气，找了根木棍在地上掘了一个深深的洞，而后将玉佩及药盒一起放了进去，定定地瞧了一会儿，覆上了土。

他站起来遥遥望着那烟波中几如圆点的京城，心间怅惘：知鹤，别了。

一阵风拂过，他又轻轻叹了口气，一回首，见猊烈站在身后，也不知看了多久。

看着那风中挺拔的少年，他心头的怅惘不知为何减轻了不少，只微微一笑，迎了上去。

大风起，队伍的旗帜猎猎作响，苍茫的天地间有一只孤鹰在盘旋，浩渺风波中，李元惘抓住猊烈的手，说："阿烈，我们走吧。"

第五章 ◆

"那末将恭敬不如从命。"

春夏之交，岭南地界。

长庚星方落下不久，天色便早早地亮了起来，到了辰时，日头已爬得老高，街道路面隐隐浮着热气，路边郁郁葱葱几丛绿影，树梢的嫩绿逐渐晒成了苍翠。

似也感受到了外面的热浪，马房内的骏马们打着响鼻，饮着水槽内略显混浊的井水。

这西南边陲之地乃盆地地域，气候潮湿，加上这烈日蒸晒，简直如同蒸笼无异，湿热难当，令人心生烦闷。

周大武翻身下马，随手把缰绳递给马夫，抹了把脸上的汗，长长吐了口浊气。

"这鬼天气！"

他低声抱怨着。

算了算日子，他离开京城来到这岭南地界也已七年有余了。在这期间，他娶了妻添了两个娃子，却依旧不适应这闷湿的气候，也不知往后还有无回京的机会。

他一边摇头叹气，一边却是不敢耽搁，将马背上背囊中的文书拿了出来，急急往广安王府赶去。

拐了个弯，广安王府的门楣便入了眼帘。

这是一座并不宏伟华丽的王府，门庭带着岭南地域独特的风情，与京城贵胄府宅全然不一般，唯一相似的便是大门前边上的两尊石狮子，龇牙威严蹲坐着，后面站着两位神情严肃的府兵。

周大武匆匆踏进了府门，一头便撞见往外赶来的张龙。

"唉，你可算来了，再迟上半刻，想必那位小爷得剥去你两层皮了！"

"这不是急赶着吗？"周大武抹了把脸，又问，"他在哪儿呢？"

张龙嘴一努："还能在哪儿？练武场等着呢。"

周大武一缩脖子，心下惴惴。他虽年长对方七八岁，然而在那位小爷面前倒是气短不少。谁叫他技不如人，让对方得了府兵总掌的位置。

想他周大武虽非一流高手，也绝非令人小觑之辈，不想那十几岁的青年短短数年间便将自己甩开一大截。

他摇头叹了口气，捏紧文书，急急往王府后方的练武场赶去。

未及门口，听得里面爆发出一阵热烈的喝彩声。

周大武疾行几步，便看见猊烈那张如刀削般冷硬的侧脸，他身姿挺拔，神色淡漠地拉开大弓，瞳仁一缩，蓦地放射出箭。几乎是同时，他搭箭、勾弦、拉弓、放箭一气呵成，唰唰唰地连续射出了三支箭，一箭跟着一箭，竟是连连将前方正中靶心的箭矢从箭羽处劈开来，短短一个屏息的工夫，靶心上的几支箭已被劈开花来，最后一支力透靶心，竟将三寸宽的靶子击穿，靶座震颤，发出了嗡嗡嗡的声响。

练场上的兵士爆发出更大的喝彩。

周大武心下大为震慑，饶是他见多了京中的高手，却从未见过如此天生神力者，不免暗暗咋舌。

趁着这间隙，他连忙上前，将文书递呈给猊烈。

猊烈随手将大弓丢给他，翻阅起来，半晌，嘴角浮起了冷笑，收在怀里，也不言语，自顾自地往前院去了。

周大武自是认得手上这张泛着冷光的龙舌弓，不久前，前任岭南知府离任之际赠给广安王的，后被广安王转赠给猊烈了。

听说这龙舌弓是以紫檀神木所制，比玄铁更硬上三分。

周大武掂了掂，颇为沉重。他瞧着猊烈的身影已经消失在门口，心下痒痒，有心一试，便支起弓身，使了几分力气。

然而弓弦分毫不动。

周大武不信邪，他好歹是谢老将军从千余幼童中挑选出的资优之人，怎会比不得那人分毫？他咬了咬牙，使了全劲，待满脸涨红、青筋暴起，却仅能将之拉个半满。

　　仅仅坚持片刻，他就泄了气，粗喘着，汗出如牛。

　　想起方才猊烈不费吹灰之力的模样，他再次悲哀地悟出一个道理——人与人之间，天生是有差别的。

　　周大武垂头丧气地将这龙舌弓用软布沾上桐油擦拭，直至光亮如新，然后挂在猊烈休憩的耳房内。

　　猊烈绕过长廊，来到后院，正欲匆匆踏入主室，发现自己身上皆是尘土汗水，略略一思忖，先行回到偏院，唤小厮抬水来洗。

　　沐浴后，猊烈换了身便装，去了后院。

　　刚步入院门，便见一劲装少女端着一只空碗出来了，那少女十二三岁的年纪，长得与猊烈颇为相似，眉眼很是英气，又有几分少女特有的娇憨。

　　她见猊烈过来，眼睛一亮："阿兄！"

　　这少女便是猊烈之胞妹，倪英。

　　六年前，经由谢蔺等将士的苦心营救，倪英终于脱身教坊司。幸得她年幼，未遭荼毒，只在教坊司打扫洗作，然教司坊岂是那等养生的佛地？自也是日日苦挨。

　　小姑娘刚送到岭南的时候，已经瘦得仅剩一把骨头了。

　　亏得这些年在广安王府养了回来。

　　看着胞妹俏生生地朝自己疾步而来，猊烈淡漠的眉眼缓和不少，他瞧了瞧碗底几许褐色的药渣，目中拂过一丝忧色。

　　"殿下如何了？"

　　倪英道："喝了药刚刚歇下，阿兄等午后再过来吧。"

　　"无妨。"猊烈没有多说什么，只交代了她几句，便径直往主院走去。

　　他刚推门进去，一阵淡凉的馨香扑鼻而来。

　　仆妇正于外室给水箱换水，内室纱幔轻垂，影影绰绰地透出里面的卧榻。

　　仆妇见到来人，连忙站起来，猊烈示意她噤声，挥了挥手命其退出去。

　　她福了福身子，便轻手轻脚退了出去。

　　猊烈撩开纱幔，步入内室。

　　一阵淡淡的草药香气迎面扑来，因遮了光，里头比外室更凉快不少，外头携来的闷热瞬间化为无形。

床上的人已经陷入了昏睡，鸦羽似的睫毛在眼下映落淡淡的灰影，乌发已经散了，落在枕边，一张俊美的脸很苍白。

猊烈的眸色露出几分担忧。

他缓步上前，坐在床边，探手搭在李元悯的手腕上。

岭南的晚春如此闷热，然而李元悯身上还是透着凉意，一点微汗都没有，多年宫廷生涯，到底是损了他的底子，加上连日操劳，还是让他病了一场。

猊烈忧心忡忡，将他落在外面的手置入薄被之中，然后起身，如往常那般去一旁书架上拿了本书翻看起来，就这么过了几近一个时辰。

日上正中，外头的知了声起，李元悯才有了动静，睫羽翕动，缓缓睁开眼来，待瞧清了眼前的人来，不由得一笑："阿烈……"

见他支撑着身子坐了起来，猊烈丢了书，伸手将他扶了起来，往他背上垫了腰靠。

"什么时候来的，怎么不叫醒我？"

"没多久。"猊烈看着他，"还难受吗？"

"好多了。"

李元悯看着眼前这个沉默寡言的孩子，不知觉间，他已经十七岁了，想当初救他出来时不过一个被人肆意欺凌的落魄少年，而今已经成长为一个高大俊朗的青年了，自己站在他面前，堪堪只到他下巴……当真是白驹过隙啊。

李元悯心间一片欣慰，自己虽私心偏宠他，但也并非一味袒护，这府兵总掌的位置到底是他凭本事拿的。

这孩子虽未及弱冠，但府中无论老将还是新兵，对他皆是心服口服，绝无二心。这些年，到底多亏有了他。

想起刚来岭南时相依为命的苦日子，李元悯心下唏嘘。

李元悯想，这样的孩子，不过是在绝境倾轧中走了歧途，怎会一开始便是前半生的那个杀人不眨眼的嗜血魔头呢？

幸好把他给救回来了。

李元悯心下便有了几分柔软："用过午膳了吗？"

"没。"猊烈反问他，"殿下饿了吗？"

李元悯本无食欲，但见那双黑漆漆的眼睛露出的一丝希冀，便笑了笑，说道："好，便叫些吃的进来，你也陪我用些。"

猊烈立刻起身去吩咐了。

午膳照旧很简单——粳米饭、一盘素锦鸡丝、一盘酱肉、一碟炒菜心，还有党参乌骨鸡汤，便无其他。

二人对坐着用膳。

原本猊烈乃下属，不可以与主子同桌用膳，然而李元悯历来疼他，虽在外面有几分保留，但私下从不束着他。

待喝完最后一口汤，李元悯脸上多了些血色，拿过一旁的香茶漱口，顺口道："你遣周大武去过袁巡台那边了？"

猊烈面上便露出些不悦来，放下筷子，将怀中的文书递给李元悯。

李元悯翻开，略略看了几眼，倒不生气，只笑着说："这袁崇生倒是明目张胆，两万顷地说也不说一声便垄了。"

为表天家恩赏，北安的藩王历来皆有赏赐的庄田，但在岭南地界，这些庄田一向由巡台府掌控。李元悯早先暗中遣人摸过底，知道这些庄田每年的进账有多少。原先的抚台倒颇为厚道，除了地方兵马供需，余下的皆分拨至广安王府，而这袁崇生新官上任三把火，第一把先烧到他这边来了，不说一声便将其间一大块给砍了，留给广安王府的仅余一成之数。

且不说每年必得向京城交的三万两岁贡，便是养广安王府也不够。

李元悯自是知道为何，这袁崇生乃京城官员转任，早便听闻他的身世际遇，显然不将他放在眼里。袁崇生已上任半月有余，却从未前来拜会过，已算是明面上给广安王府下马威了。

猊烈冷声道："午后我便领几十府兵过去拿他过来，且看他骨头是不是这般硬。"

"此事尚且未至这毫无转圜之地。"李元悯笑了笑，"先吃吧，这事明日再说。"

入夜，猊烈照旧宿在外室的长榻上，这原是他自京城以来一直保留的习惯，然而纵是李元悯容他，也知此举不妥，故而在他十四岁生辰过后，便不准他宿下了。

只是这几日，李元悯病倒，猊烈二话不说又搬了长榻睡在了外头。他虽一贯听李元悯的，但若是关乎李元悯的身子，便甚为固执，李元悯知道劝不动，也就随他。

夜已经很深了，许是白日里睡多了，李元悯倒是一点睡意也没了。

他抓着胸口的薄被，在夜色中睁着双眼看着床顶上雕刻的祥云逐日，无端又想起了刚来岭南的日子。那时人生地不熟的，人事纷杂，身边仅几个可用之人，他这不争气的身子又一时适应不得岭南湿热的气候，刚来了半个月，便大病一场。那时候可真难啊，好在都过来了，如今的日子已是自己能够想象得到的极致了，不由得轻轻吐了口气。

"殿下睡不着？"

纱幔外蓦地传来一声，猊烈的声音很是低沉，又带了几分久未开口的沙哑。

李元悯"嗯"了一声："大概白日里睡多了。"

片刻，猊烈的嗓音又响起："殿下可是忧心那袁崇生之事？"

袁崇生这事儿虽棘手，倒还不至于令他辗转反侧，毕竟初来岭南之时，遇到的困境可比如今难多了。

这些年来的历练，倒是养成了自己一副诸事不惊的性子，也算好事。李元悯自嘲一哂，正待解释却又听得猊烈道："别担心，一切有属下在。"

李元悯一怔，心下柔软："并非此事，袁崇生之事我已另有打算，只要等上几日，待京城里摸清情况回信了再说。"

他翻了个身，透过影影绰绰的纱幔看了看外头躺着的人，刚来岭南那会儿他都是这么睡着的，半夜醒来便能看见少年安静睡着的模样。那时猊烈还小，长榻虽不宽绰，倒还睡得下，只如今猊烈已是如此高大的身量，自不是躺得很舒展，此刻正反背着双手枕在脑后，似也睡不着。

这孩子是自己一点一点看着长大的啊！

李元悯心下有一阵羽毛拂过的感觉，突然开口道："阿烈，这些年多亏有你了。"

猊烈没有说话。

李元悯隔着纱幔也看不清他的表情，不知是否还是那副抿嘴沉默的模样。

李元悯突然想到一事，心间倒是沉重了几分，眸色幽深。

"日后我定会想办法让你改姓归宗的。"

虽明德帝赦免了猊烈掖幽庭之奴籍，可天家威严，又岂容旁人压制，于是像警告敲打一般，仍保留着他掖幽庭的奴姓。

猊，凶兽之意，可这辈子，他的阿烈已不再是那只逞凶人间的恶兽了。

猊烈沉默了很久，似是随意地说："无妨，一个姓而已。"

李元悯喉头一涩，他怎不知这改姓之事的千难万难，这孩子持重寡言，一概的困难只自己一力担了，却不愿将难题托付在他身上。他心下酸楚，更是打定了主意，无论如何也要想方设法将这凶兽之姓给改回去。

他不欲对方多想，便止了话题："睡吧，明日你还得去郊外。"

"嗯。"

李元悯悄无声息叹了口气，躺了下来。

夜色越发深沉，他半垂着眼睛，不知多久了，倒有些昏昏沉沉起来，纱幔外传来轻微的响动，他虽半梦半醒，也知道是猊烈进来了。

猊烈一直未睡，都在留心帷帐里面的动静，待许久未有翻身的细碎声响时才安心下来，又怕李元悯深夜再发热症，便悄悄起身撩开帷帐去探他的额温。

李元悯恍惚之间看见那个熟悉的身影靠近了来，额上一暖，他的手背带着青年身上勃发的热度，身上是沐浴后清爽的熟悉气息，李元悯迷迷糊糊的，只觉得心里很踏实，很暖和，很舒服。

李元悯想喊一声阿烈，却疲倦得开不了口。

困意袭来，他陷入了酣睡之中。

李元悯醒来的时候，猊烈已经不在了，大概已出发前去郊外了。长榻空荡荡的，几许阳光落在上头，浮尘在其间乱舞着。

外头候着的仆妇听着里面的动静，轻声询道："殿下可是醒了？"

李元悯深吸一口气，散去心间的几许怅意，起身下地。

"拿热水进来。"

眼瞧着今日身子爽利了些，也暂无公事，午后时分，李元悯便只身前去练武场看看。

府兵们已被猊烈拉去郊外操练，练场里只剩下一群少年，他们打着赤膊，正闹腾腾地踢着蹴鞠。

定睛一瞧，倪英一身玄黑劲装也混在其中，她束着发，满脸都是热出来的汗，红扑扑的，足下正盘着蹴鞠，呼来喝去。纵然眼前四五个比之高大的少年齐齐围堵，她也满眼无畏，反而生出了浓烈的兴奋，当下大喝一声，足间生力，蹴鞠应声入洞！

倪英扬起眉梢，一脸自得，美滋滋地撇了下鼻子。

"瞧你们一群屁货！"

她身后气喘吁吁的少年们撑着双膝，无奈地瞧着眼前这个明艳张扬的少女。

李元悯不由得皱眉。

他这才意识到倪英已经长大了，过了年便已十四岁，如若放在京城里，早就有说亲的人家登门了。

想当初谢老将军遣护卫送了她这么个女娃娃到府上，也不知道如何教养一个深闺淑女，只能让倪英随着兄长一同受夫子教学，还跟着周大武及张龙学些拳脚功夫，不想这孩子倒在广安王府的男人堆里混得风生水起，成了一副人人畏怕的女魔头的模样，想来是该找些绣娘来教教她了。

远远见着李元悯来了，倪英"嘿"了一声，速速跑过来："殿下哥哥，你身子好啦？"

"好多了。"李元悯瞧了瞧倪英那张红扑扑的脸，摇了摇头，从袖中递了张帕子给她，"擦擦，一个女儿家如何这副狼藉模样。"

倪英接过，眉飞色舞地邀功："殿下可有瞧清我方才血虐这帮孙子的样子？"

"你啊……"李元悯轻斥道，"到底是女子，怎能如此粗莽，往后不准在练场这般闹了。"

倪英满脸无所谓，只嘻嘻笑着，撒娇似的说："偶尔嘛。"

她擦了擦汗，将李元悯的帕子放在鼻尖深深一吸："香香的，嘿嘿，跟殿下身上一样。"

李元恼感觉额间突突突地跳，心下暗叹，倪英虽与阿烈是亲兄妹，性子倒是截然相反，到底要开始管管这女魔头了，否则只怕整个北安都无人敢娶她。

练场上的一群少年一窝蜂似的挤上前来，七嘴八舌、叽叽喳喳：

"殿下，您来啦！"

"您的身子可好些了？"

"殿下！要不要看看我的剑术？"

……

看着那一张张略显稚嫩的笑脸，李元恼心下略有慰藉。

这些少年皆是孤儿，往后也会被培养为广安王府的府兵。

岭南地界毗邻交趾，常年有交趾人来犯，那些交趾人往往挑着些人烟少的地儿屠村，这些皆是倭寇作乱中流离失所的孩子，幸得如今还有一处避难的地方。

许是一向冷酷严肃的猊总掌不在，这些少年欢脱了许多，一个个朝倪英挤眉弄眼。

倪英会意，笑嘻嘻上前。

李元恼岂不知她打什么鬼主意，弹了下她的额头，问道："说吧，又怎么了？"

倪英摸了摸额头，只谄媚地笑着："这不是十五了嘛，街西有庙会，听说此次来了不少西域的杂耍班子，极是难得，这次不去便再没机会瞧着了。"

话音刚落，她身后的少年们屏息着，期待地盯着李元恼。

瞧着那一道道充满希冀的目光集中在自己脸上，李元恼心间暗叹：罢了，猊烈一向严苛，整日将这群少年拘在后院，他们到底只是孩子，也该偶尔放放风才是。

李元恼便唤来了周大武，命他遣四个府兵跟着，特别嘱咐不许旁生枝节，尤其是倪英。

少年们齐齐欢呼。

李元恻扯了扯嘴角，自行回了居处。

却不想，这一次竟是出了乱子。

日落时分，暮色四沉。

李元恻久未听到府中倪英叽叽喳喳的声音，心间便觉得有几分奇怪，只未往其他处想，以为这孩子又躲在府中哪处贪玩了。

待晚膳时候，仍还不见倪英踪影，李元恻便有些不安，立刻遣了小厮去问。

不到片刻工夫，小厮便来回话，说是倪英与那一群孩子都还未归来。

李元恻不由得皱眉，日头已经下山了，岭南地界多有流寇，巡台府早已颁布市坊宵禁令，庙会理当早就结束，何以酉时已过，这些孩子都还没回来呢？

他心下便起了疑，忙唤来张龙，命其速派两人前往街西庙会去探探情况。

张龙却是回来报称庙会早已结束，找了街西各处皆不见这几人踪影，连周大武派去跟着的四个府兵也不见人影。

往日里这些少年也有贪玩的时候，但至少念着猊烈的严酷惩戒，自不敢在外头逗留太晚。李元恻心道不好，急匆匆赶往前厅，召集十来位近卫，分头去探听消息。

他坐在前厅的太师椅上，支着额，心下不安，各般念头都转了一圈，眉头越发紧蹙。

待猊烈风尘仆仆带着众府兵归来，便见数名王府近卫神色凝重匆匆踏出府门。

他皱了皱眉，掣住缰绳，随便叫了个人过来问话。

那近卫拜首，忙一一回答了。

猊烈眸色一紧，立刻调转马头。

"左右营听令，兵分十路，往各个街坊去找！"

众府兵得令，依言分头行动，数百人的队伍，转瞬间便分为十纵队，井然有序分头去了。

正待拉了缰绳，猊烈想到什么，与那近卫吩咐道："你且去禀告广安王一声，令他在府中安心等消息，其余近卫不得再出府，守着广安王。”

近卫得令去了。

猊烈深深看了看府门方向，扭头“叱”了一声，拉着缰绳往反方向飞奔而去。

广安王府内，四处皆已掌灯，李元悯焦急踱步。

夜色越发深沉，派出去的人都未探得有用的消息回来，那些孩子至今也未找到，李元悯在前厅干等了许久，心间的忧虑愈盛。

待戌时的梆子声传来，终于有近卫带回了消息。

说是倪英等人冲撞了巡台大人，这会儿正拘在府台官监。

巡台大人？不就是那位刚刚上任的袁崇生？

李元悯眸色一沉，感觉事情越发棘手，又听那侍卫说猊烈已领了五百府兵，正与郡守军在官监前对峙着。

他虽知猊烈不是那等冲动之辈，然而若是对方有意设下陷阱，一力挑衅，事态必然恶化。

“什么？快备马车！”

他匆匆步出前厅，吩咐道：“遣两人跟随本王，速速前往府台官监，其余人等在府中待命。”

想到什么，他停住了脚步，快速步行至案台前，疾笔写上片刻，交给一旁的近卫：“送去巡台府。”又吩咐道，“去后院库房将那十坛西凤酒一同带上。”

侍卫得令，匆匆遣人去办了。

府台官监前，火光冲天，刺啦刺啦燃烧着的火把将四处照得亮堂堂的。官监重地，自是少有人来，此地已多年未曾这般热闹了，但见黑压压的两众人马紧张地对峙着。

郡守军参领何翦擎着缰绳，微眯着眼睛盯着面前挺括之人：“总掌大人好大的威风，竟来劫官监了，也不怕巡台大人去御前参上一本！”

摇曳的火光中，猊烈面无表情，显得肃杀：“广安王府的人若是有罪，自有三堂会审，入法典籍，再行定罪，何故如此匆匆落狱，随意发落？难不成这府台官监，倒成了袁巡台的私监了！"

何麝面色一紧，叱道："我乃郡守军参领，自是听从地方郡守官的指挥，猊大人可不敢往末将身上泼这脏水！"

"国法当前，有法不循，在下倒是想问问参领大人！"猊烈冷笑，一字一句道，"您是朝廷的官，还是巡台大人的奴？"

"黄口小儿侮我！"何麝顿时生怒，立刻抽刀而出。

紧接着是他身后唰唰唰的一片刀刃出鞘之声。

广安王府府兵们齐齐列阵，面色肃严，亦是严阵以待。

就在这剑拔弩张之时，一辆挂有广安王府府灯的马车匆匆往这边赶来。

片刻后，那马车便停在官监门口。

猊烈抬手一挥，身后的府兵们齐齐让出一道来。

一只瘦削冷白的手探了出来，将轿帘一掀，一个头束玉冠，身着月白襕衫的贵人在近卫的搀扶下自马车下来。

人群中顿时一阵骚动，各色目光齐齐集中在他身上。

猊烈当即翻身下马，站在李元悯身后。

"这是干吗？"李元悯一哂，走近前去，眉梢稍抬，"原是何参领，可有段时日不见，不知一切安否？"

何麝翻身下马，作势合掌虚虚一拜："承广安王关心，一切安好。"

李元悯点点头，环顾了一周，笑道："这阵仗看得怪吓人的，阿烈，快快让人退了，不知道的还真当我们劫囚呢。"

猊烈见李元悯微微颔首，他喉结动了动，扬起手示意。

身后众兵士听命，齐齐收刀，全退去一边。

何麝自然顺阶而下，也命身后的郡守军士退下，拥簇的官监前顿时开阔不少。

何麝睨了猊烈一眼，心间冷笑，却也朝着李元悯俯身一拜，语气倒是诚恳："殿下莫要怪罪，并非末将不识好歹，只是这官监重地岂能擅闯……这厢多有得罪了。"

"原不是什么大事。"李元悯瞧了眼那紧闭着牢门的官监，抖了抖下摆，很随意似的，"本王府上这些孩子素日里顽劣，巡台大人代为管教管教也是好事，又怎能因这区区小事为难何参领？”

“广安王如此体恤末将之难，末将不胜感激。”顿了顿，何翦又轻咳一声，“即是如此，末将这便告退了。”

“何参领留步。”李元悯嘴角微微一扯，“方才本王送了拜帖至巡台府，何参领若无要事何不一同前往？”

“十坛上好的西凤清液。”李元悯虚虚一指马车，唇边的笑意更深了，“何参领可莫要辜负了！”

“这……”何翦迟疑片刻，稍稍看了李元悯一眼，眼睛微眯，当即拜首，“那末将恭敬不如从命。”

第六章 ◆

这是一本庄田账册，记载翔实，岭南封地所有账目收入一览无余，甚至比广安王府上的那本更详尽了三分。

虽说藩王乃一方之主，然手中权柄式微，已比不得开朝之时，自成祖以来，诸地藩王皆被削权，只冠着一个名头而已。尤其岭南之境，此地历来未作封地，巡台府高度集权，掌管辖内政令，总领各属地，治理民生，征收赋税，清讼案，察奸佞等等，权力极大，加之岭南地处偏远，山高皇帝远，这巡台说是地方上的土皇帝也不为过了。

李元悯抬眸望了一眼那森严宏伟的巡台府，目中幽深，半晌，却是展颜一笑，邀了何翦一同前往，猊烈跟在身后。

未及通报，府门上方的金漆兽面锡环一颤，大门开启，里面匆匆赶来一人。

他身着靛蓝三品公服，不出四十的年纪，身材略为干瘦，八字胡，肤色微黄，面上倒是带着受宠若惊的浮夸。

"哎哟！竟不知是广安王来了！"

来人便是刚刚上任不久的巡台袁崇生。

待瞧清了眼前人的样子，袁崇生眼中闪过一丝惊异，但很快恢复了常色，双手一揖："下官有所怠慢，望广安王宽恕。"

"袁巡台言重。"李元悯忙作势托住他的手肘，虚虚扶起，"本是本王唐突，不说一声便来了，也不知有没有扰了巡台大人的清静。"

"殿下这话可叫下官惶恐。"袁崇生一脸愧色，"本当是下官要前去贵府拜见的，却不想此地诸事繁杂，竟是连轴转了多日，火红蜡烛两头烧，着实脱不开身，望殿下莫要怪罪。"

李元悯笑道："何罪可怪？"

他上下打量了一眼，赞道："这般晚了，袁巡台公服未除，想必是刚从公务脱身便赶着来见本王了，也便晓得巡台大人素日里的辛苦，本王又如何怪罪？何参领，你说是不是？"

何翦忙从后方上来，小心观察了一下袁崇生的脸色，亦是笑着拜首道："广安王说的是，巡台大人昼乾夕惕，勤勉之至，着实令下属惭愧。"

三人皆笑，场面一派愉悦平和。

"来人！"李元悯指了指马车，"将那十坛西凤酒搬下来。"

话音方落，他似是意识到什么，面上便稍稍带了迟疑："本王自作主张带了府中的藏酒来了，竟还没问袁巡台是否有雅兴品鉴一番？"

"此乃下官之幸！"袁崇生受宠若惊，"殿下如此厚待，下官感激涕零。今儿十五，月色正圆，不若去府中栈台一叙，一边赏月，一边品酒，岂不人间乐事。"

"如此甚好，那便请巡台大人带路吧。"

在袁崇生的引领下，一行人进了巡台府，气氛融洽。

猊烈深吸一口气，也跟着进去了。

待穿过前庭，绕过重新修缮的宏伟连廊，便到了巡台府的后院。短短一段时日，后院已是大为改观，院墙往外扩了不少，一座新修的栈台矗立湖面之上，丹楹刻桷、绣闼雕甍。月色洒落，烟波浮动，竟有几分蓬莱画作的神韵。

三人说笑着踏上了栈台，近卫皆止步踏跺之下。

猊烈守在影壁处，暗沉的目光始终不离远处那个月白的人影。

娉婷婀娜的婢女烫了酒壶端上来，半跪在案台前，为贵人们布案。

清风徐来，李元悯环视一周，赞道："此处风景甚妙，秀丽雅致，恐怕岭南之境也找不出第二个来了。"

"殿下过赞，此乃犬子拙作。"袁崇生既是携李元悯到此，自是不怕对方借此发难，责他逾制，只做无奈状道，"殿下有所不知，区区虽是京官转任，却非京城人士，下官祖籍姑苏，自入仕以来，家眷皆跟着下官四地漂泊，犬子怜其母亲思乡，便命匠人日夜兼程，竟也弄出来这么个池子来，也不知有无贻笑大方。"

"令郎至孝，当真是闻之动容。"李元悯大为感慨。

　　酒过三巡，地上的酒已空了三坛，李元悯虽有些面红，但神志颇为清明，毫无醉态，言谈间皆是岭南风土人情，绝口不提其他，倒真像极了专为袁崇生转任设下的宴席。

　　袁崇生仰头一倒，酒入咽喉，心里却犯起了嘀咕。

　　他浸淫官场十数年，自是察言观色、品人窥性的个中好手，然而眼前这位不受明德帝喜爱的广安王，却与他了解到的全然不一致——

　　言行举止平和疏阔，进退有度，不端着虚架，亦不刻意交好，一副光明磊落的君子做派，倒真叫他意外了。念起记忆中那个神色仓皇、举止畏缩的孩童，他不由得多看了两眼眼前之人。

　　他自是知道对方登门做什么。

　　广安王盘踞此境七年，他方转任此地，自要先行立下马威，敲打一番——一个受皇帝厌恶的不祥皇子，他还没放在眼里，对于对方所求，他早已准备好了一套说辞，然而今夜酒宴，对方却绝口不提一字，只聊风土，好似官监风波全无一般。

　　袁崇生眼睛微眯，心下无端生了警惕，却是不敢如之前那般轻视李元悯了。

　　再敬过一轮酒，便是袁崇生也开始有些飘忽了，他正准备遣侍女给李元悯斟满酒，却听得对面之人迟疑道："本王此次前来……并非只是找巡台大人吃酒的，却有一事相求。"

　　袁崇生心下一松，嘴角浮起笑容，该来的总算来了。

　　"殿下说的是什么话，但凡下官办得到的，只要不枉顾法纪，自当尽力。"

　　李元悯宽慰一笑，随手从袖里摸出一本厚厚的册子丢给他。

　　袁崇生醉意微醺，打开稍稍看了几眼，脸色一下子变了，蓦地坐正。

　　一旁的何翦不知何故，摇摇晃晃伸头过来，他的上峰大人"啪"一下合上了册子，何翦面色一紧，讪讪地退下了。

　　袁崇生面上诸般神色环转，最终不动声色地笑了笑："广安王这是何意啊？"

　　这是一本庄田账册，记载翔实，岭南封地所有账目收入一览无余，甚至比广安王府上的那本更详尽了三分。

李元悯似是看不到袁崇生脸上的不悦，面上一片至诚地说："这便是本王所求之事。"

袁崇生面上的笑意已全然收起，审视李元悯半晌，终于开口道："下官洗耳恭听。"

从栈台下来的时候，李元悯仍无多少醉态，尚还能持礼与二人道别。

袁崇生面上早无之前的肃严警惕，面带和悦笑意，客客气气送别，一派祥和的席后气氛。

猊烈很快迎了上来，扶着李元悯，二人一高一低步出巡台府。

待下踏跺，李元悯一下子放松，整个人靠在了猊烈身上。

"没事了。"他喘着气，"明日阿英便会回来了。"

猊烈看着那酡红的脸，目色幽深，侧眸冷冷看了眼巡台府的匾额。

一旦放松了警惕，压制的醉意更显了几分，李元悯额间抵着猊烈的胸膛，蹙眉蹭了蹭："阿烈，我走不动了……扶我上车。"

猊烈稍稍压制内心的肆虐，俯下身，扶着他上了马车。

夜已深，清风一起，便少了白日的闷热，倒生出了几许凉意。

巡台府内，袁崇生大步流星踏入议事前厅，那儿已有人等候着了。

"大人，何故匆匆遣下官来此？"

说话的是巡台府的叶师爷，袁崇生自京城带来的心腹膀臂。

虽是夜间，气温已降了不少，但一路匆匆赶过来，依旧让他出了一身的臭汗。他扯袖擦了擦，见袁崇生脸色不好，心内自是起了几分小心翼翼。

袁崇生面色铁青，往桌案上丢下一物，正是那本账册。

叶师爷忙上前拿起，翻阅几页，眉头一皱，小心翼翼地觑了一眼袁崇生："大人，这……"

袁崇生伸出一指重重点了下桌案："此乃广安王送给你上峰大人我的账册。"

"这……这不是岭南庄田之账吗？"叶师爷大惊，不免又仔细翻了几页，上面翔实之至，令他面上越发惊异，"这广安王哪里来的账簿……还如此翔实？"

袁崇生冷笑一声，眼睛微微眯起："到底是我低估他了，原以为一个冷宫之子，能有多大本事，如今看来，他在这岭南的七年，倒也不是白待的。"

官场沉浮十余载，袁崇生最是明白一个道理——自古官账越糊涂越好，若是谁也瞧不明白，更是好上加好了。可如今那广安王掌握岭南全境庄田之账，那便说明巡台府以后行事不那么利索了。

叶师爷自也机敏，吊梢眉一抖，道："莫不是那广安王拿这本账册敲打我们来了？"

见叶师爷与自己想到一处，袁崇生心内更多了几分警醒，他将今夜之事翻来覆去想了几遍，仍旧理不出头绪来。

"有无敲打的意思本官不知，那广安王倒是一句未往这上面提过……他只让本官帮他一个忙。"

"何忙？"

袁崇生嘴角微微抿着，眼中波澜涌起，缓缓道："让巡台府代掌全部庄田收入，他们广安王府自此不碰这庄银。"

叶师爷一时不明："什么？难不成他们不往朝廷纳岁贡了？"

袁崇生嗤笑："叶师爷莫不是糊涂了，朝廷岁贡岂能不纳！"

他点了点账簿："这厮的意思是往后这些庄银收入皆归巡台府操持，岁供的银两，哼，自然也由我们来一并交纳。"

"这广安王莫不是疯了不成？"

虽说此事听上去对巡台府百利而无一害，然而事出反常必有妖，怎可能有人自断手臂而不谋一利。

按惯例，封地庄田的税银由各地巡台府负责纳征，所得银两与属地藩王共同分成。归地方巡台府者用作奉养兵马之用，而归属于藩王那部分，大头自用作每年往京城里进贡的岁贡，剩余的自然是落入王府的口袋，故而这每年的分成可算是玄机重重。

李元恨初来此地，最先开刀的便是这庄银，前任巡台不知是懦弱无能，还是别有原因，所得庄银除了留足地方兵马用度外，竟皆拨给广安王府。他袁崇生怎会沿用如此窝囊分成，自然大刀阔斧进行庄田纳征改革，将大部分收入划入巡台府名下。

却不料，这广安王竟是出奇的大方，干脆连剩余的部分一并送给了巡台府，这叫他如何收得安心。

犹记得那人笑意晏晏，昳丽无比地说："这账本本王看得头痛，每年操办这岁贡都要叫我去掉两层油皮……巡台大人，这厢便尽数交由您了，还望大人帮帮本王这个忙。"

初时袁崇生只以为这广安王受了几次敲打，特地讨巡台府的好来了。

于是他便顺水推舟，不经意说起今日在街坊被一帮小儿冲撞之事，在得知这帮小儿居然是广安王府上的人，不由得"大惊失色"，继而"大动肝火"，将那何翦劈头盖脸骂了一顿，后又满脸惭色与李元悯连声道歉，拍着胸脯保证速速便将这些孩子给放了。

待将广安王送出巡台府门后，他的酒意也醒了几分，越发嚼磨出事情的不对劲来。

若是其他藩王，他自不会如此怀疑，然而岭南的这位可是个不受宠的藩王，旁的藩王自有免征岁贡的待遇，若是遇到不景气的年份，陛下念着情分还会分拨官银补充藩王府的用度，可广安王府显然并没有这样的待遇，不说分拨，每年更是定死了至少三万两岁贡。

这唯一的大头收入已拱手相让，偌大的广安王府又靠什么养活？

思及此处，袁崇生更是连那最后半分酒意也没了，惊出一身的冷汗，越瞧那本账簿越觉得心慌，便立刻遣人去叫叶师爷来商议了。

叶师爷自也是意识到不对劲，当下思忖良久，竟找不到什么缘故，念及他们来岭南的时日尚短，也不知其间有何不知情的猫腻，当下拜首道："大人，此事卑职明日便遣人去查。"

袁崇生点头："好，越快越好。"

眼见夜色已深，明日还得部署公务，叶师爷不再逗留，当下与袁崇生辞别。

袁崇生独自又在书房思虑良久，着实想不出个所以然来，便唤下人抬灯，往内院走去。

袁崇生刚踏入内院，便见前头一个摇摇晃晃的男子正哼着花曲儿，身边的小厮吃力地搀扶他。

那小厮听闻身后的动静，回头一看，立刻面色发白。

"大人！"

他慌张推了推身边的男子，男子醉醺醺回过头来，看见袁崇生那一张黑得可怕的脸，顿时酒醒了。

"爹！"

这男子便是袁崇生的长子袁福，他方满弱冠之龄，身材与袁崇生一般瘦高，面皮青白，目下泛着青黑，显然是沉湎酒色良久。

"孽障！"袁崇生大怒。

若说自己这儿子长进，那是往祖宗八代脸上贴金，旁的倒罢了，来了岭南半月，倒将明街暗巷的窑子都给摸清了。

袁崇生本就烦心账册之事，当下更是心生横怒，立刻喊来家丁将这孽障给捆了，丢去祠堂跪上一晚。

马车不疾不徐地停在广安王府的两尊石狮子前。

轿帷一掀，立刻有小厮抬着府灯上来迎接。

猊烈将李元悯扶下了马车，吩咐人去备醒酒汤、热水、巾帕等物。

"阿烈……"李元悯无力地往猊烈身上一靠，青年的肌肉紧实匀称，有着坚实的力度，他是自己最大的依仗。

酒意的熏然腾上脑际，李元悯任由自己陷入那温水一般浮动的迷蒙之中，这是唯一可以放任自己的时候，什么都不用想，也什么都不必防备。

在青年平稳有力的步伐中，他昏昏沉沉地想：只要有阿烈在，我便是安全的。我们是彼此的前胸后背，是这个世上相依为命的两个人啊。

李元悯忍不住轻叹："阿烈……"

然而猊烈看着这样的李元悯，心间却是涌起了无尽的愧与痛，他对自己说：你护不住他，你这个无能的废物。

一夜无梦。

李元悯翻了个身，虚无地看着床顶上熟悉的祥云逐日浮雕，昨夜喝了那么多酒，居然没有头疼，只是额际有些闷闷的。他不由得抬手揉了揉额头，支撑着身体，坐了起来。

习惯性地撩起纱幔望向长榻的方向，他一怔，猊烈已经不在了。

他就地缓了缓，套上鞋履下了床。

外头的仆妇听闻动静，轻手轻脚地进来了："殿下，热水已备好，可要沐浴？"

李元悯一愣，才意识到是猊烈着人安排的，他昨夜喝了那么多，定是无法沐浴。猊烈看似冷情，却心细如发。

他心间生暖，只点点头："好，拿进来吧。"

数位下人抬了浴桶和巾帕等物进来安置妥当，便齐齐退了出去。

李元悯除了身上的小衣，踏入热气腾腾的浴桶。

待热水没过胸口，李元悯惬意地长长吐了一口气。

念起昨夜在巡台府的一番交锋，心间自是烦恶，好在这些年倒是养成了一副在外虚与委蛇的自如模样，并不算难挨。看得出来，袁崇生是个颇为棘手的角色，只是他太过轻视自己这位冷宫皇子，未站稳脚跟，便想着轻易从自己口中夺下一大块肥肉，难不成自己这七年的心力是白费的？

李元悯合上双目，脖颈轻轻靠在浴桶边沿，俊美的脸上浮起一丝冷笑，心想：也不知袁崇生交不出那三万两岁贡的时候，该怎生惊怒？

待将一身肌肤泡得通红，鼻尖微微生汗，他才起身，换上了一身松快便服。

屏风一撤，小厮松竹来报，何参领亲自护送倪英一众人回府了。

松竹义愤填膺地说："奴才从未见过小姐这般狼狈模样，浑身脏污，活像个乞丐。听说那官监污湿恶臭、虫鼠横行，也不知小姐一夜受了多少的苦……那巡台府着实可恶。"

倪英性子大方、向来无尊卑规矩，府中上上下下都极为喜爱这个明艳活泼的少女。松竹也知广安王一向疼她，忍不住逾矩告状。

他愤慨的嗓音带着一丝心酸，哑声道："殿下，小姐这会儿正在院外候着见您呢。"

李元悯连眼皮都未抬一下，只端了香茶漱口，淡淡道："不见，承本王命令，押她去书院抄十遍《礼辞》，什么时候抄好，什么时候才给饭吃。"

他瞟了一眼那脸色微变的松竹："若是谁敢偷偷送食，那便一并关了。"

松竹面色一紧，不敢再多说。他深知自家的主子虽不是那等酷厉肃严之人，但做好的决定便不容置喙，当下小心翼翼端了空碗传令去了。

吃了早膳，李元悯自行去了书房处理前两日压下的公务。待下人来传午膳的时候，他依旧没见猊烈回来，问了近卫，说猊烈不在府内，一早便去了郊外练场。

李元悯摇头叹笑，连着几日操练，也不知那些府兵该如何抱怨了。

日落时分，松竹来报，说是倪英已将《礼辞》抄写完毕，这会儿正等在外头。

李元悯将杯盏一推，让她进来了。

没一日的工夫，倪英便憔悴了不少，头发乱蓬蓬的，麦色的肌肤上有几道灰黑的污渍，原本灵动的双眸泛红，紧紧闭着唇，受了天大委屈般地看着李元悯。

李元悯原本板着一张脸，看她那等可怜兮兮的模样，当下便心软了，叹了口气，招了招手："过来。"

倪英原本还咬着牙根想着要质问一番，然而看见那含着心疼的温柔目光，眼眶瞬间蓄满泪水，立刻扑在李元悯的膝盖上，"哇"一声哭了出来。

李元悯摸了摸她的脑袋，叹了口气，他何尝不知道她受了委屈。原本袁崇生答应昨夜便送她回府的，但李元悯有心让这帮孩子吃点苦头，长长记性，便婉拒了。现在看见倪英这般狼狈模样，心下便有几分悔意，但纵然如此，他也只能硬起心肠训她。

"可知道轻重了？"

膝上的少女哭得一抽一抽的，双肩耸动，并不回话。

李元悯知道她素来性子拧，不会轻易认错，这会儿在他面前哭成这般，已是极致了。

他无奈叹气，摸了摸她的头，唤人端了热水进来，亲自给她拧干了巾帕，抬起那一张小脸来为她拭去脸上的污渍。

倪英抽噎着："明明……明明便是那狗官仗势欺人……"

她断断续续将那日的情形和盘托出。

原来，昨日他们一行人去了庙会，正巧遇见袁崇生的仪仗往庙会路过，开路的侍从策马过快，竟将一老妪的菜摊踩烂。那侍从非但没有半分愧色，还挥鞭大声斥责。倪英看不过眼，便上前理论了一番，不想越闹越大，两拨人马竟撕打起来，倪英一行虽多是少年，但猊烈一向操练得狠，自是个个矫健猛悍，原本是占了上风的，却不料袁崇生遭了安防的郡守军来，双拳难敌四手，百余兵士二话不说围合起来，将他们一行人给抓了入狱。

倪英哭得鼻尖通红："殿下哥哥，你告诉我，我何错之有？"

李元悯叹了口气："来，把脸擦擦。"

她当然没错，但这个世上，根本不是对错的问题。袁崇生闹市纵马行车、私自调遣郡守军、不敬藩王，这三条无论如何辩驳，条条都是大罪，他既非那等作死的蠢物，这般公然作为，便是朝中有人撑腰，压根不必畏惧一位有名无实的藩王修书弹劾。

半晌，李元悯幽幽叹了一声："阿英，这个世上并非道义在身便可以的，你还小，日后便知道了。"

倪英猛然抬起头来，一双带泪的眼中有着点点倔强。

"难不成往后我都要昧着良心，任这些恶人胡作非为吗？"

"当然不是。"李元悯将她扶了起来，拉了一旁的座几让她坐在自己身边，顺手将她面上的碎发捡到颊边。

"我知道我们的阿英是个行侠仗义的好姑娘，最是见不得丑恶，然而有时候这世间的恶人比我们想象得更可怕，可怕到连我们行侠仗义的资格都没有，难不成我们明知什么也改变不了便要直愣愣地冲上去，白白地赔进去？"

"我就是不服！"倪英咬着唇，她无处反驳，只觉得不甘。

"所以，我们要变得强大啊，只有强大了，才能保护我们想保护的人。"李元悯顿了顿，轻声道，"殿下哥哥答应你，努力变得强大，以后再不让阿英受这种委屈。"

"哼！"倪英心里高兴，擦了眼泪，"那你为何还要罚我抄写《礼辞》？我手都不听使唤了！"

她伸出十指，上面有墨水污渍，也不知是否一边抄一边拍案。

李元悯哑然，正待笑，却是忍住了："让你抄是让你长长记性，往后遇到事情先冷静掂量掂量自己能不能这般冒冒失失冲上前去！"

看着她瘪着嘴的倔强模样，李元悯知道她已然明白个中道理，便转移了话题："肚子饿了没有？"

倪英揉搓着自己的手指，半晌，抬着头瞧了李元悯一眼，又低下头去，赌气似的说："早饿了！"

李元悯大笑，捏了捏她的脸："快去沐浴梳洗一番，这灰扑扑的，哪里像我们广安王府的掌上明珠了。"

他眼角带着几分促狭："我让厨房准备了阿英最喜欢的蜜烧乳鸽，现烤的，啧，香得很。"

倪英瞧着那双带着笑意的温柔眉眼，心想：我也一定要变得强大，跟阿兄一起保护殿下哥哥。

晚膳时分，在外操练的猊烈终于回来了。

他刚踏进前厅便见李元悯挽起袖子给倪英剥金乳酥，倪英眼巴巴地瞧着人手里的东西。早晨在狱中见她时，还是一副脏兮兮的落魄模样，这会儿已经休整一新，只是眼皮稍带着些红肿，又恢复成平日里那副活泼明艳的模样。

李元悯抬头，见是猊烈，不禁喜道："阿烈。"

倪英亦是高兴，但看着猊烈的脸色，立刻收了面上的雀跃，嗫嚅着："哥哥……"

猊烈冷冷地看着她："可记住了？"

倪英咬着唇，轻轻点头，比起李元悯，她对自己这位同胞兄长更为畏怕。

倒是李元悯替她解了围，他笑道："好了，方才我已训了一顿，阿英也保证不再有下次了，今日她空着肚子在书房里抄了一天的书，也该长记性了。"

倪英怯怯瞧了猊烈一眼："阿兄，往后我不会如此莽撞了。"

猊烈稍稍点头，这才似是不经意般看了看一旁的李元悯，半晌才轻声道："殿下可还难受？"

"已是无碍。"虽额际仍有些胀痛，但李元悯自不会提及，只温和一笑，"阿烈，昨夜有劳你了。"

瞧着那一双清醇透亮的眼睛这么信赖地盯着自己，猊烈心间再次莫名一痛。

李元悯催促道："快坐下吃饭吧。"说着还吩咐布菜的小厮让厨房加菜。

猊烈别开目光坐了下来，端过饭碗，默默地吃了起来。

自他一进门，李元悯的目光便在他身上，怎会注意不到他的不对劲，只是此时不便开口问询，只给他夹了菜，他一概受了默默地吃。

倒是倪英见兄长不打算找她的麻烦了，心情立刻松快许多。她生性乐观，当下又起了话瘾，叽叽喳喳地与李元悯说昨夜谁谁被地牢里的老鼠吓破了胆，谁又偷偷往狱卒身后甩泥巴，似是全然忘了自己方才还为此事哭得稀里哗啦的。

李元悯自又借着机会提点几句，而猊烈一贯冷面不语，低头吃自己的饭。

李元悯顺手舀了碗汤推到他面前："把这鸡汤喝了，看你眼下都青了，是不是昨夜睡得不好？"

猊烈筷头一顿，沉默片刻，说道："没。"

纵然是倪英这等大大咧咧的性子也注意到自己阿兄的不对劲，她咬着筷子，用黑亮有神的杏目上上下下打量着自己的哥哥。

猊烈速速喝完了那碗鸡汤，只嘱咐了阿英几句，便下了桌。

"殿下，属下先告退了。"

李元悯点了点头："去吧。"

猊烈转身离去。

李元悯喝了口汤，抬起头若有所思地看了眼他的背影。

那孩子究竟怎么了？

李元悯心里像是蒙上了一层轻纱，淡淡叹了口气。

第七章 ◆

"别哭。"

旭日东升。

阳光从练场的毡房外照射进来，猊烈躺在床上，浮着灰的光线洒在胸口的麦色肌肤上，有着微微的热度。

他烦躁地扶着额头，他已经连续做那个噩梦好些天了。

他眼睁睁瞧着那神祇一般的人陷入群狼环伺的洞穴里，却无能为力，唯有痛苦地瞧着那人无力地挣扎。

猊烈深吸一口气，挥拳狠狠砸在床上。

一晃，一个白日又这么过去了。

猊烈策着马，漫无目的地行走在郊外山水间，肚子饿了，也只是去坊市上吃一碗简单的阳春面，等回练场练了一身臭汗，冲了个凉，正待躺下，心间突然想起什么。

他僵持着同一个动作良久，蓦地猛然起身，披着茫茫夜色往马厩奔去。

匆匆踏入熟悉的府门，猊烈往内院大步流星而去。看着那已经熄了烛火的窗棂，他徘徊良久，终究还是叹息着回了自己的院子。

刚踏进院门，便发现了异常来——房里有人！

他摸出腰际的一支短剑，悄无声息踏入那半合的门。

一个月白的身影正准备掌灯，回过身来，先是一怔，立刻带了欢喜："阿烈。"

猊烈浑身的劲道蓦地散了，一股无力袭上心头，他吞了吞口水，说："殿下……"

李元悯特地在他房里等他的，向猊烈走了过来，替他理了理有些歪了的衣襟。

"阿烈，今天是你我的生辰啊，你忘了吗？"

怎么会忘？怎么可能忘？

看着那双眼睛，猊烈却是无力地垂下了脑袋，没有言语。

而眼前的人像是变戏法似的从身后拎出两壶酒。

李元悯有些埋怨地说："原本让厨房做了一桌好菜的，可遣人去找了你，到处找不到。没办法啦，我就来等你了。"

月色下，眼前人的面孔发着淡淡的光，如同济世的菩萨一般。

猊烈恍惚又听得眼前人道："陪我喝两杯吧。"

他想拒绝的，可喉结动了动，却是哑声说："好。"

他悲哀地发现，他根本无法当面拒绝李元悯的任何要求。

月色下，李元悯小心翼翼地翻过了角墙，攀着屋檐慢慢爬到屋顶上。猊烈紧跟在他身后，时不时伸手推他一把。

李元悯不知怎么便生出了这样的念头，自打他十六岁之后，便没有这般放肆过了。

他是广安王，是府上众人的仰仗，他必须像只雄鹰一般将他们护在羽翼之下，而不是如此幼稚，像个孩子。

然而当夜风袭来，衫衣猎猎作响，乌发飞扬，李元悯却是不管不顾地在风声中长长呼了一口气，心内有种想大喊大叫的兴奋。

此时他不是任何一个角色，不用伪装，不用提防，什么也不用想，就这么享受天地夜色、银河灿灿。

寂寞的童年、孤独的岁月，让他过去的回忆一片贫瘠。如今他好像一点一点在拾起那些失去的碎片。

"阿烈，你跟过来。"

他就像是一个顽童一般，在王府高耸的重檐上肆意行走，全然不害怕，因为有个人一直在他身后，沉默地、小心翼翼地护着他。

俯瞰着这待了快八年的王府，这座宅邸曾是那般破落，不过一个荒废的边陲将府，如今已全然不一样，生机盎然，护佑着那么多人，这是自己一点一滴亲手扶持起来的家园。

他目光落在了后院，那儿矗立着一排高大的槐树，是他来岭南的第一年栽种的，当时不过一丛小树苗，而今已长成郁郁葱葱的大树了。

记忆似乎回到了当初，烈日下，他扶着树苗，阿烈挽着袖子用铁锹挖着土，汗渍渍的两个少年满心憧憬。

一晃快八年了。

李元悯看得痴了，一时未顾及脚下翘起的瓦片，不由得惊呼一声。一只有力的手稳稳将他的腰部箍住，拉了回来。

李元悯缓了口气，抬起头来，看着比自己高了一个头的眉目清冷的男人。对方的轮廓冷硬，比儿时更加深刻，眉眼很是俊朗。

蓦地，李元悯无端想起了曾经那个暴虐的破城人屠，那人面目狠戾，一条深深的刀疤自眉峰裂至下颌，溅满鲜红人血的脸显得那般恐怖而狰狞。好在这辈子，那些噩梦已经没有了。

李元悯不由得伸出手去，触碰他完好无缺的眉眼。

当指尖传来温热的感觉，李元悯一颤，突然回过神来，连忙撤开手指。

他轻轻咳嗽一声，随手指了指不远处："阿烈……带我去那边的屋檐。"

猊烈目色一动，想说什么，又什么都没说，只默默地跟着他。

越过角楼，终于来到了广安王府最高的檐顶，夜风袭来，二人迎风而立，遗世而孤清，像极了两个仙人，伸手可摘星。

眼前一片开阔，月色下，岭南都城与天上的银河融在一起，分不清天际线。

李元悯心间惬意，多日的闷闷不快似乎一下子清扫而光。

他拿出腰际绑着的两壶酒，拔去瓶塞，塞给猊烈一瓶，自己则置在鼻尖闻了闻，满意一哂。

府中的陈婆酿得一手的好酒，是别处喝不到的好物，这醉花阴尤美。

李元悯当即仰头一倒，清冽冰凉的酒液入喉，配着这无边夜色风光，只觉得胸臆一片畅快。

"殿下……"

猊烈本想开口阻他，见他难得露出这样肆意的笑颜，便吞下了剩下的话，只闷闷地也给自己倒了一口，退了几步，找了个平缓的地方躺了下来。

李元悯回头，看猊烈无心风景的模样，叹了口气，伴着他躺下了。

夜已经很深了，星野四垂，都城的灯火渐渐熄了，四处陷入深夜的旋涡，整个世界好像就剩下了他俩。

李元悯远望着遥遥的星河，突然问道："阿烈，你到底怎么了？"

见身边人并没有回答，李元悯支撑起上身，俯着看他。

夜色下，猊烈漆黑的瞳仁里映出满天的星辰，却避着不看李元悯。

李元悯抓着他的衣襟，执着地说："回答我。"

猊烈喉结一动，目光落在那张脸上，喉头苦涩："殿下，夜里风寒，咱们早点下去吧。"

李元悯微微一蹙眉，突然有些生气，不知是生对方的气，还是自己的。他蓦地坐直，不知轻重地往嘴里倒酒。

猊烈立刻坐了起来，夺过了他的酒瓶。

这已经算是逾矩了，李元悯恼恼地想：都怪自己纵他，平日还好，就是拧的时候十头牛都拉不回来，如今问他什么也不肯老实答了，还不都是自己惯出来的。

纵然这么多年李元悯练就了一颗刚强如斯的心，可此时此地不知为何，心里却是泛起一股莫名的气闷："罢了，回去吧。"

他正要起身，掌心一重，一块带着体温的温润的玉滑入手里。

李元悯一愣，抓着那块白玉，看了看玉，又看了看他。

白玉的料子很好，但做工颇为粗糙，雕刻成一个虎头的模样，用红丝线穿着，看得出来有些年份了，有岁月沉淀的暗黄。

"这是……"

"这是我母亲的遗物……"猊烈仰头倒了一口酒，喉结动了动，哑声道，"今日……是殿下的生辰。"

李元悯眼眶一热，这是猊烈最珍视的东西，而今送给了他，让他心间那些惆怅少了不少。他摸了摸那块玉，仍带着对方的体温，握了握便将上面的红绳解开，绑了个死结，珍重地挂在自己脖颈上。

玉石贴着脖颈的肌肤，在月光下熠熠生辉。

猊烈看了眼，低了头，又默默喝了一口酒。

李元悯终于开心起来，他摆弄着那块玉，睨了猊烈一眼，从怀里掏出一对崭新的护腕来，带着几分促狭的孩子气，说道："亏得不是只有本王记得。"

当下他便自作主张地给猊烈戴上了。

这护腕一看便不普通，面皮是雪山牦牛的坚韧革皮，铆环由极地玄铁打制而成，再是精巧不过。李元悯见猊烈操练得勤，总将护腕给磨烂，便托人找了许久材料，终于在生辰前让技艺高超的工匠给赶出来了。

"会不会太紧？"

猊烈摇摇头，见李元悯低头摆弄着，面上带着几丝旁人看不见的天真。其实猊烈知道，这才是李元悯最真实的样子，明明他也就是个半大孩子，却用他孱弱的肩膀扛起广安王府的生息，而自己，却无能地享用着他的护佑。

猊烈心里的软弱在这一刻全部泄露出来："殿下，我……"

他突然住了口，闭上了眼睛，躺了下去。

李元悯心念一动，隐隐约约抓到什么，他何其聪慧，当下便晓得了猊烈这几日郁郁的缘故，只笑了笑："傻子。"

他看了猊烈一眼，又笑了声："真是个傻子。"

李元悯跟着躺在猊烈的身侧，突然想起了二人第一次躺在一起，是刚来岭南的那一年。

"还记得刚来岭南那会儿吗？"李元悯喃喃道，像是想起了什么，眼睛微微眯了起来。

当时年幼势弱的他，虽冠有一个王侯的称号，但在民风彪悍的岭南根本立不住脚，内务府分拨给他的人马也瞧不上他这样没名没分的主子，那一年是那样的艰苦，加上他本就适应不了岭南的气候，内忧外患之下，三两下便病倒了。

似是幼年时期积累的弱症一并暴发出来一般，他病得几乎是奄奄一息，十三岁的孩子，躺在床上，瘦得都脱了相，岭南的六月天是那般燥热，可他盖着两床被子却依旧冷得瑟瑟发抖，苦痛无穷无尽，好像没有尽头一般。

他从来没有想过他的人生这样艰难，连上天赐予他重新来过也一样。

有一日，他觉得自己的身子实在是熬不住了，很奇妙地，他不再感慨他悲苦的身世了，开始兴奋地幻想他的死法，最好连肉身都毁灭，干干净净的，不留一点在世上。

可还没等他想到，一个少年没规没矩地爬上了他的床，然后粗鲁地抱住了他。

"别哭。"

少年笨拙地说。

李元悯恍恍惚惚地想着：我是哭了吗？我怎么会哭？我已经又一次规划死亡了，本应该像以前那样，有着轻松的解脱，又怎么会做哭泣这样没用的事情？

但少年身上很暖和，他苦寒了多日的身体得到了熨帖，竟发起抖来。那一瞬间，在外人面前强撑起来的面目，却是一下子碎为齑粉，他肆意地在这个沉默寡言的少年怀里，哭得狼藉一片。

后来，他靠着这么点温暖，一点点咬牙撑过来了。

如今再也没有人敢像当年那般随意在广安王府头上踩一脚了。

这么多年，终于是熬过来了。

而当年那个与他身高差不多的少年，已经成长为眼前这样高大俊朗的青年了。

猊烈长成了他的前胸后背，长成了他最大的倚仗。

"阿烈，不着急。"李元悯看着满天的星空，声音却是无比坚定，"你会是这广安王府最大的依仗。"

猊烈握紧了拳头，看了李元悯许久，瞳仁很是漆黑。

所有人都感受得到猊烈近日的改变。

尤其广安王府的众府兵。

猊烈虽还是一概严肃酷厉，但已不再像往日要吃人一般吓人。

今日，一府兵练阵出了错，正抖瑟着，那"冷面阎王"居然不发难，还上前指点了几句。

周大武与张龙惊得满眼不可思议，在一旁抱着剑，问道："咋啦这是？这小子怎么回事？吃起素来啦？"

两人百思不得其解，只能摇摇头，当下各领一路人马往郊外练场去了。

见猊烈心情颇好，留在练武场中的府兵缓了好大一口气。前一段时日，他们简直被练掉了两层皮，那段痛苦不堪的记忆他们永远都不想重温，看着眼前冷着面的阎王，心间皆默默祈祷他永远保持这几日的模样。

猊烈正持长棍指点，余光瞥见一个白色的人影走来，当下目色一动，冷声道："来！"

叫全部人一起上的意思。

一众打着赤膊的府兵面面相觑，念着这几日他们总掌大人心情颇好，想必不会下狠手，互相使了使眼色，大喝一声围合而上。

然而顷刻之间，惨叫声连连，七八个汉子像沙袋一样飞了出去，纷纷躺在地上哎哟哎哟直叫——他们怎会相信这位冷面阎王有吃素的一天？

大家不由得畏怕地抬起头，居然看见阎王脸上浮出几许自得，都以为自己看错了，正待揉眼细看，却传来一个清雅的声音：

"大伙儿辛苦了。"

原是广安王来了，众府兵龇牙咧嘴齐齐起身，换了表情恭恭敬敬地拜首："广安王！"

李元恫作势让他们起身，当下不动声色递给眼前高大的男人一张汗巾："擦擦。"

猊烈接过，面上难得有几分得意之色。

李元恫看得摇头直笑。

过几日便是岭南地域特有的祭祀山神的"沐恩节"，对当地百姓的重要性不亚于除夕，李元恫循例训了些话，便交代那些府兵自行去库房领赏银，众兵士一脸喜意去了，他这才瞟了眼眼前的男人。

"后日便是沐恩节，你午后随我去一趟外面，那些族长须得一一会过，这节日慎重，千万不要出错。"

眼前之人应了。

猊烈办事他一向放心，其实又何须他交代。李元恫拍了拍猊烈的肩膀，便回了书房。

午后，广安王府的府帜出现在郊外大片农田之中，浩浩荡荡的一行人策马在泥泞的小道上行走着。

队伍前方，李元悯与一年逾古稀的族长并驾齐驱，偶尔伸手指点着，很快，一行人驻马停在一片广阔的平地处，猊烈等府兵及其他族长掣住了缰绳，紧随其后。

岭南地域辽阔，民风彪悍，明里是官府一力管辖，但落在实处，却是这些宗族势力暗中调度。李元悯一向知道个中关系厉害，自是重视，着力维系，他不端架子，又舍得让利，历经七年多的专营，倒让这些人待他死心塌地。

他已随着族长们视察了一圈历经三年修建而成的水利灌溉工事，水渠龙车已修完备，正源源不断地自各个水库往农田输送灌溉用水，这几年岭南地域历经了陆陆续续的干旱，居然也没有减了收成，自是这一套水利的功劳。

望着田间的生意盎然，戚族老满面感激地朝李元悯道："若非当年广安王一力牵头这水利之事，咱们这岭南地域岂有如今气象。"

李元悯摆摆手，笑着做无谓状地说道："戚老不必客气，也是各位族长的功劳，若无你们鼎力配合，本王岂能办成这桩大事。"

他虽说得简单轻松，然众人皆知其间辛苦。不说这工程浩大，便是这开端就是一场硬战。

念起当年，身后各位族长不同程度面露羞惭，想当初这年纪轻轻的藩王提出这等建策之时，多少人嗤之以鼻——岭南气候潮湿，雨水充沛，哪里用得着劳民伤财去兴修这水利，却不想贼老天说变就变，破天荒连着几年大旱，若非这水利工事，少不得一场家园破碎、流民千里的噩梦。

旁人自是不知李元悯为何当初一力要推动这工程，他自己却是晓得。彼时，岭南地域大旱，庄稼绝收，多少流民造反，朝廷还派了重兵镇压，造成一场血流千里的人间祸事。也是基于此因，他宁愿掏空数年的府银，奔走无数人力，也要咬牙做成这一桩事情。

好在功夫没有白费，总算让岭南熬过了这场天灾。

在这件事上，身后这些族长不乏明里暗里作梗的，如今想来，自是悔不当初。然而这位年轻的藩王从未秋后算账过，每年的分账依旧丰厚，从无短缺，待他们更是一向礼数有加，如今自是个个言听计从，没有二话。

趁着人员齐全，李元悯就地与他们商量起了后日沐恩节的一干事宜。

戚族老倒是爽快，一并应承了："广安王但请吩咐，我们几个别的本事没有，听一二差遣自是可以的。"

李元悯笑了，随口道"倒不是本王催着，只是今年乃袁巡台上任的首年，自要谨慎些，免得以为咱们岭南真是那等茹毛饮血之地呢。"

说到这儿，戚族老连同身后的族长们便露出几分不悦来。袁崇生上任之后，至今未露面便没得分说连连颁了几道施令，倒比天王老子还高上几分，据说今年还要颁布什么新的分成之法来，也不知到时候怎生模样。

有人当下讥讽："这京官倒是威风得很哪。"

李元悯笑笑不语。

眼见视察得差不多了，李元悯正准备辞别，却被戚族老一把给拉住了。

他遥遥一指旁边，神秘道："殿下何不去那边看看？"

"哦，什么？"李元悯好奇。

他稍稍一夹马肚，跟着戚族老的马后过去，绕过一丛密林，眼前豁然开朗，不知何时，那儿新建了一座庙宇。

李元悯抬眸朝庙中望去，一时哑然。

庙中竟修有一个与他颇为相似的泥塑，看着那烟雾缭绕的仗势，香火还挺旺盛。

李元悯失笑，摇了摇头："族老不必如此。"

戚族老摸了一把胡须，笑道："殿下可莫要把这锅往老朽身上抬。"

立刻便有身后的族长解释道："此乃乡民自发所为，若非殿下功德，如今哪有这份安稳日子，这长生庙，修得再大些也不为过。"

众人连连称是。

李元悯怎不知哪里是什么乡民自发所为，定是这些族长取悦他而建的，当下倒没再说什么。他做了这般多自然也不全出于无私爱民，对于百姓，立德树威时时必须，他根基薄弱，只能靠着自己，所为之功德若藏掖着，不叫别人知道，岂不是傻子？便是日后再推行什么，也不好伸展拳脚。

李元悯笑了笑，与戚族老客套了几句。

他又看了看那泥塑，不动声色地瞧了一眼猊烈，发现猊烈也在看着自己，嘴角还浮着一丝笑意。

李元悯想起猊烈早上那抹得意之色，也冲着他挑了挑眉。

转眼间便到了沐恩节当日。前一天夜里下了淅淅沥沥的一场雨，周大武一夜未睡，愁到了天色露出鱼肚白。没承想，寅时一过，天色放晴，居然万里无云起来。

当真是天公作美。

岭南都城的大街小巷都挂满了象征祈福的五彩纱织番旗，大街上摩肩接踵，热闹纷呈。这样特殊的日子，连郡守军也被派来了，十步一人，百步一亭地布防，以保得一年一度的沐恩祭祀不出乱子。

都城的西北角耸立着一座高台，肃穆庄严，擎天而立。台下广阔的场地上挤挤挨挨站满了观礼的百姓，手中高举香火烟烛等物。

岭南人崇敬神明，天未亮这些百姓便赶到此处了，个个都想争得头香，不少人身上还有清晨雨水淋湿的痕迹，然而没有人露出不耐烦的表情，皆是一脸崇敬庄严。

肃穆的角号一阵高过一阵，待钟鼓声响渐熄，广安王自玄门大步而出。

他头戴紫金冠，着朱红九章衮龙服袍，踏皲革黑靴，一张英俊的脸面冷肃，带着一股疏离尊贵的气度，决不叫人小觑。

猊烈看着主子往这边来，半跪在了踏跺前，双手高高平举过头，手中平持三支描金线香。

李元悯接过，轻轻提起下摆，一步步往踏跺上走去。

待他步至第一层阶，一位满面涂着四色彩漆的巫觋用柳条在铜钵中沾了水，往他身上洒了洒，有着驱邪清净的意思。他在巫童的牵引下，登上了重重的高台，代表广大的岭南百姓拜天拜地拜神明，郑重地把描金线香插在那偌大的香炉内。

最后，他才拿过巫觋递过的祷神文，高声诵读起来。

人群中顿时发出了一阵欢呼。

这位从京城里来的藩王一向重视农桑，兴修水利，常躬身亲种，与民同乐，这样的藩王，让他们发自内心地喜爱。他们纷纷将手中的苞谷、红枣、粳稻、莲子等物抛向空中，祈祷着年年丰收，五谷丰登。

那边热热闹闹的，坐在观礼台上的袁崇生嘴角却溢出一声冷笑。

这广安王别的本事没有，讨好贱民倒是一流，只是他一个不受宠的皇子，要这虚名有何用？难道陛下还会高看他几眼不成？还不如想想往后怎么养活他王府上的一众人！

这些日子，袁崇生派了不下十路探子去摸底了各处庄田的收成，原本以为这广安王轻易让出所有分成，必是这收成有猫腻，没承想，今年倒是个十足十的丰年，收成之数足足比往年多了两成，这两成便是拿去补朝廷的三万两供银也绰绰有余了！

这广安王……终究还是当年那个怯懦的冷宫之子啊，即便多了几分历练又如何？是自己将他想得太过复杂了。

既是他有意舍利交好，那自然也要给人家几分面子。

袁崇生当下摸须轻声一笑，暗自琢磨着岭南这一桩差事。

他办得着实是顺利，想必贵妃娘娘看在自己得力的分上，三年后的考绩至少也得给他争一个甲等，届时再去京里走动走动，提个品阶，一切便稳妥了。

他正志得意满间，身边一个清朗的声音道："袁巡台在想什么，这般入神？"

他定睛一看，广安王面带和煦的笑朝他走过来了。

原来李元悯已经结束祷神。

高台处已换上一众郡守军维持着秩序，百姓们陆陆续续地排着队登高进香。

袁崇生作势起身拜首："广安王辛苦了。"

跟在李元悯身后的猊烈立刻去挪了一张帽椅来。

"无妨，巡台大人坐吧。"李元悯请了请，自行坐了，随口道，"也来岭南一段时日了，袁巡台可还适应这岭南风物？"

"尚可。"袁崇生笑眯眯道，"劳广安王记挂。"

李元悯倒是顺势与他说了许多自己方来岭南时的各般狼狈，二人有说有笑，气氛倒是轻松融洽。

“对了。”李元悯合了扇子，靠近了一些，“这庄田新法，巡台大人可定得如何了？”

“按部就班，就等过几日了。”

袁崇生自不愿与他详说，只给他斟了茶。

李元悯不动声色地拿扇柄点了点手：“那巡台大人可曾先行与各庄田领事商议？”

袁崇生失笑：“本官乃朝廷命官，颁的是朝廷之法，又何须请教这些小民？殿下，您可是说笑了。”

他意有所指地看了眼李元悯：“我看殿下也不必如此劳累，这沐恩之节劳伤精力，不过赚点名声，还不如待在府上松快，殿下说是不是？”

“哈哈，巡台大人说得是。”

李元悯拂了拂茶沫子，喝了口茶，嘴角浮出了一个轻轻的笑。

袁巡台占了点口舌之快，心间有几许快意：“今日热闹，趁着这日子，下官已在养春楼设宴，不知广安王今夜可否赏脸，过来酌饮几杯？”

“这等场合本王岂能不去？”李元悯自然是立刻应下了。

眼看日头渐渐偏移正中，天是越发热了起来，袁崇生到底刚从京城来的，多多少少不适应这湿热，油汗干了又湿，好不难受，当下便与李元悯客套了几句，告辞去了。

李元悯望着袁崇生的背影，嘴边依旧带着笑，眼里一片幽深。

突然，视野一暗，原是猊烈蹲了下来，他黑靴上沾了些泥，猊烈正给他擦。

清理干净后，猊烈随手将那脏污的巾子丢在一旁，半跪着看他，问道：“殿下何必提醒他？”

李元悯嘴角一扯：“只想瞧瞧这京官有多大的本事罢了。”

岭南与别处最大的不同便是这群百姓，轻视他们，便等同于玩火自焚。前半生大旱，岭南流民起义，虽后来镇压了下来，可也损了江北大营大半的元气，也为后来的八王之乱埋下隐患，可惜袁崇生为官自矜，尚还不明白。

他不想继续说这个扫兴的话题，眉眼放柔软，低声道：“咱们也回去吧，晚上还得跟着我去养春楼应酬一二呢。”

他又想到什么："等会儿去我院里，我让厨房准备了酸梅汤，特地用老冰镇的，好喝着呢。"

明明李元恼方才还是不动声色与人交锋的广安王，但转眼间，又不自觉露出这样孩子气的神色来。

这样的一面，恐怕只有猊烈一个人知道。

猊烈看着他孩子气的眉眼，难得地也笑了笑。

第八章 ◆

"不可饶恕！"

转眼间便到了七月中旬，岭南的天气越发炙热，今年尤甚。

因着耸人听闻的传言纷纷，街上的人烟比起往日更加稀少，午时一过，青石板道上除了几条吐着涎舌的野狗，几乎不见人的踪影。

自春末以来，交趾异动频频，便是屠村这样的骇行就已连续发生了三起。岭南地处偏远，消息滞后，若非命官奏请，朝廷自是一概不知，巡台府除颁布宵禁令外，别无其他应对，连郡守军都不曾出营守备，另一边时不时又传出交趾人烧杀抢掠的恶行，一时间人心惶惶，夜里难安。

周大武跳下了马，将缰绳交给小厮，匆匆踏进府门，他水都未来得及喝上一口，便疾冲到议事厅。

李元悯已在那儿候着了。

"如何？"

周大武啐了一口："交趾人又烧了一个村，如今四处人心不定，有些人少的村更是没人敢待，有些是举家搬迁，有些则是留下孤寡老者，要么等交趾人来被杀掉，要么就是饿死……"

想起了今日所见，周大武不由得目露愤恨："这该死的蛮夷！"

李元悯蹙了眉，如今四处兴修水利，民生渐兴，却不料倒变成了交趾人眼中的肥肉，频频遭到交趾人的侵扰。

岭南地广人稀，即便如今猊烈带着各族长四处组建民兵自卫，毕竟人丁稀少，且青壮年匮乏，自是顾不及这广袤土地的各个角落，说到底，还是要郡守军出面方可震慑一番。

李元悯思忖片刻，问道："袁巡台那边怎么说？"

"哼，几个边远村子的死活哪里入得了巡台大人的眼，他如今正忙着点银子呢。"

李元悯揉了揉眉头，叹了口气："我今夜去一趟巡台府。"

当夜，李元悯便递了拜帖去巡台府，待他从巡台府匆匆出来，面上已是带了几分薄怒。

周大武心知自家这位主子一向喜怒不形于色，若是这般，定真是怒极了。

周大武料想得不错，李元悯本想游说袁崇生出动郡守军，那厢倒是推托得干干净净的，只简单地将事件化作两地边民的纠纷，更不准备派兵防卫。

李元悯自是知道为什么，驻兵巡防须得大量的饷银，如今袁崇生忙着敛财，又岂会因为这些无关紧要的乡民人命投入大量的银钱。念及他方才风轻云淡的态度，李元悯不由得紧紧握住了拳头。

刚回王府，李元悯便立刻派人去请了戚族老前来。

夜，巡台府。

袁崇生合上了面前的册子，嘴角一扯，顺手丢在桌案上，笑道："你帮我拟张书信送去京里，告知娘娘一切但请安心，莫说八万两，便是十万两亦不在话下。"

叶师爷应了一声，面色似有犹豫，思忖片刻，说道："大人，外头民众对咱们巡台府不派郡守军防卫的事情意见颇大，您看……"

袁崇生摆了摆手，阻了他的话："区区几个刁民而已，若是闹事，先抓几个人杀鸡儆猴一番，有何可惧？"

他换了个姿势，点了点桌案："你道这郡守军一出动，多少银子便这么哗哗流出去了？又非那等抹不下面子的局面，不过是几个交趾的小贼作祟，何必闹这么大的阵仗。"

"可……"叶师爷抬头，看见袁崇生面上的不悦，又低了头下去，"属下明白了。"

袁崇生摸了摸胡子，想起了方才广安王那副爱民如子的虚伪模样，不由得冷笑一声。如今这庄银尽数皆归巡台府所掌，一切军用开支皆由这厢走动，他广安王自是不心疼，不费半分气力做做样子便可以捞个好名声，当然容易方便，而自己损失的可是大把大把白花花的银子。

自己当然不会做这等毫无利益之事。

要紧的是手头上这一桩事，这是他上任岭南巡台的第一年，只要他把头给开好了，不怕贵妃娘娘后面不给他弄别的好差事。

想到这里，袁崇生端起茶盏，吹了吹上面的浮沫，抿了一口香茶，长长吐了一口浊气，瞧着外面的无边月色，心情舒畅快意。

夜已深，李元悯仍未就寝，在灯烛下摊开小小一卷写有细小字迹的绢布，仔细阅示。

他根基不深，刚到岭南之时，几乎是耳目喑哑，八年的时日是辛苦，可到底也费心费力埋了不少暗线。

前几日，谢老将军安插在京城中的探子给他带来了一个意想不到的情报——原来，袁崇生竟是王朝鸾遣来岭南的。

他竟不知自己在岭南如此偏远的地界，仍还能被王朝鸾记挂上。

李元悯嘴角浮起一丝冷笑，将绢布置于烛火上烧了。

想必当年补上浙西赈灾银两的亏空已让王朝鸾连年捉襟见肘，她母家不盛，自要用上大量银钱运转，可随着明德帝年岁渐高，大皇子党派盯得愈紧，她便将手伸到他这处来——相比其他封地，岭南地处偏远，山高皇帝远，有什么异动，消息一层层递上去也得十天半个月，上达天听之前都有可运作的空隙，且岭南封地的藩王乃她心中那个懦弱好拿捏的西殿冷宫之子，这般好的地方，她怎会错过。

想起了那张艳丽却像毒蛇的脸，李元悯不由得揉了揉眉头。

王朝鸾其人心思缜密，猜疑心甚重，当年纵虎之事，虽他做得神不知鬼不觉，但王朝鸾未必没有怀疑过是他做的。也不知当年诓骗她的浙西饿鬼之事，如今还信上几分。

不过既是这么多年没有发难，想必她心间还是有几分忌讳的。

无论如何，既是火烧到门口了，自必得站出来，事事退让有时不见得能保全自己，反而让豺狼步步紧逼，直到无路可退——他在岭南好不容易扎根下来，自不会让旁人轻易破坏如今安稳的一切。

只是，这一步步，必得慎重又慎重，以防旁生枝节。

许是夜深了，李元悯想了很多关于宿命的东西。

命运实在是太难琢磨，即便他改变了一部分命运，相对应的便要牵扯到其他料想不到的事情发生，似是全然不为自己所控。

就像为了救狼烈出兽房，他失去了曾经唯一的一个挚友；又像他阻止了王朝鸾贪腐赈灾之银，却让王朝鸾将手伸到了岭南来，只不过与前半生相比，受苦的从浙西百姓换成了岭南百姓而已。

也不知这一回，岭南事态是否会因为自己的决定发生什么措手不及的进展。但无论如何，他必得殚精竭虑控住，避免事态恶化。

如今的岭南，正是暗流涌动，挤占了百姓收成的新法颁布，加上巡台府漠视交趾人侵扰民生这一桩，岭南百姓的民怨恐是已到了极致。

活了许久，李元悯自然深深懂得"民怨"是多么可怕的东西，也许最初的时候可以用银钱、酷法、暴力压制下来，但那样的压制只浮于表面，外头看过去虽是风平浪静，其实暗里脓疮已经溃烂不堪，直到再也掩饰不住，一朝爆发出来，演变成一场血流人间的浩劫。

前半生，浙西水患，百姓流离失所，朝廷敕命户部分拨赈灾的银两安抚灾民，却神不知鬼不觉地被王朝鸾协同浙西知府私吞，最终造成了一场流民揭竿起义的祸事。后岭南地域发生大旱，更是激怒了无数的饥民，为了平息这场断断续续持续了五年的浩劫，北安折损了几近三成的兵力，为亡朝埋下祸端。

可以说，攻破京城城门的虽是赤虎军，但究其根源，便是这"民怨"。

李元悯心中虽有悲悯，但自问能力有限，若非紧要，断不会多管闲事，只是前半生桩桩件件，让他不得不重视这民生民意，这也是他如今焦心的地方。

李元悯看着棋盘上困窘的棋局，不由得轻轻咬着指尖的棋子，目色幽深。

这些天，广安王府的府兵已被狼烈带去了三分之二，会同各属地的族长组建民兵自卫，可对于地广人稀的岭南远远不够，民怨沸腾，可叹袁崇生尚还沉浸在为京中贵妃娘娘敛财的美梦里。

既是事情已到了这地步，那便不要让它捂着了，索性便催化它。

李元悯眸色一动，摸了摸手上那颗棋子，轻轻落在棋盘上。

偌大的宗祠堂内，众位族长围观着几位妇孺嘤嘤啼哭，地上躺着个头缠白布之人，他一动不动，脸色发青，不知死活。

门口一声通传，一身素色青衫的李元悯在数位随行的护卫下，匆匆进来了。

他面目凝重，立刻让身后的钱叔上前帮忙救治伤者，然后前去扶起跪了一地的妇孺。

眼见那广安王也来了，为首的妇人哭得更是厉害，满腔愤恨终于有了去处，声泪俱下："广安王，您得为贱妇做主啊！"

这妇人乃地上躺着的重伤者之妻，伤者便是清河境的江族长，清河境毗邻交趾，数个村落已遭受交趾人来回洗劫数次，巡台府非但没有派遣郡守军前来处置，境内的庄田还被巡台府以新法之名征赋重税，村民们怎还耐得住。

在江族长的带领下，浩浩荡荡一行人赶去了巡台府讨要说法，一番激烈的声讨之下，当场便与巡台府的官兵们起了冲突，待戚族老赶到，为首的几个早已伤的伤，关押的关押，全乱了套。

"叫我们如何不闹事？"妇人含恨，犹自涕泪，"以往的年份娃儿几个还可以做几套新衣，如今倒好，收了我们六成税，再经交趾人这般磋磨，连个正经饱饭也吃不成！这贼巡台！是逼着咱们去死啊！"

"我男人不过是见乡亲们活不下去了，这才找了几个族亲上门讨要说法，不承想，这下连命都快没了！

"殿下！您可千万要为我们做主啊！"

妇人一哭，身边的妇孺也跟着哭，整个厅堂愁云惨淡一片。

李元悯叹了一口气，忙让阿英几人扶着那些妇孺去一旁歇息。

戚族老迎了上来，满面凝重："有劳殿下走一趟了。"

"无妨。"李元悯凤目微拧，"前些日，本王也去了一趟巡台府游说，只是……"

众人自是知道后话，面上不由得露出了愤慨的神色。

李元悯环顾了一圈众人，叹了口气："不怕大家笑话，本王虽有一个王侯的名号，但在这岭南地界说话向来不如巡台府好用，纵然本王有心劝巡台大人出兵，但若没有得到他首肯，亦是有心无力……很多事情上，本王皆是力有不逮。"

"殿下说哪里话！"戚族老忙拜首，"这些年，殿下所为大家都是看在眼里的，不说以往的辛劳，便是此番交趾进犯，也是广安王府上的兵将费心费力，帮着各境百姓组建民兵，若非如此，交趾人恐是更为猖獗！"

众人纷纷称是。

又一人道："若是巡台大人有殿下半分爱民之心，便不会到如今之境地，究其根源，这一切皆为那袁贼所祸！"

话既是说开了，戚族老身后一虬髯大汉猛地一拍桌子："这狗官，不仅侵吞我们的收成！连交趾人上门侵扰都不肯管了，咱们要这巡台府有何用？还不如一把火给烧了，看着还清净！"

这番话虽粗俗，却掷地有声，引起众人纷纷应和，群情激昂。

李元悯忙阻道："大家千万不可冲动，这般贸贸然前去，只会落得与江族长一般的下场，于事无补，又何必做这等无谓的牺牲。"

"反正都没活路了！还不如出一口气！便是见血，老子倒下一个，也得狠着劲儿撸一个下来！怕他不成？"

"对！"

"还舍不得一身剐吗？老子都快活不成了！"

"咱们跟那袁贼拼了！"

李元悯原地踱了几步，面色凝重，他似是下定决心，走到堂中，说道："好，大家既有如此决心，本王愿鼎力相助，只这事咱们须得从长计议。"

说完，李元悯淡淡看了一眼戚族老。

戚族老会意，当即作势往内厅一请："众位族长请随我来。"

这一天平平无奇，天气炎热，日头很早便升起来，与往日别无两异。

杂乱的房内，清晨的日头从破旧的木窗外洒了进来，明晃晃地照在眼皮子上，袁福不满地翻了个身，旋即脑袋一阵剧痛，他捶了捶，嘟囔了几句，睁开了眼睛，眼前一裸身女子正扯着被褥掩在胸口，惊慌失措地看着他。

袁福皱了皱眉，这唱的是哪一出？

他历来流连烟花之地，若是在街上遇到什么姿色颇佳的良妇，偶尔也轻薄一二，或干脆仗着自己父亲朝廷命官的威势，侵占玷污的也有，所以这会儿，他只当是自己又躺在哪个良家妇的床上。

袁福坐了起来，瞧清了眼前人来，见那女子虽是神色惊惶，但看得出来有八九分颜色。他怔了怔，便笑吟吟凑了过去，欲要扯下对方遮掩身子的被褥。

"娇娇这是作甚？昨日恩爱一场，何苦今日便这般翻脸不认人？可是爷昨个夜里没伺候好你？"

"无耻之徒！"女子目中含泪，似是羞怒难当，"你污我清白，我做鬼都不放过你！"

话毕，女子便一头要往墙上撞，唬得袁福连忙上前连人带被抱住她。

女子挣扎起来，撕心裂肺地哭起来，这般一番动作之下倒让袁福突然回忆起昨夜的事情来——

他从春风楼吃酒回来，突觉腹中紧迫，便急急寻了个偏僻的小巷解手，突然此女经过，见他这般似先吓了一跳，走了几步，又回过头来，竟朝他羞媚一笑。此女生得秀丽，朦胧月色下，更是娇美得很。他本就喝了酒，当下便被这一笑勾得浑身酥了半边，酒劲上脑，浑身便发起热来，一提裤子，便急急跟了上去。

见那女子走得不是很快，似是有意等他，他心下大喜，他怎知解了个手，便让他得如此艳遇，当下火急火燎跟了上去……

许是酒意渐起，后面的事情他便不太清楚了。

看着眼前这个贞洁烈妇般的女子，他隐隐觉得事情有哪里不对劲，正待扯着她的手一番责问，"砰"的一声，门被踹开了。

一群壮汉冲了进来，个个凶神恶煞。

见着眼前的情景，领头的那个更是横生怒意，一把揪起袁福的衣襟，左右开弓，打得他眼冒金星。

他未来得及辩解一句，当下便被摔在地上，又让众人一顿好打！

巡台府的府门大清早的便被急急敲开了，叶师爷匆匆从里面出来，看见地上萎缩一团的鼻青脸肿之人，险些认不出来那是府上的袁公子，当下挥手，让两个侍卫跟了上来，匆匆往踏跺下走去。

几个虬髯大汉站在面前挡住了叶师爷的去路。

叶师爷吊梢眉一抖，怒道："哪里来的刁民，竟敢对巡台府的公子下如此狠手！"

带头的大汉啐了一口："哪里来的公子，不过是个欺辱良家妇人的贼子！今日拿他来，便是寻巡台大人问个清楚明白！奸淫人妻这件事他究竟管不管！"

此时虽是清晨，但因过了午后天气便燥热难当，故而岭南百姓一向天未亮便出来谋事了，此刻的朱雀大街已是多了很多匆匆往来的行人，见着巡台府前的动静，自然便围了过来。

叶师爷见状不妙，忙对那汉子道："有何事情咱们里头说去，何苦站在这光天化日之下叫人看笑话？"

"笑话？"汉子似是忍着怒火，"老子便是要光天化日之下叫人瞧一瞧咱的笑话！可怜我那过门未满半年的娘子，竟遭这畜生荼毒！"

叶师爷一听，顿时头皮发麻。他自然晓得自家的这位小主的荒唐，若在其他地域还好，但这里是岭南，岭南地域虽民风开放，男女大防并无其他地方严重，但民众家宅观念甚重，若是人妻受辱，便算是惹上大事了，前几日，鬻县那边刚绞死个污人妻女的醉汉。

果然，汉子话音刚落，围观的人群便嗡嗡嗡地交头接耳起来。

地上奄奄一息的袁福清醒过来，瞧见叶师爷在前，立刻挣扎起来，哭叫道："师爷救我！"

他哪里还管什么风度不风度，涕泗横流，正待挣扎着起来，当即被人往嘴里塞了一团破布。

身边押着他的汉子扇了他两巴掌，怒道："便是天王老子来，也要给个道理！"

汉子犹自在那边叫骂，说到激动处险些又要上前一顿老拳。

叶师爷生怕把人给打废了，连忙朝身边怒喝："愣着作甚？还等着出人命吗？！"

几位侍卫忙冲上去，想将袁福护住，汉子们自是不让，一时间，几个人推搡起来。

其间怒骂夹杂着袁福的惨叫，一片混乱。

眼瞧着围观人群愈来愈多，叶师爷额上生了一层汗，知道必得立刻将人先给夺过来，否则后果不堪设想。当下他一挥手，门庭上站着的侍卫全部下来了，几个来回，毕竟人多势众，那些汉子便被控住，按在了地上。

袁福好容易解了困，跟跄着站了起来，龇牙咧嘴啐了一口，一瘸一拐上前，狠狠踩了地上的人几脚，又念及这几个时辰受到的殴打屈辱，当下心火上头，双手开弓，狠狠赏了为首的汉子几个巴掌。

"你这刁民！爷瞧上你的婆娘是看得起你！如今落在我手上！看爷这回饶你！"

那汉子目眦欲裂，疯了一般嘶吼着。

围观众人差不多明白事情的来龙去脉了，因新法推行及枉顾交趾人肆虐一事，民众早已忍怒良久，又见巡台府大人的独子竟如此蛮横，简直视百姓如蝼蚁般践踏，当下侧目纷纷，便有几位看不过眼的上前来指责。

袁福一声冷笑，点点头，指着那几人道："好、好、好，有一个算一个，看今日谁敢为这刁民说事，老子便剐了你！小爷不信了！老子还耐不得几个贱民！"

他话音未落，脸上激痛，一个鸡蛋砸碎在脸上，满脸的黏腻污秽。

他未来得及开口叫骂，又唰唰唰几枚鸡蛋烂菜叶扔过来，砸得他浑身皆是。

众人皆是满面愤怒，气势汹汹怒骂着：

"欺人太甚！"

"还有王法吗？"

"巡台府竟是这般作践百姓，天理何在？"

"畜生！"

……

这下袁福再也不敢叫嚣了，连忙躲在一众侍卫身后，犹自强撑着："你们……是要造反吗？"

眼见愈来愈多人围了上来，叶师爷惊得背上都湿透了，连忙命侍卫一行人快速退回了府门，"砰"的一声，急迅将大门紧紧闭上。

"什么？！"

今日迟起，袁崇生尚还穿着素色单衣，听闻叶师爷来报，惊得一掌拍在梨花木桌案上，上方的茶盏被震得跳地跳了起来，溅了一桌面的水渍。

袁夫人正为他束起发，亦是被叶师爷吓得面色苍白，忙问："我儿可是安好？"

叶师爷忙道："夫人安心，少爷性命无虞，只受了些皮肉伤，已经请大夫过去照看一二了。"

"还念着那孽障作甚？"袁崇生拂袖大怒，"索性直接将他丢出，让那些刁民撕了，正好眼不见为净！"

袁夫人恸哭："老爷，咱们袁家就这么根独苗，若他出事，您叫京中老太太怎么活！"

"再容他这般胡闹！袁家家门便给他毁了！当真是慈母多败儿！"

袁崇生面色铁青，他虽妾室颇多，然而这些年膝下唯袁福一个男丁，老太太自小像眼珠子般地疼爱，竟不想娇养出这么个辱没门楣的东西！

他挥袖，让大丫鬟扶袁夫人到内室歇息，匆匆披上衣袍："如今外头如何？"

叶师爷道："侍卫翻上墙头看过，估计有一两百人围在府前。"

"哼！这帮刁民！"袁崇生轻嗤，目中泛着冷光，"还真当要造反逼官不成！"

他叫来随行："去，让何翦带郡守军过来，先拿下几个闹事的头子杀鸡儆猴一番！看谁还敢这般僭越！"

"这……"一旁的叶师爷疑虑，劝道，"岭南民众多有莽气，大人，您看看是否先出去安抚一番，暂不用郡守军的手段？"

"安抚？"袁崇生斥道，"你瞧瞧外面那闹腾的动静，再耽搁片刻，恐怕府门都要叫他们给拆了！"

他微眯着眼睛："若开头不给他们几分颜色，真当我这巡台府是人人都可以行走一二的。"

前几日，清河境的族长带人来闹事，一番雷霆手段，便再也滋生不得事端。这般刁民，自得用非常之手段，这是他为官多年的经验。

"属下遵命。"

叶师爷听着外头隐隐约约的叫嚣，按捺下心头的不安，吩咐侍卫立刻出发去郊外大营让何翦速速带一千郡守军前来安防。

巡台府前已挤满了人，府门上的铜钉已被堵门的民众砸得狼藉一片，朱红大门遍布着各般污渍。

待何翦领着一支千人的郡守军前来时，府门前围堵的百姓更多了，已有数位民众搬来石块，正重重砸着大门，轰隆轰隆的。

身后民众个个义愤填膺，破口大骂：

"狗官！欺压百姓！天理难容！"

"放人出来！"

"苍天无眼！小人得道！"

愤怒的讨伐声此起彼伏，几要冲天。

何翦心里"咯噔"一声，暗道不好，这形势比他想象的要严峻得多。

身边的手下策马上前，面上显然也颇为吃惊，急急凑到他耳边，问道："参领大人，这般多人，可如何是好？"

何翦思忖片刻，说："传我命令，再从营里拨五千人马过来备防！"

他手一扬："剩余人马听我命令！围合巡台府，将闹事的刁民隔离，拿下几个带头闹事的！"

"是！"

转瞬间，乌压压的郡守军呈围合状，倾轧上前，将巡台府门层层包围起来。

何翦猛地拔出刀来，居高临下地喊话："尔等刁民，速速离去，若再行滋事！便就地捉拿！"

眼前声讨的声浪便湮息许多。

却在这时，一个老妇人挎着藤篮冲上前来，指着何翦的鼻子骂："郡守军这会儿倒是出来威风了！怎么我夫我儿被交趾人砍杀的时候不见官爷这般本事？我呸！一群孬货！"

她怒得抓上一把篮中的烂菜叶狠狠朝着何翾丢过去！

若非何翾闪避得及时，那些烂糊的菜叶便要擗他一脸了！

何翾脸色铁青，喝道："拿下！"

两位兵士冲上前，片刻工夫便将妇人反剪双手，按在地上。

那妇人撕心裂肺地哭叫："苍天无眼！竟叫这般狗官横行霸世！我也不活了！"

她猛然一番死命挣扎下，居然叫她挣脱，一头撞在何翾的马前。

马匹受惊，冲天而立。

何翾大怒，吼道："竖子尔敢！"

他横刀挥下，劈在妇人背上，血液迸溅，妇人喉间发出咕咕的声音，当即重重地扑在地上。

血，漫了一地！

人群瞬间安静下来，突然有人喊了一句："郡守军不杀交趾人，专杀百姓！咱们拼了！"

人群瞬间爆发出巨大的声浪，或赤手空拳，或抓着石头就冲上来了。

何翾连忙退后，兵士冲上前去，纷纷抽出刀来，转瞬间，地上又见了红。

"郡守军杀人啦！"

被捅伤的几位没有退缩，仍咬着牙，目眶血红，一把捉住刀把，狠狠抢了下来，惊得那些兵士连连退后。在这般氛围下，连原本退缩的民众也开始被鼓动起来，前赴后继冲上前去。

何翾呼吸重了起来，他从来没有遇过等情况，这班刁民怎么都跟疯了一样！

他忙朝着身边的随行吩咐道："让人传我命令，再多派一万人手过来！"

前方又起了一阵喧嚣，似又开始冲突起来。

耳边猝然传来一声惊呼："不好！"

何翾顺着身边督使的目光望过去，各个路口都有黑压压的人朝着这边来，并非驰援的郡守军，而是一群扛着锄头刀斧的民众。

四面八方，像是蝼蚁一般源源不绝朝这边来。

包围中的民众仿佛看到了曙光一般，齐齐呐喊：

"杀狗官！杀狗官！杀狗官！"

那位妻子受辱的虬髯大汉脱了困，当即将一身脏污的衣服脱下，三两下便跳到踏跺边上的石狮子上，挥舞着衣服，声音洪亮，透过挤挤挨挨的民众向外传去：

"父老乡亲们！袁贼欺男霸女！罪恶滔天！

"贪昧血汗钱！苛捐杂税！是为豺狼！

"郡守军懦弱无能！不抗外侮！屠杀百姓！

"此行！当诛！此罪！不可饶恕！"

众人马上沸腾起来："不可饶恕！不可饶恕！"

外援的人皆跟着怒吼起来：

"不可饶恕！"

"不可饶恕！"

"不可饶恕！"

……

声浪几乎要掀掉巡台府。

第九章 ◆

看着眼前那张姝丽的脸，袁崇生只觉得自己看
到了一条吐着信子的美人蛇。

袁崇生坐在议事厅，他面色铁青，手中已是汗津津的一片。

袁福听闻那撼动天地的声浪，早已吓得面无人色，再瞧着父亲的脸色，更是双腿发抖，立刻扑进袁夫人怀里。

"娘！娘！你千万救我！"

袁崇生再也忍不得，砰地站了起来，三两下揪过袁福的衣领，咬牙切齿道："你这孽障！今日之祸皆是因你而起！你还有脸哭？"

袁夫人哭道："老爷！如今你说这些还有什么用处？不如快些想想办法镇住外头那帮暴民才是！"

袁崇生一把甩开袁福，恨恨地一掌拍在桌案上！他心知此事虽明面看上去是因袁福之事引起，实际上乃这些日下来那帮刁民对巡台府的积怨，只他全然没有想到，事情竟会如此恶化！

"叶师爷！"

闻言，脸色苍白的叶师爷忙上前来。

"外头什么情况？"

叶师爷低下头去，不语。

袁崇生听着那一浪高过一浪的"不可饶恕"，心脏开始突突突地跳起来。

"何鹮是吃干饭的吗？！这一点人都拿不下！"

"大人……整条朱雀大街都被百姓挤满了，派来的郡守军根本压不住！"

"胡说！都城百姓个个都闲得慌吗？"

叶师爷"扑通"一声跪了下去，声音再也维持不住冷静："不止都城……外地的百姓都赶过来了！"

袁崇生一下重重坐在椅上，面无人色。

议事厅中，除了那越发高昂的“不可饶恕”，便只剩下袁夫人哀哀的低泣。

空气陷入一片死寂。

所有的声浪像是突破到最高点，安静那么一瞬间，猛地“轰隆”一声，声浪炸开了！

府门被破了！

袁崇生这才似乎醒过神来，他嘴唇发抖，慌张地说：“来人！护卫！护卫在哪里？”

门庭前两个护卫的手紧紧握着刀把，惊惶警惕地看着前方，显然已是惊骇非常。

没一会儿，二人慌得一下跑进厅里。

“大人……暴民！暴民冲进来了！”

未等袁崇生想出逃跑的路线来，议事厅的门“轰”的一声，被破开了，挤挤挨挨的百姓目露恨意地站在门口！

整条朱雀大街从来没有过这么多人！郡守军派出的五千将士已被层层百姓围合起来，其余六万将士被堵在都城门处，没有人敢对他们下命令是进还是退。

进，便是一场屠杀全城百姓的骇人听闻！何况这里多少是将士们的血肉至亲！

退，却也无能！岭南百姓都已成了暴民！

他们僵持在城门口，等一个最终拍板的人。

今日的岭南都城俨然一个混乱的人间，四处皆是怒吼的百姓，他们拥簇着两辆牛车叫嚣着。

袁崇生与其子袁福被剥去了袍服，浑身一片狼藉，用粗绳绑在牛车上，后面一辆牛车上也绑着两个人，是何翦与叶师爷。

四人垂着脑袋，面上皆是黏腻脏污的东西，足下堆了半人高的蛋壳烂菜叶等物。

袁福已经晕了过去，嘴角还流着涎水。

前方，众人纷纷让出一条道来，百余人的队伍簇拥着一辆马车，自西街城门而入。

队伍中插有广安王府的旗帜，在风中猎猎舞动。

带头的几个族长让人群停了下来。

很快，马车便停在袁崇生前面。

猊烈面无表情地掣住缰绳停在了马车前，他翻身下马，将轿帷一掀，一个身着白袍的贵人扶着猊烈的手下了来。

贵人松松抖了一下下摆，缓缓走到袁崇生面前。

看着眼前那张昳丽的脸，袁崇生只觉得自己看到了一条吐着信子的美人蛇。

他终于有了反应，微微眯起眼睛，牙根咬得紧紧的，嘶哑地吐出两个字：“是你！”

袁崇生的脸变得狰狞异常，他挣扎着，似要扑上去吞噬掉眼前人的血肉一般，眼睛红得几乎要滴出血来。

“是你！”

他的声调陡然拔高。

李元悯垂眸看了袁崇生半晌，叹了一口气，淡淡道：“巡台大人未免太过高看本王。”

他虚虚一指身后的百姓：“他们如此怨愤，究竟为何……想必大人比本王更清楚明白。”

袁崇生死死盯着他，牙根耸起。

李元悯不再理会，只踱步至何翦面前，说：“何参领，借你虎符一用如何？”

却也不等何翦发话，李元悯朝着身后的随行一示意，那侍卫便跳上牛车，从何翦怀里摸出那块虎符，恭恭敬敬递给李元悯。

李元悯将虎符置在掌心间摸了摸，原地走了几步，目光落在郡守军的几位督副使面上。

“事到如今，几位怕是脱不了责任了，可现下还可以帮着百姓做几件事，将功补过，你们可愿意？”

那几个督副使面面相觑，当即拜首："但凭广安王吩咐！"

"好。"李元悯点点头，侧眸吩咐猊烈，"城中不少人趁乱打劫，你去协同几位督副使护持秩序，不得有扰民恶事发生！"

"是！"猊烈接过虎符，翻身上马，一行人快马朝着城门奔去。

李元悯这才再看了一眼犹自切齿的袁崇生："巡台大人不必如此怨毒本王，今日之事能否善终全权交由大人了。"

袁崇生忍下滔天怒火："何为善终？"

李元悯道："一袭白衣，虽无富贵，但尚留着一条命，妻儿保全。"

他话音未落，袁崇生目眦欲裂："休想！不过一贱姬之子，尔敢！"

李元悯面上没有任何改变，目色却是瞬间冷了下来。

很快，他身边的两个随行跳上了牛车，抓了一块破布塞进袁崇生嘴里，一番嘶吼，袁崇生骤然瞪大双眼，嘴角生生被塞裂，血液直流。他剧烈地挣扎着，当即被那随行一掌过去，当即委顿下来，整个人耷拉着脑袋。

他喘息着，喉间发出呜呜咽咽的声音，竟是两行浊泪滚落下来。

牛车又开始动了起来，民众激动起来，开始往牛车这边挤。袁崇生嘶嘶嘶地叫着，似求饶一般，然民众没有理会他，更有激动者直接翻身爬上牛车，一顿老拳。

极度的惊恐让袁崇生全然没了方才的冷静，他越发剧烈地挣扎着，脖子上勒出了道道血痕，他嗬嗬嗬地嘶叫着，竟也让他顶出口中被血污浸染的破布。

"殿下！殿下！"他涕泪涟涟！

李元悯手一扬，随行从混乱中将袁崇生拖了出来，丢在地上。

他看了袁崇生半晌，半蹲了下来，轻声道："巡台大人，待会儿本王只许你说一句话，然后，本王一句都不想听了。"

袁崇生满面污湿，再无半点威风。

李元悯伸出手指，将他脸上的一块菜梗弹开："懂了吗？"

袁崇生呜咽一声，似是泄了气的皮囊一般头低了下去："下官……明白……"

李元悯拍了拍手，接过倪英递来的帕子，掸去手里的灰土，身边的随行递上纸笔，他接过丢在地上，冷声道：“请巡台大人陈罪己书，将岭南的桩桩件件，一五一十，事无巨细，都写出来。”

他顿了顿，一个字一个字道：“还有京里那位……袁大人，这可是你最后的机会了，望你不要浪费。”

袁崇生身体一颤，瞳仁骤缩，眼里再无恨意，只剩下深深的恐惧。

他低估了李元悯，低估了岭南这边陲之地，他彻底地败在了自己的傲慢里！

李元悯站了起来：“来人！备一间雅室，让巡台大人好好歇息！”

“是！”

很快，瘫软成一团的袁崇生被人带下去了。

李元悯抬眸看了一眼后面那两人。

叶师爷浑身一抖，忙投诚道：“我亦愿请陈袁贼罪责，以彰公道，以平民怨！”

一旁的何翦立刻抢言：“罪人也是！”

李元悯嘴角轻轻一扯：“张龙，带二位下去吧。”

十里朱雀大街，皆是拥簇着百姓。

骄阳似火，热风如浪潮一般裹挟着炙热的气息冲击每个人的脸。

李元悯一步步登上踏跺，站在高台上，向底下的民众朗声道：“请百姓们放心，本王定给你们一个交代！”

广安王府的旗帜翻卷着，在碧空下猎猎生响。

入夜，都城的百姓还有大半仍未离去，广安王有令，不得暴力驱逐，只令郡守军加派人手，加强防卫，不得有滋扰民生之事发生。

李元悯私下召集了各境的族长，命他们约束辖内百姓，不得旁生枝节。

局势暂稳。

李元悯持着装有袁崇生罪己书的木匣已于午后驱车赶往百里外江镜的总督府。

江镜总督府下辖两江三省，权柄极盛，乃外放官员中最高的职务，几乎与六部平起平坐。江镜离岭南不远，岭南的异动想必已经传到总督薛再兴耳里了。

不过李元恻并不担心薛再兴会将此次的岭南之变定性为叛乱，更不会忧心他轻易出兵入境岭南平叛。

毕竟薛再兴再是铁腕，断不会拿自己的前程作赌，辖境内出了这么大的民变丑闻，若上达天听，他毕生的仕途便再无进益。

果然，薛再兴闭口不谈平叛之事，只端着一双利目炯炯有神地盯着李元恻，似笑非笑道："三殿下有何建策？"

李元恻让随行奉上袁崇生所写的罪己书。

有叶师爷及何鬻的推波助澜，这份罪己书写得甚为详尽，包括王朝鸾敛财的秘密一并事无巨细写了下来。

李元恻历经一世，自是知道这位看似中立的总督大人，其实内里是大皇子的人。他扳倒袁崇生这番定是开罪王朝鸾，自也要借着岭南民变之事，顺手将王朝鸾的小辫子一并交由她的死敌，借他的手打压王朝鸾。

薛再兴翻开册子，略略看了几眼，面上微微闪过些许异色，很快便恢复了平静，一概如常，好像是上面记载的是什么无关紧要的事情。

若非李元恻心知他背景，又悉心留意，说不准连那点异色都注意不到。

大家都是聪明人，薛再兴将册子往桌案上一放，很爽快地说："想来殿下已是有了万全之策，那便一切听从殿下的意见。"

李元恻笑道："一向听闻总督大人做事干脆，今日才真正领会。"

他送了这么大的礼给对方，自然也要讨得一些利是回来，便斟了酒，与薛再兴一敬。

"本王还有一事相告。"

"殿下不妨直说。"

李元恻道："此次岭南民众怨愤，最大的缘故便是交趾人横行而巡台府漠视不管，为安抚百姓，本王请求总督大人准许出兵驻守边境。"

"这自是应当。"

"然而原郡守军参领何鬻已失民心，正拘禁于岭南官监之中，那这位置……"李元恻顿了顿，笑道，"不怕总督大人笑话，本王心中已有人选，便是本王府中总掌猊烈。这段时日，他皆在边境协同当地族长组建民兵自卫，对当地地形、形势再熟悉不过，所以，在岭南之境，本王以为没有人比他更合适。"

"便是那位力气过人的猂烈？"薛再兴挑眉，他思忖片刻，嘴角一扯，"区区一个郡守军参领而已，本督自会举荐作保。"

李元悯嘴角一扬："那本王先替他谢过总督大人了。"

酒过三巡。

薛再兴把玩着手上的酒杯，突然问道："殿下年岁几何？"

"方过弱冠不足一年。"

"原来本督并未记错，看殿下之貌，不过十六七，还以为……"他微微眯着眼睛，眼中闪耀着某种光芒，似感慨一般，"与幼时相比，这些年，殿下的变化可真大啊。"

李元悯一哂："当年来岭南之时本王不过十三岁，在这块边陲磋磨上几年，任是谁都会变的。"

"不，下官说的是相貌。广安王的风采，莫说两江三省之境，便是整个北安，恐是无人能敌。"

李元悯眸色一动，面上却是风轻云淡："佛曰，凡所有相，皆是虚妄，不过皮囊尔，百年之后皆都同归尘土，不值一提。"

"哈，是下官唐突。"薛再兴忙虚虚一拜，"望殿下莫要责怪。"

"无妨。"

李元悯仰头一倒，将杯子轻轻放在桌案上。

第二日午后，数张公告张贴在岭南都城的大街小巷，上主四项。

一则颁布一个月之久的收成新法作废，岭南全境恢复原状，以往依新法多纳的税银可凭契纸一应退回；

二则郡守军不日将驻军边境，若有交趾人来犯，格杀勿论；

三则此次参与事变的百姓均不予追责，如在布告公布之日起，仍滞留都城寻衅滋事者，均以一等恶罪论处；

四则巡台府主官引咎辞官，事务暂由总督府监管，待江镜总督上禀天听，由吏部再行安排。

再过一个月，由总督府举荐，猊烈正式接管郡守军。

接令仪式上，李元悯的目光朝着岭南一众官员扫视过去，那些官员个个低下了头来，无一人敢与之对视。

入夜了。

最后一点晚霞也消失得无踪无迹，夜色像墨汁一样浸透了天际。

华灯初上，朱雀大街恢复了往日里的宁静。广安王府门前的两尊石狮子静静耸立着，俯瞰三三两两路过的巡逻的兵士，朱红的大门紧闭，但透过那一丝透着光亮的缝隙，便可以窥见里面热闹的光影。

今日是广安王府的府宴。

亦是猊烈驻军边境的送行酒。

宴席临近尾声，大多数人已是喝高了，正歪歪斜斜地四处敬酒。

猊烈的右侧坐着周大武，他同样喝得有些多了，许正是因为如此，他才这般婆妈地勾着猊烈的肩膀，说些有的没的话。

"你已经十八了，也该成家了。"周大武大着舌头，眼里有些许迷蒙，凑近猊烈，"若真有合心的，该让兄弟几个见见了。"

猊烈不语，他不说话的时候整个人总是显得冰冷肃严，若非周大武知他的性子，难免认为他是那等孤傲冷僻之人，可周大武明白，这青年并不是。

当年他们押送府银途中遇伏，猊烈带着残兵本已脱困，见周大武落单身陷贼窟，让残兵们护送府银先行离去，自己独自持着长枪冲进敌营，一番苦战，终是带着身受重伤的周大武，从百余匪贼的包围下脱困出来。

无论任何事情，猊烈一概沉默寡言，却总身先士卒，进退之间一贯立于人首，故而他虽年纪轻轻升任总掌，但府中上上下下没有人不服他。

周大武难免跟他掏心掏肺起来："你别看咱整日灰头土脸的，可回了家，那可别提多美了，被窝里一婆娘抱着，两娃揣着，那滋味，啧，男人一生所求也不外乎如是了。"

"成家立业，先成家再立业，你这小子倒把顺序给颠倒过来了，牛大发了还，十八便是这郡守军参领。你瞧瞧，如今岭南哪个未出阁的少女不惦念着你这里。"

他打了个酒嗝，语重心长地说："得考虑了，懂吗？"

他再要说什么，身后一个略显低沉的声音突然打断了他："大武，你这是喝了多少？"

周大武回头，居然是广安王过来了。他依旧身着今日授符仪式上的蟒袍，束着紫金冠，面上带着微微的酒气蒸出来的红。

周大武当下便清醒许多，放下酒杯站起来，恭恭敬敬拜道："殿下。"

猊烈也跟着站了起来。

李元悯作势让周大武起来，从袖中摸出一块令牌来，递给他。

"猊烈去边境后，府上的一切便交给你了。"

看着这块威风凛凛的虎头牌，周大武剩下一点的酒意立刻没了，他恭恭敬敬、诚惶诚恐地接过铜牌，郑重拜首："属下一定不负殿下所托。"

猊烈接任郡守军参领后，府兵总掌的位置必要腾出来换人，虽然周大武知道论资排辈，这位置差不多便是自己的了，但真正接过这代表府兵总掌的虎头牌，难免还是心生激动。

"属下必悉心护好府邸！"

李元悯点点头，想到了什么，从袖中摸出一袋绣着如意祥云纹的囊子递给他："听说均哥儿明日过生辰，也没别的，你帮本王带这个给他，多买几件新衣，咱们广安王府出来的公子哥，可不能太寒碜。"

周大武"啊"了一声，接过掂量了下，这样的重量，岂止是买几件新衣而已。

明明是白日里授符仪式上那般高贵疏离、百官生畏的广安王，私下待人却如此宽宥温和、无微不至，若说八年前，周大武怀着为谢老将军报恩的心，视死如归一般来到岭南之境辅佐广安王，如今的他，已算是死心塌地了。

他不再推辞，只深深拜首："多谢殿下。"

李元悯今日也喝了不少酒，脸上红扑扑的，身上热得很，便踱步至廊桥边上，一边吹夜风，一边远远地看着院里热闹的场景。

半晌，身边的微风霎时止了，李元悯抬头一看，是猊烈跟着过来了。

猊烈手上端着一盏热茶，递给他。

"殿下喝多了。"

李元悯浅笑着摇摇头，却也打开杯盖，低头抿了一口，便将那茶盏放在廊架上。

"今日不是高兴嘛，多喝两杯也没什么。"

耳边又远远地传来一阵笑骂，想来是哪个倒霉鬼猜酒令又输了，正被人劝着酒，隔着光影，声音有些飘忽。

微风徐来，他们二人像是与眼前这个世界隔绝一般，站在另一个不为人所知的异境里。

李元悯将目光收了回来，抬起头，就这么看着猊烈，半晌，似是感慨一般叹道：

"阿烈，你长大了。"

今日盛大的授符仪式上，数万郡守军肃穆而立，站在队首的青年高大挺拔，眉眼冰冷肃严，李元悯当时便觉得，没有一个人能比他养大的这孩子来得神勇英武。

他断然没有比这时候更自豪的了，稍稍往后退了一步，身子靠在廊桥的栏栋上，目光却一点没有离开眼前的青年。此刻的他，心中起了个唐突的念头。

"阿烈，今晚可有空？"

夜深了，猊烈魂不守舍的，也不知广安王叫他做什么，他背着手当枕躺在床上，盯着床榻上的日月浮雕出神。明日他便出发去边境了，这一去，许是两三个月才能回来。

可是，他不得不去。他必须接管这岭南地域最大的一支武装，只有这兵权在手，他才足够有资本去护着广安王，护着这座王府。

他永远是广安王手上最锋利的一把刀。

猊烈深深吸了一口气，听得耳畔"吱呀"一声，他猛地坐了起来，三两下便冲到声音来源处。

夜色下，李元悯正噙着笑意，没了分毫白日里的藩王模样，如孩童一般雀跃地看着他，丢给他一个包裹。

猊烈打开，是一张人皮面具及一套劲装。

猊烈这才发现李元悯今日难得穿了一身黑色劲装，但他连问都没问，便依着李元悯换上了。

李元悯看着他那张全然不一样的脸，嘴角轻轻一扯，便拉着他悄悄摸出了院门。

二人像痞赖的孩童一般翻上高墙，猊烈一把搂住李元悯的腰，提气一跃，稳稳地落在了府外的平地上。

路边一只野猫被吓了一跳，叫了一声往黑暗的角落里逃窜而去了。

在墙角一隅，猊烈看见了两匹打着响鼻的高头大马候在那里。

他低头看了看李元悯，李元悯眼睛亮闪闪的，只拉住他的手，往两匹马处走去。

宵禁时分，街上没有一个人，二人的马飞奔在青石板道上，显得有些刺耳。

很快，他们来到了城门口，易容后的李元悯递给守门者一张令牌及文书。

守卫视察一番，又回岗室一番小心核验，便开了小门，放二人出城了。

深夜，郊外显得比都城更冷上几分，马蹄声声，风声猎猎。

李元悯用他广安王的身份徇了一回私，三更半夜偷偷将下属带了出去。

夜风扑在面上，他只觉得浑身一片畅快，他许久没有如此放肆了，狠狠夹了一下马肚，马儿速度越发快了。

猊烈紧紧跟在他身后。

二人恣意游走在郊外山水间。

也不知这般策马多久，直到二人两马绕过一片丛丛的树林，眼界豁然开朗起来，一汪镜湖在月色下发着粼粼的波光。

李元悯欢呼一声，下了马，往前冲了几步，兴奋地盯着前方。

猊烈全然不知道他如何找到这样的一块地方，似是无人光顾过，有着一股与世隔绝的静谧。

李元悯揭开面皮，脱去了鞋履外衫，朝着那片镜湖跑去，"扑通"一声，跳进了湖水里。

猊烈一颗心都跳到了嗓子眼，疾冲几步跟着李元悯跳了下去。

他焦急地在深黑的水里找寻着李元悯的身影，肩上一重，却是一个人抓住了他的肩膀，蛇一般蹿了上去。

待二人浮出水面，李元悯剧烈喘息着。

"好玩吗？"李元悯问他。

"好玩。"猊烈难得笑了。

在这样静谧的环境中，没有世俗的一切，没有任何身份，只有他们二人，李元悯便可以不顾一切，但凭一颗心。

月色下，二人像两条快活的鱼，在湖里追逐着，嬉戏着，像长不大的孩子似的。

许久之后，湿漉漉的两个人从水里上来，疲惫地躺在草地上，齐齐看着漫天繁星。

像是十三岁那年，二人逃离京城，也曾这样孩子气地遥望星空，只是那时他们几乎看不清未来，而如今，他们的未来到了。

"阿烈，我当真是太高兴了……"李元悯痴痴地笑了。

猊烈看了看身边的人，也笑了。

是啊，真高兴啊，他们终于有了未来。

转眼间便入秋了，在几轮反复的秋老虎后，天气是彻底放凉下来。

怕广安王受凉，周大武一早便命仆侍拆卸书房门前的水车。一群仆侍正轻手轻脚地忙活着，一个面嫩的小子不慎失手将水车的轴承掉在地上，发出"哐当"一声脆响。

众人齐齐一惊，为首的那个老者狠狠瞪了他一眼，把手指按在唇上，"嘘"了一声，悄悄伸着脖子往书房内一瞧。

若隐若现的纱幔后，拢着薄毡的贵人没有分毫动静，似还睡得安稳。

老者这才安下心来，做着口型暗骂了那小子几句。

对面的少年吐了吐舌头，连忙轻手轻脚地搬起地上的物事，一行人悄声往外退去。

待人声渐消，李元悯睫羽一动，慢慢地睁开了眼睛，深吸一口气，将薄毡丢在一旁的扶手上，坐了起来。

其实方才那一番动静，他已经醒了，只若让领头的总管知晓了，难免回去责罚那孩子一顿，故而干脆继续假寐。

这几日他睡得都不是很好，今日没有公务在身，便躲在书房偷懒看些闲书，居然便这样睡过去了。他抬眼看了下堂中的漏刻，也寐了足足一个时辰，心间舒畅，当下软绵绵地伸了个懒腰。

今日他穿着一袭素衣，因着没有外出，索性连发都不束了，只让侍奉的嬷嬷用一根带子简简单单绑在身后。

他坐定，脖子一重，一块莹莹玉润的玉佩便从他胸口滑了出来，他握住它，置在掌心里抚摸了片刻，叹了口气，想起猊烈离开都城已经有两个月了，也不知可还习惯边境的恶劣环境。

正出神着，外头传来一阵响动，似有人往这边来。

原是倪英，她垂头丧气地走了进来，原本英气的眉眼被沮丧冲击得皱成了一团。

李元恦不由得打趣道："怎么，我们的女大王今日如此闷闷不乐？"

倪英气呼呼地将手上的绣花绷子递给他。

李元恦接过一瞧，顿时哑然，上面歪歪扭扭绣着两朵看上去像花瓣一样的东西，绸面上针脚杂乱，甚至还有断的线头浮在其上。

这还是学了半年的成果。

李元恦咽了咽口水，勉强笑了笑："阿英真是厉害，才半年的时间已经可以绣两朵花出来了。"

"这是鸳鸯！"

李元恦面色一紧，看着那糊成一片的两团，着实是昧不住良心夸她绣得好。

他暗自叹了口气，将那绷子置在桌案上，柔声安慰她："万事开头难，咱们阿英这般冰雪聪明，怎会被区区一个女红难倒，自是小菜一碟。"

"殿下哥哥别老给我戴高帽。"倪英伸出手指，面上带着几许埋怨，"我天生就是缺少这根做女红的筋，这针线活我真的学不会，绣娘都说了，没见过我这般笨拙的！"

考虑到倪英的性子，李元恦请来教习的绣娘都是有口皆碑脾性好、耐性佳的，若是连绣娘都忍不住说出这样的气话，那想必是忍到极限了。

李元恼看了看掰指尖的倪英，叹了口气，也知自己是为难她了。

阿英的性子虽是跳脱，但只要自己吩咐的，她虽不情愿，但还是会努力去做，便像是这学女红，她万般不情愿，可经由自己一番苦心嘱咐，也便实打实地学了半年。

许真的是没有这方面的天分吧！

李元恼叹了口气，将她的手拉了过来，细细瞧了瞧，那长着薄茧的修长手指带着新新旧旧的伤口，右手食指尖还有个鲜红的针尖口子，显然是绣这"鸳鸯"的时候所致，他便有些悔意。

"罢了，不学了。"

倪英方才还愁云惨淡的眉眼瞬间雨过天晴，她咧开嘴，问道："真的？"

"自是真的。"李元恼无奈道，"便是再给你几年时日估计也学不会这女红。"

"那可不。"倪英性子要强，但这会儿倒是迅速承认了自己能力不行，"我天生就跟这针针线线的有仇！"

看着兴高采烈的少女，李元恼忍不住发愁，她已经快要十四岁了，马上便要到了说亲的年纪了。

他早早便在岭南的一众未婚配的高门子弟里筛选了一圈，倒也有几个品行好的对象，只倪英虽是他广安王府的掌上明珠，毕竟父亲乃朝廷罪将，她出身连平民都比不上，若是贵胄人家娶之为正妻，那这辈子的仕途也算差不多完了，是以到如今，虽广安王府威势日盛，却没有一个世家子弟前来提亲。

毕竟巴结广安王府人人愿意，但搭上大好前途，那就值得斟酌一番了。

李元恼自然可以用权势威压人家去娶阿英，可姻亲这样的大事自然要讲求你情我愿，他自不愿倪英受半分委屈。

可若将条件放低一点，去考虑岭南地域商贾人家，他们自是乐意，只是岭南商贾纳妾风气太重，像是比拼财力一般，大把大把地往后院堆女人，若阿英这样的性子过去了，难免整日鸡犬不宁。

一时间，千头万绪，他看着那犹自雀跃的少女，心里犯着愁。

这时，外头下人通报："殿下，总督府薛大人前来拜会。"

李元悯眉头一皱，还没说什么，倪英早已一脸的不满，嘀咕道："这薛某人整日没事情做吗，一个劲儿地往我们王府跑，这个月第三回了吧？"

李元悯轻斥道："不可无礼。"

他站了起来，微微一皱眉，便回寝处换了件衣裳，往议事厅去了。

日上正午，薛再兴缓步出了广安王府大门，嘴边带着玩味似的微笑。

随从已牵着马在石狮子那儿候着了，见自家主子出来，连忙扯着缰绳驱马上前。

"大人。"他瞧了瞧周围，又凑近了些，耳语道，"大殿下又传了密令来，可要回话？"

"不。"薛再兴摇了摇头，"拖些时日再说。"

眼瞧着扳倒王贵妃在即，大殿下倒有些沉不住气了，疑心生暗鬼，竟忌惮起这远在岭南的小角色起来。

经营十余年，他薛再兴的情报网深植西南地域，那广安王看着倒没有那般大的野心，更没有撼动乾坤的资本，不过，也不是什么能轻易拿捏的小角色，到底也算自己小瞧了广安王。

想起方才那一番不动声色的交锋……

薛再兴不由得回首望了一眼那苍劲有力的四个烫金大字，一双利目微微眯起，露出一丝不轻易察觉的光芒。

而李元悯看着缓缓合上的府门，想起了方才言谈之间，薛再兴那双老鹰盯着猎物一般的眼睛，心间不由得沉了几分：也不知是否是大皇子对我产生几分忌惮，毕竟我一介卑微皇子，被远封烟瘴之地，却能千里之外给他送去王朝弯的小辫子。李元乾其人谨小慎微，自得有几分警醒。

李元悯在送去那份罪己书的时候，便知多多少少会引起这一遭了，不过得失必须一起算，比起彻底巩固在岭南的地位，大皇子对他的怀疑，可以算得上小事一桩了。

毕竟他没有那等野心，也对那座龙椅无任何兴趣，如果可以，一辈子不回京，永远在岭南当一个闲散平安的王侯，那这辈子倒也值了。

　　算算时间，再过一年，那个所谓的父皇便驾崩了，只要扳倒了王朝鸾，想必这至尊之位便是李元乾的囊中之物了，不知他的忌惮能维持多久，但想来还是有办法解决的。

　　李元悯自不是那等杞人忧天、庸人自扰的人，虽要存着警醒，但也不可一味沉浸在对未来诚惶诚恐的心绪当中，那岂不是得不偿失？

　　既是如此，那便既来之则安之，见招拆招罢了。

第十章 ◆

"先生，你相信因果吗？"

深夜，营帐外的篝火噼里啪啦地燃烧着，三三两两的士兵巡逻着。

营帐内的灯烛哔哔啵啵响着，飞蛾偶尔路过，被炙热的焰火所吸引，义无反顾冲了过去，转瞬间炸成了一点星火。

猊烈合上兵书，觉得气闷，当即光着膀子，一把抓过床前挂着的长矛，往练场外走去。

他足足在空地上大汗淋漓地练了一个时辰，直至月上中天，这才歇了。他浑身湿透了，汗珠顺着麦色的肌肉线条滑落，洇湿地面，他接过随行递过来的汗巾随便抹了抹脸，顺手将长矛交给随行。

他正欲去营房后冲个凉，身后传来一阵匆匆的脚步声。

一个将士来报："参领，在钺山那处发现一个受伤的男人。"

很快，便有两个士兵抬着担架过来。担架上躺着一个浑身是血的人，他满面苍白，看上去三十左右的年纪，虽是穿着交趾的服饰，但面相看上去倒像是中原人士。

猊烈说："搜一下他身上。"

"是！"

只是未等士兵上前搜身，担架上的男人突然手指一动，艰难地睁开了眼睛，他痛苦地喘息着，略显涣散的眼神落在猊烈面上。

蓦地，他像是被雷电击中一般，浑身颤抖起来。

受那样重的伤，他居然咬牙支撑起上身来了。他额间的青筋暴起，死死盯着猊烈的脸，一双满是血丝的眼睛瞬间充满了狂热的光芒。

"赤虎王！"

嘶哑的声音似是从喉咙里挤出来的一般。

他激动地想扑上来，却被身边的兵士拦截下来。

他痛苦地呜咽一声，当下脱了力一般，头一歪，昏厥了过去。

在场将士面面相觑。

猊烈眉头微微一皱，盯着他的脸端详片刻，吩咐道："抬去后营，找个军医瞧瞧。"

"是！"随行应声去了。

曹纲从一阵剧烈的痛意中苏醒过来，他艰难地转动着脖子，环顾了一周，又再次闭上了眼睛。

他此刻无比确信，他是重新来过了。

没有想到，这样荒谬、怪力乱神的事情竟然出现在他的身上。

他的人生跌宕起伏，然前半生又是那般顺遂，他乃江南府书香世家出身的状元，一朝金榜题名，顺应着局势步入仕途，先在翰林院就事，后因才识卓越被陛下特封为太学院五经博士，负责皇子的教习。却不想后来因缘际会得罪了四皇子李元旭，竟被四皇子记恨在心，不仅被贬至白身，连家人都被累得惨死，一怒之下，他便弃笔从戎，投身多是寒族出身的赤虎军，后来他受赤虎王赏识，封为军师。一文一武，风云际会，化为天下最利的一把刀，劈开了这李氏统治的天下。

他追随赤虎王闯入京城，攻破了城门，夺取了李氏江山。

暨和三年，朝元帝自戕身亡，历经数年战乱，皇族血脉皆无。同年秋，赤虎王称帝，改元建制，江山初定。而他曹纲作为最得力的功臣，自也踏上了一人之下万人之上的高处——一个男人，最大的功成名就也不过如此了。

然而一切似是大梦一场，如今，竟又回到了他最落魄的时候。

这一段时日，曹纲到处打听各般消息，却惊然发现如今这天下的形势又与曾经有些许不一样，尤其他如彼时那般去了江镜总督府，却发现猊烈并未投身薛再兴麾下。

历经一番打听，才知道猊烈已成为岭南的郡守军参领，他便一路跋涉找寻投奔，不想半途却被交趾人所掳，险些被杀，后被他施计好不容易才逃脱出来，终于让他找到了以前辅佐的天下之主。

如今的一切，与彼时分明便是两条线，却又不是。或者说，是谁也像他一般微微改动了既定的命运？

曹纲正苦思着，营帐门前传来一阵脚步声，但听得一阵掀开帷帐的声音，两个随行模样的人跟在一个年轻将领身后走了进来。

将领身着铠甲，高大挺拔，正是彼时威震四方、颠覆天下的赤虎王，也就是如今的郡守军参领，猊烈。

曹纲看着他那张俊朗清冷的脸，前半生，这张脸上横着一道偌大的刀疤，自眉峰始，一直裂开至下巴，显得阴鸷而恐怖。而此时的青年，一张脸完好无缺，虽眉目冰冷，却没有了以前的阴鸷。

"你是何人？"

眼前的青年冷声打断了曹纲探究的目光。

曹纲心间一滞，已彻底确认赤虎王的命运被某个有心人给改变了。

究竟是谁？

他心里诸般答案轮转了一圈，终是没有头绪。

现下他只能按捺下心头的激动，像二人第一次相逢那般，哑声道："我乃江南府人士，前太学院五经博士，如今的一介白身，曹纲。"

猊烈打量了他一眼："京城来的？又怎会流落到岭南这边境地带？"

曹纲往胸口摸了摸，发现怀中的文书不翼而飞，正想解释，听得对方道："不必找了，你身上的文书已拿去核验了。"

曹纲稍稍安心了些，便按以前那套说辞回答了猊烈的疑虑，只是把如何来的岭南真假参半地说了。

听罢，猊烈没有什么表情，侧脸与随行吩咐了几句，两个随行应了声便去了。

猊烈又回头看了看曹纲，道："身份未探明之前，暂且留你于营内，不可出营一步，可晓得？"

曹纲忙点头应是。

猊烈颔首，往外走了几步，突然脚步止住，半晌，侧脸过来："你之前说的'赤虎王'，究竟是何人？"

也不知为何，当听到那撕心裂肺的一声赤虎王，猊烈的身体无端莫名一震，仿佛有什么东西从心底破土而出，发胀发热，叫人躁动。

曹纲握紧了拳头，险些当场滚下热泪来，豪情壮志在那一刻复苏，浑身的血脉沸腾起来。他想：这次也一样，我要辅佐他，成就一个男人最大的梦想。

但现下的曹纲只是咽了咽口水，按捺下心头的激动，谦卑地回答道："一个故人而已。"

眼前人听了不再说什么，转身往营帐外走去。

在郡守军的营帐里住了大半个月，曹纲的身体也养得差不多了，只是走路略还有些跛，其他的一概无碍。这段时日，他也差不多探听得一些情况了。

与之前粗略打听的一样，大多与曾经的形势差不多，但部分又不一样。

最让他惊讶的是一辈子未出过宫门的朝元帝居然被敕封到岭南当了广安王，而当年投身江镜总督府薛再兴麾下的猊烈在就任郡守军参领之前，乃是广安王府的府兵总掌，可以说是广安王的嫡系亲出了。

他心思机敏，自是知道其中必定有什么地方出了问题。

莫非，当年那昏聩无能的傀儡朝元帝，也跟他一般？

念及这种可能性，他不禁在脑海里推演起来。

彼时的三皇子被野心勃勃的司马家族扶上皇位，当了一世的傀儡皇帝，后城破，他自毁面目，自缢于宫中。

如今想来，若是他也重新来过了，必是要改变自己的命运的……

曹纲不由得倒抽了一口气，生起一丝丝的凉意。

他与这位朝元帝是有过交集的。

彼时在太学院教授皇子功课时，曹纲自然也是常见那还是三皇子的朝元帝的，他因命格不祥而被明德帝厌弃，总是饱受一众皇子公主的欺辱。若有博士在还好些，若是不在或改为温复功课之时，第二日他总是鼻青脸肿，或是一瘸一拐的。

而他好像也习惯了，从不告状，许是知道告状也无用。一个孱弱的孩子，总低眉顺眼地坐在最角落，连呼吸都是轻微的，唯恐引得别人的注意又来作践他。

当时的曹纲对这个瘦弱的三皇子是有着几分怜悯的，甚至偶尔不动声色地照拂一二。

但也只有如此了。

再后来，他随着赤虎王攻破京城，在宫中看到了那血肉模糊的尸身，他也是感慨唏嘘了一番，叫人厚葬了。

然而如今，曹纲却生出了几分厌恶。

猊烈是最锋利的一把劈天屠龙刀，李元悯居然妄自改变了他的命运，难不成还想靠着他换一种形式登上那至尊之位吗?

曹纲握紧了拳头，目中露出一丝冷光。

经过几番查探，如今曹纲的身份已明，因着他意愿，猊烈便留他在军中当了一名帐中文书。

待十一月中旬，郡守军驿使带来了一个振奋人心的消息，广安王将不日前往边境犒劳慰问边防郡守军。

灯烛下，曹纲小心翼翼地将案卷堆放在案台上，打量着眼前正翻阅兵书的年轻赤虎王。他目前才十八岁，正是青涩的时候，可已隐隐有往后那股气度了，听闻自他十四岁起，便从未有过败绩，如前半生一般。

力气过人，天赋异禀，力拔山兮，天资非凡。

曹纲心下不由得欣慰。

忽然，猊烈朝着帷帐外喊了一声，一名随行匆匆进来。

“参领大人，有何事吩咐?”

猊烈道：“估算着路程，明日一早殿下便会抵达，他就寝的营帐务必仔细打扫，不得用军被，换上软褥，另外，洗浴用具一概要用新的。”

随行道：“是。”

猊烈略略思忖片刻，又说：“用干艾熏上几遍殿下的营帐，几角都不得疏忽。”

随行又应下了。

猊烈丢下案卷，似又想到什么：“殿下的饮食切记清淡，不得让军役做那等浓油赤酱的东西。”

驻军几近四个月，随行还是第一次听到这冷面主帅说这么多话，未免感到新鲜，面上却是不敢露出半分端倪，忙恭恭敬敬道：“主帅但请安心，这些琐事末将早便交代了。”

猊烈这才点点头：“好，去吧。”

他拿起桌上的案卷，余光见着曹纲还未离去，瞟了一眼，冷冷地问道：“何事？”

曹纲滞了一下，随口道：“大人，明日殿下便要到来犒劳众将士，可要安排接风宴席？”

猊烈轻轻一扯嘴角：“殿下最厌这等糜饷劳师之举，不必了。”

看着他无端露出的几许柔和目色，曹纲心间奇怪的感觉愈甚，只觉得这副样子看上去未免……莫非这辈子赤虎王待朝元帝，当真如此死心塌地？

前半生的赤虎王，虽归于江镜总督府，可野心勃勃，一身反骨，全然不是这般样子。

究竟是怎么回事？

不知为何，曹纲内心里升起巨大的不安来，正待再试探几句，眼前的青年将领已开始赶人了：“夜已深了，若无要事也早点回去歇息吧。”

曹纲吞了吞口水，拜首告退。

第二日清晨，插着广安王府旗帜的车队终于出现在营帐门口。

待马车停稳，广安王一身白蟒箭袖，头束紫金冠，面带和煦的微笑，在女扮男装的倪英的扶持下，从马车上下来了。

猊烈面目平静，没有人知道他内心的喜悦。他只是喉结动了动，带领着众将士拜首：“参见广安王！”

众人拜声撼天动地。

队末的曹纲又惊又疑，忍不住抬头偷窥了一眼不远处那个气度非凡的贵人，这居然是当年那个饱受欺凌、懦弱昏庸的朝元帝？

他感到震惊一则是因为李元悯的相貌，当年那孱弱的三皇子，虽底子长得不错，但因长期受欺凌，走路总畏畏缩缩的，又因缺吃少穿，看上去总有一种面黄肌瘦的不足之感，如何数年过去，竟长成如此英挺疏阔的姿容？二则这进退有度、君子端方的气度……与他印象中实在相差太大了！

曹纲正惊疑不定，前方一阵欢呼。他思绪被打断，认真听闻片刻，才知道广安王宣布分拨数万两饷银按军阶品级分别进行犒赏，看众人这态势，这广安王倒是……颇得人心哪。

他心下不由得起了忌惮，命运到底让当年那个苦孩子成长了。

曹纲的拳头渐渐握紧。

清晨，燃烧了一夜的篝火只剩下炭灰，余烬散着白烟，消逝于略显清冷的晨风中。

随着沉重的号角声，军营渐渐热闹了起来。

一身劲装的倪英在帐门那里唤了一声："殿下。"

帐里过了一会儿才有声音传出来："阿英吗？进来。"

倪英撩开帷帐进去，发现殿下方才起床。

李元恫昨夜跟着猊烈在营外像野孩子撒野一般策马跑了大半夜，回来自是睡得香甜，他在随行的伺候下一边洗漱，一边问起了她的起居。

倪英哪里不习惯，简直是如鱼得水。她叽叽喳喳地跟李元恫说着这一两日的见闻。

自打郡守军驻扎在边境，大肆围剿了几个据点，交趾人扰民之事便没有了，岭南全境还复了往日的宁静。清晨的时候，还有隔壁村子一满脸感激的老妪往营里运来了新鲜的瓠瓜，虽被后营军士婉言拒了，但还是一个劲儿要留下。

倪英还被当成了郡守军的一员，被那老婆婆拉住了连连道谢，让她心间甭提多美了。

"对了，"倪英兴致勃勃道，"咱们这郡守军多了个文书呢，可比原来的那夫子好多了。"

"哦？"李元恫随口应她。

"是啊，京城里来的，叫什么来着……曹纲？"

倪英细细想了一会儿，双手一合掌："对，就是曹纲，原是太学院的五经博士，听说得罪人了，被贬为白身，倒被咱阿兄捡到宝了。"

她感慨着："没想到咱郡守军这一群粗人中，居然也有状元之才了！"

她美滋滋的，突然瞧见李元惘怔在那里。

"殿下哥哥你怎么了？"

李元惘回过神来，扯了扯嘴角，摸了摸她的脑袋："没什么。"他指使着，"倒有些饿了，你去看看早膳好了没有。"

倪英手脚麻利地去了。

帐门被带上，光线一暗，李元惘退后几步，慢慢地坐在榻上。

曹纲，赤虎军军师，说是慧若凤雏、智如诸葛，乃彼时赤虎王麾下的重将，二人风云际会，攻破京城，颠覆了天下。

可为何这一次他们又会牵扯一起？

李元惘心下不安，想起了那些宿命的东西，神色不由得凝重起来。

自己儿时也受过曹纲的一番教导，在饱受欺凌的太学院里，也常得他一二照拂，自是心存感激，但后来辅佐赤虎王破城而入的也是他，对于这个交集不多的恩师，李元惘心情颇为复杂。

曹纲怎会出现在岭南？又如何无端入了阿烈的麾下，倒像是认主一般。

思虑半晌，他深深吸了一口气，将这股不安压制了下去，揉了揉眉头，站了起来，往帐外走去。

一个精瘦的中年人候在营帐外，手上捧着一卷画册，见李元惘出来，恭恭敬敬拜首。

"殿下，这是您昨日要的边境堪舆图。"

他抬起头来，顿了顿，有意无意地紧盯着李元惘的眼睛，说道："送得迟了，望殿下勿怪。"

李元惘微抿着唇，半晌，接过了曹纲手上的图册。

"多年不见，别来无恙，博士。"李元惘轻轻道。

曹纲几乎立刻确定他这些天来所有的猜测都是对的。

即便眼前人隐藏得很好，不露声色，但机敏如曹纲，还是捕捉到了那一瞬间的探究、猜疑，以及几分忌惮。

眼前这个三皇子，确实是和自己一样，只是自己迟了他八年。八年的时间，叫他将原本可以劈天创世的霸王驯养成了忠顺他的家将，自此甘居于小小一方烟瘴之地，当了一个名不见经传的郡守军参领。

曹纲心间隐隐生怒，面上却是恭恭敬敬拜首道："承蒙殿下抬爱，还可叫一声博士，都只是前尘往事了，曹某如今只一介白身，在这军营里混一口饭吃而已。"

李元惘扶起他，说道："在太学院时曾蒙先生多次照拂，学生一直感念在心，多年未有机会报答，不想如今在这边境相逢……这人之间的际遇，可当真奇妙。"

不等曹纲回话，李元惘朝着随行吩咐："速去为本王与先生备早膳……先等等。"

他想到什么，朝着曹纲笑了笑："也不知先生什么口味，有何爱吃的，不过这边境之地，想来只是那等粗陋之物了，也不知合不合先生胃口。"

李元惘都未询问他是否要留下吃饭，便来问他的口味，看来便是非要留他下来了。

曹纲只做感激状，抬手一拜："能同殿下一同用膳已是恩赏，曹某一介白衣，一概陋巷菜羹，何谈得合不合胃口，随意便是。"

"如此，那先生便请吧。"

李元惘朝着营房内作势一请，曹纲微微顿了顿，抬足走了进去。

曹纲敛眉，一点儿异色都没有露出来。

很快，有军士提着食盒进来了。

倒不是李元惘太过自谦，这军营的早膳自是简陋，便是他的饮食，也不过多添了一碗牛乳，其余的便是粥米、酱菜、卤肚丝等日常早膳种类。

李元惘挥退了随行，亲自为曹纲装了粥。

曹纲不甚惶恐："怎可劳殿下如此，曹某自己来便可。"说着，便要作势伸手接过。

李元惘嘴角一扯，将装了大半碗热腾腾米粥的粗瓷碗放在他面前，为他一一布了菜。

"先生不必如此客气，应该的，当年太学院的种种先生想必也看在眼里，本王在宫中一向式微，幸得先生照拂，才得有几分喘息间隙。若是旁的也就罢了，只是侍奉先生一回用膳，算得了什么，又怎抵得上先生的恩情。"

他目色放柔，似是想到很遥远的事情："还记得十岁那年的隆冬，先生命题令我等几位皇子作赋，又命在场院士分出一二三等，本王一向愚钝，自又是末等，那时好一阵伤心，然而日落归去之时，却被先生叫住了，好生安慰。先生不知，那时对本王来说，不亚于雪中送炭。"

他微微一哂，叹道："本王幼时无多少欢颜的时候，但这一定算是一件。"

曹纲一怔，也想起了那桩早已被他抛诸脑后的事情来。公平来说，当年李元悯写的文章确实颇有几分灵气，自算得上一等，然而太学院里都是攀高踩低之人，面对得罪不起的皇子公主，又有谁会为一个出身卑贱、不得圣宠的皇子出头？只是当时他年轻气盛，看着那瘦弱的孩子夹着卷轴一瘸一拐地离去，心里生了几分同情，便有了李元悯方才说的那一番举动来。

许是有共同的记忆，方才端着的氛围顿时宽松不少，二人开始聊起了当年在太学院的种种，苦中作乐般地谈笑风生。

李元悯后又聊及自己被四皇子记恨报复的事情来，叹息道："四弟自不是那等轻饶旁人的人，先生算是得罪了不该得罪的人了，先生家里的事……本王也听说了，有心想帮，却苦于权柄衰微，心有余而力不足。"

被贬白身、家破人亡的往事历历在目，曹纲目中隐怒，想着上一辈子李元旭凄惨的下场，才稍稍好过些。

李元悯又感伤道："岂止这件，很多事情上，本王皆是鞭长莫及，便是貌参领的胞妹，纵然本王各般寻机相救，却还是落得当年那般惨烈的下场，如今想起便觉得对他不起。"

想起那桩惨烈旧事，曹纲亦是叹息："此事也非殿下之责，皆因豺狼当道，叫良善负屈衔冤罢了。"

他心有戚戚，嘴上却是叹气："如今曹某也不想了，就打算这么一辈子得过且过了。"

李元悯点点头："安稳些也好。先生千里跋涉来岭南，也算是命中缘分，今后，便留在军中吧。本王虽势弱，但在这岭南地境，还是可以说上话的。"

曹纲苦笑，正想感激地回上两句，脑中一个激灵：不好！中圈套了！

他猛地抬起头来，眼前人正看着他，面上依旧雅致温和，没有半分异色。

曹纲心里咚咚咚地跳，他怎会想到，眼前这温和藩王，不动声色地一层层铺垫，先是怀柔示弱，扯出陈年旧事，再步步卸去他心防，却在不经意间一举击中他的要害。

他与上次唯一的不同便是跑来这岭南找寻前次之主，一个从京中被贬的江南府人士，如何千里迢迢专程来的岭南，他自想了滴水不漏的话来，无非是些心中郁郁，以游大好河山予以排遣的话。可显然，对方与以前不同的地方太多了。

李元恻来这世间那么多年，改变的何止是赤虎王的命运！

几乎是一瞬的工夫，曹纲心中万般想法流水般猝然而过。

是了！赤虎王之胞妹，估计也被眼前之人逆转了惨死命数，否则赤虎王绝无如今的平和！

自己本不该如此轻易着了他的道，更不该露出如此神色，是自己太过轻敌！

念起今日前来的心思，他不由得悔恨，自己本打算过来试探一番的，却不想一顿早膳的工夫，反被对方套出了秘密。

曹纲几乎是沉着脸盯着李元恻，然而对方看不见似的，犹自慢条斯理地喝粥，如同任何事情都没有发生一般。

好半天了，曹纲喉结动了动，站了起来："殿下可有其他事情吩咐？没有的话，曹某便告退了。"

曹纲面色不善，紧盯着李元恻。

"哪有什么事。"李元恻拿帕子擦了擦嘴角，站了起来，温和一笑，"先生请随意吧。"

曹纲沉着脸拂袖而去。

待曹纲一走，李元恻缓缓坐了下来，闭上了眼睛。

当在倪英口中得知曹纲之事时，他心里便存了疑，但那样的推测有些太过难以置信，令他几乎立刻否定了。不过荒谬的事情已经发生在他身上一次了，人世茫茫，这样的谬事又岂止一次，于是方才他顺水推舟请曹纲进来几番试探，竟真让他寻隙捉住了辫子！

他几乎确认了，曹纲和他的遭遇一样！

李元悯长长吐了一口气，站起身，朝着帐门吩咐道："叫阿英来。"

很快，倪英进来了。

待随行一去，帐内只有他们二人，倪英面上立刻带了几分怨念："好端端的突然来了个客人，还抢了我的份与殿下用早膳，咱一个人在后营吃，甭提多无趣了。"

倪英如今已懂事了不少，在外历来规规矩矩的，在自己这儿反倒放肆了。

李元悯嘴角一扯，让她坐了，倒了水，问道："你来此地应该没有向任何人透露你的身份吧？"

"那是自然。"倪英得意道，"我自不会让他们瞧出来我的女儿身，将士们都以为我只是殿下哥哥的随行呢。"

李元悯又问："那个新来的文书曹纲，他也不知？"

倪英看见他这般慎重的神色，便将满脸的嬉笑收了，细思片刻后说："我跟他没说过话，只远远地照过一次面，当时他心事重重的模样，也并未注意到我，我见他面生，问了阿竹，这才知道他便是那曹纲……殿下可是有什么疑虑？"

"没，随便问问。"

再三确认无误后，李元悯深吸一口气，温温一笑，摸了摸倪英的头："既早膳已经用过，待会儿带你去营外骑骑马可好？"

"真的？"倪英惊喜。

李元悯点点头，看着她欢喜的模样，心里泛起一股酸涩，他生怕露出什么神情让她瞧见，便挥挥手让她先去换骑装了。

待门帐放下来，李元悯叹了一口气，合上了双目。

阿英前半生死得太屈辱、太惨烈，也成了猊烈最后一丝良知灭绝的引线。

原先从教坊司救她出来，李元悯自是存着护住猊烈人性的初心，但这些年来，早已非当初。

这孩子紧跟着自己长大，比起冷情的猊烈，倒是跟他更为亲近，他也一向爱护她，二人虽无血缘关系，但情分更胜亲兄妹，可随着感情每深厚一分，他的心便会痛上一分。

前半生阿英的死，于深宫中的他来说，只是一件耸人听闻的人间惨事，而这辈子却是插在他心中的一根刺，时不时想起，便生激痛。

所以这些年，阿英若做错事，只要不是太出格，他也几乎无法苛责。

他无法不宠着她。

入夜了，篝火堆逐渐生起，赤焰摇晃着，舔着底下的柴木，噼里啪啦地燃烧。

营帐内，一人于书案前站着。

曹纲提起笔，却是停滞在那里，半晌，蓄足了的墨汁从毫尖处滴落，案上泛黄的纸立即被染了浓浓的一圈深黑。

他目色一动，叹了口气，将笔放下，看了看那已污了的宣纸，当即拿了起来，随手揉成一团，丢在一旁。他焦躁地将双手握成拳头，重重地砸在桌案上，台面上的物事震得齐齐跳了起来，伴随着砰砰几声，随即归于寂静。

从广安王营帐出来后，他一直有一股发不出来的气，这股气既有轻敌的自厌，又有壮志未酬的郁郁，更有大仇未报的怨恨……重重情绪交织一起，让他一夜都入不了眠，唯有借着昏暗的灯烛大半夜写字排遣。

可如今，却也半分都落不了笔了。

他叹了一口气，摇摇晃晃退后几步，颓靡地坐在椅子上。

如今的情况，已全然不是彼时的模样了，他辅佐的"潜龙"已被人改变了。

记忆突然回到了过去。

在未投效赤虎王之前，他是见过猊烈的。

那时候的他还是春风得意的江南府状元，亦是深受陛下赏识的翰林院院使，恣意风流，壮志满怀。

那一日，几位同僚交头接耳地谈论着什么，他自不是那等爱好打听之人，同僚却挤过来，与他说了一件事情。

昨夜，教坊司一个未净面的官妓死了。

这原本不是什么大事，偌大的京城，明里暗里各般龌龊的事多了去了，区区一个官妓之死，又何谈得上骇人听闻？但这官妓不同，她乃叛将倪焱之女，且死得极不光彩。

"听说为给相好的官妓出头，惹怒了一群世家公子哥，给……造孽，才十二呢！"

曹纲当时听了只是一惊，但并未多说什么。

但当天上朝的时候，朝堂震动，连着拖出去好几个武将就地杖打，听说都是弹劾此事的。他这才知道，昨日犯事的那一群皆是贵胄子弟，连右相嫡孙、户部尚书之子等几个重臣血亲都牵扯在内。

那倪焱曾立下不世之功，在武将们心中的威望极高，虽冠上通敌卖国的罪名伏诛多年，但这一桩至今仍还是疑案。不少武将虽碍于陛下没有明着说，但多多少少背地里愤慨不已，一个开疆拓土的武将之女得如此下场，自有武将悲愤难当，拼死上谏。

纵使如此，这一桩大事，陛下在训斥贬谪几个武将后，还是大事化小小事化了地解决了。

对外的口径是那官妓袭击客人，被误伤致死。朝中也下了禁令，往后不得再提及此事，否则严惩不贷。

曹纲想着，偌大的朝廷哪里没有一两件讳莫如深的事呢，过些时日众人便会渐渐地淡忘此事，如以往每一次舆情一般。

下了朝后，曹纲如往常一般路过了长街，却发现前方的道路已被层层人群给包围了，不明事由的众人交头接耳。

前方正是教坊司的位置。

蓦地，人群像是避开瘟疫一般让出一条道来，于是曹纲看见了那个自己未来将要辅佐的霸主。

然而此时的霸主不过是个十六七岁的破相少年，他背着个盖着衣袍的瘦小的人，一步步从教坊司的大门走了出来，一张狰狞的刀疤脸上没有任何表情，为不让背上的胞妹滑落，他走得极慢，脚步沉重。

一阵狂风吹过，卷起了地上的沙土，也将盖在少女背上的衣袍吹落，露出那张死不瞑目的惨白的脸，以及浸满鲜血但已经干涸了的衣裙。

衣袍掉落的地方瞬间又空出了一块地方，人群躲得远远的，议论纷纷。

那个少年原地停滞了片刻，往那衣袍走了去。他的肢体僵化了一般，极其艰难地俯下身去拾起那件衣袍，反手为身上的胞妹盖上，但刚盖好又滑落在地上。他怔怔地看着那沾了灰的衣袍，像一只被束缚住了的困兽。

曹纲不知怎的，脑子一热，忙三两步上前，帮他拾起地上的衣袍。当意识到自己举动的时候，曹纲还有几分胆战心惊，但衣袍已经在手上了，只能暗自咬咬牙，为他遮住了背上的少女。

那个破相少年回过头来，淡漠地看了曹纲一眼，很快别开了头，向远处走去。

后来曹纲才知道彼时猊烈已投身江镜总督府，拼死立了无数军功，却还是未等得及换他的胞妹脱了贱籍。

那之后，那群犯事的纨绔老实了一段时日。因为总有风传那凶兽会暗自报复，个个心惊胆战怕小命不保，为绝后患，不少京中杀手摸入江北暗杀，但一直未得逞。

后来多年过去了，直至猊烈一统总督府，取代总督薛再兴，接管两江三省兵力的时候，他也并未有任何报复的手段。

众人皆以为事情就这么含糊间过了，直至京城沦陷，落入猊烈之手，一切的报复才刚刚开始。

祭天过后，归服的前朝旧臣被面带笑意的新帝请到了天坛。

高台上，放着一个偌大的关有各类猛兽的铁笼，伴随着撕心裂肺的惨叫声，有人认出来，那是当年的始作俑者——前右相嫡孙张世。

众人哗然，满面冷汗，而前右相大人已经两股战战，当场昏厥过去。

从那一日起，新帝每月皆会携众臣去天坛观赏一场血腥的人兽相斗。但与当年那个宫中之奴不一样的是，那些作恶的、手无缚鸡之力的公子哥没有一个逃脱被撕碎的下场。

不乏畏罪自尽的，可尸首也被新帝命人挖了出来，丢在铁笼中供猛兽撕裂吞食。

血腥的表演持续了大半个月，直到天坛上的血浸透了地上的青砖，这才作罢。

那些年，但凡提及至尊之位上的那个人，没有人不会露出几分骇怖的神色。

而曹纲却不会。

许是同样历经过悲惨的家破人亡，当他看着天坛上的血腥时，却有一种近似于变态的报复的通感。这让他想起了当年被俘虏的四皇子李元旭，赤虎王没有当场杀李元旭，而是将李元旭送去了他的营帐。

他并没有比赤虎王来得仁慈几分。

所以，作为近臣，他对新帝残暴的行为没有半点理性上的劝阻。

因为他深深懂得那股发酵到焦心的仇恨。

"哈哈哈……"

曹纲颓丧地扶着座头凄然一笑，这辈子，赤虎王被人救赎了，只有他依旧陷在泥潭里，没有任何可以复仇的力量了。

赤虎王已不再是曾经那个赤虎王了，猊烈心内的怒还不够鼓起他勃勃吞并天下的野心。

曹纲便失去了最大的依仗。

曹纲又笑起来，在这秋日的深夜，显得格外凄清。

明艳的日头挂在天上，岭南毕竟至南，即便秋末，仍还是一片翠色，半点看不出秋日的寂寥来。

李元悯负手站在草地上，看着眼前的明艳少女扯着缰绳，肆意飞奔在这碧空翠海里，她是那样的鲜活美丽，充满了生命的热度，不再是曾经那个惨死的少女了。

他嘴角浮起淡淡的微笑，却几乎要落下泪来。

秋日下的草场有着几分宁静，微风拂过，一阵又一阵的波浪起伏着，颇有几分塞外的风情。

少女策马至高大的青年面前："阿兄！这儿真美！"

猊烈摸了摸她的头，素来冰冷的面上虽无多少表情，但眼里显然多了几分温度。

李元悯与曹纲一起站在高坡上，看着草场里的那对兄妹。

李元悯回过头来，说："他已经不是曾经那个赤虎王了。"

曹纲满面颓丧，胡子拉碴，目下泛着青黑，显然是多日未歇息好，他紧紧握着拳头。

晨起时，他原本以为三皇子找他是为了下最后通牒，却不想将他带到这儿。

看着那难得面露柔色的青年，他心里凄凉地想着：他确实已经不是了。

记忆中那个佝偻着背，僵硬地背着胞妹的尸身一步步远离京城的枭雄已经不存在这个世间了。

只有自己，仍自沉浸在曾经的迷障里。

他跌跌撞撞地后退几步，突然笑了一声，凄楚地摇了摇头，慢慢地往回走去。

身后的人叫住他。

"先生，你相信因果吗？"

曹纲原地停滞片刻，猛地回过头来，本想露出一个讥讽的笑，却是带了怒："殿下倒不必在这里说些风凉话，曹某自是没想到重活一世，当年的冷宫之主竟能成长为如今这般角色。因果，呵呵，因果，曹某轻敌之因自尝到了苦果，又何须殿下提醒！"

"先生误会了。"李元恻并不计较他的气话，只平静道，"京中刚得的消息，王朝鸾已被褫夺了贵妃之位，如今不过小小答应一个，王氏党羽皆被大皇兄连根拔起，再无依仗。四皇子得罪了那般多人，自不必等着先生出手。"

曹纲一滞："当真？"

"再过些时日，想必连先生也会听闻了，父皇虽然宠爱四弟……"李元恻看了一眼他，晦涩道，"但这样的羽翼又能护得了多久。"

京中那位身子已经不太行了，再过一年，这天下便要换颜色了。

曹纲自是明白李元恻的意思，紧紧咬着牙根，胸膛起伏着，呼吸炙热，只恨自己不能亲手了结他。

曹纲突然眯起眼睛，问道："是你？"

"先生高看我了。"李元恻自嘲一笑，"王朝鸾母子歹毒狠绝，种下种种覆灭之因，有今日的下场，自是他们自食恶果。而我，也只是顺手向大皇兄递送了一把刀子而已。"

他轻声道："所以，我相信因果。"

历经两辈子，他再清楚不过。

"为什么？"曹纲刚出口便知道自己问了个傻问题，当年西殿冷宫之子，又受了王氏母子多少看不见的阴毒手段。

因果，一切皆是因果。

他摇头叹息，闭了闭眼睛，转身往远处走去。

"先生要去哪里？"

"哪里？"曹纲笑了出来，"自是四海为家，恣意流浪罢了。"

李元悯急急走了几步："先生不若留下。"

眼前人脚步一顿，回头看他："殿下不担心曹某别有心思，将你的爱将带偏？"

"先生不会的。"李元悯嘴角一扯，"方才，明明你也为如今的阿烈高兴的。"

曹纲一怔，不再说话。

"先生之才，若放身山水间未免太过可惜，岭南虽是那等蛮荒之地，可多少有一展拳脚的地方。先生不如暂且留在岭南，若将来有更好的去处，本王绝不会阻拦。"

李元悯朝他深深地拜了一个大礼："学生恳请先生襄助。"

一阵风拂过，长草沙沙地响着。

曹纲看了看草场里指导少女骑马的青年，许久才回过头，上前扶起了眼前的人。

第十一章 ◆

青年那噬人的眼神突然与记忆中那最深刻的模样渐渐重合。

岁至隆冬，虽四处仍犹见翠色，然而天儿是实打实冷了下来，到了冬至这一日，岭南地域一年中最寒的时候来了，申时一过，便是繁华的都城也黯淡下来。

与别处的寂静不同，广安王府门前热闹得很，府兵支着一溜的府灯，一众人等守在那里。

李元悯披着一件锦鼠灰的大氅，拢着袖子站在人群中央，他身边站着已抽条了不少的倪英，她正缩着脖子，低声抱怨着，显然是被这一阵又一阵的夜风吹得有些冷。李元悯见状不动声色便将袖中的手炉递给倪英，倪英吐了吐舌头接了。

她方才在练武场耍了一回，浑身冒着热劲儿，哪里还会想着加衣，这会儿自是冷得很，亏得还有手炉揣着，这才缓和一点。

她身后的少年们穿着统一的冬装，兴致勃勃地伸长了脖子眺望着长街的路口，眼中雀跃神色表露无遗——他们终于要见到那支英武的郡守之师了。早便听闻郡守军肃清交趾来犯的威风，个个自是羡慕不已，因着周大武在前，这些少年倒不敢如何跳脱，只眼巴巴地瞧着灰暗的尽头。

很快，眼尖的人瞧见了动静，兴奋地喊了出来："参领大人回来了！"

众人精神齐齐一震，尽数往街头望去。很快，便有隆隆的声音传来，正是郡守军回城了。原本因着宵禁，长街上空无一人，然而此刻沿街的窗户纷纷打开了来，响起一阵高过一阵的欢呼声。

是沿街的百姓。

黑暗的长街逐渐点亮了灯笼，影影绰绰的，远远看去便像是灯河一般，夹杂着百姓们的欢呼声，为这群守护岭南安宁的将士指路。

不少兴奋的百姓纷纷往将士们身上撒着象征祈福的苞谷、稗麦、地豆等物，迎接守护他们安宁的勇士，更有大胆明艳的姑娘往心仪的将士身上丢帕子，一派喧嚣，几乎比过年还热闹。

因着怕拥堵扰民，故而大部分将士尚还驻扎在都城郊外，只有先遣的百余人趁着宵禁随着猊烈入城。

队伍越发靠近，李元悯终于瞧清了队首那个高大挺拔的身影，他身着黑亮的铠甲，看着又比上回见他的时候高大了不少，神情肃严冷厉，叫人见之生畏。众将士在他身后紧紧跟随，敛眉屏息，有条不紊地前行，数百人的队伍，历经方才的热烈拥簇，竟没有半分杂乱，依旧一派肃穆，可见其主师御军之严正。

"阿兄真神气！"倪英艳羡道。

她身后的一群少年更是纷纷露出艳羡的目光。

李元悯心下快慰，面上不自觉地流露出几分骄傲。

在离府门数丈之远时，猊烈翻身下马，带着曹纲及几个亲信随行上前，齐齐抱拳半跪："参见广安王！"

李元悯忙上前将他们一一扶了起来，打量了几眼，连声道好，又朝着身后示意。

候着的一群仆侍流水一般出来，每人手上一个端盘，当中皆有五六碗汤圆，个个个头饱满，雪白团软，冒着热乎乎的气儿。

李元悯往前踱了几步，朗声道："诸位将士为守护岭南百姓，舍弃了小家的团圆，没有你们，便没有今日之安宁！本王替岭南的所有百姓向尔等致谢！今日冬至，人间团圆之节，本王请诸位吃上一碗汤圆！"

少年们终于得了准令，立刻有条不紊地上前将仆妇手上的端盘接了去，喜气洋洋地朝着他们的榜样们走去，替他们送上一碗又一碗热气腾腾的汤圆。

岭南的冬至，虽不至于太冷，到底还有几分寒意，但在这冬至的深夜，有了百姓们发自内心的拥簇，以及这热气腾腾的汤圆，长途跋涉带来的寒冷疲累仿若消失无踪了。

将士们在边境驻扎了将近九个月，终于将全线大大小小的交趾人据点给清了干净，广安王又下令边境界线每隔五十里设驻点换防，用以震慑交趾残存余孽。自此，岭南地界再度恢复了久违的宁静。

日光透过窗棂照在地上，李元悯昨夜与猊烈喝了一夜的酒，今日起来便受了几分苦果，额际一阵又一阵地胀痛着。

他原地揉按了几下，下了床，便唤了下人送洗漱用物进来。

正拾掇清楚，让仆妇束了冠，外头便有小厮匆匆跑进来了。

"殿下，总督府薛大人来了。"

薛再兴？

李元悯眉头一蹙，他不是尚在江北大营吗？原以为他忙着荡平水寇，该是有很一段长时日不会来了，竟没有想到，还不到一个月，又往自己这里来了。

念起那股被毒蛇窥探的恶心的感觉，李元悯心间难免沉重了几分，思忖片刻，说道："请薛大人到议事厅。"

他想了想，又问那小厮："猊参领呢？"

小厮忙答："一早已去了郊外大营，恐是午后才回来。"

李元悯心下稍安，便换了身常服，往议事厅去了。

议事厅内，茶童正跪在蒲团上持着拨子翻着暖炉里的金炭，上方的铜壶咕噜咕噜的，冒着水汽儿。

李元悯一套烫壶、洗茶、浸泡、滤清的流程下来，才执着一双骨节分明的手为眼前的人斟满热茶，面上带了温和的笑意："大人瞧瞧本王的技艺如何？"

薛再兴端起一品，连声称赞。

此次他拜访的缘由是得了好茶过来与广安王品评，这好茶还不常见，乃贡品雨前翠玉。岭南是产茶盛地，每年进贡御前的雨前翠玉便是这儿独有的特产，一年统共五瓮的量，珍贵无比。

私用皇室贡品自是违了规制，李元悯如此谨小慎微之人，怎会犯下如此浅显的错？然而他却是浑然未觉一般——他自然不是找不到借口推拒，而是明白对方此举的意味，这是把他当成了自己人。

李元惘岂是那等不知趣的人，自是顺水推舟，接了薛再兴这一番好意。

如今天下即将换主，大皇子身边的这位重臣是他万万得罪不起的角色，更何况大皇兄如今本就疑心于他，他得靠着这厮周旋一二。

李元惘倒不怕对方会如何，因为这人马上要倒台了。

大皇子李元乾猜忌心重，他夺位失败，便是倒在这份猜忌上。前半生明德帝病入膏肓之际，曾下了懿旨封他为太子，待东宫位置一稳，他便迫不及待将薛再兴削爵废位，分权数人，以至于江北大营军心分裂，无法对抗司马一家。

念起眼前之人倾覆在即，李元惘心间警醒，更不会让自己在这紧要关头行差踏错。

"大人不是在江北荡平水寇吗？如何这般有闲情雅致品茶来了？"

"区区几个不入流的水贼而已，又何须本官费心，让副将几个打发便好了。"

薛再兴嘴角带着轻松的笑意吹了吹茶盏上冒着的热气。

之前那篇讨伐文辞措那般激烈，如何现今又变成了几个水贼而已？李元惘心思通明，看来这水寇规模确实不大，否则薛再兴断不会如此闲适，想必又是打着讨伐的名义正大光明让朝廷分拨军费罢了，只不知这里面是薛再兴的主意，还是京城里那位的，总归是有人中饱私囊。

李元惘并不点破，只笑着起了另外的话头，与薛再兴聊些无伤大雅的闲话。

广安王府门前的卫兵肃穆而立，踏跺下的一对石狮子上停着几只叽叽喳喳的小麻雀，听闻人声，吱叫一声哗啦啦往远处飞去了。

薛再兴翻身上马，扯着缰绳正欲调转马头，想到了什么，又回过头来。

"再过六日乃犬子十岁生辰，府上设有家宴，不知殿下可否赏脸光临？"

李元惘微微一哂："那是自然。"

薛再兴稍作颔首，目光在广安王那张含着笑意的脸上流转几番，心里头那股劲儿越发膨胀起来，他按捺下来，喉结动了动，抬手辞别一拜，驾马离去。

待那身影消失在长街尽头，李元惘面上的笑渐渐冷了下来，目中冰碴似的。

这天，李元悯坐在雕花铜镜前，看着里面那个面无表情的人良久，长长地叹了一口气。

“松竹。”

松竹进来了，拱着手候命。

李元悯道：“今日本王出府的事，万万不得向猊参领提及，懂吗？”

松竹听到他如此慎重的语气，忙答应下来：“奴才知晓了。”

李元悯抖了抖下摆，站了起来：“咱们出发吧。”

一个多时辰后，一辆带有广安王府旗帜的马车停在了两江总督府府门前。

李元悯一身素色常服，撩开帷帐步出马车。

薛再兴已经守在那里了，一见李元悯出来，立刻疾步上前，挥退了上前的小厮，亲自抬手扶着李元悯。

李元悯微微一顿，还是顺势下了马车，含笑道：“怎好意思让两江三省的总督当本王的马前奴。”

薛再兴利目微微一眯，亦带了不明意味的笑意：“伺候殿下乃是下官的福分。”

李元悯一哂，不动声色地将手从他的掌心中抽了出来，四处打量了一番。

“总督府好生恢弘，看着比上一回来的时候气派了很多。”

“眼瞧着快过年，胡乱整饬一番而已。”

二人说笑着进了府门。

说是家宴，但官宦人家自不会错过这等交际的机会，一般会借着这时机宴请八方。然而今日的总督府却是一派清静，若非门楣挂了红彩，李元悯还当自己记错了日子。

他当下笑问：“大人莫不是只请了本王一人吧？”

薛再兴哈哈一笑：“岁至年关，各种宴请无数，下官早就怕了，哪里还去自寻那等烦恼。家宴，自然只能请最为亲厚的人。”他看了眼李元悯，“殿下说是吧？”

李元悯跟着笑了笑，并未应和。

待在中堂落了座，李元悯才发现这宴请恐是连家宴都算不上，一方圆桌，仅坐着三人，除了他与薛再兴，就只有薛再兴十岁的幼子，倒是伺候的丫鬟仆侍站了一两排。

那孩子提防地看了眼李元悯，但至少还有礼数，朝他行了礼。

李元悯从袖中摸了个备好的红包来，笑着与这孩子说了些套话。

毕竟是总督府的少主，那孩子倒是落落大方，应答如流，只是他胃口小，上桌吃了几口，便要下桌了。

薛再兴随他，让婆子带他去了，顺势挥退了其他的下人。

偌大的中堂只有他们二人，李元悯心间警惕，面色却是如常。

"来，殿下，喝酒喝酒。"

薛再兴殷勤为他斟酒。

李元悯瞧了瞧那泛着冷光的酒杯，凤目微微一挑："好好的一个家宴叫我俩喝得冷冷清清的，不知道的还以为是本王太赶客呢。"

薛再兴往自己酒杯里也倒了一杯，仰头一倒，笑道："怎会冷清，喝点小酒便热了。"

他顺势把酒杯往前一推："殿下如何不喝？莫不是怕下官在里面加什么料吧？"

李元悯一哂，顺着他的话头半真半假道："可不是。"

薛再兴再复大笑，将李元悯的酒杯拿起，一饮而尽。

放下杯子，他的眼睛便有了几分红。他看了李元悯几眼，蓦地抬起手，合掌拍了三下，便有一个随行匆匆推门进来，呈上一个紫檀黑匣，又迅速退下了。

薛再兴面带笑意，伸手示意。

李元悯不明他何意，但还是伸手过去将那黑匣打开了，见里面有几封密信，心里蓦地闪过一丝不安。

李元悯随手抖开一张，速速看了几眼，眉头不由得皱起，又立刻打开剩余的几张，愈看愈心惊。

信笺上虽无落款，可李元悯与大皇子同在太学院多年，怎会认不出他的字迹。

没承想此人猜忌心竟到如此地步，看着那"若是翔实，当即暗中诛杀"一行字，李元悯背上起了一层细汗。

他吞了吞口水，努力让自己心绪平稳下来，有条不紊地将信笺收回黑匣内，甚至不忘扣上暗扣。

他抬眸一看，薛再兴已自斟自酌起来，眉眼间浮动着一抹自矜之色。

李元悯目色一转，一把夺过薛再兴手上的兽首酒壶，极其识得了眼色一般，说道："总督大人如此大恩，我怎还可让大人倒酒，这会儿不如让本王亲自当一回大人的侍酒。"

薛再兴只笑笑，随李元悯夺过酒杯，仿佛理所应当那般。

他紫红的薄唇一扯，露出一个意味不明的笑："殿下可算是欠了本官一个大大的人情啊。"

"岂止人情，若是大人心狠些，在大皇兄那里多说几句话，恐怕本王阖府上下皆已没命了。"李元悯将眼前的酒杯满上酒，面上带了感激之色，"本王敬大人一杯。"

薛再兴大笑，接过他手上的酒杯仰头一倒，极是爽快。

如此，一个倒，两个喝，桌面上的几壶酒很快空了大半。

薛再兴便似真似假般地有了几分酒意，甚至拉过一旁的座几，与李元悯挨坐着。

"殿下……"薛再兴微眯着眼，抱怨似的看着他。

李元悯往后退了一点，勉强地笑了笑："大人没喝多少啊，怎会如此醉态？"

薛再兴盯着他那张脸，乌突突笑了，如毒蛇吐芯一般。

李元悯上了马车，双拳紧握，脸色极其苍白。猛地，他叫了声停车，未等小厮上来问话，便三步并作两步匆匆撩开帷帐冲了出去，扶着车鞍，剧烈地呕吐起来。

身后的小厮大惊，忙上前扶住他："殿下……"

李元悯喘了几口气，无力地抬了手。

"把水囊给我。"

松竹便旋开了水囊的木塞，递给他。

李元悯漱了口，又喝了几口温热的水，好歹将胸口那股恶心的感觉给压了下去。

他喘息着，抬起头来，吩咐道："加快脚程，务必在天黑之前赶回王府。"

车身又开始启动。

回到车厢内，李元悯双脚发软，跌坐在软垫上。他抬起手来，摸了摸左手拇指上的那个玉扳指。这扳指平平无奇，可若是触动开关，便会射出极密的细针，即便中了一丝半点，便是一个壮汉也会在短时间内昏睡过去。

也不知薛再兴醒来是何等盛怒。

他想起了方才的那一番惊心动魄，又泛起了阵阵恶心，忙咬着唇让自己不再去想那些细节。

他如今能做的，便只有在周旋中等待了，等薛再兴倒台——再过两个月，大皇兄便会封为太子，薛再兴就要被分权，沦为弃子了。

只是不知这期间薛再兴是否会干脆撕破脸面，又不知是否还有旁的枝节，而未来，他又能应付得了几次？

李元悯闭上了眼睛，靠在摇摇晃晃的车窗上，一张毫无血色的脸充满了疲惫。

猊烈从郊外大营策马回去的时候，天色已经全部黑了下来。

他先往中堂走去，正巧遇见倪英从里面出来。她今儿一整日也是跟着周大武一行人去了郊外练场，亦刚回来不久，见猊烈那副急匆匆的样子便知道他的目的。

"阿兄，别往那儿去，殿下不在中堂，在后院呢。"

猊烈略略点头，随口问了她几句话，便匆匆往后院去了。

刚进后院的大门，便见几个仆侍抬着两桶已经凉了的水往外走，猊烈心里一松，知广安王大抵用过膳了，此时正在后院沐浴。

那几个仆侍见是猊烈，忙将桶放下问安。猊烈摆摆手，让他们自行离去了。

他入了内院大门，便听闻耳房里面传来一阵水声，淅淅沥沥的，似还有人在沐浴。

猊烈微微皱皱眉，方才下人们已经抬水出去了，如何这会儿还在沐浴？

他暗忖着，瞧见了在门口守着的松竹，三步并作两步走了过去。

"参领大人。"松竹见是猊烈，面上立刻带了几分精神，打了个揖，"殿下这第二趟水刚进去，想来要久一点。"

猊烈心下奇怪，只点点头，看了松竹一眼，说："你先去吧，这儿有我守着。"

以往猊烈一回来皆要向殿下报备，松竹自无多想，便恭恭敬敬行了礼，往外院去了。

待院门一合，猊烈便推了门进去，浴桶中的人显然没有发现他进来。

"殿下……"

李元悯像是吓了一跳，回过头来，看见是猊烈，眉眼柔和起来，笑了笑："是阿烈啊。"

他从浴桶中站了起来，猊烈自然而然从一旁的几架上扯下一条干燥的澡巾下来递给他。

李元悯问："用过膳了吗？"

猊烈道："在营里吃了点。"

李元悯似有些疲倦，让猊烈帮他擦发。

烛光摇晃着，将二人的身影拉得很长。

换了三条干帕后，那洇湿的乌发终于有了七八成干，猊烈移了兽首暖炉来，不远不近地靠着李元悯温烤着。李元悯不说话，将脸半藏进那干燥馨香的澡巾里，默默地看着青年来来去去。

"阿烈。"他突然开口叫了声。

猊烈正于内室给他取衣裳，闻言便三步并作两步出来了。

"阿烈。"李元悯笑了笑，又轻轻喊了一声。

猊烈忙半跪在他面前："殿下，你怎么了？"

"没事。"李元悯将脸埋在澡巾中，像个畏怕黑夜的孩子，瓮声瓮气的，"今夜，你宿在外头长榻可好？"

狲烈看了他半晌，终是点了点头。

天还未亮，狲烈便翻墙出了主院，他回头看了一眼那露出墙头的高瓴，目下骇沉。

他停在那里片刻，很快便往主院门口走去。

松竹正窝在耳房的长榻上抱着褥子睡得正香，许是狲烈的气场太过于强烈，松竹蓦地翻了个身，惺忪地睁开眼来，见着堵在门口的高大身影，心里重重一跳，慌忙爬起来套上了鞋履。

"参领大人找小的可有何事？"

狲烈看了看紧闭的主院的大门，冷声道："随我来。"

空无一人的议事厅中，狲烈面色越发阴沉，松竹被他看得惴惴不安，不由得跪了下去。

狲烈却没有理会，只让他跪着。

一炷香的时间过了，狲烈依旧不发话，松竹越发不安，大冬天的，竟是冷汗直流。

半晌，才听得上首那人不辨情绪的话语传来："昨日殿下都去了哪里？见了谁？——道来，不得隐瞒。"

松竹一滞，回道："殿下昨日……哪里都不曾去，都与往常那般待在府中。"

话毕，厅内又陷入了寂静，松竹吞了吞口水，连呼吸都不敢放纵。

狲烈指尖叩着桌案，一声一声的。

"本将不比殿下那般仁慈，你可记好了。"

松竹慌忙磕了头："松竹说的是实情！"

"好！"狲烈猛地站了起来，朝着外头的随行大喝道，"你去！锁了马房所有的车夫马夫，尽数分开，详细盘问，我倒要看看是不是大伙儿皆是一套话！"

他牙根耸动，垂眸看了眼早已浑身颤抖的松竹，骤然冷声道，"想好了！军中的手段，可不比府中！"

松竹再难坚持，"哇"的一声哭了出来，直接磕起头来"我说！我都说！"

松竹哽咽着："殿下……殿下昨日去了一趟总督府。"

猊烈眼前一黑，险些站不稳。

松竹见眼前人半天都没有说话，悄悄抬头一看，吓了好大一跳。

但见眼前人双目赤红，脸色骇人，像是要噬人一般。

松竹哪里见过他这副模样，吓得整个人伏在地上，动也不敢动。

许久许久，久到松竹的双腿几乎要跪到麻木了，才听得对方一个沙哑的声音道："下去吧。"

松竹连忙起身，又听得背后之人叫住他。

"今日之事绝不可对殿下透露一字，可清楚？"

"是！"

松竹不敢抬头，只匆匆应了，速速退了出去。

日头升起了，四处一片金光。

猊烈沐浴在这冬日的暖阳里，浑身却是如坠冰窟，他向后跌了几步，坐回椅上，缓缓闭上了双目。

他回味起昨夜的一点一滴，拼接起了事情大抵的模样。他几乎是狠狠掐住自己的掌心，才得以不让自己细想。

广安王府即便称雄岭南，但在京城那些人眼里，终究不过蚍蜉，弱小到一个太子近臣便可随意欺压——天下之大，竟无一处他们可以真正安生的地方。

脑中浮现了一幕幕昨夜那人脆弱的样子，猊烈的手掌紧紧抓住那把手，坚硬如铁的黑檀木居然生生被他捏碎。

那一天，猊烈在议事厅里整整坐了半日，连大营都未曾去，他静静地坐着，如同一个入定的老僧，悄无声息。

没有人敢进来打搅他，偌大的议事厅，安静得连一根针落在地上许都会听得见。

待日上正中，猊烈终于睁开眼睛，冷声道："叫曹纲来。"

很快，曹纲匆匆走了进来，作了揖，抬眼一瞧，心里突然跳了一下，眼前之人怎会如此……熟悉？

这种感觉太过荒谬，还是那张脸，还是那个人，但有什么已经改变了一般，变成了令他陌生又熟悉的样子。

"参领大人，唤卑职何事？"

猊烈静默半晌，道："将两江三省所有卷宗、地势图收集来，给你一日的时间。"

"这……"曹纲不知猊烈何意，若是为两日后在江北大营为期两月的三军水演，也约莫用不着这个东西，但他一向不多话，只应了下来，立刻去办了。

出门的那一瞬间，日头明晃晃地照在眼皮上，曹纲蓦地浑身一颤，突然想起方才那阵子熟悉感到底是什么。

青年的那噬人眼神突然与记忆中那最深刻的模样渐渐重合。

那种眼神太熟悉了！

第十二章 ◆

大雨犹自倾覆，密林深深，巨大的声浪叫人心
生恐惧。

李元悯一觉睡到了午膳时分。他一向自律，虽偶尔贪懒些，但也不多见，若是过了卯时不起，松竹会过来敲门催他，这是他十四岁便已立下的规矩。

眼瞧这日头快近午时却无人来催，他一思便明了定是猊烈特地交代的。

王府众人皆知猊烈一向深受自己信赖，故而有时甚至倒逆了自己的意来执行猊烈的命令，这本是一件令人忌惮也是一件上位者绝不容许发生的事，可在此事上，李元悯却无半分约束。

很多时候，虽理智上清楚明了，然而他却总昏了脑袋一般纵容。

李元悯正苦笑着，门"吱呀"一声打开了来。

他不用看也知道这沉稳的脚步声的主人是谁。

隔着纱幔看着那高大的身影慢慢靠近，昨日那股憎恶的余音似也渐渐消失不见了。

他心里有着酸软，昨夜那般孩子气的要求，也不知对方有无看出异常来，正寻思着待会儿该如何解释，青年已经撩开纱幔进来了。

"殿下……"猊烈面色无异地轻声唤他，顺势坐在了床沿上。

李元悯心里一松，支起了身子。

"怎么没去大营？"

猊烈回道："这两天副将代我去。"

过两日，他便要率军前往江北大营水演，又要分隔两月不见了，心间便生了几分离愁别绪，心里空空的。

不知为何，最近他总是这样患得患失的。

今日十五了，又是一个月圆之夜，可人间总有不团圆的时候。

"阿烈……"李元悯揉了揉鼻尖，却是转了话头，"听说晚上城西又有庙会。"

每逢十五城西集市皆有盛大的庙会，因着交趾侵扰之事骤减，民生再兴，故而每月十五巡台府便会暂时撤了宵禁令，以顺应民心，振作坊市，如此，庙会的盛况更是空前。

每到了这个时候，王府中的少年们皆会兴奋难当，想方设法出去。然而狨烈就任府兵总掌的时候甚为严苛，基本没有这等机会，继任的周大武自也顺承了狨烈治府的法度，从无心软。只有李元悯见他们眼巴巴的，着实可怜，便寻着时机偶尔让人带出去了一两次。

可他自己却是从未去过的。年少的时候他过得那般贫瘠困苦，自然没有任何热闹的机会，封了广安王后，更得端着藩王的架子，十三四岁的年纪，也得迫着自己摆出一副老成持重的态势，否则哪里能立住一方之主的威重。后来再大了点，三两天头板着脸训导府中少年，更不好意思去了，所以来岭南的八年时间，他竟一次都未见识过庙会的盛况。

其实看着兴奋的少年们，李元悯也眼热的，旁人自瞧不出来他那样的身份对这样孩童幸事的眼热，而他也羞于启齿，就这么一年年地过，藏着藏着，也仿佛习惯了。

如今，却无端地生出了几分念头。

有了这念头后，他心间突然兴奋起来，立刻赤着双足，从软榻上跳下去。

狨烈看着他孩子气一般披散着一头的乌发，兴致勃勃地打开了外室的暗橱，端出一个匣子来，又跑了回来，将匣子里的两张面具打开展示给狨烈。

"我们易容去吧，阿烈，你带我，就我俩。"

李元悯的声音因着刚晨起而带着几分沙哑，但狨烈听得出里面难掩的兴奋，所以他又怎会不答应。

他微微一哂："好。"

李元悯面上更是多了几分光彩。

"我得想个借口，让他们发现不了。"

他美丽的眼睛亮晶晶的，雀跃得像个没见过世面的孩子，窝在暖软的被褥中精心地策划这次的出逃。

夜色下，两个易了容的人悄无声息地出了府门。

二人在偏僻处换了一身文士的服饰，不约而同地看向彼此，对方的脸是陌生的，但一双眼睛却是刻骨铭心的熟悉。李元悯微微一笑，一把牵住猊烈的手，朝着备好的马匹走了去。

还未到城西，便远远地听见了街角传来的喧嚣，二人将马托寄在客栈的马厩，便朝着那灯火阑珊的人间奔去。

集市上摩肩接踵，四处商铺林立，摊贩云集，有卖时令果品的、小吃鲜物的、织品绸缎的、铜器漆品的。还有杂耍的、舞番曲的、耍皮影戏的，甚至还有四处兜售房事秘药的大食国人。

纵然李元悯知道集市的热闹，也决计想不到如此繁华，他像个对事事新鲜的孩童，拉着猊烈的袖子一头扎到四处看热闹。

猊烈自不喜喧嚣，但今夜他的心情是舒畅的，他从未见过李元悯这样孩子气快活的时候，李元悯总是温文尔雅、月朗风清，悄自担负了许多，却总露出波澜不惊的神态，吞下所有，从无一刻为自己的一颗童心打算过的。

猊烈跟在李元悯身后，一边留神着周围的动向，为他挡去旁人的拥簇，一边却又欣赏着他这份难得的童真。

李元悯从未体验过这样的无拘无束，他吃了不少平日里难得一见的小吃，也买了不少乱七八糟的东西，只过了过眼瘾，便沿途送给那些看上去颇为拮据的孩童。

一个衣衫褴褛的孩子抓着李元悯给的糖人欢喜不已，奶声奶气地道谢："谢谢哥哥。"

一旁衣衫褴褛的妇人一脸朴实，显然是这个孩子的母亲，她颇有几分不好意思，却也笑着低声致谢："多谢这位贵人，愿您与兄长一世平安喜乐。"

李元悯一滞，突然意识到，即便他们二人易了容，猊烈依旧看上去要比他成熟得多。他微微一笑，却并不解释，不动声色地摸出了袖中最后一点碎银，俯下身子，摸了摸那孩子的头，随口与孩子说了两句，便悄悄将那碎银放进孩子的兜里。

待与那对贫瘠的母子告别，李元悯回过头，对上了猊烈的视线。身边是阑珊的灯火，人来人往，在这样的喧嚣中，他突然想起了妇人方才的话，心下一片柔软，是啊，他们在外人眼中是兄弟一般的存在。

他们没有任何的血缘关系，可并不能影响他们有着比血浓于水更深的羁绊。

不，他们本来便是至亲。

第二日，岭南大军浩浩荡荡压入江北大营。

作为江北大营下辖的三支地方郡守军之一，论规模论战力，岭南大军自不是旁的两支可比，然而待大军抵营，却无高阶将领前来迎接，只有两位没有军阶的兵士上来交接了文书。

岭南军诸将面面相觑，眉眼间隐隐藏怒，然而猊烈面色无异，只例行吩咐下去，让副将前去与主营交接安置。

主营帐内，猊烈脱去重重的战甲丢在一旁，有条不紊摊开一张牛皮地图。曹纲正于下首候着，一同的还有数位岭南将领，气氛格外严肃。

一个颇有年纪的副将终是耐不住，啐了一口："总督大人这是专门下我们岭南军的面子！"

猊烈将镇纸安在边沿，冷冷看了他一眼。

老将瞬间噤声，面上惶恐，忙拜首："末将逾越。"

猊烈解了护腕，随手丢在一旁，又睨了老将一眼，道："仅此一次，往后这些话，不得再提。"

他当下扫了一眼在场的各将领，微微提高了声量："懂了吗？"

"是！"

众人齐齐拜首。

猊烈这才将稍稍缓和了声音："几日跋涉辛苦，吩咐下去，今夜可早些歇去，虽是水演，可接下来两月不比实战轻松。"

众人齐齐应了，各自告退而去。

次日一早，江北大营的狼烟便点了起来，因前些日总督府率领江境大军刚剿清水寇，为震慑余孽，宣示天威，故而两年一度的规模庞大的水演提前了半月。

临时搭建的高高栈台上，薛再兴坐在一张铺着斑斓虎皮的座椅上，心间一片畅意。

江北大营囊括了北安近三分之一的兵力，绝不容人小觑。他虽是外放的朝廷大员，但自然没有任何一位京官敢给他薛某人半分眼色，便是权倾朝野的左相大人，见了他也得带上几分笑意说话。

十多年的苦心经营，不赖。

脖颈突然一疼，薛再兴眉头紧皱，抬手摸了摸，那儿有几处针眼，面色不由得暗沉下来。

他摸出了怀中一块白帕，这是那人匆忙之际落下的东西，他看了白帕一眼，眼睛微微眯了起来，腹诽道：敬酒不喝喝罚酒，这厮若不给他些苦头吃吃，当真以为他是那等高高在上的皇子吗？

天色沉沉，似马上要下起雨来，然而他心间隐藏着的火种却是燃烧得越发炙热。

思绪正澎湃间，薛再兴余光突然扫到了练场上一个高大挺拔的身影，不由得眉头一蹙，那抹黑影简直如砂砾一般顶着眼睛。

他目色一动，与随行吩咐道："请猊参领过来一趟。"

那随行听命匆匆去了，很快练场中的那个年轻将领被带到这边来了。

薛再兴上下打量着，目中幽深。

眼前这个男人还不到弱冠的年纪，可已有沉如山海之威势，不由得让人心生忌惮。听说岭南上下皆一心拥护，只怕如今岭南阖军上下是知参领而不知总督府了！薛再兴微微眯起眼睛，哼声一笑。

"多日不见，猊参领越发精神了。"

猊烈面静无波，微微一颔首："劳总督大人记挂。"

薛再兴自然无须隐忍，当下便沉下脸发难："参领大人进营多时，却不见前来拜会，可是不将本督放在眼里？"

猊烈立刻回道："末将不敢。"

见着他这副模样，薛再兴心间平顺了不少："看来脾性倒是收了不少，有长进。"

薛再兴嘴角一扯，当着他的面，将手中的白帕丢在足下，提脚踩了上去，碾了几脚，嗤笑道："记好了，谁才是岭南真正的主子。"

纵然猊烈掩饰得再好，可视及巾帕的那一瞬间，终究还是让薛再兴捕捉到了一丝剧烈波动。

薛再兴面色一沉，心下不由得沉怒，冷声喝道："可记住了？！"

眼前的青年紧握着双拳，面色终于恢复了往常的平静，重重合掌一拜："末将记住。"

薛再兴笑了起来。

这便是权力，即便一个男人再骁勇、再强壮，再顶天立地傲视群雄，但在权力面前，他什么都不是，只能低下那颗骄傲的头颅，任凭自己差遣。

权力当真是男人的春药，比世间任何事物都来得宝贵。

薛再兴再一次认清了这个事实。

看着眼前半俯着身体的青年，他无比畅快地笑了出来。

"下去吧。"

猊烈步下台阶，脸上没有异色，可在旁人看不见的地方，他紧握的拳头放松，指尖渗出血来。

然而他仍是面目平静，恍若方才发生的一切不过是平常一般。

风卷起了地上的残土，正酝酿着一场风暴。

明明天气白日里是那样晴朗的态势，可夜里却下起了暴雨来。

一道狰狞的闪电劈开了半片夜空，整个人间透亮起来，伴随着巨大隆隆的雷声，天地间下起了瓢泼大雨，冲刷着广安王府的檐角青瓦，粗壮的树枝都被压低了。

房内，昏黄的烛光微微，透着低垂的纱幔，将一切氤氲得朦朦胧胧，随着雷闪忽明忽暗，室内犹如魅域。

"不……不……"

李元悯紧闭着双眼，鸦羽似的黑睫不安地翕动着，雪白的脸上布满了汗水，不断喃喃。

血腥、污浊、燥热、不安。

身体渐渐变得异常沉重，仿佛千斤大鼎压在身上似的，喧嚣渐起，鼻翼间浓浓的血腥气息飘来，入眼所见，一片昏暗血红。

他的身体被压入一方死地。

亮起一道白光……

李元悯蓦地坐了起来，他喘着气，背上的小衣皆被汗水浸透，他满面苍白，额际犹挂着汗珠。当他意识到自己只是做了一个可怕的噩梦后，不由得虚脱倒在了暖软的褥面上，然而心依旧跳得无比之快，仿佛尚还在梦中。他便这么趴着许久，直到额际的汗水渐干，才慢慢平静了下来。

一个奇怪又荒谬的噩梦。

这些年来，李元悯已经甚少做噩梦了，不知今夜为何突然又这般鬼鬼祟祟入了魇，竟梦见了前半生的场景来。

李元悯不敢回想那份心悸，只匆匆披了件外衫下了床，借着昏黄的烛光于桌案旁给自己倒了杯水，温热的水顺着咽喉而下，终于抚平了几分内心的不安。他叹了口气，看了看堂中的漏刻，夜正深，恰是子时，而他却是一点儿睡意也没有了。

今日是岭南军出发的第五日，也是猊烈离开的第五日，李元悯觉得心下自是多有担忧，想来是日有所思，才无端做了这些乱梦。

他拢着外衫走到了窗边，轻轻地推开窗户，雨势正急，一阵湿气迎面扑来，寒冷浸骨，忍不住打了一个哆嗦。李元悯看了看那犹如瓢泼的大雨，心间不由得蒙上了一层暗影。

也不知阿烈身处异地，是否一切安好。

与此同时的江北大营，也一般下着猛烈的雨。

曹纲卸去了蓑衣，掀开帐门走了进去。他抖了抖身上的水珠，将蓑衣一放，立刻上前与坐在案首的年轻将领回话："启禀大人，方才卑职前去江界探了一番，情况怕是不好，沧江的水隐隐有涨起来的趋势，看这雨势恐是要下个两三日才罢，想来等不及两日了，估计明日总督便会下令拔营换地。"

猊烈微微颔首，算是应了，闭目养神。

曹纲不敢再打搅，他轻手轻脚上前，一边将猊烈案上凌乱的案卷收了起来，一边偷偷窥着他的脸色。

这几日的演练，薛再兴暗地里对猊烈多有打压，作为三军最大的一支战力的领袖，居然被排挤到副将都不如的地位，然而他们年轻的主帅仿佛没有发生过任何事情一般淡定从容。

可曹纲明白，不是的。

他突然想起了以前，那个肃冷的枭雄也是如此，在薛再兴的手下蛰伏了三年，最终抓住机会，一举上马。

虽两辈子的际遇不一样了，可曹纲总有一种奇妙的感觉，仿佛什么东西在悄无声息地殊途同归。

门帘轻轻一动，副将李进来了，他瞧了一眼曹纲。

曹纲知趣，当下告退而去。

曹纲掀开帷帐，外头依旧是下不完的雨，积在地上淌得四处都是，汇集成一股股颇为湍急的小流，冲刷八方。

那一瞬间，曹纲心里蓦地突突突跳了起来，他回首看了一眼那合得紧紧的帐门，眉头不由得紧紧锁起。

营帐内，李进小声耳语了几句。

猊烈平静的脸面终于有了一丝波澜，嘴角轻轻扯起："很好。"

他当下摊开地图，细细思索着明日的各般状况。

他过目不忘，这些天，已将江境各地的地形记熟在心，便是闭着眼睛也能画出来，看这雨势，沧江必定涨水，提前拔营换地是迟早的问题。

时机正好，可也稍纵即逝，他自要逮住这千载难逢的机会——这场雨，可算是帮了他一个大忙。

"吩咐下去，一切按计划进行。"

"是！"李进受命速速退下了。

第二日果然还是大雨。经由昨儿一夜的雨势，沧江的水已经涨起来了。营地离江岸不足十里，为着全军安全考虑，辰时总督已下达命令，从午时起，分批拔营往西岭营地而去。滇西军先行，护送载有数百贼寇的囚车，岭南军殿后，处置一切善后事宜。

雨势越发大了，茫茫的天际看不清边界线。

薛再兴身披蓑衣骑在马背上，回首看着模糊不清的天地间，狠狠啐了一口："这鬼天气！"

祸不单行，未行上两里，有参将策马从前方赶了过来，面色凝重道："总督大人，前方主路被落石堵住了！"

"什么？程度如何？"

"不甚乐观，起码一两里。"

薛再兴暗骂一声，心想挖开山石恐是要耗上半日，且极有可能再引发落石，怕是天黑都到不了目的地，着实耽搁不起。

"可有其他线路？"

参将道："如今只能绕去东北方向，行驿辅道，只这辅道狭小，不比主道宽绰。"

薛再兴看了看后方乌压压的大军，思忖片刻，命令道："改道！"

"是！"

众位行令兵纷纷举着令旗去了，浩浩荡荡的大军当即改道，队伍越发冗长。

大雨滂沱，军队绵延了数里，行在这瓢泼大雨中，看不见头，也瞧不到尾部。

因着路狭，押运水寇的囚车排成列状，每辆分别由两位兵士策马一前一后押运。雨着实是太大了，不仅落寇们被泼得睁不开眼睛，便连马上的兵士们皆抬去挡手臂，只为挡去面上的阵雨，以免被迷了眼睛。

穿过一片重重密林时，林间沙沙沙地起了一阵不轻不重的脚步声，然而偌大的雨滴急急打在林间的树叶上，哗啦哗啦地响，所以并没有人注意到那些细微的、不同寻常的动静。

所有人，包括落寇，都在想着快些到达目的地，安扎下来好好休整一番。

待数块大石齐齐滚落下来的时候，押运水寇的兵士们尚还未醒过神来，直至一众蒙面的贼寇从密林冲出。

终于有士兵看见了，惊得抽出了刀，声嘶力竭地喊道："劫囚！有贼人劫囚！"

喊声被雨声盖住不少，只提醒了周围数人，可显然已经来不及了，囚车的队伍一下子被贼人冲散，一片混乱。

"噗噗噗"几声，刀砍在马背上，数匹马儿受惊，嘶叫着高高跃起，挣脱了囚车的桎梏，疯一样地向前冲去，押运囚车的队伍越发混乱。

"杀——"

"劫囚！劫囚！"

"护卫！众人护卫！"

薛再兴的队伍离囚车队列不远，最先反应过来，他立刻掀掉了蓑帽，朝左右怒声喝道："传我命令！围合剿杀！务必不让贼子得逞！"

众人得令，纷纷抽刀围合上前。

可队伍的战线被狭小的驿辅道拉得太长了，加之湍急的雨势，后面的人几乎听不见前方的警示，偌大的队伍陷入了越发巨大的混乱之中。

啾啾啾一阵凌乱的冷箭，薛再兴陡然心惊，暗道不好，他一把抽刀出来。可显然已经是来不及了，身边存留的为数不多的护卫一个个倒了下去。眼见四处混乱，无人顾得上他这边，他当机立断翻身下马，在地上打了个滚，躲进草丛里。

劲风刷过，又有几支箭钉在地上，有一支离他的耳际只差半寸。

薛再兴何曾遇过如此险境，一颗心简直提到了嗓子眼。

乱雨中，一个侍卫劈开箭雨，一把扯起他来："大人！随卑职来！"

薛再兴扫见他身上的江北军标识，慌乱中心下一安，抓着他的手借力纵身上马。

"驾！"侍卫挥刀打在马背上，马儿高高跃起，腾空一般跳出了这混乱之境。

这场混乱仅仅维持了不到半个时辰便被平息了。

滇西郡守军参领魏延面色不善，领兵上前盘点囚车情况，未等清算，一个高阶随行匆匆上来："魏参领！大事不好！总督大人不见了！"

"什么？！"

魏延大惊，环顾了一周茫茫的雨势，心跳如擂。他心知行军不可再耽搁，否则到夜里都无法到达西岭营地，当下咬了咬牙，发号施令："传我命令，留五千精兵在此随我搜山，其余人等按计划前行！"

他顿了顿，沉了脸色："务必让前哨提起万分精神！杜绝方才之乱再次发生！"

"得令！"

副将匆匆去了。

魏延看着漫天的大雨，初步判断此事乃江境未荡清的水寇余孽所为，未承想这帮贼人如此奸猾，竟挑在了这鬼当头打得他们措手不及。虽说此番无甚伤亡，只伤了些护送贼寇的兵士，但好些囚车已被砍断锁链，逃了不少死囚，连总督大人都不见了，这才是最要命的！

他心下越发焦急起来，偏偏雨势如此之大，方才混乱之间，无人晓得总督大人是落在贼寇之手，还是去避险躲在什么犄角旮旯的地方，若是前者……他心间重重一跳，忙抹了一把面上的雨水，不敢耽搁，率着五千精兵摸进茫茫大雨中搜山。

马蹄重重地踩在泥地上，溅起无数水花。

厮杀声渐小，不多久，耳际便只剩下那嘈杂无比的雨声，薛再兴安下心，吐了一口嘴里混着沙土的雨水，一把拽住身前人的手臂："不必策马了，就地停下！"

眼前人犹自扯紧缰绳："不可！此地仍离险境不远，不可久留！"

薛再兴微微皱眉，往四周一扫，心下猛地一"咯噔"，一股不安涌上心头——他们所经之地皆是林间羊肠小道，曲折错杂，然而眼前这将士纵马却是恣意，仿佛对这条小道颇为熟悉一般。

他不由得警惕，悄悄摸出了靴子中的匕首："本督让你停下！"

几乎是瞬间，薛再兴腰际剧烈一疼，发出一声惨叫，当即滚落马下，手中匕首脱落甩到远远的地方，不到片刻工夫，脖颈间一紧，竟是套上了一条绳索。

他未及反应过来，早已紧紧勒住，一股巨大的力量拉扯着他。

"竖子……"

"尔敢"二字未及出口，脖颈间的绳索瞬间收紧，他只能急促地发出一道气音，整个人如同一团糟污被人急速拖行前去。

慌乱挣扎之间，他头盔掉落，脸面马上就被迎面扑来的灌木枯枝和石砾划破，霎时血流满面。然这并非要事，烈马的速度是那般快，快到薛再兴几乎被绳索缠到窒息。

再是愚笨的人也意识到此番定是被算计了，薛再兴心间恐慌，知道自己怕是已经掉进对方的陷阱了。

到底是久经沙场的将领，他应变倒是迅速，猛地一吸气，展臂开来，用尽浑身气力抓着远离脖颈的一端绷紧的绳索，猛然大喝一声，借力蹬身而上，竟给他再度翻到了马背上。

那将士一惊，狠狠地踹了一下马肚，马儿受惊，高高跃起，两人双双摔在地上。未等薛再兴反应过来，那侍卫滚入灌木丛中，偌大的身影便消失不见了。

薛再兴满面血腥，一只眼睛已被血给糊住了，他粗喘着，立刻支起身来，伏在丛中，警惕地环顾四周。

大雨犹自倾覆，密林深深，巨大的声浪叫人心生恐惧。

薛再兴不敢让自己有半点分心，他一辈子也无这般险境，只死死地盯着周围。

什么声音？

在这喧嚣的雨声之中，薛再兴似乎听到了轻微的"喀……喀……喀……"的动静，他眯起了眼睛，心跳越发急促。这声音虽是细微，却听得越发明明白白，他骤然转身，睁着唯一一只可以看见的眼睛循着声音的方向望去。

一个模糊不清的身影出现在密林之中，对方手上持着什么，正随手敲打经过的树干，他不急不慢，姿态舒缓，如同围猎一般慢慢逼近。

"何人？！"

薛再兴瞪大了眼睛，喉间血腥气越发浓烈，呼吸不由得粗重了几分，随手摸了一只断枝紧握手中。

眼前那个如鬼魅一般的人越发靠近，薛再兴面色越发阴沉，咬牙切齿道："居然是你！"

第十三章 ◆

"一个死过一次的人重活过来……曹纲，他根本无须你的仁慈，懂了吗？"

"啊！"李元悯猛地一抖，手上的书册"哗啦"一声掉到地上。

"殿下，你怎么了？！"

入眼便是倪英一张满是担忧的脸。

窗棂上的九莺铜铃发出几声清脆的丁零声，淅淅沥沥的雨声渐渐清晰起来，李元悯空寂一片的脑袋终于有了几分动静。他微微张了张嘴，讷讷地看着前方。

"殿下……"倪英担忧地伸出十指，在他面前晃了晃。

李元悯"唔"了一声，涣散的目光重新凝聚在倪英身上，几乎是本能地回答她："我没事……"

他咽了咽口水，摸了摸心口，那儿依旧跳动迅速，一点儿也平静不下来。

倪英忙为他倒了一杯茶水。

李元悯接过，喝了口口，这才渐渐回过几分神色来。

他又梦魇了。

这几日不知怎么回事，总是睡不安稳，常常让他梦见上半生的一些事情来，也没有具体的情节，零零碎碎的，总叫人心生不安。

他已经连着三日没有睡过一次好觉了，身子颇不爽利，懒懒的。刚他处理了些例行公务，便躲在书房偷懒看些闲书，看着看着，却犯起了困，随着雨声睡了过去，不想又梦魇了。

"殿下是担心阿兄吗？"倪英眉间依旧有几分忧色。

李元悯一怔，勉强笑了笑："没，许是这几日气候不佳，睡得不好，有些魇着了。对了，驿使来了没有？"

倪英点点头，将方才收的信报交给他："沧江涨水了，阿兄他们准备拔营往西岭去。"

李元悯颔首，压住了心头的不安，目色微微一动："帮我唤驿使来。"

倪英晓得他这是要给阿兄带信了，当下点点头，利索起身去了。

李元悯摊开一张空白的信纸，用镇纸轻轻抚平，拎起一支狼毫沾满墨汁，却不知写什么。

他愣怔半天，明明昨日才去信的，也不知自己这是在做什么，思来想去，便在那微微泛黄的信纸上写了两个字：

盼归。

他看着上方未干的墨水，稍稍用掌风扇了扇，叹了口气，然后将那信纸细细折了，置入纸封之中。

李元悯按了按心口，那儿依旧跳得很快，眉头一皱，心间涌上了不安。

"噗"一声，血溅三尺，瞬间被雨水冲刷不见。

薛再兴口吐血沫，腹背上皆是道道寸长的口子，虽不致命，但足以叫他领会何为求死不能。他再无平日里的威严，只如苟延残喘的野兽挣扎着向前方爬去。

他身后的人好整以暇，随着他的动作前行。

薛再兴终于爬到了树干处，借着几分气力，他艰难地支起上身，喘着粗气，冷眼瞧着眼前面无表情之人，怒喝："本官眼拙！居然瞧不出参领大人的狼子野心！"

他话音未落，又是一声惨叫，狼藉不堪的胸口又添上一道。

他死死攥紧拳头，心下骇怖，他已绞尽脑汁各般威逼利诱，可显然不能阻止眼前之人的杀心了，忍不住嘶吼："杀了本官，你焉能独善其身？"

猊烈手握刀柄，横在眼前，另一只手轻轻拂去水珠，慢慢半蹲下来，嘴角浮起一丝讥讽。

"刀，是贼寇的刀，这弓……"猊烈摸了摸腰际那黑亮的箭羽，"自也是他们的弓。"

"便是末将，亦还在江境辅协总督大人断后，谁人会怀疑到我的头上？"

"你当真疯了不成？图什么？"薛再兴面色狰狞。

他咬着牙，咽下喉间的血，电光石火之间，突然想到了什么，骤然双目瞪大："你——"

他心间突突突地跳，眼中骤然冒出金光，粗喘道："只要……你不杀我……广安王府便是你的掌中之物！"

他惊喜地见到对方表情一动，立刻打起几分精神，目色炙热，更是添了几把火："那李元悯不过一卑贱蝼蚁耳，任我拿捏，莫说广安王府……整个岭南……咳咳……整个岭南……"

薛再兴本以为猰烈会稍稍考虑几分，然而那男人连唇边的讥讽都没有，隔着瓢泼的大雨，他看见对方的瞳仁变得极其淡漠，状如死人一般，阴气沉沉，没有半分色彩，高大的躯体如石像一般立在原地，一动不动。

薛再兴从未见过有人如此态势，脊背生起了一股剧烈的寒意。

他狠狠掐了一把大腿，咬着牙站了起来。

他必须快点逃，不能有半分耽搁！

脚步不停地往前飞奔，耳畔依旧是轰鸣的雨声，在这嘈杂的乱声中，他却听见了一个极为清晰的声音，脑中白光一闪，一支尾部带血的箭骤然穿进粗壮的树干中，竟全部没了进去，偌大的树干只余一个带血的小孔——早便听闻此子力气过人、天赋异禀，这回可算真见识到了！

薛再兴不知自己生命的尽头竟有了这样一番可笑的感慨，他如木偶一般僵硬地转过了身子。

不远处，一张黑色的弓嗡嗡震动着，弓上的箭已经没有了，青年病态地偏着头，眼神依旧是那样可怕的淡漠，幽然看着他。

薛再兴脑门一个血洞，汩汩流着血，被雨水冲刷着，他张了张嘴，似是想抬手摸上额头，又是一声凌厉破空的声音。

他的身体被重重地钉在了树干上，连着唰唰唰的几声，胸口又多了几个血洞，箭身尽数没入身体，仅剩尾羽微微颤动。

薛再兴张大了嘴巴，带着污血的涎液滴答而下，他的眼睛如同铜铃一般瞪大，似乎不可置信一般，最终，他头一歪，浑身委顿下去，再无半分动静。

然而眼前的青年依旧拉满了弓，放箭、拉弓、放箭，直至箭篓空空如也，这才放下了弓。

他在原地杵了片刻，才转身离开。

"轰隆"一声，天际越发阴沉起来。

李进终于等到了他主子的身影出现，他双指扣在唇中，急急吹了一声哨子，密林里顿时一阵窸窸窣窣的动静，转瞬间又平静下来。

李进安下心，知道此行全身而退了。

"大人，我们得走了。"

正待起身，李进抬头看了一眼他的上峰，心间不由得剧烈一震，但见青年双目血红，面色骇沉。

"大人……"李进有些不安。

眼前的男人如同僵硬的野兽一般，眼睛红得像浸了血，他似是痛苦万状，晃了晃身子，牙筋耸动，厉声喝道："你是何人？！"

未等李进做出反应，高大健硕的男人已大步流星冲上前来，鹰爪一般的大掌骤然卡住了李进的脖子，血红的眼中光芒盛出。

纵然李进沉稳练达，也遭不住如此的变故，他满面憋得通红，却不敢违抗，只惊惶难当："大……大人？"

又一声雷电，天地蓦地一闪，眼前的男人骤然变色，放开了李进。他状若癫狂，十指死死插进发间，似是剧痛难忍一般，凄厉地嘶吼，如同困兽！

李进还未从劫后余生里喘息片刻，那高大的男人已"扑通"一声重重地倒在了污湿的地上，溅起一片水花。

李进惊魂未定，却知道此地不宜久留，忙上前扶起了犹烈，急切唤了几声。

犹烈紧闭双目，牙关咬死，却是半点回应也无了。

李进心下焦急，环顾一周，双指扣在口中，一声尖厉的口哨响起。很快，嗒嗒的马蹄声渐近，一匹高大的骏马三两下打着响鼻便奔至他面前。

李进将昏迷不醒的男人的手臂搭在自己肩上，咬了咬牙，用力将他扛起，吃力地把他放在马背上，随即翻身上马，二人一马匆匆按计划的路线离开了这是非之地。

天色已经黑沉起来，明明尚未入夜，却暗如夜间一般。

曹纲已经感觉到了一丝不对劲，纵然他不晓得发生了什么，可敏锐的直觉告诉他，猊烈定是打算做些什么。

到底是什么？

曹纲心下沉重。

岭南军已妥当处置善后事宜，也在按着指定的线路往西岭营地而去。他看了看前方乌泱泱的大军，一切井然有序，没有半分忙乱。

倒是先遣军带来一个坏消息，因原定的大路被落石堵了，故而大军改由驿辅道行径，后遇上劫囚的水寇余孽，不过这帮贼人倒没动了多少元气，只是引起一阵小小的骚乱，伤了几个人，别无大碍。

曹纲心下一动，皱了皱眉，当下抓过一名面熟的兵士问话："可有见到参领大人？"

那兵士朝后一指："参领大人殿后呢。"

曹纲思忖片刻，便逆着队伍去了。

他一路策马回到江境营地，偌大的平地仅剩下几个孤零零的营帐，主营帐尚未收起，还有数位兵士里里外外整理着东西。

他随便抓了个兵士，问猊烈的行踪。

"哦，主帅啊，早就出发了，你怎么还在这儿？"

曹纲几不可见皱了一下眉头，随口道："方才落了点东西，回来找找。"

那兵士与他同在主营帐侍奉，自是相熟，打趣道："怕不是什么姑娘家的玩意儿吧，叫你如此挂心！"

曹纲笑笑，并不打算解释，只装模作样地四处看看，在旁人没有留神的时候，他偷了个空悄声钻进主营帐。

他愈想愈奇怪，猊烈的几个贴身随行都信誓旦旦地说瞧见了猊烈，可按着他们的指示始终看不见那人半分影子。

这一切虽是做得滴水不漏，然而曹纲何等敏锐，加之他过分关注猊烈，自然更能发现某些不同寻常的迹象——猊烈定不在军中了！

曹纲不知猊烈在策划些什么，但想必不是什么简单的事，心下委实难安。

他正四处翻找看看有什么线索，外头传来一阵匆匆的马蹄声，似有人急急往这边来。曹纲一时来不及出帐，忙躲进角落，掀开一张毡布盖在身上。

透过那狭小的缝隙，曹纲看见李进背着一个高大的人匆匆走了进来。待他将覆在对方身上的外衫掀去，曹纲终于看清了那张熟悉的脸面，立刻倒抽一口冷气，正是猊烈！眼前人却是不知什么缘故，竟昏迷不醒！曹纲心下越发焦虑。

随之又是一阵匆匆的脚步声，身后跟进来了几位将士，皆是猊烈的心腹，面上都带了担心。

"大人，怎么了？"

李进将猊烈放在榻上，忧心忡忡地摇了摇头："我也不知，方才撤退之际在林间突然昏了过去，险些……"

他想起了猊烈先前那不同寻常的惊骇举动，心下惴惴，不再继续往下说，只吩咐道："速派人去请钱军医来，动作小些，越少人知道越好。"

"是！"

待人离去，又一人问李进道："一切可还顺利？"

李进点头："所有痕迹皆被抹去了，绝无后患，放心。"

问话的将领松了一口气。

曹纲听得愈生疑窦，更是不敢发出任何声音，连呼吸都缓了不少。

然而那问话的将领似是看见什么痕迹，"咦"了一声，曹纲连忙掩住缝隙。

似有默契一般，营帐内霎时安静下来，曹纲心都提拎到嗓子眼，暗道不好。

几乎是瞬间，眼前劲风一起，毡布猛然被掀开来，数把大刀齐齐横在他脖子上。猊烈身边哪里有什么简单的角色，有一点蛛丝马迹三两下便将曹纲给揪了出来。

李进眉头一皱："曹纲？"

曹纲忙道："属下只是进来找寻东西。"

李进上下扫了他一眼，目色便冷了下来："遑论你此话是真是假，单凭你这鬼鬼祟祟的举动……怕是脱不了身了。"

他缓缓抽出腰间佩剑，狞色一起，耳边骤然一声："不可！"

众人齐齐回头，之前在床上昏迷的青年慢慢坐了起来。

李进大喜，忙收了剑，朝着左右使了眼色。两个随行上来，将曹纲捆住了。

一群人齐齐围到床前待命，身量高大的男人揉着眉头，他头发略微凌乱，面色沉沉，不辨喜怒。

半晌，男人抬起头来。

李进心间一震，心怦怦狂跳。明明还是那张脸，但好像有什么不一样了，男人身上有一股无形的威压，周身弥漫着一股暗沉的气息，说不出来是什么感觉，但叫他喘不过气。

"他……"猊烈抬起一只手来，指了指曹纲，淡淡道，"放开。"

"可……"视及男人面上骤然而起的冷色，李进倒抽一口冷气，心跳如擂，忙上前亲自将曹纲身上的绳索给解了。

曹纲脑际轰鸣，面白如纸，浑身虚脱一般，他不可置信地看着眼前之人，连呼吸都停了几瞬。

男人锐利如电的眼神在曹纲脸上扫了一瞬，目色越发冷冽，旋即转了目光，朝着李进等人沉声道："你们该做什么，自行去。"

众人面面相觑。

李进吞了吞口水，勉强让自己在这样的威压中声色如常："大人，事已办妥，您身体若是无碍，未免旁人发觉，我们已不能再耽搁，马上要跟上队伍了。"

床上的人听罢，思忖片刻，应了下来。

一整日，曹纲都恍若置身梦境一般，时而恨不得仰天长啸，时而又是忧虑重重，各般心绪齐齐涌上心头，叫他激动得难以自持。

自打那一个眼神之后，他们便默契地再无说什么了，只如往常那般跟随大军跋涉。

入夜，殿后的岭南大军终于也抵达了西岭营地。

雨势已缓，可依然淅淅沥沥地下着，随着夜色浸润着人间。

这一夜，整个江北大营笼罩在一股惶惶不安的阴影之中，魏延已经加派了人手全面搜寻，然而依旧还是未找到薛大总督，愈是没有消息，愈有坏消息的可能。他不敢将薛再兴失踪的消息往上报，不过寻人的动静如此之大，想必不日便会上达天听，一发不可收拾的局面恐怕难以避免了。如今，他能做的也只是在消息传开之前，将人给找到，不论死活。

主营帐内，曹纲"扑通"一声跪在男人面前，热泪盈眶，他不敢大声喊出"陛下"二字，只深深跪在地上，如以前那般行了一个君臣大礼。

这一次，终于让他等到了这位追随一世的正主！

面色平静的男人已彻底接受了自己所要面对的现实："说吧，究竟发生了什么事？"

营帐中烛光晃动。

猊烈，不，应该说是有着赤虎王魂魄的猊烈，他的脸面已经算得上难看了。

"朕……"一字出口，他脸色更黑，顿了顿，改了口来，"我便是被那朝元帝给改变了命运轨迹？"

曹纲心下一滞，有些不敢开口，只旁敲侧击道："赤虎王，您当真半点儿也想不起来这些年发生的事儿了？"

赤虎王目中沉怒，冷声道"不过是些被蓄养奴性的污糟记忆，有何可忆，忘了也罢。"

曹纲着实心间不安，嗫嚅着，欲言又止。

赤虎王瞟了他一眼，不满道："你何时学会这套吞吞吐吐了？说！"

如芒在背，最终曹纲还是回道"启禀大人，那广安王……也便是朝元帝，他待您不薄……属下瞧着倒是真心实意。"

赤虎王像是听到了什么天大笑话一般哈哈大笑，一张冰冷的脸充满了怨毒："真心实意？呵！若是真心实意，又怎会改变我位登人极的命运？怕是这厮担心又落得彼时自戕的下场，特地拿捏我来了。"

他想起了以前那张血肉模糊的脸，心间憎恶难当，目中阴森："这笔账……可得好好清算！"

曹纲心跳剧烈，正待为广安王辩解，赤虎王已经不耐烦地挥了挥手："此人你无须再多说，我心间自有主意，只那薛再兴怎么死了？"

曹纲更是不知。

赤虎王眉头深锁，前半生他在薛再兴手下蛰伏数年，终于找准机会拉其下马，顶替了两江总督的位置。至于薛再兴，脱了高位的护持，自然没有什么好下场，只不过不用他亲自动手，便有人上赶着讨他的好了。

然而如今他被那李元悯安置在了岭南郡守军，军队虽受总督府管辖，可实权掌在巡台府，按说与薛再兴无多少真正接触，尚还不至于对薛再兴下这等狠手，个中原因，想必与那朝元帝脱不了干系。

他在李进几人面前自不好问太多，不过几番言谈之间，他便大概将事情捋了一遍，这一桩事做得干净利落，倒不用过多忧心，这几个手下，看来颇是中用。

他心下缓和了几分。

好在他这辈子虽被那厮摘除一身反骨沦为工具，到底还保有本事，也培养了一批死忠的心腹，他看人极准，自也瞧得出李进几人的忠诚。

这位赤虎王仅用了一日，便将自己的心态彻底给调整了回来，在找到回去的办法之前，既来之则安之，前半生历经种种险境，可依旧让他笑到了最后，这辈子虽被恶意曲了不少道，但还不至于到了那等死地，自还有法子扭转。

时下，他所能做的，便是按着这个轨迹暂时按兵不动，日后再行打算。

曹纲看着那张带着熟悉神色的脸面，不知为何，心情比起早上的时候更多了几分沉重。

断断续续下了六七日的大雨终于停歇，天色彻底放晴。

两日后，薛大总督终于被找到了，他的尸首于沧江下游浮了上来，找到的时候，浑身缚着结实的绳索，衣裳间尚缠着残缺不齐的符纸，沿途江岸还找到香炉烛火等祭祀用物，显然是遭水寇余孽仇杀并祭天以慰亡灵。

薛再兴的尸首在混浊的沧江水中浸泡了两日，已无人辨得他的脸面了，若非身上的总督服制，以及后院小妾凭着肉身一二胎记辨认，恐是无人知道这个肿胀如猪彘的男人竟是曾号令两江三省总兵的朝廷大吏薛再兴。

事已至此，魏延再不敢隐瞒，连忙快马加鞭递信进了京城。

堂堂一品总督竟死于贼人之手，天子盛怒，朝廷敕令来得甚快，都察院左都御史协同刑部官员连夜起身赶往江北大营处置事宜。因涉及如此官阶，连大皇子李元乾都惊动了，跟着京官队伍一并南下。

经由这番事故，水演暂停，三军皆驻守西岭营地候命，岁至年关，却无半点迎接新年的喜气，一层阴云笼罩在江北大营上空。

夜凉如水，风声骤起，颇不宁静。

猊烈正于营帐内闭目养神，门口传来一声通报。曹纲看了看上首之人的脸色，便让人进来了。

是驿使。

"参领大人，这是岭南来的信。"

岭南，那只能是广安王府来的。

曹纲不由得看向猊烈，眼前之人并没有露出什么特别的神色，只将信件拿了过去，挥手让人退下。

他随手撕开，冷着双目看了一眼，嘴角浮起一丝讥笑。

他像是无所谓一般，随手将那信纸丢在桌案上，曹纲便看见了"盼归"二字。

"赤……"曹纲当即改口，"大人，这广安王……"

仿佛知道曹纲要说什么似的，未等他说完，猊烈早已冷冷抬眸，曹纲骤然收口。

气氛多多少少有些僵持，半晌，猊烈放缓了脸色，不悦道："你还是改不了这毛病！"

曹纲连忙拜首。

猊烈睨了曹纲一眼，面上讥意愈重："没承想'我'这人居然被那厮蓄养得如此愚钝，因着这假惺惺的几分情意杀人，令自己陷入这等险境。此事虽做得不错，可难道没有万一吗？何况京中那帮人也不全是吃素的！"

他自嘲着，目色冷意森然："这厮本事倒是好得很，借我之手除人！竟谋算到我的头上！着实可恨！"

曹纲一滞，想起了那个风清月白之人，喉头翻动，却说不出什么话来。

猊烈怎不了解他，只微微眯了眼睛，毫不留情地说："一个死过一次的人重活过来……曹纲，他根本无须你的仁慈，懂了吗？"

曹纲心间一震。

虽然接触不多，但他看得出来，广安王对猊烈的情分是真的，如今的问题是，眼前这个同他一般恢复记忆的赤虎王对这情分半分都不相信。

曹纲不知怎的，心间突然涌上了一股伤怀。

"行了，不提这人了。明日京城里那帮人便会抵营了，还是好好想想这厢如何应付吧！"

猊烈揉搓着指尖，目色阴沉："连大皇子李元乾也来了，这桩事可闹得不小。"

曹纲收拾了心境，正了正脸色："大人可想到什么应对的法子了？"

猊烈嘴角一扯："难不成曹军师没想到？"

曹纲知他与自己想到一处去了，彼时差不多这个时间点，李元乾已开始着手总督府削权事宜，想来已是忌惮薛再兴良久，此次显然不是为清算心腹之死来的。

猊烈冷笑道："既然人到了这么多，那这一潭水，自然是搅得越混浊越好。"

曹纲立刻道："属下去准备。"

"好。"

曹纲正待退出去，身后之人又叫住他，却是半日未说话。

猊烈许久后才长长吐了口浊气，冷冽的目色有了几分缓和。他手指叩在桌案上，缓缓敲了敲："阿英这几年过得好吗？"

曹纲心头一热，脑中突然浮现出了那个背着少女死尸的、罗刹般的十六岁少年。

因缘际会，当真是一言难尽。

曹纲咽了咽口水，忙道："倪姑娘很好，她如今已经十四岁了……一切平安。"

猊烈面色不自觉地柔和起来，他似有话交代，但最终只是轻声道："你去吧。"

一向安宁的广安王府这几日开始热闹起来，泥瓦工匠进进出出，王府上下重新进行了修整。

三日后，大皇子的座驾抵达广安王府。

李元悯率着广安王府上下众人，齐齐候在府门，恭迎自己这位名义上的兄长、实际上掌握自己生杀大权的未来继任者。

八年过去，李元乾越发内敛，喜怒不形于色，只是他生得高鼻深目，不笑的时候乍看上去显得有几分阴鸷。时下，他面带笑意，脚步刚踏下步辇，便作势上前扶起了跪伏在地上的人。

"自家兄弟，何必行此大礼！"

在李元悯站起来的那一刹，李元乾微微停滞片刻，目光不由得在他脸上多停留了片刻。

到底城府颇深，只那么一瞬，李元乾又放开了他的手，笑道："八年不见，不承想三弟竟长成如此风华，可真是叫人生羡。"

李元悯缩了缩脖子，诚惶诚恐的，面上带着几分怯弱："皇兄，过誉了。"

他有些慌乱，忙朝身后的众人催促道："快些去备好茶歇！"

李元乾心下一定，笑了笑，也不知道在笑什么，只闲适地跟在李元悯身后进去了。

进了大厅后，李元悯越发局促，连连呵斥下人，他一边手忙脚乱地指挥着下人上茶，一边亲自请了李元乾入座，自己却是缩手缩脚地坐在另一端——看上去李元乾倒像是这王府的主人一般。

李元乾随手端起茶喝了一口，余光却在悄悄打量着身边局促不安的三皇子。

纵然封王又如何，终归是上不了台面，本质上还是当年太学院里那个卑微的西殿冷宫之子。

只是这副相貌……当真是暴殄天物。

李元乾心间感慨，却是发了慈悲与李元悯说了些套话，缓解了不少对方的惶恐不安。

李元悯露出感激的深情，一应唯唯诺诺。

李元乾放下了杯盏，不动声色道："上回多亏了三弟送的袁崇生的口供，帮我为朝廷拔去王氏这颗毒瘤，借着这个机会，可得好好跟三弟道个谢。"

李元悯似被李元乾这话勾起了几分心绪，面上露出一丝悲凉，他强自收了，勉力露出笑来："能为大哥解忧，是做弟弟的福分。"

李元乾自然看见了他方才的反应，笑道："三弟似有心事，有什么只管说出来，本宫难得来一趟，自会想办法替你解决。"

李元悯一怔，嗫嚅着，越发吞吞吐吐。

李元乾心下不耐烦，正待发话，对方却似是下了决心："皇兄方才所说，元悯如今着实不敢居功……只这功劳实在不该算在三弟身上！"

"哦？此话怎讲？"

李元悯神色黯然："元悯哪有那般本事，若非总督大人的指点，我怎会卖得皇兄这个人情，没承想，薛兄这样的好人竟落得如此下场。"

李元乾听出了几许猫腻来，他瞳仁一转："难不成这袁崇生之事……"

"元悯欺瞒了皇兄！"李元悯慌乱似的放下杯盏，扑通跪了下来，"总督大人死得这样凄惨，我怎还担负虚名！还请皇兄责罚！"

李元乾心下波涛涌动，却是扶起了他，温言安慰。

李元悯哽咽道"岭南民风彪悍，若无总督大人，元悯早被人生吞活剥了。这些年借着他的襄助，我才得以立足此地，这样的好人……居然被贼寇给杀了！天理何在！"

他显然很是伤心："大人说，这天下迟早……"

话未出口，他知道自己说错了一般，顿了顿："大人说我式微，若不在兄长面前多露露脸，往后的日子难免难过，所以特地将这功劳安在我身上……"

他眼眶一红，险些落泪："往后再无人待我如此恩重了……"

李元乾面色无异，心间却早已一片沉怒。

李元悯悲愤抱拳："求皇兄务必恩准出兵，荡清水寇余孽，以安薛大总督在天之灵！"

"说什么话！快起来，这自是本宫之责。"李元乾扶住了李元悯，然而他眼中已装不出多少暖色了。

果然如此！

京城皆在自己眼皮子底下，然而江北地域偏远，终究是过于依赖总督府了！

早在先前他便觉得奇怪，薛再兴上报的密信中，那个广安王俨然与自己记忆中畏畏缩缩的冷宫之子出入颇大，若非亲自走一趟，恐怕没有想到，一切皆是薛再兴那厮的自导自演！

念及这背后可能的缘故，李元乾眯起眼睛，心间一片暗涌波涛。

浩浩荡荡的仪仗出了府门，长街的百姓不曾见过如此规模的皇家仪仗，自是新鲜，纷纷驻足观看。

喧嚣中，李元恼站在府门口，望着远处残存的一点影子，微微垂着双眸。

冬日午后的寒风吹拂在面上，几丝软发舞动，月白风清，与方才那副草包样子判若两人。

倪英站在他身边，面上没了往日的张扬明艳，反而带着几分晦涩难明。

半晌，李元恼终于将目光收了回来，碰上了倪英的视线，微微一怔，笑了笑，说："累了半天了，咱们回去吧。"

倪英突然便红了眼眶。

李元恼叹了一口气，只拢了拢她的披风，安慰她："这有什么，演一场戏而已。"

演戏？岂止是演戏。

倪英看惯了他清贵出尘的模样，这是第一次见他如蝼蚁般卑微的样子，看京中贵客那般理所当然的模样，她岂能不知这便是他以往宫中的处境……怎可能仅仅演戏而已？

她隐隐约约听闻殿下哥哥童年在宫中过得不好，以前她没多想，毕竟在八岁之前，她深陷教坊司亦过得不好，但这并不妨碍她全然抛弃过去，纵情享受如今的日子。而今时今日，她才突然明白，殿下哥哥与她不一样，他从未于过去那样的日子中彻底脱逃，岭南只是一个临时的避风处，暂时给了他几分安宁而已。

长大几乎是一瞬间的事情。

愈是心疼愈怕对方察觉，倪英并没有将她心间的种种展现在脸上，很快收了方才的神情，只咧嘴一笑："殿下哥哥方才演得可真好，连阿英险些都叫你骗过去了。"

李元恻笑了，本想如往常那般摸摸她的脑袋，突然意识到眼前的少女已经十四岁了，不再是小孩了。

他轻咳了一声，将手放了下来，温声道："晨起你便跟着忙活了，也没见你吃什么，我让厨房给你备了碗杏仁酥酪，吃了再去歇息吧。"

"殿下陪我吃点好不好？"倪英忍住心间酸涩，如往常那般朝他撒娇。

虽无甚胃口，但李元恻疼她已是习惯了的，便宠溺地点点头："好。"

倪英面露喜色，立刻往后院准备去了。

等少女的背影消失在拐角处，李元恻的面上多了几许愁色。

这个年关过得太不平静。

初闻薛再兴死于水寇余孽之手时，李元恻第一个反应便是震惊，也夹杂着几分虎口脱险的欣喜，然而愈想愈觉得不对劲。

堂堂一品总督，在拥有数十万将士的江北大营，居然会被一群不成气候的水寇给劫杀，这究竟是薛再兴运气太背，还是有什么云谲波诡的隐情？

如今连大皇子都南下了，不知意欲何为。念起他信笺里的杀机，李元恻只能借机在他面前装傻充愣，也不知他信了多少。

猊烈已经多日未回信了，因着这桩事，李元恻自不好再往江北大营送信。再过十日便是除夕了，不知道那人能否全身而退。

李元恻压制住心头的不安，深深叹了口气。

西岭营地。

猊烈这几日倒还过得平静，一应杵在主营帐里复盘他这些年被改变的种种，力图短时间内让自己适应现在的身份。

在曹纲这位得力军师的各般辅助下，猊烈很快便在众人眼中恢复了常态——扮演"自己"自然不算难事，命运轨迹虽改变太多，但二人的性子本质上并无多大区别，只因际遇不同，如今的猊烈自比原先那十八岁的灵魂多了几分老练狠辣，气度上也多了几分无形的威压。

岭南众位将士自然不知道他们的主帅早已荒诞地换了个芯子，只觉得他们参领大人威势日重，直面时越发令人提心吊胆而已。

江北大营这几日着实不宁静，军中浩浩荡荡来了一群京官，三军参领皆被叫去问话，各般查探，风声鹤唳，人人面色凝重。

犰烈自然也被叫去问话，不过事发之际，岭南军尚在江境善后，总督被害、囚车遭劫之事自然算不到他头上。

面对这帮降臣，犰烈倒是非常淡定，都察院左都御史一贯高高在上，颐指气使地问来问去，也没有什么旁的疑点，便由他去了。

一通下来，薛再兴遭劫杀这事情便没了什么疑点，他们反倒是查到了总督府剿匪军费开支问题，只未来得及顺藤摸瓜，大皇子李元乾的座驾也抵达了西岭营地。

有李元乾在，都察院办事自然要给这位准太子几分面子，一应事由皆交付于他主办。本以为这桩大案要磋磨上许久，但出乎意料的是，在李元乾的干预下，这桩事很快便有了定性——水寇余孽报复朝廷所为。最终滇西郡守军参领魏延因护囚不力，褫夺其主帅之位，官降三级。另外由三军联合拨出一支十万精兵，由李元乾亲自带领，出师剿清水寇余孽，以慰薛大总督在天之灵，至于军账开支问题，自然也就不了了之。

薛再兴之死便这么压下去了。

如今更多人关心的是另一桩事，这两江三省总督之职可算是空缺出来，也不知谁能接掌这北安近三分之一的兵力。

然而李元乾没有表态，一直搁置着，只命暂由副都统执掌总督府事务，收去了其管辖三军的权力。自此，总督府权柄被大大削减，岭南、滇西、两广三军不再归总督府统领。

原本两个月的水演，在这场风波之中，不到十日便提前结束了。

因着过几日便是除夕，岭南大军提前拔营回归。

越是靠近岭南，曹纲面上的神色便越凝重。

犰烈哪里瞧不出他在担心什么，只嗤笑一声："放心好了，我自会扮好这家奴。"

大丈夫能屈能伸，如今他不再是那位登人极的天下之主，在掌握足够权柄之前，自不会轻易作死。

曹纲勉强笑了笑。

然而待一行人抵达岭南之境，却收到了广安王的消息，他已在一众府兵的护持下出发前往西岭营地，为大皇子出师剿匪践行，就差一日，两行人错肩而过。

曹纲大大松了口气。

猊烈倒是无甚所谓，面色如常地率领大军驻扎营地。

作为岭南郡守军的主帅，猊烈自然也有自己的府邸，只一直荒置在那边。现今只能同之前那般住进广安王府，更何况，阿英也在那里。

等大军安扎下来，交接清楚事宜，猊烈带了曹纲及几个随行早早回了广安王府。

简朴雄浑的王府矗立长街，众府兵列队迎接。

猊烈掣住了缰绳，目光凝缩在一处，一个美丽的少女俏生生站在那儿，寒风吹过，她蹙了蹙眉，旋即又露出一个明艳无比的笑容。

她举起手大幅度摇了摇，喊道：“阿兄！”

猊烈不动，一直看着那个少女。

众人不明所以，只能跟着主帅停滞不前。

倪英见状，春日蝴蝶一般笑意盈盈跳下踏跺，奔至马下，一把接过他手上的佩刀：“阿兄，怎么停在这儿？”

暖阳下，猊烈看着眼前这个被阳光笼罩的少女，心间剧烈的激荡渐渐平息，化为前所未有的柔情。他喉结动了动，轻声道：“阿兄……很久没看到你了。”

倪英微微一怔，朝他露出一个明媚的笑来。

第十四章 ◆

可入夜之后，他依旧出现在了广安王府门前。

夜凉如水，猊烈合眼渐入梦境。

一阵轻微的脚步声传来，猊烈立刻警觉地清醒过来。

朦胧月色洒在地面上，光芒柔柔舞动。

一个修长的身影往这边来了，步履匆匆，却很轻盈。

猊烈先是闻到一股清淡的熏香，随之榻边一重，那人坐在床沿，声音如梦幻一般："阿烈……"

月色下，猊烈警惕的目光转瞬间变成了惊讶，一声"姐姐"差点出了口。

他的心咚咚咚得跳，狠狠掐了一把大腿，直愣愣地看着来人的脸。

记忆中那个小宫女的样子也渐渐清晰起来。

像，又不像。

猊烈如遭雷击一般看着来者。

见他这般模样，来者却是如释重负地笑了笑："真好，你没事。"

待来者拈了拈他的被子，猊烈才如梦初醒一般颤了一下。

寒气渐渐侵袭上来。

不，不是，他的宫女姐姐早便死了的。

死在那深宫里，死在碾压的皇权面前，死如蝼蚁一般，无声无息，两次都等不及他的拯救。

猊烈目中的迷茫渐渐散去，越发清明起来。

能在这时候随意出现在自己身边的人，除了那个朝元帝，便再无其他人。

对方身上带着外面的冷气，似乎很疲倦，径直躺了下来。

"困死我了，给我让个位置……"眼前人如同梦呓一般道。

夜色中，李元悯没有发现对方的变化。

他只是钻进了被子，如儿时一般靠近了他的伙伴。

猊烈不知道用了多大的气力才控住自己不一把推开李元悯，他笃定一件事，便是他不消全力，便可让这个冒犯他的人摔得脑浆迸裂。他死死握着拳，一忍再忍暴虐的欲望。

然而眼前之人丝毫没有察觉到自己的危险，很快便迷糊起来。

猊烈牙根耸起，正准备速速翻身下床，可眼前人疑惑地嘟囔："阿烈？"

猊烈复又躺了回去，深深吸了一口气，闭上了眼睛。

夜色正浓。

李元悯是被倪英叫醒的。

他刚睁开眼睛便看见倪英歪着一张俏丽的脸趴在床前看着他。

他揉了揉眉头，习惯性地懒洋洋叫了声阿英，旋即意识到什么，忙一下坐了起来——他居然还在猊烈的榻上。

李元悯发起窘来，握拳抵在唇上咳了咳，装作若无其事的样子问："什么时辰了？"

倪英眼角弯弯的："未及午时。殿下哥哥若还是困，便歇着，哥哥这边的人我都打发了，谁也不知道咱们殿下哥哥还跟个孩子似的赖在阿兄房里。"

李元悯脸一红："浑说什么？"

被一个十四岁的小姑娘这样取笑，李元悯有些挂不住面子，只板着一张脸，终究耐不住，摇头笑了笑。当他知道猊烈自薛再兴的事情中全然脱身之时，确实如同一块大石头从肩头落下。

只是心里多多少少还有些遗憾，因为猊烈一早便去了大营，竟没有多问几句。

李元悯起身换了干净的衣袍，便叫来了府中的总管，让他晚膳多备些猊烈爱吃的菜。

然而，到了晚上，猊烈也没有回来。

外头候着的仆妇拱着手上来，恭顺地询问："殿下，这些菜要不要再拿去膳房热一热？"

李元悯看着那一桌子热气全无的菜，面上不由得带了几许淡淡的失望，轻轻叹了口气："不必了，端下去吧。"

"可殿下你一口都未进，这……"

李元悯一怔，才意识到自己也未用膳。然而他早已无胃口，又怕王嬷嬷唠叨，便随手指了指桌上一碗看上去讨喜些的菜，说："这碗什锦玉圆羹煨半碗就行了。"

仆妇面露喜意，当即应下，带着几个婢女忙活去了。

李元悯又叫住她："王嬷嬷，叫松竹进来。"

很快，松竹手脚麻利地进来了，露出询问的神色："殿下？"

李元悯轻咳了一声，问道："可有看见猊参领回来没有？"

松竹忙道："未曾看见。"

"可有带了口信？"

松竹摇了摇头。

李元悯心间奇怪，猊烈怎会平白无故让他等这样久，若是临时有事，必会让人捎口信带给他，今夜这样子简直是前所未有的事情，他不由得心间生忧，立刻吩咐道："松竹，立刻叫个人去郊外大营一趟……看看猊参领是否被什么事耽搁了。"

松竹应了，立刻匆匆退了出去。

看着外头苍茫的夜色，李元悯不由得皱了皱眉，眼中流露出几许忧色。

临近年关，天寒地冻，深夜犹寒。

三三两两的卫兵并队巡逻，平地上篝火摇晃着，偶尔爆出一二火花，猎猎旗帜在夜风的裹挟下翻卷着，时不时哗啦一响，显得格外肃清。

主营帐内，一随行敛眉屏息，收拾完桌上的残羹冷炙，轻手轻脚地下去了。

猊烈铠甲未除，正拿着一方毡布擦拭着手中的长剑，他面无表情，眼神专注，仿佛眼前之事才是最重要的一桩。

曹纲守在下头，犹豫半晌，还是劝道："大人，已是亥时了，若是无事，该回府了。"

不知是否曹纲的错觉，猊烈闪过一丝燥怒，正待细看，眼前之人已是放下了重剑，看都未看他，只冷声道："今日便宿在营里。"

曹纲眉头不由得一皱，心思这几日营内无甚大事，怎么好端端的就不回去了。

自打回到岭南，这些日，他一颗心都是提拎着的，一点儿风吹草动便叫他警觉不已。他跟随猊烈多年，自然瞧得出来他这位上峰今日的心情不是很好。

自打他恢复记忆以来，还从未有过这样的时候。

曹纲不由得细思起昨日桩桩件件，想从中找寻蛛丝马迹，可思来想去，始终没有半分头绪，只能先应了下来。

他正要下去叫上军士准备，身后的人轻咳了声，沉声道："尽快找些工匠修缮参领府，越快越好。"

"这……"曹纲一惊，不由得转身走近几步，"大人可是要搬出广安王府？"

猊烈不耐烦地睨了他一眼，仿佛他说了句废话一般。

曹纲心下一"咯噔"，心思自江北大营归府之前，赤虎王明明便打算好一切照旧，再谋他计的，怎么没过几日便改了主意？搬出广安王府，可不是区区小事。

究竟发生了什么事令他做出此等明显不利的决定？念及这几日都无甚异常的事情发生……

曹纲何其机敏，小心窥着猊烈的脸色："大人，可是广安王昨夜回来了？"

话音未落，那双利目冷锋骤现，曹纲当下脊背一寒，慌得立刻俯首。

"属下逾矩！"

曹纲哪里还敢当场发问，只提心吊胆地拜了首，退了出去。

这两日，军营上下众人的日子都不好过，动辄便遭主帅大人破口大骂，连一向稳妥的曹纲与李进也挨了不少骂，阖营上下无不谨小慎微，生怕稍有疏忽，便遭主帅一顿霹雳雷霆的磋磨。算下来，主帅已经连着三日歇在大营了，可众人俨然觉得好似过了半年一般，无不叫苦连天。

倪英蹬了一下马镫，朝着不远处的高大男人奔走过去。

"阿兄，这几日怎么都不见你回府中？"

猊烈喉结动了动，只从腰间摸出了一张红弓交给她。这烛龙弓，乃世间少有的轻弓，但坚韧非常。

倪英虽只是一个十四岁的小姑娘，可倪家血脉，岂有什么弱质女流。倪英接过，立刻便瞧出了它的宝贵来，喜不自胜，当下摸了摸，试着开弓，虽是勉强，到底是让她给拉了个半满。

这军中恐怕没有几个男儿能及得上她的程度。

猊烈面上难得有了几许亮色，上前指点了几番。

果然，不消一炷香的时间，倪英便可拉满全弓。她兴致勃勃地上了一支箭，但听得一声尖厉的破空之声，那支箭居然穿进远处那块巨石半寸。她喜得心花怒放，倒是忘了方才问他的问题了，只擎着缰绳，来去反复练习，痴迷一般。

曹纲远远地看着那对兄妹，眉宇间有一抹忧色，正叹了口气准备回自己的营帐，一个卫兵匆匆跑过来了。

"曹执事，广安王来了。"

一语惊雷，曹纲先是一惊，而后头皮发麻，当真是怕什么来什么。他全然不清楚二人之间的状况，也不知该如何应对，只瞧了瞧不远处的人影，当下吞了吞口水，硬着头皮前去汇报。

"什么？殿下哥哥来了！"倪英惊喜，连忙翻身下马，又急急问道，"他现在在哪儿？"

"估计这会儿已经到了。"

曹纲一边说着，一边小心翼翼打量了一下猊烈。见他面无表情，然而一双眼睛可以说是寒冰骤现了，曹纲心下惴惴，迟疑片刻，道："大人，这……"

倪英大剌剌打断了曹纲的话，一把挽住猊烈的胳膊，笑骂："这什么？还不赶紧去迎接？"

猊烈一张黑沉的脸变了又变，咬了咬牙关，终究还是忍了下来，随着倪英大步踏出去。

曹纲擦了擦冷汗，连忙快步跟了上去。

夕阳西下，天际布满了粼粼的云层，皆被染上了红，有着萧索的风景。

一辆素色马车在数十余府兵的护持下，于营前停了下来。很快帷帐一掀，一个气度俨然的贵人在小厮的搀扶下，不急不慢地下了马车。

众人齐齐一拜："广安王。"

李元恪微微一笑，作势让他们免礼。

倪英恨不得当下便跑上去让他看自己新得的红弓，又想拉了他去练场瞧自己新学的本事，然而到底知道收敛，只能按捺住心头的雀跃，老老实实候在那里。

曹纲站在一旁，偷偷看了一下猊烈，心下突地一跳，因为看见他们的主帅眼神发狠，胸膛高高低低起伏，可想而知他呼吸的力道多么重。

正待再看，人群中爆出了一阵喝彩。

原来过两日便是除夕，广安王给诸位将士都封了赏，因着猊烈的缘故，岭南郡守军阖军上下很是遵从这位藩王，端方儒雅的广安王循例说了些话，一时间，肃穆的营地有了几分热闹。

然而有一人却与这氛围重重排开了来。

猊烈看着那张月白风清的脸，恼怒地想：这厮何必做这等假惺惺的模样！不过一草包傀儡而已！自己竟是被这般人物给驯化成毫无反骨的家仆！

昨夜，他原想假寐片刻，却不知为何也跟着睡了过去，这是从未有过的状况，他竟毫无警惕之心，榻边之人似乎有种令人无可抗拒的放松感，这种前所未有的感觉令他忌惮。

他喉结剧烈滚动，眼里的火都快烧出来了。

待众人退下，倪英终于忍不住从猊烈身边小跑上去，亲昵地挽住李元恪的手臂，小声地邀功："殿下哥哥，你总算来了！你可不知道我今日有多威风。"

看着二人交缠的手臂，猊烈眸色一沉，捏了捏拳头。

倪英一张脸红扑扑的，她这段时日一直待在军营里跟着猊烈操练，原本捂白了些的肌肤又恢复成了小麦色，甚至比之前更黑了几分。李元悯看得眉头一皱，见她满面欢喜，不忍当下给她泼冷水，只扯着嘴角淡淡笑了笑。

倪英犹自兴奋，摸了一把鼻子，嘿嘿一笑，炫耀似的取下腰间的烛龙弓，三两下便上了箭，"唰唰唰"一连音，但听得"嚓嚓嚓"三声，拴马的木桩竟被这三支箭劈成了两半，尘土飞扬。

"殿下，你瞧瞧，是阿兄教我的！我现在可算明白了，原来射箭不光靠蛮力的。嘿嘿，看这回府上那些臭小子服不服我！"

李元悯听得额间突突突地猛跳，心下恼怒，本想瞪一眼猊烈的，却强自忍耐下来。他从方才下马车开始，便斗气似的不往猊烈身上看过一眼，这会儿自然不能破功，只忍着气："好了，在营里也待了几日了，该回去了。"

倪英自也感觉出了李元悯情绪不佳，她看了看他，又看了看不远处那个冷冰冰站着的阿兄，心里"咯噔"一声，突然想起阿兄已经三日没回府了，莫非跟殿下哥哥吵架了？

她心里生奇，这么多年来，她一次都没有见过二人闹过脾气的，不由得凑近了李元悯的耳朵，小声问询："殿下，你跟阿兄吵架了？"

李元悯藏在袖中的拳头捏了捏，做无事状："没有的事，别胡思乱想。"

吵架……便是吵架也好，总好过这不明不白的。

这三天，那小子像是消失了一般，派了小厮去问，一应都是事务繁忙。原本后天才会过来犒军的，因着心中的忧虑，自己却赶着今日装得若无其事一般过来了，结果对方忙着在军中带阿英胡闹，真不知道自己在忧心什么！

倪英连忙收了弓，她知道自己这几日着实是玩得过火，殿下哥哥一向不喜欢自己如男子一般恣意胡来。她将弓别在腰上，扯了扯李元悯的衣角，讨好地说："阿英跟你回去。"

李元悯心里一软，咽下酸涩，只拂去了她粘在脸上的乱发："不是不让你玩，至少要有个度，你瞧瞧你，有哪个大家闺秀能在军营里连着野上几日的？"

"下次一定注意。"倪英吐了吐舌头，亲昵地摇了摇他的手，又想到了什么似的，眉头一挑，"啊，我去收拾收拾，先走了！"

话音未落，她一溜烟似的跑了。

营门前只剩下了站着的二人。

夜色渐渐降临，李元悯别着脸站在原地半晌，突然往猊烈的主营帐走了过去。

猊烈目色一动，也跟着他走了去。

这会儿正是用晚膳的时候，主营帐只剩下了两个守门的兵士，李元悯一进营帐，便侧脸与那二人道："你们也下去吧。"

那二位兵士一时愣怔，不由得看了看猊烈，见猊烈点了点头，二人才告退。

李元悯回首看了他一眼，气冲冲地掀开营帐的大门走了进去。

他三步并作两步坐到了猊烈平日处理军务的桌案那里，拎起上方的水壶，往案上杯盏里倒了水，牛饮一样咕噜咕噜喝着。

他喘着气，又倒了一杯，结果水壶里的水已倒空了，气得啪地放下了水壶，猛地站了起来，急速往前走了几步，恨恨地看着眼前的男人，发狠了似的。

"一个个都不省心！"他咬牙切齿，"你瞧瞧阿英，都已经十四了，好容易让她安静点，你倒好，三两下便带得她胡闹，咱们广安王府的掌上明珠，让你教成什么野样子了！"

他嘴唇抖动着："她嫁不出去你便得意了？本王费尽心思刚给她相了几个中意的人家，你看这女霸王的样子，还有谁敢来？是不是还要你这做哥哥的押着人家上门来娶？！"

眼前的男人一声不吭，嘴角微微抿着，眼中幽黑，看不清神色。

许是连日以来发生了太多事情，又或许是别的什么，总之，李元悯心中又复萌生出那种失控感，他心惊肉跳，几乎控制不住情绪，"哗啦"一下将眼前一应用物甩在地上："一个个的！叫你们这一个个不省心！"

水壶在地上碎成了几块，骤然的声响令李元悯从情绪中惊醒过来。他怔怔地看着地上那摊水，里头倒映出自己的脸，平日里那些镇定自如、游刃有余全都不见了，徒留下失措的苍白。

李元悯脑袋"嗡"的一声，跌跌撞撞退后几步。

他坐了下来，垂着脑袋，半晌，大腿上的衣摆多了两滴湿迹，他忙吸了吸鼻子，拿掌心盖住了脸。

太难看了，真的是太难看了。

他是个已过弱冠之龄的男人了，何苦如孩童这般？

是啊，他这个已经二十一岁的一方藩王，其实与当年那个西殿冷宫里的孩子并没有什么本质上的不同。

李元悯悲哀地想，没有什么不同。

许久了，帐内响起一声长叹。

"阿烈，你过来。"

李元悯搓了搓脸立起了身，朝猊烈招了招手。

猊烈喉结动了动，终还是走了过去。

"这辈子……"李元悯抓住猊烈的手，嘴唇动了动，眼中浮起太多情绪，似乎有许多话要说，但最终他只是扯了扯嘴角，轻声道，"别怕，有我呢。"

猊烈不知如何形容这一刻的心情，他在一阵无可言说的酸软中，机敏地感受到了一股足以令自己窒息的危机。他浑身都在叫嚣着闪避，可像是昏了头一般，却是沉默了下来，如应承了一般。

营帐中有些说不清道不明的东西，随着氤氲的灯火融成了一处。

不到两天，除夕至。

爆竹惊春，笙歌满院。

猊烈安顿好大营，立刻策马往广安王府赶去。

踏进长街，暮色已沉，已经有不少稚童三三两两围在街角放爆竹，街上浮着些烟花灼烧的气息，偶尔夹杂着菜肴的香气，一派热闹的烟火气。

猊烈在这样的烟火气下，不知怎的，突然想起早上李元悯嘱咐他快些回来的样子。

他目色一动，不再耽搁，斥了一声，狠狠蹬了一下马肚，快速往王府去了。

广安王府的大门敞开着，崭新的红通通的灯笼显然是刚换上的，门联也贴了新的。瞧着那青涩的笔迹，猊烈一看便知是阿英所写，也不知那人怎么容得她如此胡作非为，嘴角不由得带了几分无奈的笑意。他等不及去马厩了，直接将缰绳拴在一旁的柱石上，便匆匆地往府门里踏去了。

刚进厅里，猊烈便看见里面挤挤挨挨围了一群人。除夕夜，团圆夜，有家室的都被放回去了，留在府里的都是单身的家养府兵，还有李元悯收养的孤儿。

今日家宴，李元悯束着发，并不戴冠，身上穿着一身绣着祥云暗纹的月白对襟袍子，戴着一条雪色狐狸毛裘皮围脖，衬得一张脸俊逸非凡。

李元悯正给少年们发压岁钱，这些孤儿轮候着给他磕了头，李元悯笑着与他们说些祝福之语，便递上一袋备好的红包。拿到红包的少年欢天喜地地回去自己的桌案，排在后面的则伸长了脖子，焦心地盯着前面，众人交头接耳，叽叽喳喳的，热闹至极。

身边的倪英眼尖，一眼便瞧见了猊烈，当下跑了上去，一把将他拉了过来，抱怨着："阿兄怎么这么迟回来？差点错过了饺子，今儿王嬷嬷可是费了大心思，足足做了八种馅料的！"

"哦？"猊烈挑了挑眉应和着，却不甚在意，目光落在了那犹自发红包的人的身上。

李元悯似有感应一般抬起双眸，往猊烈那边看了一眼，只那么轻轻的一眼，又移开了来，俯下身摸着一个五六岁少年的头，约莫是说些平安之类的吉祥话。

他在外好像都是这副永恒不变的风清月白的模样，清贵疏离得叫人不好生出旁的心思来，这才是他正常的模样，可同样也是这个人，却曾经在他那里哭得像个无理取闹的孩子。

如此迥异，全然不像同一个人。

很快，饺子上来了，底下的少年轰地抢开了，连盘子都蹭到桌下，急得王嬷嬷不顾李元悯在场破口大骂："慌什么，多的是！"

李元悯笑得直不起身，忙让倪英下去帮忙端上来。一盘又一盘的饺子如流水一般端进来，等清了三轮，堂中的少年才放慢了速度。

李元悯悄声吩咐松竹去库房搬来早已备好的烟花爆竹到院子里去。

一些少年吃得肚皮溜圆，早早便下去了，王府的院子里热闹起来，余下的少年被外头的热闹吸引，匆匆地扒拉了几口饺子，也兴冲冲跑出去玩烟花了。

厅内顿时安静下来。

李元悯从怀里摸出了一包显然分量颇重的香囊，递给阿英。

阿英笑嘻嘻地接过："谢谢殿下哥哥。"

她嬉笑着，转过头，暗示一般看着猊烈。

猊烈醒过神来，颇有些尴尬，还未开口，见李元悯已摸出另外一袋递给他："这是你阿兄的，让我给你留了。"

倪英怎瞧不出自家兄长压根忘了这茬，并不揭破。她看着这二人的模样显然已经和好了，忍不住开心起来，立刻接过，揣在怀里，三两下爬了起来，噔噔跑到桌案前的蒲团，也给二人磕了头。

"祝阿兄与殿下哥哥心想事成，万福伴生。"

李元悯眼角不自觉露出宠溺，想当初这孩子被送来岭南，不过几岁的年纪，瘦得跟猴子一般，都险些养不活了，可拉扯着，如今竟也长成了这般大的少女了，当真是白驹过隙啊。

他嘴角忍不住带了笑，夸她："咱们广安王府的明珠懂事了。"

"当然！"

倪英嘻嘻一笑，又爬了上来，挤到李元悯与猊烈中间，去喝那桃花酿。

猊烈从头到尾一直都未说话，仿佛一开口便会破坏眼前这样的氛围。

他只是一直看着他们俩，看着李元悯对阿英不自觉的溺爱……他一点儿都不想打断。

这种两次都没有得到的东西叫他产生了前所未有的恍惚。

守夜的时候，阿英趴在桌上，睡过去了，而李元悯则在一侧拢着大氅，有些昏昏沉沉的模样。

猊烈感觉仿佛有些东西在慢慢蚕食着他的心，他的灵魂已经抽离，俯瞰着眼前这一切。

外头的烟花突然漫天炸开，映出了绚丽的光影来。

新年到了。

李元悯脑袋一顿，醒过神来，他轻轻笑了一声，像对待孩子一般拍了拍猊烈的背。

"祝我们阿烈，新的一年平安喜乐。"

猊烈没有说话，眼神突然变得阴鸷恐怖，几乎要噬人一般，可下一刻他却是骤然起身，逃一般往外面跑去。

李元悯呆呆的，看着僵在半空的手，凄惨地笑了笑，眼角分明有眼泪出来。

天色沉沉，裹挟着晨起的雾霭，发阴发寒，烈马疾驰，冬日凛冽的风割在脸上，隐隐生疼，猊烈全然没有注意，只目色红赤，半俯着身盯着前方。

郊外大营尚还处在苍茫的晨色中，巡逻的兵士远远看着主帅策马向他们奔来，忙上前叩拜。

"吁——"

烈马骤停，前掌高高悬空，蓦地落在实地，猊烈匆匆翻身下马，一把将缰绳丢给兵士，疾色匆匆往营帐里去了。

曹纲还在睡梦中，猝不及防被一股巨大的力量从被窝里扯起。

待视及那双目红赤的主帅，曹纲吓了好大一跳："大……大人？"

猊烈呼吸炙热，面如罗刹，他揪着曹纲的襟口，问道："那朝元帝……可有好好安葬？"

曹纲一时不明所以："大人这是何意？"

猊烈躁怒："我问什么你便答什么！"

曹纲咽了咽口水，忙回道："按着帝王礼制下葬的。"

历来乱世造反皆要师出有名，赤虎军自然也不例外，由曹纲亲拟讨贼书，百万大军打着"清君侧"的名号堂而皇之地攻破了京城，对于自戕而死的前朝君王，自然要大做文章，重重厚葬，以安抚天下悠悠众口。

猊烈松了曹纲的衣领，心想：这当然无可厚非，既是无可厚非，那我问这些做什么？

他烦躁地将十指掐进了发根。

虽不明白发生了何事，可从他的问话、他的神态中，曹纲却是感到了一股危机，一种可怕的念头浮上心间，竟比前几日来得更让他心慌。

赤虎王很不对劲。

这个叱咤天下的主子，看似冷血无情，杀人如麻，但又偏偏会做出些匪夷所思的矛盾事情来——彼时登临天下，最紧要之事却被他齐齐推了后，竟是念着儿时的一点恩情，花费半个月时间亲自找寻他儿时施恩的宫女。

无情之人愈怕入了迷障。

猊烈心想：眼看明德帝命绝在即，朝廷动荡，瓦剌、鞑靼大军便要挥师南下，这逆转命运的时机在即，我怎可以堕入迷障？

不，他绝对不可以。

可入夜之后，他依旧出现在了广安王府门前。

初一的夜，四处依旧带着新年的气息，石狮子前堆了大量的爆竹碎屑，三两孩童正在其间搜着残存的爆竹芯子，一个家仆正倚着扫帚等他们找完，见着参领大人来了，立刻上前请安。

然而这位素日里一下马便匆匆往府门里去的青年，却是停驻在那里，面无表情地看着那块广安王府的门匾，许久才慢慢走了进去。

主院大门一推开，松竹便迎了上来。见是猊烈，他当即挂了笑："大人来得巧，殿下这会儿在呢。"

"好，你下去吧。"

猊烈朝那紧闭的门口看了一眼，提脚走了进去。

当指尖碰触到那门，猊烈僵持片刻，轻轻地推门进去。

那人似乎已经沐浴过，微微透着湿气的长发披散着，他穿着单薄的小衣，正靠着窗发呆。虽屋里有火炉，然而这般大开着窗，又穿得那样单薄，怎会不冷？

听见身后的响动，李元悯稍稍转过了头来，然而他很快便又转回了头去。

猊烈分明看见了他通红的双目，不由得一愣，眼神却是一点一点冷了下来。

他上前抓住李元悯的肩膀，然而李元悯的身体僵直着，慢慢挣脱了。

"阿烈……"

猊烈的瞳仁寒冰冷冽，叫人不敢直视。

"怎么，不装了？"

李元悯像是慌了似的，只径直往前走，可手指刚刚碰触到门牒，耳侧一阵劲风，一只粗壮结实的手臂猛地从身后探出按住了门。李元悯心间重重一跳，他徒劳地掰了掰，纹丝不动，旋即身体被翻转过来，脖子被掐住压在门上。

猊烈冷笑："怕什么？前几天不是还装得好好的？我都不介意，你介意什么？"

李元悯闭上了眼睛，浑身瘫软下来，仿佛被抽了筋一般："别说了……"

"怎么不能说？"猊烈目色越发阴冷，那些温情，那些暖意，不过是眼前人驯养人的手段，逢场作戏一二便罢了，他在遗憾什么？

猊烈的声音沉得可怕："我本该坐在那龙椅上，而不是这般窝囊地躲在这荒野之地当一个家奴，懂了吗？"

空气中只余下二人交织的呼吸。

李元悯怔怔地看着猊烈，无力地张了张嘴。

"八年……都不记得了吗？"

话刚出口，他像是骤然升起细微的一点希冀，红着眼眶，小心翼翼地问："一点儿都不记得了吗？"

"住口！"猊烈脸色铁青，牙筋耸动，许久了，却是俯身在他耳侧，"放心好了，我不会给你机会拿捏。你那京中的老父病危，我早便将你入京侍疾的消息放给了周大武，没有人会知道你被软禁在这里。"

"岭南到京城一趟往返，消失个半年也不为过。"猊烈手上的力道重了些，"至于半年后如何处置你，便要看我的心情了。"

眼前人只如死人一般，眼神空洞。

猊烈眼神骇沉，目中时而寒冰凛冽，时而烈火灼烧，拂袖而去。

第十五章 ◆

喜欢的东西必须靠抢，憎恶的东西只有用暴力
方可去除。

曹纲最近渐渐地发觉了猊烈有意的转变。

他做事越发老练狠辣，逐渐脱离了往日尚留几分余地的作风，仿佛力图摆脱原有那位十八岁青年的影子一般。

薛再兴死后，李元乾借机削弱总督府权柄，岭南、滇西、两广郡守军不再受总督府管辖，总督府权力被分散在三军，不再一方独大，免去天家忌惮。然而李元乾这番做法刚好大大契合了猊烈的胃口，自除夕后，他大肆整顿军务，吏改军制，进阶从不依据出身，全靠军功而论，故而岭南军副将品阶以上半数皆是寒族出身。

曹纲从他们主帅越发熟悉的眼神中看到了偌大的野心。

彼时赤虎王的百万大军之所以能从八王之乱中平定天下，便是靠着这在偌大寒族中层层筛选的战斗力。

北安重文轻武，便是掌了北安半壁兵力的镇北侯司马忌，也是靠着其祖荫承袭的一品侯爵，而非军功。

入仕自然是北安子民的最优抉择，然而相对平民而言，世家子弟在入仕这条道路上多了不止一点优势，在这条道上，寒族子弟绝无可能脱颖而出，便是相对公平的科考也对身份有着极其严格的限制。寒族子弟在层层筛选中，每年参与科考的人数仍不足当年总数的一成，故而平民若想出头，大多只能靠着从军这一条道，但无论如何，军队中世家子弟的机遇总要比寒族出身的青年多一些。

彼时，这个情况在赤虎王登基后得到了缓解，他蛰伏数年，待根基稳固，便大力废除了以身份论的进阶之道，寒族之士迎来了曙光。这一改革为新朝注入了生机勃勃的活力，人才辈出，民生渐兴，新朝在短短十年间便恢复了前朝鼎盛时期的光景，天下无人再念着前朝。

可以说，赤虎王是一个暴君中的明君，虽犯下滔天杀孽，又创下太平盛世的不世之功，他成就了自己，也成就了曹纲。

所以，无论如何，曹纲绝对都会遵从他的意愿，无论何时。

曹纲心间的热血再复灼灼。

灯火通明的营帐中，猊烈交代诸事后，众人齐齐退出去了。

曹纲正待退下，却被猊烈叫住了："京城中可有异动？"

曹纲摇了摇头，轻声道："大人放心，李老将军那边盯着呢。"

猊烈颔首，眼睛微微眯起："此等怪力乱神之事若是还有旁的，那可便棘手了，务必加派人手，紧盯着，十日一报改成三日一报，不得疏忽！"

曹纲领命，当下去了。

大营内终于安静了下来，猊烈长长吐了一口浊气，靠在椅上，他揉了揉眉头，半晌，霍然起身，往马厩去了。

自除夕以来，下了六七场薄雪后，在猊烈的督促下，参领府以最快的速度修葺好了，李元悯被悄无声息地转移去了他的府邸密室内。

参领府修葺完成，最高兴的非倪英莫属，连着住了好几日。因着她的殿下哥哥进京，没了管束，这段时日她都是待在军营里，像野汉子一般，前几日自是自由恣意，可时日久了，便觉得心里空荡荡的，无处可遣。

从她七岁到了岭南，还没有离开他那么久过。

倪英心里想，待殿下哥哥回来，她一定同他生气！要他哄自己很久！让他下次再不敢丢下自己一个人去别的地方！

少女每天掰着手指等着，可始终没有等到她的殿下哥哥。

挨到了元宵节这天，猊烈见妹妹终日闷闷不乐，特休沐半日，陪着她去逛了花灯。

自交趾人绝迹，岭南民生渐兴，今年元宵灯会更是比以往热闹不少。

看了看身边的灯火阑珊，倪英心间难得提不起半分兴致来——明明以往最喜欢这些的。

"今日只有白汤圆，没有七色汤圆！"倪英突然抱怨着，神色黯淡，"我历来爱吃甜食，殿下哥哥怕我吃坏了牙，平时总不让我多吃，然而每逢元宵节，殿下哥哥总会惦记着让松竹去石巷口给我弄一碗七色汤圆……"

她咬了咬唇，一下将脚下的石子踢得老远，怔怔地看着石子滚进路边的暗渠里，面上一片恍惚。

"八岁那年，我因贪玩掉池子里去了，烧了三天，那时阿兄在外地，只有殿下陪着我。他事情很多的，那时候岭南这边谁都不服他，屡屡给他使绊子，他早已是忙得焦头烂额，到了夜里还衣不解带亲自照料我。那时候我烧得厉害，连大夫都说我没救了，可殿下连着两夜没有合眼，抱着我，一直跟我说话，给我哼曲子……那时他也不过十六岁……"

倪英突然抬头问猊烈："阿兄，你还记得爹爹娘亲吗？"

未等他回答，倪英早已红了眼眶，低下了头，低声道："我不记得了……但我想他们应该是殿下哥哥这样吧。

"殿下……他一定是爹爹娘亲在天有灵，派来疼爱我们的。

"阿兄……我想殿下了……"

倪英的声音到最后只剩下了哽咽。

一束烟花破空而去，炸开了来，夜空顿时明亮起来，瞬间又湮灭在暗色之中。

倪英擦了擦眼泪，虔诚地合掌："各路佛祖神仙请保佑我的殿下哥哥进京一切顺意，平平安安归来疼阿英。"

猊烈从外头回来的时候，已经是深夜，他脱去大氅，唤来了仆妇。

他喉结动了动，问道："他今日怎么样？"

仆妇敛眉屏息："回大人，还是老样子。"

猊烈静默半晌，突然道："端两碗元宵来。"

仆妇立刻应了，下去了。

猊烈揉了揉眉头，站了起来，走到书架边，转动书架上一个不起眼的玉质摆件，很快墙上现出一个半人宽的入口来。

他迟疑片刻，踏了进去。

待穿过那狭长的密道，眼前豁然开朗，一间精致的密室赫然出现在眼前。密室甚为宽敞，并不显得压抑，地龙终日烧着，即便这寒冷的天气，这密室里依旧维持着适意的温度。

密室中偌大的一张床榻上，一个人背着猊烈，静静地侧躺在那里。

耳边传来一道轻微的"咔哒"声，猊烈醒过神，伸手拉了两下榻边的绳索用以回应。很快，那仆妇便端着两碗热气腾腾的元宵轻手轻脚地进来了。

待将端盘放在榻前的桌案上，她悄无声息地退了下去。

猊烈重重咳嗽一声，然而榻上的人没有分毫反应，似乎依旧睡得很沉。

他用舌头顶了顶腔壁，沉步往桌案走去，大马金刀地坐了下来，大掌搭在膝盖上，手指无意识地一下一下地敲在膝上。许久许久，他都还坐在那儿，眼瞧着桌上那两碗元宵快要凉了，他才搓了搓脸站起来，缓步向榻边走去。

站在床沿半晌，猊烈才伸手过去，搭在李元惘的肩上轻轻摇了摇，声音却是冷冷的："喂，吃点东西。"

他立马便察觉到李元惘的不对劲来，手下的身体发着烫，还有着微微的颤抖。他心间蓦然一紧，忙将人捞进怀里，但见眼前之人面上都是红扑扑的，眼睫翕动着，很难受的模样。

猊烈目下骇沉，骤然拉了一下榻前的拉绳，很快，两个仆妇匆匆进来了。

"怎么回事？！"他简直是出奇的愤怒，"昨儿还好好的，怎么今日便发起热来？你们便是这般照顾他的？"

两个仆妇齐刷刷跪了下来，满面诚惶诚恐："主子恕罪！"

其中一个道："殿下这些日虽胃口一直不佳，但身子还算无碍，今夜看上去也没什么异常……"

说到这儿，她语气有了几分迟缓。

猊烈立刻便捕捉到了，喝道："说！"

仆妇忙答："今日元宵府中放烟花，殿下听得些许动静，问了是什么日子……属下答了，他便不再说话，从晚膳时起便怏怏的，早早便躺下了。"

猊烈听罢脸色铁青，眼中冷色翻了几番，沉默良久，才吩咐道："让府医来一趟……找个嘴巴严实点的。"

两位仆妇领命忙下去了。

猊烈闭了闭眼，长长吐了一口浊气，半晌，摸出怀里的一枚精细钥匙，将李元悯脚腕上的脚环解了，一把将人打横抱起，往密室外去。

府医背着行医箱在仆妇的带领下很快就来了。

进了内室，府医见那煞神一般的参领大人背着双手站在榻前，榻上的床帏已经放了下来，他要面诊的贵人显然就在里面，忙跪下请安。

猊烈冷着脸一挥手："去吧。"说完又朝着仆妇使了个眼色。

仆妇会意，忙上前小幅度撩开帷帐，不让旁人看清李元悯的脸面，轻轻将榻上之人的手腕移了出来，方便府医诊脉。

这府医历来谨小慎微，见着这般情状自不敢胡乱打量，只微垂着双目，眼观鼻鼻观心，双指搭在那玉白的腕上细细诊脉。

半晌，府医起身，朝着猊烈躬身，说道："回大人，这位贵人无甚大碍。"

猊烈面上先是一松，又冷着脸问："既是无大碍，怎么好端端害起热来了？"

府医更是低伏着脑袋："这位贵人体质不甚强健，许是……许是多日伤神忧思，心内郁结，这才一时岔了精元，老身暂开两剂平心舒肝的药。"

药是其次，解其心结才是要紧——可府医怎敢说。

猊烈听罢面色越发冰冷，胸膛微微起伏着，好半晌才挥挥手，说："下去吧。"

仆妇忙带着府医轻手轻脚下去了。

猊烈站在原地片刻，最终还是走了过去，撩开了帷帐。

床上之人眉间依旧微微蹙着，然后缓缓睁开眼睛，却是不可置信地慢慢地瞪圆了眼睛来。

猊烈喉结动了动，他已料想到了对方接下来的反应，无非是失望痛楚，叫他看了心里生火。

然而不是，那双凤目微微一软，如同受了莫大的委屈一般，无声地流泪，像浮萍找到了归处，又像是像是孤兽寻到了同类。

他无声地控诉委屈。

然而，他认错了。

猊烈闭上了眼睛，轻易就被一种莫名的情绪给击碎了。

元宵过后，这年关总算是收尾了，万物从节日的喜庆中渐渐脱离出来，恢复了往日的宁静。

倪英去了石巷口，终于吃到了昨儿心心念念的七色元宵，这会儿正心满意足地回府邸来。

她这几日都在郊外大营，才想起好久没回王府练场了，心里倒是怪想念往日跟那帮小子嬉闹的日子的，便腾出半日来，去了练场。

入了门，刚拐了个弯，便便看见一个身影鬼鬼祟祟躲在练场门口探着脑袋。

倪英一瞧，原是原先在主院侍奉的松竹，如今被总管调去了她的院子。只见他伸着脖子往练场里瞧着，一脸的焦心不安，似是犹豫着踏不踏进去，徘徊着，一副心事重重的样子。

倪英微微皱了眉，她好像连着几日瞧见他这副魂不守舍的样子了，也不知道这小子究竟想干什么。

若是说他偷鸡摸狗，倪英是万万不信的。这松竹也是孤儿，自小长在府中，为人一向老实本分，绝非偷奸耍滑之辈，但就是如此，更令倪英好奇了。

"松竹！"倪英大喝一声。

果不其然，松竹吓了一跳，见是倪英，他脸色愈是惨白。

倪英心间愈生疑窦，只面上不显，依旧如往常一般笑嘻嘻上前道："你在这儿作甚？"

松竹摆着手，支支吾吾："我……我就看看……"

他作了个揖，匆匆走了，走了老远，又回头看了一眼，见倪英仍在看他，面色一滞，忙回头跑了，一不小心还打了个趔趄，一副忙乱的样子。

倪英抱着剑若有所思。

入夜了，春寒料峭，街巷百姓大多早早便安歇下了，然而西街巷尾一处人家的灯火仍还亮着。

周大武陪同江氏吃酒，二人伉俪情深，凑在一处总有说不完的话。

他正给江氏满上了酒，外头传来婆子的一声惊呼。

周大武面色一紧，与江氏对视一眼，忙站了起来，从门后摸了根棍子，悄声出了门。

刚推开门，却见婆子抓着一个十六七岁的少年骂骂咧咧，周大武面上一怔："松竹？"

来人正是松竹，他一脸苍白，见到周大武，再是忍耐不得，"扑通"一声跪了下来："总掌大人，救救殿下！"

周大武猝不及防，吓了一大跳："什么殿下？"

松竹眼泪一下子就流下来了："殿下未去京城，尚在岭南！"

这下周大武更是听不懂了，他睁大了眼睛，暗自吞了吞口水，但也意识到了事情的严重性。

江氏甚为机灵，忙让婆子先下去了，一把扶起松竹往房里去。

她将松竹按在座几上，与匆匆跟进来的周大武道："我在外面看着。"

周大武点点头，由着她去了。他给坐在那里犹自惶惶不安的松竹倒了水，松竹哆嗦着喝完，当即扯着袖子擦了擦眼泪。

"求大人救救殿下……殿下许是被猊大人藏起来了！"

"猊大人？"周大武简直怀疑自己的耳朵，"你说的是……猊烈？"

"是！"藏了这般久的话终于出口，松竹心中一松，可已然是濒临崩溃，"周大哥……我……我方才说的你兴许不信，但松竹以性命保证所说句句属实。"

周大武心跳如擂，勉强按捺下来，安慰了松竹几句，让他慢慢说。

松竹哽咽着，断断续续说了起来。

松竹自小侍奉广安王，自认一向勤勤恳恳，前几日却无端被调离了主院，以为是自己哪里出了错，心里难过，只想找机会向殿下问个清楚，好再讨个机会调回主院侍奉他心中神祇一般的主子。

可一向宁静的主院却安插了好些人，严格看管起来，说是为了殿下的安危，不让闲人入内。既不能入内，松竹便躲在耳房，蹲守主院大门好几日，可始终不见殿下踏出院子半步。后来又听闻殿下进京的消息，他心间越发奇怪，这几日除了夜里，他视线从未离开过主院门口半步，怎不见殿下出门的时候，总不可能进京还挑了个深更半夜的时辰。

当下心间便存了疑。

因倪英都在参领府，他也无事，索性连夜里都不回去了，揣着大棉袄整日宿在耳房盯着，挨到第三日夜里，他被窸窸窣窣的声音吵醒，但见两个仆妇挟着一个拢着兜衣的人往院外走去，猊烈冷着脸跟在身后。

松竹自小跟着广安王，虽看不清那兜衣里人的长相，然而那身形是刻在心里的。

他当下惊骇得险些叫出来，死死咬着手才得以让自己不发出任何声音。

这件事太过惊骇，全然不符合他的认知，他惊慌失措地回到自己的住处，一夜都睡不着，只觉得一切太过不可思议——一向视广安王如命的、忠诚的猊大人，怎会做出这样的事情来？然而整件事却是真真切切地发生在他面前！

这些日他一直辗转反侧，不敢告诉别人，却也万万做不到视若无睹！

若无广安王，他如今早便是孤魂野鬼，哪得如今的日子，所以无论是否自己看错，都必得确认一番。

他涕泪满面："大人，您务必想想法子！"

周大武满面沉重。

若是旁人，即便一丁半点，他也必得前去探明情况，然而这人是猊烈，是个只要殿下开口，便会将命舍给殿下的主儿，又岂会对殿下不利？

他当下便有些踟蹰："松竹……"

松竹一把推开座几，扑通跪了下去："求大人相信松竹！松竹愿以性命担保，若是不实，松竹任杀任剐，只求殿下平安……"

他暗自垂泪，呢喃着："这样好的殿下……这样好的殿下……"

却是再也说不下去了。

周大武皱眉正准备扶起他，外头江氏一声尖叫："你作甚？"

未及反应，大门被破开了来，倪英满面厉色，双目通红地看着松竹。

夜风一下子涌了进来，吹得人遍体生寒。

一声尖厉的宝剑抽鞘之声，松竹但觉得脖颈上一凉，那冷冰冰的刀刃就已横在了自己面前。

倪英咬牙切齿："你竟敢污蔑我阿兄！"

她手腕一抖，刀刃更是紧紧贴在他的咽喉上。

事到如今，松竹干脆豁出去了："松竹的这条命小姐只管拿去，只望总掌大人今次能探得分明，便是误会了，小人死也安心了！"

话毕，他浑身发抖，却是死死闭上了眼睛，显然是存了死志。

倪英的手亦是颤抖着，显然被这一向老实本分、胆小如鼠的人的一番话给震到了，她瞳仁闪烁不定，充满了痛苦。

周大武紧皱着眉头，脸色越发黑沉，思虑半晌，像是下定了决心，双拳一握，说道："好！无论如何，这参领府必是要去一趟了！"

一语落下，松竹心间一松，当即号啕大哭，令人闻之心酸。

许久许久，在那哭声中，倪英的声音虚脱地传来："去？如何去？"

她双目血红，却是出奇冷静地看着周大武："阿兄的参领府岂会容许旁人随意搜寻？便是来硬的……周大哥自问有几分把握？"

周大武一滞，他第一次在这个天真活泼的少女面上看到如此神色，心间震动，不由得叹息几声。她的话也提醒了他，对于那守卫森严的参领府，他一个府兵总掌是多么弱势。

更何况他面对的是一个天赋异禀的不败男人？

倪英强自压下心间的纷乱，只收了剑，坚定道："我去，阿兄府上之人断不会防我。"

松竹连眼泪都来不及擦，慌忙站了起来："不可！"

他看了看倪英，又看了看周大武，面色焦急，却嗫嚅着说不出话来，只一直慌乱地摆手。

倪英怎瞧不出松竹的心思，在外人看来，自己乃阿兄的亲妹妹，自然处处向着他。她忍不住想反唇相讥，可蓦地心间涌上一个念头——阿兄定不会做这样的事，可若阿兄真做了……

倪英不敢继续往下想，脑子轰轰作响，险些连剑都拿不稳。

最终还是周大武拍板了："好，阿英，你去！"

他从怀里摸了一根竹制管子交由她："明日一早，待倪参领出府，我自会带上府兵潜伏在周围候命，若有需要，拔了这个烟信……便是参领府又如何，死也要为殿下拼这一场！"

周大武的话字字铿锵，叫倪英身子几不可见地一颤。她抬起手来，缓缓接过了那烟信。

这一夜，很多人都没有睡好。

倪英更是一夜没有合眼，只空荡荡地盯着床榻上方。

待长庚星落下，天际间一抹微光，长街上，一匹烈马疾驰，奔着参领府而去。

寒风割在脸上，倪英心间却是越发清明起来，她想起许多细节来，比如阿兄的寝房都以她大了为由不让她随意去，比如一向不准许她宿在外头的殿下却是轻易答应了她留营……一切当时觉得奇怪，但没有过多关注的细节，如今都像是雨后春笋一般推着她心间的疑窦钻了出来。她大喝一声，狠狠蹬在马腹上，不敢细想结果如何面对，只一心求探个清楚明白。

"驾！"

马蹄踏破青石板道上的积水，骤然溅起水花，慢慢地又归于宁静。

参领府的密室内依旧保持着宁静。

"把药粥端进来，若是殿下醒了，该用点了。"仆妇朝着另一个悄声耳语。

另一位应了，轻手轻脚退了出去。

然而榻前的仆妇等半天了，都未见人进来。她皱了皱眉，见榻上之人犹自安睡，当即打开密道往外去了。

她刚踏出去便看见另一仆妇倒在地上，不省人事，心下一"咯噔"，警觉地回头，可已经来不及了，一个黑影迎面扑来，一阵激痛，当即仰面倒去，昏倒在地。

倪英喘息着，收回了刀柄，蓦地转身看了眼墙上那突兀出现的门，心剧烈跳动着，却还是勉力吞了吞口水，往里面走去。

刚踏进窄门不远，后面"咚"的一声，门竟紧紧闭合上了。

原本还躺在地上的仆妇喘着气，站在书架边惊魂未定，方才她并非无力抵抗，只是见来人乃主子胞妹，自不敢下狠手。如今倪英已被锁入密室内，在其找到开门的方法之前，必得速速去通知主子。

此刻的倪英已经顾不及那紧闭的门了，咬咬牙径直往狭长的密道进去了。

待看见那偌大的榻上躺着的人，倪英已是泪流满面。

她一下子扑在榻前，双手颤抖着抚摸那张苍白的脸。

"殿下哥哥……"

那个温润如玉、眉目如画的殿下哥哥，怎会这般没了生机的模样，仿佛一枝寒冬中凋零的玉兰，残存着最后一丝若有若无的生命力。

榻上死气沉沉的人缓缓睁开眼睛，看清了眼前人，他似还在梦境中，只微弱地张了张嘴："阿英……"

他眼中终于有了点亮色，又颤颤唤了声："我的阿英……"

倪英早已经濒临崩溃，只泪流满面看着他，嘴里不断喃喃："怎么会这样……怎么会这样……"

她已经只懂对着她的殿下哥哥放肆流泪。

李元悯茫然无措，却是摸了摸她湿漉漉的脸。他知道眼前的少女合该是吓坏了，便艰难地支撑起上身，将倪英搂进怀里。

"不怕……阿英不怕……"

有熟悉的气息环绕着，倪英再也忍不住，躲在他怀里大声恸哭。她搂住了李元悯的腰，想如儿时一般躲在他馨香温暖的怀里放肆地宣泄。

李元悯眼眶红了，艰难地吸着气，低哑地宽慰："阿英，别哭。"

倪英抖了一下，似是醒过神来，忙将身上的罩衣脱下，给李元悯裹上。她擦干了眼泪，将眼前痛苦得闭上了双眼的人揽进怀里，她第一次如此温柔地待一个人。

小心翼翼整理好他身上的罩衣后，倪英说："殿下，不怕，阿英这就带你出去。"

她摸出皮靴中那削铁如泥的匕首，咬了咬牙，狠狠斩他脚踝上的铁链。但听得一声尖厉的铮然之声，铁链断开了。

她扶起李元悯，想将他撑起来。

可李元悯靠在她肩上，无力喘着气："阿英……我……我站不起来……"

"我背你。"

倪英心痛得不能自已，她虽才十四岁，然而到底是倪家血脉，已拥有几近一个成年男子的体力，当下一把拉着李元悯的手臂搭在自己脖颈上，将他稳稳背在背上。

她躬着身体，尽力让她的殿下哥哥趴得舒适些。

可走到门口，前路已被石门堵住，她腾出一只手来，四处摸索着，却怎么都找不到开关，她心焦似火，如同无头苍蝇一般胡乱摸索。

背上的人喘息着："阿英……试试推动一下那块。"

李元悯指的是一个放置灯盏的石几。

倪英定睛一看，石几底下有些许磨痕，若非殿下哥哥这般缜密之人，她定发觉不了，心下又是无端一痛，当即支起脚用力推着它。

耳边传来声响，封闭的石门打开了。

倪英终于心下一松，背着手拉高了李元悯身上的罩衣，将他脸面都遮住，然后紧了紧双手，柔声道："哥哥，我带你回家。"

倪英小心背着他，往外头去了。

清晨的日头洒在寝房地面，倪英很快便发觉了不对劲——地上少了一个仆妇。

她的心间咚咚跳了起来，立刻加快了脚步。

然而还没踏入院中，轰隆隆的疾步声传来，数十个骁勇近卫围合了大院。

大门光影暗了一暗，一个高大壮硕的身影沉步踏了进来。

来人满面冷冽，目色骇沉，周身透着让人见之生惧的强大气场，令这冬日的院子无端冷了几分。

正是猊烈。

倪英从未看过兄长如此模样，几如煞神一般，她心间畏惧，俨然有点不认识眼前这个人了。

可明明跟疼爱她的沉默寡言的阿兄长得一模一样。

猊烈握着拳，一步步逼近她，迫得她不由自主向后退去。晨阳破晓而出，金光四射，将眼前高大的男人照耀得庞大而可怕，宛若一只蓄势待发的野兽。

猊烈开口了，没有一丝表情："阿英，你玩过头了。"

他话音未落，如猛虎暴起，电光石火之间骤然上前，一把控住倪英，三两下便将她背上的人捞进了怀中。他一个转身，掀开那罩衣一瞧，正是自己藏在密室里的人，心下一松，朝着一旁的仆妇命道："来人，将小姐带下去，禁闭一日，好好反省！"

倪英咬着牙站了起来，将迎上来的仆妇掀翻在地，疾步上前，抓住他怀中人的手腕，语气已是发颤："今日让我带他回家，往后我还认你这个兄长！"

她眼眶红了，却还是毫不畏惧地紧盯着他，咬着牙一字一字道："否则，往后我倪英此生只有哥哥，没有阿兄！"

猊烈瞳仁骤然收缩，面色骏沉："还不带下去！"

"是！"

仆妇见状忙上前拉开了倪英。

一阵撕心裂肺的哭喊声中，倪英被生生拖了下去。

在场众人皆是敛眉屏息，大气都不敢出，这参领府偌大的内院，竟是寂静无比。

"我这阿兄可真是当得没你的本事。"猊烈嘴边讥诮一哂，却是深深吸了一口气，放下了那早已濒临崩溃的人。

清晨的日光洒在脸上，发光发热，然而猊烈心间一片冷寂，仿若一潭死水。

一名随行匆匆上来，看了一眼他身边的李元悯，小心翼翼道："启禀主帅……广安王府总掌携百余人围在府门，声称要见您。"

猊烈哼了一声，嘴角浮起讥笑："不见。"

"这……"随行犹豫。

整个岭南地境都知道，猊参领乃广安王府嫡系依仗，这百余人虽不值得参领府严阵以待，但毕竟是广安王府的人，若是动手了，那可不仅仅代表着伤了一个府兵总掌而已。

猊烈睨了随行一眼，心下突然一动，沉默良久，沉声道："区区一个府兵总掌胆敢围攻参领府，当本帅是死的吗？"

随行立刻会意，领命匆匆下去了。

猊烈看着随行离去的背影，轻轻合上了双目。

岭南太小了，小到他无法施展任何拳脚，那个十八岁的少年可以偏安一隅，独守一人，可他不能，若无权势兵马在手，便是处处受人掣肘，任人随意拿捏的下场。这个道理，历经一切的他怎会不明白？喜欢的东西必须靠抢，憎恶的东西只有用暴力方可去除，这一切，都归于滔天的权力，对于权力的渴望，他已是深深刻在骨子里的。

乱世在即，他急需扩充自己的力量，增加手中的筹码，既是大皇子向他伸出了橄榄枝，那他自然也要有所表示，何况……既是要切割，那便切割得彻彻底底。

猊烈紧紧握住了拳头，像是做出了一个极其重要的决定。

很久了，他才说道："你放心，便是没有阿英，我也没打算一直留着你，你耽误了我那么多，我自要取回来。"

他想，他早便不该留李元悯的性命的，却是留了这般久，以至于如今的徒生事端。然而他却是没有任何悔意，甚至因为自己的决定松了一口气，他无法深究这一口气的背后意味着什么，他只是回过头去，看着身后之人。

"李元悯，咱们便各奔前程罢！"

炭火明明灭灭，偶尔升起几丝火苗，舔着瓦罐的底部，盖碗便噗噗噗地响动起来，药香弥漫。

倪英蹲在小炉子前，她脸上有几道烟灰，显得有些狼狈，然而她浑然不在意，只拿着羽扇轻轻扇着炉子里的炭火，关注着瓦罐里的动静。

钱叔在一旁劝道："小姐，让老奴来吧，这烟熏火燎的，伤了眼睛便不好了。"

倪英摇摇头："没事，快好了。"

钱叔叹了口气，不再说话，只在一旁拿着石锤研磨起了药粉。

待两碗水煎至一碗，倪英这才离开了炉子，小心将那药倒进青瓷碗里，嘱咐了钱叔几句后，自行去了。

未近后院寝房，便见寝房外围了一圈少年，众人面上皆带了忧虑，伸长了脖子从门缝窗缝往里看。

倪英暗自叹了一口气，没有如往常那般驱赶他们，只让他们挪了个间隙进去了。

寝房内悄无声息，纱幔静静垂着，只隐约看见一个人影躺在榻上，倪英撩开纱幔轻脚进了去，将药放在一旁的案几上，半跪在榻前，看着那张苍白的脸半日，这才轻声开口道：“殿下，该喝药了。”

眼前人薄薄的眼皮动了动，慢慢睁开了眼睛。

他似有些迷茫，目光渐渐凝聚在倪英脸上，看了半晌，起了死皮的嘴角轻轻一扯。

“花猫一般……”

他抬手在她面上污渍处擦了擦。

倪英目色颤动着，蓦地抓住他温暖的手，展开来，贴在自己脸上。

听到外头一阵窸窸窣窣的声音，李元悯抬眸一瞧，窗牒映着影影绰绰的人影。他叹了口气，道：“你让他们都进来吧。”

倪英抿了抿嘴，却没阻止，只扶他坐了起来，给他腰上垫了个腰靠，依言往外去了。

片刻工夫，外头站着的少年都挤了进来，内室里的光线一下便暗了很多。

“殿下……”

“您好了吗？”

“殿下……”

看着那一双双忧心忡忡的稚气眼睛，李元悯心里一酸，他何尝不知道若是自己撑不住，这群无家可归的孩子便又要流离失所了，既是给了他们希冀，又怎可以如此轻易让他们再堕入泥潭？

他走到如今，背负的已不再仅仅自己一个，更是扛着广安王府上上下下千余人的身家性命，所有种种容不得他自私。

他闭了闭眼睛，心想：那场噩梦，终是要醒了。

“这几日本王身体欠安，让你们担心了，如今我已是大好，你们不必过多挂心，该做什么便做什么去。”

他朝着众人笑了笑，努力让自己声色听上去康健些。

倪英显然看得出李元悯的勉强，当下挡在前面：“好了好了，午膳都备好了，你们去用膳吧。"

然而少年们仍是不愿离去，只挤在榻前齐齐看着他。

李元悯只能强撑着精神与他们说了些话，好歹才让他们散了去。

在养病的期间，一个消息震动了岭南全境——岭南郡守军参领猊烈投效大皇子李元乾麾下。

很快，京城里敕封的消息也传到了岭南，猊烈接管两江大营，与李元乾亲信、原太常寺卿朱琛齐封两江总制，军务统归猊烈，政务归于朱琛，两江双总制，两相掣肘，至此，李元乾威势日盛，朝间已然视之准天子，离登天只差一步之遥。

当周大武带着愤愤的神情禀报时，李元悯什么话都没有说，只挥手让他退了，在书房里静静待了一下午。

第十六章 ◆

所有的一切尽去,世间仿佛仅剩下了他们三人。

更深露重。

庄严威重的高宅大院繁灯似锦,兵士们紧张地巡逻着,偶有一二百姓路过,亦是望而生畏,躲得远远的。

曹纲捧着几册卷宗匆匆踏入了议事厅,里头灯火通明,厅中上首坐着一个高大的男人,翻阅着眼前的书册。

鬓若刀裁,眉目冷峻,气度俨然,与生俱来的一股无形的威势。

曹纲心间暗暗称赞,深吸一口气,将案卷堆放在桌面上,恭恭敬敬道:"主帅,原两江大营的兵力已归编完毕,还请过目。"

"好,放着吧。"猊烈放下了手上的册子,睨了他一眼。

毕竟做了两次君臣,但凭对方一个眼神,曹纲便明白了猊烈的意思,当下敛眉屏息:"京中一切如常,风平浪静。"

"加派人手盯着,传令下去,任何异动都需上报,尤其是司马父子。"猊烈利目微微一眯,"风平浪静……上一次的狼子野心,这一次岂能吃起素来。"

如今明德帝已是卧病在床,多日未曾上朝,朝野间人心不定,暗潮涌动。

他人不知,然而历经两次的猊烈怎不知,再有一个月,那皇帝老儿便要归西。很快,宫中便会下旨册封大皇子李元乾为东宫太子,并赐监国掌印。眼看着这天下就要顺顺当当落入李元乾的掌心,便是这顺顺当当的时候,明德帝不知何故,病榻前大发雷霆,褫夺了其封了不到一月的太子称号,将李元乾贬为庶民。

这变故突如其来,自是打得各方猝不及防,不到数日,镇北侯司马忌更是以废太子犯上大不敬之罪拿下了李元乾。不到半月,李元乾自尽于诏狱,镇北侯当即扶持三皇子李元悯即位，朝野哗然。这当中，司马氏父子扮演了什么角色，自是人人猜疑。

然而镇北侯司马忌何许人物，手段霹雳雷霆，处事狠辣，大皇子党派虽不是吃素的，但被司马忌杀了一批又一批，直到朝中再无反对声浪，这才安歇。更何况自李元乾亲信薛再兴被削权，麾下的江北大营权分三路，各有主张，拧不成一股劲，全然抵抗不了镇北侯的百万鹰军。更棘手的是，瓦剌、靼鞑大军趁乱挥师南下，内忧外患在即，愈是被镇北侯府借机牵制住了朝局。

初武廿九年，明德帝驾崩，三皇子李元悯在野心勃勃的司马氏父子的操纵下，顺利登基，改元建制，称朝元帝。

猊烈便是在这当头把握住了时机，自请领兵出战，避开了镇北侯府的清算，并以此为起点，壮大了自己的队伍，慢慢累积起了颠覆了这王朝的资本。

如今这个时点，王朝鸾一党覆灭，仅凭一个草包四皇子李元旭断无翻身可能，且司马忌扶持傀儡自是选择毫无背景之人，在余下的皇子中，可供选择的仅余二人。

猊烈目色一沉，脑海中极力压制的某个身影浮了出来，搅动着他本平静的内心。他按捺住那股混乱，只思索着，那人逃脱了司马侯府的掌控，去了岭南，也不知是否会再落入司马忌那老匹夫的谋算中，那人虽有几分手段，然而区区一个偏远之地的藩王，又能抗拒多少？

曹纲看见猊烈面色突然阴沉下来，不由得询问道："大人可是有何顾忌？"

猊烈深吸一口气："没什么。"

他思虑半晌，放低了声音："如今咱们虽是循着之前的路子，然而终归不是万无一失，本帅始终不信这朝间有过去记忆的，只有咱们几个。"

曹纲心间一凛，当下拜首："属下必会抓紧盯梢。"

"倒不必草木皆兵，如今江北大营在我们手里，虽还有个朱琛束手束脚，可也不全然处于弱势。"猊烈嘴角浮起讥讽，"李元乾这猜疑心也算帮了我一个大忙，若非如此，我怎能凭借一披幽庭之奴的出身，替薛再兴接管这江北大营呢。"

他手指轻轻点了案台几番，吩咐道："两件事务必抓紧，一则留意瓦剌、鞑靼那边的动静，二则镇北侯府更要加派人手，谢老将军那儿让他继续帮忙看着，咱们必得时时洞晓几个关窍，若真有变故，也好另谋他算，不至于落了下风。"

曹纲领命。

天际模糊不清，混沌成一处，春雷骤起，淅淅沥沥的小雨顿时下个不停。

长街上，树梢吐出新绿，岭南这个边陲之地逐渐从天寒地冻的晚冬中苏醒过来。

偌大的广安王府氤氲在这蒙蒙烟雨中。

天尚未亮全，外头一阵仓促的脚步声传来，松竹匆匆进来了。

"殿下！殿下！京中来人了！"

听得"京中"二字，李元悯一惊，骤然站了起来，深呼吸好几次才冷静下来："谁？"

"是御前宣旨的太侍。"

李元悯面色凝重起来，思忖半晌，道："带本王前去。"

接旨回来，倪英明显感到李元悯的不安来，虽他面上还是一概平静。

圣旨曰，陛下病重，敕命他入京侍疾。

可殿下在这岭南八年，那明德帝都不闻不问，缘何这时候又扮起了父子情深？

倪英心间蒙上了一层阴影，自打上次见识过那大皇子登门的仗势，又见得殿下哥哥卑微求全的模样，她便知道，这京城显然是个吞吃人的龙潭虎穴。

可同很多事一般，她焦心无比，却无计可施。

入夜了，李元悯将自己关在书房，连倪英都让他遣走了，只一个人对着一盏孤灯出神。

他想着这道圣旨的用意。

不出一个月，那所谓的父皇便要驾崩，如何无端在这个关头叫他入京？

莫非又是那司马父子的手段？

念及这个可能性，李元惘背上一寒，可明明这些年他屡屡拒了镇北侯府数次有意无意的试探，若是司马侯府非要扶持一个没有背景且愿意配合的傀儡上位，显然二皇子李元朗比他来得更合适。自王朝鸾一党覆灭，李元旭再无登天可能，倒是李元朗频频向镇北侯府示好，颇多亲近，就差司马忌点头了。

镇北侯府怎会又无端谋算起了他？

诸般念头生起，叫李元惘阵阵发寒。

李元惘双手撑在案上，捂住了脸，长长吐了一口气，当真是没有这样疲倦的时候。

许久了，倪英从外头进来，她看着那个静静坐在书案前的人半晌，慢慢走近。

如同儿时一般，她半跪在他身边，趴在他的膝盖上，说道："殿下，我跟您进京，无论如何，我都跟殿下一起。"

李元惘垂眸看着她的乌发，眼中悲凉。

"殿下不必劝我。"她伏在李元惘的膝盖上，仿佛不再是这几日替他撑起半边天的阿英，又回到了不懂事的时候，她执拗地哽咽起来，"求您不要落下阿英。"

李元惘喉头哽了哽，险些落下泪来，只摸了摸她的头，长长叹了一口气。

"什么！"猊烈骤然起身，面色骇沉，盯着下首的密探，"消息可是确切？！"

那密探不知为何这个消息会引得沉稳老练的总制大人如此巨大的反应，只拱手道："属下几番探查，这消息必是无误，今日那太侍已经前往广安王府宣旨了。"

猊烈利目骤然闪出一丝冷光，直叫人心惊胆战。

案下的曹纲立刻敛了眉，暗自窥着猊烈的脸色——他许久未见赤虎王如此，这三殿下与赤虎王之间的种种，他无法全然理清，看这反应，在赤虎王心中，这三殿下的分量着实不轻。

他心下一股隐隐的不安油然而生。

老皇帝驾崩在即，愈是到这种时候，愈怕行差踏错，这些日京中探子来报，二皇子李元朗近日频频拜诘镇北侯，似有投诚之意，原本想着，司马老儿许是顺水推舟要扶持这厮上位了，却不想，这一道圣旨又下来了。

这圣旨……究竟是谁的意思？

若是扶持二皇子那便算了，如若是这广安王……

看着上首的男人，曹纲立刻一阵头痛。

猊烈面色阴沉，匆匆嘱咐了他们几句，便挥退了他们几人。

偌大的议事厅一下子便安静下来，只剩下猊烈粗重的呼吸声。

半晌，他击了击掌，但听得一阵衣角风声，一个暗卫从横梁上如鬼魅一般翻身下来，跪在地上。

猊烈沉了沉呼吸，半晌，冷声道："他身子可好了？"

暗卫回道："已是大好，这几日已经下地了，然而精神总是不济，看上去恹恹的。"

猊烈闭了闭目，又问："可有用药？"

"有，每日进药。"暗卫迟疑半晌，又道，"今日三殿下得了入宫侍疾的旨意，交代了几个人后，便将自己关在房里半日，谁也不见……看着有些不太好。"

猊烈闭上眼睛，许久才长长吐了一口浊气。

启程的这日是个晴天，日头晒了两日，终于将这座城市从连日绵延的氤氲中解救出来。

广安王府门口，周大武领着府上众人，对着那远离的一队人马重重拜首。

车队轧过冰冷的青石板道，徒留几许烟尘。

此次进京，周大武分拨了六十精悍的府兵护卫，另有照料起居的仆妇一二，因着李元恫的身子，倪英也让钱叔跟着了。

倪英看着眼前闭目眼神之人，且不说入京之后的重重，京城此去至少要十日，也不知道殿下这样的身子能否吃得消这长途跋涉的辛苦。

她心间浮起一丝淡淡的忧虑。

车队缓缓出了长街，往城门而去，突然，车身一晃，停了下来。

马车内的李元悯皱了皱眉，睁开眼来，不知是何变故。

倪英忙掀开了帷帐探头一瞧，急急回头说："殿下，快看。"

李元悯目光顺着她的手势望去，城门口处，挤挤挨挨站满了百姓。

"广安王万安！"

不知谁高呼了一声，层层叠叠的百姓跪了下去，山呼广安王。

李元悯的心咚咚地跳了起来，他定了定神，缓步出了马车。

待他一露面，声浪越发澎湃，几乎冲破了云霄。

八年……不仅仅只是他的八年。

他眼眶发热，在倪英的扶持下，站到了马车的平台上，深深地朝着眼前的百姓稽首而拜。

城门外，二十万江北大军威严而立，黑压压的，迫人心魂。

队伍最前方，猊烈身着黑甲，跨在高高骏马上，威风凛凛，他望着不远处的喧嚣，面无表情。

曹纲出神地看了一眼，不自觉喃喃："这三殿下，终究是与彼时不同了。"

耳边响起一道哼声，曹纲陡然一惊，抬眼窥了一下，发现猊烈面上没有什么不悦的神色，只是眼神颇为复杂地看着前方，他不由得细思猊烈这哼声的含义。

他硬着头皮迎了上去："大人，您可要亲自去？"

猊烈垂眸看了他一眼。

曹纲吞了吞口水，低了头："属下这便去。"

待那一队车马出了城门，曹纲忙策马迎了上去。便有先遣卫兵发现了他，他便与卫兵说了些话。

那先遣的卫兵便回去复命了。

半晌，车队停了下来，曹纲牵着马迎了上去。

"拜见广安王。"

半晌，车窗的轿帷被一双骨节分明的手支开，李元悯不动声色地看了看不远处骑在高头大马上身着黑甲的男人，垂眸下来："原是曹先生，许久不见，可还安好？"

曹纲恭恭敬敬拜首："劳殿下记挂，一切都安。"

他起了身，温声道："衢州有匪作乱，总制大人奉太子之令前去剿匪，听闻广安王奉旨入京，刚好顺路，便命我等官兵再次等候，护送广安王一程。"

衢州毗邻京城，剿匪怕只是个借口而已，明德帝驾崩在即，恐京城有异动罢了。

李元悯目色幽幽，半晌后说："有劳先生了。"

"当咱们广安王府的府兵无能吗？非得他参一脚！"

身后传来低低的抱怨。

李元悯目色一动，放下帷帐，回过头来，但见倪英低着脑袋，把玩着腰间的佩剑。

他轻轻叹了口气，按住了她的佩剑："待夜里抵达驿使馆……去与你兄长会上一面……"

话音未落，倪英打断道："不见！"

李元悯心间无奈，只拍了拍她的肩膀，半晌后说："阿英，你长大了，该知道这世上不是非此即彼的。"

他想起了当日阿英在参领府被围攻时痛苦的哭喊声，心下酸楚，黯然道："若一定有错，那也是他与我之间，而你们，并没有。"

"可他那样待你！那样待你……"倪英别过头，险些流泪，努力稳了稳情绪，合上了双目，当即不再言语。

李元悯不知这一切混沌该如何说，又怎么说，他不再试图解释，只深深吸了一口气："乖，听话些。"

倪英没有应他，只沉默着。

入夜了，两行人马抵达堰镇，大军就地驻扎，副将以上的跟随广安王住进了驿使馆。

按规制，猊烈作为江北大军总制，必得向广安王拜会一番，然而他像是疏忽了似的，一直未曾前去，若有什么事由，皆是遣了曹纲去接洽。

李元悯自没有多说什么，下了马车便去了驿使馆备好的厢房，连使官的拜会都推拒了，仿佛深闺妇人一般。

倪英端着钱叔熬好的药往楼上厢房走。

过道很阴暗，蓦地，一个低沉的声音叫住了她：“阿英。”

倪英脚步一滞，却如同没有听见一般继续往前走。

然而那高大的男人已堵住了路口。

男人看清了倪英手里的东西，不由得皱了皱眉：“他喝的？”

他知道前几日那人一直卧床，听派去的探子说是病了，因着广安王府守护严实，故而探子只远远在外围看着，未能探得具体，可这么久过去了，如何还没好？

他目色沉了几分。

“他身子如何？”

倪英面色简直不能再难看，只冷冷讥道：“总制大人还请让一让。”

眼前的男人兀自站着，一点儿都没有退让的意思。

这个男人周身透着一股她不熟悉的压迫感，仿佛是一个自己不认识的人一般。倪英不知道为何自己会生出这样的感觉，但她没有一刻比此时确定，她真的畏怕他。

这样荒谬的感觉叫她无比难受，又无比怨愤，只咬着牙，不让自己退缩。

“到底是怎么回事？”又是一声低沉的逼问。

倪英眼睛一热，死死压制了，只一抬下巴，恨恨看着他：“补药！这是补药！听明白了吗？”

她眼眶通红，喘着气，挤开了他往厢房走去。

半晌，她停住了脚步，转过头来，目中含了泪，咬牙切齿道：“你记住，如若再碰他一次，便是你我结仇之日。”

一阵夜风吹来，拂得猊烈的玄黑披风猎猎作响，他目中黑沉，面色冷峻，然而他什么也没说，只在原地看着少女离去。

烛光晃动，仆妇剪去了败了的灯芯，又轻手罩上了灯罩，房内顿时明亮了不少。

李元悯从屏风后走了出来，他身上带着沐浴后的湿气，穿着一身素色小衣，仆妇见状立刻将暖炉移了过来靠近他，然后拿了干布为之擦干湿发。

待擦了个半干，门口"吱呀"一声，是倪英进来了。

李元悯接过了仆妇手上的干布，说道："你先下去吧。"

仆妇应了便退下了。

李元悯留意到了倪英面上的几分不自在，并不点破，只笑了笑，似随口问她："怎么磨蹭了这么久？"

倪英含糊道："钱叔那边耽搁了会儿。"

她将端盘放在他面前，端盘上的小碟子里已经放了几颗饴糖。

李元悯看了她一眼，若有所思地喝下药。

从城门始，阿英便一直闷闷不乐的，晚膳也只喝了半碗粥，去拿了一趟药，回来更是心事重重。

他何其敏锐，当下便猜得八九不离十，朝外室唤了声："王妈，你过来一下。"

收拾的仆妇应了一声，擦了擦手，匆匆过来候命。

李元悯与其交代了几句，那仆妇便匆匆下去了。

李元悯这才唤了倪英过来，看着那魂不守舍的少女，他嘴角扯了扯，说道："咱们到的这地方叫堰镇，盛产水黄牛，这儿的百姓也爱吃牛肉锅子，听说此处牛肉与其他地儿不同，极是美味。之前看风物志时便馋着了，如今正好有时间，不如陪我尝尝？"

倪英怎不会答应他。

一炷香的工夫，仆妇便带着三四随行进来，往桌上搬着林林总总的物事。

很快，眼前架起一个铜锅，底下的炭炉里放了黑炭，支起了火来，案上看去倒是简单，只几盘牛肉和几小碟蘸酱。

片刻工夫，铜锅里的乳白色汤汁沸腾起来，李元悯夹起切得薄薄的牛肉置入沸水中，三两下起落，这肉片便熟透了。他将肉蘸了一层薄薄的秘制麻酱，置在倪英碗中。这牛肉纤薄，油花混着酱汁热气腾腾，散着一股诱人的香气，纵然倪英胃口缺缺，吃下一口，也知这堰镇牛肉的名不虚传来。

而后李元悯像是变戏法似的，拿出一壶酒来，晃了晃，拔开瓶塞闻了闻，微微一晒：“以前总不让你喝，如今我的阿英长大了，是可以喝一点了。”

倪英喉头一哽，心道：我早便背着你偷偷喝过了，便是烧刀子也尝过的。

想起以往那些无忧无虑的岁月，她心下更是闷堵，当下一把夺了过来，连杯盏也不要，径直仰头一下便灌下去了。

李元悯吓了一跳，连忙夺下，这果酒虽是不易醉，但遭不住这么喝。

“你再这么喝，我可就收起来了。”

李元悯看了倪英一眼，叹了口气，为她眼前的杯盏满上。

倪英拿了过来，喝了。

如此，一个倒，一个喝，却是默默不语。

待一壶空了，倪英颊上便有了两股殷红。

她“啪”的一声放下杯盏，突然道：“我恨他，我……该恨他！”

她嘴唇颤了颤，滚下泪来：“可我……可我又恨不起他！”

李元悯见她终于将心事吐露出来，当下叹了一口气，将她揽进怀里。

倪英再也说不了话，只扑在他怀里大哭，哭得是声嘶力竭。

月亮渐渐西移，四处吹拂着柔柔的风，有一下没一下地抚摸着人间。

高高的屋顶上，猊烈亦是浸身在这样温柔的风中，他仰头倒了一口酒，垂下眸去，又看着足下那条被他掀去一片瓦的、透着暖光的屋顶缝隙。

温柔的烛光中，少女扑在那人怀里，哭得很伤心。

月，风，夜色。

所有的一切尽去，世间仿佛仅剩下了他们三人。

子时的打更声传来，四处更是陷入一片寂静。

倪英哭累了，终于趴在李元悯怀里睡了过去。

李元悯睫羽微垂，安抚似的拍着她的背，等到她彻底坠入梦乡，他轻声叫仆妇递来热毛巾，将她满面的泪痕擦了，又让仆妇将她送回厢房。看着桌上空空的酒瓶，他叹了口气，亦吩咐人收拾了。

他坐在厅中好一会儿，又不放心倪英，披了件大氅去了她的厢房，问询了陪同的仆妇一番，见她睡得香甜，这才放心回去。

这一夜折腾，躺下后，他便有些失眠，一边想着入京后的种种应对之策，一边又想着如何让阿英解开这个心结。

寂静的深夜，像是开启了某种情绪的大门一般，诸般滋味齐齐涌上心头。

忽闻乌雀"咕"了一声，继而扑棱两下翅膀，传来重物倒地的声音。

李元恟警醒起来，摸出了枕下的匕首。

一阵不疾不徐的脚步声传来，李元恟皱了皱眉："阿英？"

他拔出了匕首，还未来得及下床，一个高大的黑影突然一下钻了进来，如迅猛的虎豹一般。一股浓重的酒味随之扑鼻而来，李元恟一惊，用匕首抵住了来人的咽喉。

"是你？"

男人全然没有理会颈间的刺痛，恍若没有痛觉一般："八年……"

他呼吸粗重，停滞半晌，醉意熏熏却又恨恨道："你让我记起来！"

这一句话与惊雷无异。

李元恟怔怔地看着猊烈。

昏暗的烛光中，猊烈的眼睛却是漆黑无比，瞳仁凝缩，只紧紧盯着李元恟，宣泄似的气急败坏道："听到没有？！你听到没有？！"

那一瞬间，李元恟似是被一道亮光击中。

这一切像是梦，但又比梦来得真实。

李元恟紧紧抓住他的手臂，眼中光芒渐盛。

说完这些话，猊烈似是疲倦极了，自顾自仰面躺了下去。浓重的酒气熏蒸起来，他脑中某根紧绷的筋一下子断了，那种久违的放松如温水漫过了全身，他几乎是瞬间就沉入了黑甜的梦乡。

万籁再复静谧，月色透过窗棂洒在地上，一地银辉。

李元恟目中幽深，看着床榻的上方，久久未曾合眼。

长庚星落下不久，天际很快便露出鱼肚白。

驿使馆很快便热闹起来，往来的马匹进进出出，充满了浮世的烟火气。

猊烈睡得酣畅，翻了个身，心里一凛，猛地坐了起来，对上了另一双平静的眼睛。他不由得脸色黑了下来，空气一阵静默。

最终猊烈深吸一口气，翻身下榻，套起了鞋履，站了起来。

李元恟叫住他，目光落在他宽厚的背上。

"昨夜那些话……你可记得？"

猊烈站在那里，握紧了拳头。

倪英打着哈欠从厢房里走了出来，昨夜宿醉，叫她一早脑袋便疼得厉害。她正皱着眉头用拳头轻敲后脑勺，余光瞟了眼走廊尽头，双目顿时睁大——两个侍卫瘫坐在地上。

不好！

她一惊，几乎是立刻冲了过去，一脚踹开房门，便看见了厢房内的两个人。

倪英重重喘息着，看了看这个，又看了看那个，眉头蹙起，最终将目光落在了猊烈脸上。

然而猊烈没有什么表情，只如往常那般，一概淡淡的。

倪英咬了咬牙，正欲拔剑，李元悯冷声喝道："阿英！"他顿了顿，"我让他来的。"

倪英明显不信，侍卫还昏睡在外头，若是请他进来，又何须放倒他们。

可看着眼前两个人的模样，不似有龃龉，倪英心间又突突突地跳起来。她不敢细想，生怕自己无端的揣测再度落空，白欢喜一场。

她只能可怜又无措地站在那里。

李元悯叹了一口气，上前几步，将她手上的剑推回剑鞘中，柔声道："回去收拾收拾，准备出发了。"

倪英看着他，似乎想从他的脸上找到什么，然而那张脸上只有那给予她的怜惜与温柔，别无其他。

她的阿兄站在他身后，看着他们。

倪英咽了咽口水，一点儿也不敢打破眼前这个梦境。

启程的第二日，因着晨起的一场暴雨，大队人马耽搁了不少行程，在落日之前无法按着既定的路线赶到兖县，猊烈干脆下令就地扎营。

因着身子有状况，李元悯一向深居简出，如今有倪英代为安排驻扎事宜，他干脆偷懒待在歇憩的营帐内翻阅些风土志。

夕阳西斜，外头细碎的脚步声来来往往，有着一股令人发懒的气息。

李元悯神色倦怠地又翻了一页，脑海中无端闪过一双凌厉的眼睛，他指尖僵直着，又将书给合上了，淡淡叹了口气。

他不知道那人的意图，或许是一个陷阱，又或许……不过他没有旁的选择了，无论是试图挽回他的阿烈，还是拉拢这位悍将，增加自己保身的筹码，他都只能硬着头皮主动出手。

他正沉思着，外头随行进来了："殿下，总制大人请见。"

李元悯呼吸微微一滞，半晌才说道："传。"

很快，帷帐一掀，带了一阵风进来，高大健硕的男人大步流星而进，他已经卸了铠甲，只穿着一身玄黑的劲装。

他垂首看着眼前的人半晌。

"吃了？"

李元悯随口道："吃了。"

猊烈沉默半晌："你不该说谎。"

李元悯呼吸一滞："你监视我？"

"当然。"猊烈分毫没有想隐瞒的意思，"可惜你近身之人个个忠诚，断不能收买，也插不进去人，打听个小事可得费好大的功夫。"

"你——"李元悯呼吸微乱，心念转了转，当下稍稍放松了脸色，解释道，"只是路途颠簸，一时半会儿没有胃口而已。"

话音未落，外头又是一声通报："殿下，钱叔送药来了。"

李元悯不动声色地说："拿进来吧。"

钱叔蹑蹑进来，看见总制大人，不由得愣了一下，不过没有说什么，只朝着他稽首一拜，默默将适口的药放在案上。

李元悯让钱叔自行去了。

他如往常模样，三两口便喝了。这药着实苦极，他习惯性地拿了碟子里的饴糖，速速往嘴里放了一颗。

蓦地心念一动，他抬头看了一眼眼前的男人。对方也正盯着他看，唇边含着一丝若有似无的笑意。

李元悯将目光移开，轻咬着嘴里的饴糖。

营帐内静默下来。

猊烈轻咳了一声:"整日龟缩,没得拖累了身子,自要日日喝这苦口补药,走,带你去外头走走。"

"来人!"猊烈自顾自朝帐门唤了一声,门口的侍卫匆匆进来候命。

"给殿下备马。"

侍卫迟疑片刻,看了看李元悯,见他没有阻止的意思,当即受命下去了。

猊烈走了几步,回过头来:"不走?"

李元悯深深吸了一口气,跟上前去。

夕阳挂在天际,余晖照得四处都笼上了一层金色的光晕。虽是初春,但今日日头甚大,四处自是暖洋洋的。

二人骑着马一前一后出了营,李元悯在前,猊烈在后。行至一条溪边,猊烈翻身下马,李元悯也跟着下来了。

二人一前一后,夕阳将他们的身影拉得长长的,溪水波色粼粼,碎了蜿蜒的一条金光,水声清幽,抚平着躁动的人心。

看着前方的背影,猊烈的心难得平静,他不知道为何会纵容自己陷入这样足以侵吞人理智的温水之中。

他已经懒得探究这个中缘由了。

日头渐渐下山了,四处笼上了一股晦涩。

草丛里窸窸窣窣一阵声音,猊烈利目一眯,足尖挑起一块石子来,骤然往来声处飞去。

但听得短促的一个叫声,猊烈上前,在草丛中捡起一只野兔来。

他瞟了一眼李元悯,拔出皮靴上的一支短匕首,便拎着那野兔去了溪水边,宰杀剥皮清洗完,拎着回来了。

一路颠簸,李元悯本就有些烦呕,看着那剥了皮的、光秃秃滴着血水的野兔,胃腑更是起了一阵翻腾,他暗自压了压。

猊烈却是兴致勃勃的,拾了些枯枝架了个篝火堆,用匕首削了支细竹将野兔穿了,架在火堆上烤。

他抬眸见到李元悯微微皱眉的模样,难得打趣道:"这小畜生知道你没用晚膳，便上赶着来了。”

李元悯喉头动了动，缓步过去，在他身边坐了下来。

一会儿的工夫，那野兔被烤得嗞嗞作响，猊烈熟练地割去焦裂的部分，切了一块嫩肉递到李元悯嘴边。

李元悯闻着那腥臊油脂的味道，胃里又开始翻腾起来。

猊烈见他为难的样子，嗤笑一声："看你这娇气样儿，在军中怕是挨不到一个月，若是遇上战急，遑论烤着，生肉都得咽下去。"

李元悯没有理会猊烈，只暗自按捺住那股强烈的作呕之意。

猊烈将那肉往嘴里一丢，嚼了嚼，睨了他一眼："这还不算，你知道鞑靼这些蛮子叫战俘什么？两脚羊！"

李元悯再也忍受不住，扭过头在一侧干呕起来。

猊烈怎会想到他反应这般大，一时暗悔与他说这些。

猊烈手掌僵硬着，笨拙地顺着他的背。

过来好一会儿，李元悯才缓过来。

猊烈也没有了吃烤兔的心情，只看了李元悯一眼，叹了一声："娇气。"

李元悯咬了咬唇，念起此间种种，忍不住瞪了他一眼。

猊烈乐了："不是娇气是什么？喝个药还要跟个孩子似的含颗糖，连茹毛饮血的话都听不得，啧。"

李元悯又怒瞪了猊烈一眼，猊烈哈哈大笑。

天边的红霞晕染着天地，有种默默无言的暖意。

第十七章 ◆

虽然目前危机重重，但是在这片黑暗之下，依旧有着光亮，
仅凭着这些，他便有着挣破一切的勇气。

又一日的启程。

因着赶路，众人大多疲惫，不过总算是赶上了天黑之前到达目的地。
与前两日驻扎之地的荒凉不同，此次大营毗邻一个颇为繁华的镇子，为不
扰百姓，大军依旧是歇憩在郊外。

曹纲刚进营，便看见猊烈解了铠甲，正打着赤膊大冷天的往身上泼冷
水擦洗，他不禁感同身受地打了个哆嗦，在一旁静候。待猊烈换上衣物，
拾掇妥当，他才上前例行报备了军务。

待交代清楚，曹纲又从怀里掏出另一位两江总制朱琛的密函交由他。

猊烈摊开扫了几眼，冷笑一声，丢给曹纲。

曹纲看了，心下叹了口气，密函中言明两批军粮因故不能按既定的日
子抵营，只暂分拨了半月的数额。

太子着实疑心太重，既想靠着江北大营挟制司马父子，又忌惮猊烈起
兵造反。

与猊烈同样待遇的还有西北青州军吴琦。

与彼时一样，青州军亦是按着太子的意思以军演的名义调军毗邻京城
的通州，然而李元乾不知道的是，这名青州军大将早已暗投司马忌。

李元乾那厮早在各般猜忌中失尽了所有人心，得了彼时那样的下场，
自也是咎由自取。

猊烈早有对策，敛眉交代了几句，曹纲一一应了，正待退出去，外头
一声通报，进来了个拎着偌大黄花梨提盒的随行。

那随行显是奔波已久，面上有着细微的汗，他咽了咽口水，将提盒置
在桌案上："主帅，这是您要的。"

猊烈皱了皱眉，问道："怎么拿了个这么大的提盒？"

随行忙解释道："卑职多挑了几种。"

猊烈面色略缓，点了点头："好，退下吧。"

曹纲的目光落在那提盒上，匣壁上写了"赵记饴糖"四个描金的字。

他皱了皱眉，赤虎王自是不会特地找寻这些吃食，那这究竟是给谁的？

他思索着，又想起倪英这些日子不知何故，都不往总制大人跟前凑了。念到此处，他略略恍然——估摸是买着安抚胞妹用的。

他当下安心下来，退了去。

猊烈掀开提盒的盖子，眉头一皱，里面堆满了各色饴糖，约莫十多斤重，那个人哪里吃得完。

他不由得暗骂随行："蠢物！"

他抽了张匣壁的油纸出来，将每种样式的饴糖捡了几颗，笨拙地包起来，揣在内衫里，披了件罩衣，便匆匆出门去了。

猊烈准备进厢房的时候，正巧见倪英从里头出来，他轻咳了声，叫住了她。

"阿英。"

倪英抬头一看，面上显然一滞，当即浮了些不自在起来，轻轻应了一声。

她摸着佩剑走了几步，似是有些赧色，抬起头来："别叫殿下哥哥太迟回来。"

未等猊烈回答，她便匆匆跑掉了。

猊烈看着她离去的背影半晌，这才踏入门去。

刚进门，见李元悯正蹙着眉喝药，猊烈的脚步便顿在那儿，半晌才走了进去。

李元悯放下药碗，便听得猊烈问："是软禁那会儿伤的身吗？"

李元悯一愣，见猊烈目中有着不明的晦涩，当即摇了摇头："我身子历来便是如此，常年养着罢了。"

猊烈目中幽深，然而他面上依旧平静如水，从怀里摸出了那包油纸包，放在李元悯面前。

李元悯一愣，听得猊烈突然开口。

"我自小被关押在披幽庭，你合该知晓那是什么乌糟之地，我这般的刺儿头更是不被当人一般糟践……当时快没活路了，却突然跑出来个小宫女，把我给救了。"

李元悯的睡意消逝无踪，对上了猊烈漆黑的眼睛。

猊烈目光正流连在他的眉眼上，出神地喃喃道："她……"

跟你有几分相似。

许是眼前人的神情有些发愣，猊烈将后半句咽下去，心里像抚着羽毛似的。

他扯了扯嘴角："那是我曾经唯一遇见的好人，可惜……"

猊烈兀自叹了一口气，似是想起了久远的记忆："可惜，她等不及我来救了。"

"李元悯……"他声音突然低沉下来，"我并不是那等甘于将命运交付他人之人，爷自小便懂得只有掌握权势、力量，才能得到自己想要的，所以那会儿……当真恨不得杀了你。"

"可是你太奇怪了。"他顿了顿，"这世上怎会有你这样的人。"

李元悯不知为何，很是烦躁听他说这些："你别说了。"

猊烈居然好脾气地笑了笑，擦了擦手，交代着："你自是演戏的好手，进了京城，只需按着你在那元乾面前的样子保全自己。"

猊烈自是不知道，后来的他亲眼目睹李元悯的卑微，是多么怒不可遏，他现时只颇为笃定地说："放心，这辈子我保你好好的。"

猊烈回首看了看那紧闭的房门，嘴角一扯，悠然往楼下走去。

步出廊道，他的脚步骤然停了下来，眼睛微微眯了起来，一种野兽的警觉叫他发现了周围的不同寻常来。

不好！

他马上往回急速跑去，三两下的工夫翻上二楼。

门前的两个侍卫已经双双倒地，猊烈双目睁大，疯了一般冲了过去。但听得一声尖厉的哨声，房内已响起杀喊之声。

猊烈轰然一下踹开大门，只见里头两拨人马缠斗，刀锋铮鸣之声不绝，地上已经倒了两三个人，黑暗中，帷帐已被割去大半，榻上之人消失无踪。

"李元悯！"

猊烈焦急地喝道，四处找寻李元悯的身影。在那一片混乱之中，他终于听到一个熟悉的喘息声，循声看去，惊喜地看见了躲在屏风后的李元悯。

然而他还没松一口气，两个黑衣人持刀朝李元悯冲了过去。

猊烈怒吼："竖子尔敢！"

他声量如同洪钟，怖人心肠，健硕的身子如虎豹骤然暴起，将手上的刀用力掷出，而身体却是扑向另一边。

但听得"噗"的一声，那刀瞬时将其中一人斩杀，而他已是扑倒在另一人身上，抱着那的脑袋重重一旋，浓重的血腥味霎时迎面扑来。

猊烈浑身是血，形容罗刹，双目赤红，上前踢翻屏风，一把抓住李元悯的手臂，青筋暴起，上下打量着他。

李元悯脸色虽是苍白，但很冷静，喘着气说："我没事。"

猊烈这才放心下来，回首看去，厢房内已经横七竖八地倒了好几个人。

他这才看出来，原是两拨人马打斗，黑衣人显然是劣势尽显，独剩两人苦力支撑。

李元悯眉宇一拧，忙喝道："留活口！"

众暗卫得令，收了杀势。

许是见大势已去，其中一个黑衣人往窗边退去。猊烈眼睛一眯，三两下上前控住他，以肘环住他的咽喉，右掌掐住他的下巴，厉色一起，但听得一声惨叫，黑衣人的下巴已被卸了关节去，猊烈又往他腿骨处一踹，眼前的黑衣人顿时委顿在地。

尚还在包围圈中的黑衣人见状，神色一狞，紧咬牙关，顿时头一歪，一道黑血从嘴角淌下，轰然倒地，已是命绝。

李元悯终于晓得猊烈卸去对方下巴的用意。他使了个眼色，暗卫得令，上前往倒地哀叫的黑衣人嘴里摸索着，片刻工夫掏出一粒用羊肠皮裹着的东西。

李元悯拿着帕子捂着口鼻，上前看了看，冷声道："拿下去。"

猊烈已经气定神闲蹲了下去，冷冷盯着那痛苦哀号的人。

“这人身上的关节百余个，你是这会儿说出背后主使之人，还是等爷一个个给你拆卸来？”

地上之人汗出如瀑，哀号不已。

猊烈道了一声“找死”，一拳砸在黑衣人右臂的关节上，但听得“嚓”的碎裂声，那刺客号哭得只剩下了气音。他呼哧着气，涕泗横流，口中流涎，含混不清地说着些什么。

猊烈冷笑一声，使了些巧劲，将他下巴给安上。

他声嘶力竭地说：“我不知道……我真的不知道……我只接到上头的命令暗杀广安王，至于是谁交代的……我全然不知！”

李元悯闭上眼睛，长长吐了口气。

而猊烈面色骇沉。

厢房内只余下那人的哀号之声。

半晌，李元悯才吩咐道：“将人带下去，细细盘查。”

“是！”

门口“吱呀”一声，披头散发的倪英持剑匆匆从外头进来，她先是看到一地的死尸，满面皆白，又见李元悯安然无恙，这才终于松了口气。

她发现了一旁的猊烈，面上一愣，却并没说什么。

李元悯吩咐：“阿英，传令下去，让众人加强护卫。”

倪英看了猊烈一眼，点了点头，应声退了出去。

转眼间，满地的死尸被收拾干净，那些暗卫也退了个干净。

惊魂一夜，李元悯嘱人换了间厢房，因着身上沾了不少血腥，他唤人抬了热水来清洗。

待换上干净的小衣，外头传来一阵沉沉的脚步声，他并不惊慌，只自顾自系了衣带，从屏风后出了来，果然便看见那个高大的男人站在厅中背着手等他。猊烈也换了一身行装，显然也是沐浴了一场。

见李元悯穿着单薄，猊烈顺手从几架上将他的大氅拿了下来递给他，指了指外头：“今夜我便睡在外头这张短榻上。”

李元悯抬头看了猊烈一眼，最终也没说什么，转身往内室走去。

子时的打更声隐隐约约传来，万籁俱寂。

许是今天发生了这么多事，李元悯的身体虽很是疲惫，但一丝睡意也没有了，他在想究竟是谁这般等不及想拿了他的命去，心间转了几个隐隐的答案，却并不能笃定。只是未及京城便发生这样的事情，不知进京后还有什么后招。

他不由得轻声叹气。

帷帐外传来男人低沉的声音："睡不着？"

见李元悯没有回答，猊烈自顾自道："方才我去审了一番那个刺客，是天渊盟派来的，这暗杀机构不讲任何条条框框，只认银子，所以从这喽啰口中大抵是挖不到什么线索。"

李元悯早便料想到这般，能这般找上门的刺客，岂有轻易让人挖出背后始作俑者的道理，疲惫略略浮上心间。

"怕吗？"男人无端问他。

李元悯觉得猊烈这问题问得愚蠢——怕有何用，他自恢复记忆以来，无时无刻不在害怕，历经了那样无助惨痛的死而复生，恐惧是深深根植在骨子里的，无人晓得他这份战战兢兢，便是他的阿烈也不明白。

做了梦，连恐惧都是孤寂的。

所能做的，便只有压制住，拼命压制住，小心翼翼，步步谋算，战战兢兢，如履薄冰。

听李元悯叹了口气，猊烈低沉的声音透过床帐传了出来："今日是我疏忽了，往后断不会再让你遇上这等险境了，别怕。"

这样哄孩子的话再次让李元悯想笑，却不知为何，鼻子发起酸来，他迷迷糊糊应了一声，渐渐泛起了睡意。

猊烈又跟他说着些什么，李元悯越发模糊起来，有一句没一句地听着——他实在太困了。

于是他将脸埋进那暖软的被褥中，便这么沉沉睡了过去。

两日后，两江大营和广安王的仪仗抵达鄞州，鄞州知府周献携当地大小官员专程来接风洗尘。

繁复盛大的迎军仪式后，两江大营准备进驻郊外大营，与广安王一行就此分道扬镳。

二月初十，广安王一行人低调抵达京城。

与其他藩王入京不同，广安王一行自是无人来接风洗尘，且旁的藩王在京中自有御赐府邸，这本是藩王应有的规制，然而不知是内务府疏忽，还是明德帝的授意，李元悯在京中并无落脚的府邸。

好在李元悯早有准备，派人提前入京包下了一座规模中等的客栈，当作临时下榻的地方。

李元悯刚安身下来，便拟了两道请安的折子分别往宫里及太子府邸递送。

他自不想这般上赶着，然而他已经抵京，若不装个模样出来，恐叫有心人捉住小辫子，借题发挥。

如今京城虽看似风平浪静，但内里早已是云谲波诡，明面上太子李元乾已经掌控住了京城的局势，可镇北侯府又岂是吃素的。越是这样波涛暗涌的时候，他越要谨小慎微，不能行差踏错。

请安的折子送出去两日皆无回音，李元悯却是大大松了口气，宫中如无回音，那便代表着明德帝根本不想见这个儿子，这回下旨，想是他已病入膏肓，内务府秉持太子的旨意，命各地藩王例行入京，避免政权交接，藩王生乱罢了。

而李元乾没有理会李元悯的请安折子，自是因在他眼中，根本不屑这个所谓的三殿下，恐是觉得李元悯叫声"皇兄"也够不上资格。

李元悯揉了揉眉头，心间冷笑，却也安心不少。

在客栈待了两日，便有内务府统一的旨意传来——明日所有抵京的藩王皆要入宫前往天坛，参加太子主持的召天祈福仪式。

倪英按李元悯的意思给他挑了件最为朴素的藩王服制，还特地挑件大的，穿在身上松松垮垮的，显得有几分不足之感。

他们正收拾着，一个吊梢眉的公公进了来，正是昨日宣旨的太侍。他微微一鞠，神态却是颇不以为然："三殿下可是收拾妥当，这召天仪式辰时便要开始，可莫要迟了，累着奴才挨罚。"

李元悯笑了笑，道："本王已妥，这便出发，定不让公公遭受不公。"

他缓步上前，从袖中里摸出一袋银子，笑着递给了那太侍："这一路劳烦公公了。"

太侍暗自掂了掂那重量，心下满意，面上便有了些笑容，言语也客气许多："那杂家便在楼下候着了。"

"好。"李元悯亲自将他送出了门。

倪英已经打扮成了个贴身侍卫的模样，她看着赔笑的李元悯，心间酸涩难忍。

合上门后，李元悯回过头来。他何其了解倪英，即便是那般若无其事的模样，也知道她心中想什么，只颇为轻松笑了笑："没什么大不了，装个样子罢了。"

倪英默默为他披上了大氅。

李元悯拍了拍她的手，郑重道："阿英，你务必记住，在这京城，我们得罪不起任何一个人了，懂了吗？"

以他在宫中的处境，连个小小太侍都可能绊他一个大跟头，这个道理，从他记事起便知晓。

倪英咬了咬牙，低低应了。

他微微一哂，双手揣在袖中："好了，走吧。"

入宫的当天，天色不是很好，四处阴沉沉的，长庚星落下之前似有一场小雨，地面湿漉漉的。

再次踏入宫中，这四四方方的黄瓦红墙框起来的压抑上空并无什么区别，李元悯看着压过脑袋上方的巍峨的宣武大门，心中不由得升起一股溺水的窒息之感。于是他愈是垂了脑袋，低眉顺眼的模样，这是他惯常的生存手段，如同求生本能一般。

在内侍的带领下，李元悯终于入了天坛前殿，里头已经有数位藩王携着亲眷在里头候着了，熟识些的相互攀谈。听闻门口通传，众人不约而同将脸转了过来。

原本闹哄哄的前殿霎时安静下来，众人的目光齐齐落到李元悯脸上，惊艳居多，夹杂些鄙夷、探究，甚至赤裸裸的蔑视。

然而李元悯浑然未觉一般，只诚惶诚恐地提着下摆上前与他们一一请安。这里几位藩王皆是明德帝的兄弟，也是李元悯的叔伯辈，好歹是自持身份，面上的诸般复杂的神色去了，装模作样地问了他一些话，见李元悯低眉顺眼地一一答了，便不再理会他，只有一些年纪尚轻的亲眷子弟尚还时不时盯着他看一眼，偶有窃窃私语。

待大皇子协同国寺开元寺的主持长老进来，那些或多或少落在李元悯身上的窥探目光才移开了。

这道场要摆上七天，并不是轻松的活计。众位皇亲贵胄也得跟着主持一起诚心诵经，只有到了午时，内务府送来素膳，众人才得以休憩半个时辰。

歇憩的工夫，众人皆是在后殿饮茶，李元悯寻了个空隙，躲在后殿梅园赏花。

天坛这儿的梅园开得极好，初春时节是花期正盛的时候，大团大团的红梅怒放枝头，叫李元悯散去不少心间的压抑。

他想，当真是人不如物。

他微微叹了口气，揉了揉眉头，到底是在岭南待久了，回到京里还是有些勉强。

眼瞧着歇憩时辰已近尾声，李元悯深吸一口气，准备往回走去。

蓦然回首，李元悯却见一个身着太医服侍的清瘦男子皱着眉看着自己。那人见李元悯看过了，当即移开了目光，往前走去。

李元悯一时发愣，颇有几分局促，也装作若无其事的模样往前走了几步，但最终他还是停了下来，微微一笑："知鹤，好久不见。"

眼前的男子浑身一震，似是不可置信地回过头来看他。

这男子正是八年未见的贺云逸。

他惊讶地打量着李元悯那张脸，许久的工夫才回过神来，握拳抵在唇边，轻轻咳嗽一声："原来真是三殿下。"

李元悯见贺云逸进退两难的模样，到底心间暗淡了，面上宽宥地笑了笑，打破了僵局："道场又要开始了，本王这便先去了。"

话音未落，廊道那儿匆匆跑过来了个太侍，见着他，当即面带不悦："广安王怎么躲到这处了，叫杂家一顿好找！"

李元悯歉疚道：“劳烦公公了，本王这便进去。”

他回首看了一眼贺云逸，朝贺云逸点了点头，便跟着那太侍进去了。

贺云逸在原地站了许久，面上一片平静，直到一阵冷风拂过他的面，他这才像是醒神一般，深吸一口气，慢慢往后殿方向去了。

从宫中出来的时候天色已晚，李元悯早已疲累至极。阿英早早便候在宣武门那里了，她见李元悯一脸疲意地出来，忙上前扶住了他，将他送上了马车。

“殿下？”倪英一脸担忧。

李元悯摇了摇头：“无碍，只是今日跪坐了一整日，筋骨有些疲累罢了。”

倪英听罢忙蹲下去，给他揉按双腿。

李元悯心间生暖，柔声问她：“今日在外头可有累着？”

倪英摇了摇头：“我找了旁边街上一家茶馆坐着，有戏班子出台，就是戏本忒无聊了些，翻来覆去地听，没甚滋味，还不如咱岭南的精彩。”

岭南民风开放，戏院里都是些艳俗却又曲折离奇的戏本，自是精彩。皇城根下，这些茶馆自然只能拿捏些循规蹈矩的戏折子，论起观感，那可不是比不上岭南。

李元悯正想着等会儿拐去书局给她买点打发时间的话本，马车一晃，慢慢停了下来。

轿帷外随行的声音传来：“殿下，一位自称您故友的人在前方候着你。”

李元悯心下一动，急急掀开轿帷一瞧，果然看见了那张熟悉的脸。

二人隔着来来往往的普罗大众，那一瞬间，李元悯松了口气一般，朝他笑了笑。

茶楼很幽静，二人坐了下来，贺云逸给李元悯倒了茶水。

他打量着眼前之人，那会儿在宫中看见李元悯，险些认不出来，这八年……李元悯变化着实是大。

大得让他几乎有些不敢细看。

不知是否是错觉，眼前人与方才在宫中所看见的样子变了很多，局促的姿态舒展开来，显得清逸出尘，只是那个身量看着依旧有些不足之感。

念及李元悯的底子，贺云逸心下一紧，习惯性地伸手，想替李元悯把一把脉。然而他刚触及那腕子，李元悯便移开了。

贺云逸一愣，面上带了些尴尬的歉疚："是我唐突了。"

李元悯苦笑一声："没，只怕你寻机开些药给我，无端让我白白挨苦。"

"我让你吃那些自是有用的，难不成我是那等胡乱开方子的江湖郎中？"贺云逸不由得皱眉。

话刚出口，二人双双一滞，这般儿时的对话叫双方会心一笑。

许是后来经过了更多的世事，在明白了世事的无奈之后，贺云逸对当初那些所谓的放不下，渐渐看淡了许多。

有时，人活在世上，断断不是那么的纯粹。可惜，这个道理，他明白得太迟。

李元悯打断了他的出神："八年过去了，你合该也成家了吧？"

贺云逸点了点头，眼下有了些温情："她父亲与我同是医官，如今正在祖宅安胎。"

"啊……好，真好。"

李元悯当真为贺云逸高兴。

这位曾经的挚友，终于避免了历经惨死的命运。瞬间，李元悯心间纠葛了多年的东西突然消失无踪了。

贺云逸看着他面上不自觉的欣喜，心间更不知什么滋味。

贺云逸穿着一身青衫，乍看上去像个清瘦的文士一般，与记忆中那个十八岁的少年相比，更多了几分沉稳内敛的气度。

李元悯想起了午时见他在宫中穿的太医服，乃从二品院判的服制。这八年的时日，说长不长，说短也不短，但这位儿时的挚友到底已从一名小小医官升任如此位置，他只二十六岁的年纪，可以算是年轻有为，前途不可限量了。

心间越发欣慰。

他在贺云逸命运里动了手脚，避免了重复惨死的命运，他这位儿时唯一的挚友，终究以自己的才华，走到了自己能够到达的巅峰。想必贺云逸是唯一一个不会责怪自己擅自改变他人命运之人了吧？

　　李元恦内心难得有了许多的亮色，突然想到了什么，他从腰上解了一块玉佩下来，递给贺云逸："这块玉虽不是什么好料子，然而在岭南的佛寺开过光，驱邪避瘟，再好不过……不知我还能在京城待上多久，怕是等不及令正生的时候，这算是我给那还未出生的孩子一个见面礼吧。"

　　贺云逸看着那块碧绿水透的祥云百福玉佩，他虽非大富大贵之家，但也瞧得出这块自不是李元恦口中的"不是什么好料子"。

　　许是觉得客套伤人一般，贺云逸没有推辞，接了过来，珍重地收进袖中。

　　"我替那未出世的孩子，谢过世叔了。"

　　听闻"世叔"二字，李元恦心下愈是生暖，眉眼间更是如春雨润过一般，无限明亮。

　　他想，虽然目前危机重重，但是在这片黑暗之下，依旧有着光亮，仅凭着这些，他便有着挣破一切的勇气。

第十八章 ◆

"誓言没用。"

明德帝已是整整半年未上朝了，太医院每日的请安脉已不再由起居令史记录，一应由太子指定的专人负责。虽明面上大内对外宣称圣体尚安，然而这样的架势自是摆明了某种可能——恐怕天丧，便在这一段时日了。

云谲波诡的朝局陷入了大变前的宁静。

鄞州大营，黑汁浸透夜色。

主营帐内，烛光摇曳着。

猊烈正若有所思地盯着眼前的烛火，外头侍卫来报，曹纲求见。

帷帐一掀，脚步略为仓促的曹纲进来了。

他面上带着某种兴奋的光芒，难以抑制一般匆匆上前："大人，边境传来消息，瓦剌国主也先于五日后抵京！"

猊烈眼睛猛然睁大，而后慢慢浮起一丝冷笑，终于是到了这一天了。

彼时，瓦剌国主也先以朝拜的名义入京师，然而不到三日，也不知何故暴毙于宫中。消息传去瓦剌，举国哀恸，民怨震天，后瓦剌大将良哈多借此起兵，连同鞑靼百万大军，挥师南下，来势汹汹，两个月便连破凉州、陕北、宁三地，一直打到了岘门关，离京城不过一个鄞州，京城危在旦夕。

北安朝内忧外患之下，猊烈临危受命，领兵抗敌，并以此为起点，步步壮大了军队，用三年的时间整编了一支颠覆天下的铁师。

天下越乱，愈是大肆敛集力量的时机，而眼前这个，显然不容错过。

二人相视，均看出了彼此眼中炙热的光芒。

曹纲将怀中的一张信函递交猊烈："另外，太子令我等京周几位武将务必十三日前入京迎接瓦剌国主，大人亦在其列。"

"好。"猊烈面色毫无波动。

曹纲立刻便下去安排入京事宜了。

大营内一片寂静，猊烈盯着那摇摇晃晃的灯烛半晌，缓缓闭上了眼睛。

第三日，瓦剌国主也先以朝拜的名义率使团入京，京城戒严，众御林军把守要道，迎接瓦剌使团。

太子李元乾奉明德帝之令，以最高礼制设宴接待。

夜幕降临，偌大的来仪殿，雕栏画栋，繁复精美，丝竹宫乐缭绕，酒香菜鲜，众人其乐融融。

宫殿主位上，太子李元乾与瓦剌国主也先相互敬酒，谈笑风生。

也先年逾不惑，生得膀大腰圆，然而他泪堂灰黑，目白滞黄，显是肾气亏虚，沉湎酒色良久。

太子早便听闻瓦剌皇族的种种糟污，不由得心里冷笑，面上却是和悦道："久闻瓦剌国主威仪堂堂，当真是闻名不如见面。"

"太子谬赞，也先愧不敢当。"也先被取悦，朗声笑着主动为之满上了酒，亦是吹捧了几句，场面自是融洽和谐。

此时宴席上坐了百余号人，朝廷二品以上大臣皆陪同，左相大人赵构、镇北侯司马忌坐于下首，司马昱、二皇子李元朗也在其列，其余官员按官阶品级而设座，猊烈作为两江大营主帅，自然也在其中，只不过因北安武将品级皆低，故而武将一律安排在下首。

北安官员对面坐的是瓦剌使团，最靠前的自然是也先麾下大将良哈多。

猊烈自顾自倒了酒，目光略略扫过他。也先暴毙京中，便是良哈多连同鞑靼百万大军挥师南下，差点亡了北安。

而此刻，这位老对手正对着也先说些恭维之话，面上多有恭顺，半分都看不出日后的影子。

猊烈心间冷笑，只垂眸喝酒，唇际正碰上杯沿，敏锐的野兽直觉叫他感受到了一丝异样。他目光如电往前一看，却见对方的视线很快躲开了去。

看着司马昱若无其事的模样，猊烈眼睛微微眯了起来。

不过很快，他面若平常，只仰头倒了酒，一旁的青州军主帅吴琦为他满上。

不知良哈多说了什么笑话，太子与也先齐齐大笑，一众官员有心吹捧，宴席间更是一片和谐。

到了后半场，众人已是喝得微醺。

也先摇摇晃晃站了起来，将手扣在胸前，行了一个瓦剌之礼，笑着道："中原物华丰茂，殿下自是没有稀罕的，只不过咱们瓦剌人登门必得带上大礼，本君自也带了一份来，也不知合不合殿下心意。"

"国主如何这般自谦？"李元乾笑道，"不妨现时拿来给本宫开开眼？"

也先大笑，往前迈了几步，重重鼓起掌来。殿门暗了一暗，一众身着轻纱的舞姬赤足而入，但见个个舞姬身姿窈窕，面貌艳丽，如壁画上的仙人一般，待围了个半圆，一个蒙着面纱的丽人缓步而入，立在了那群舞姬中央。即便她蒙着面纱，周边的众舞姬在她的衬托下，也仿佛一下子便失了色彩。

异域风情的声乐响起，殿中的美姬舞动，尤其蒙着面纱的女人，她肤色雪白，身姿曼妙，舞姿似高贵神女，又似魔境女妖，纯美至极、艳丽非常。

方才还热闹的大厅内，交谈之声一下便停歇下来，独剩下了乐声。

天女之舞乐，也便如此了。

一曲舞毕，众美姬纷纷跪在地上，那女人却是赤着足，一步一步往前走，雪白脚腕上的铜铃声清脆，她直视着太子，美丽的一双凤目没有丝毫羞怯，只微笑着，慢慢朝着高台走去。

太子身后的太侍见她没有礼数，正待开口斥责，然而太子却抬手阻止了。他笑眯眯地伸出手来，接过了美姬的手，将之安置在身边。

那美姬揭下面纱，一张艳丽又带着纯情的绝美脸露了出来，大殿内一片抽气之声，更是无人发话。

她恍若未觉，只微微一笑，靠近了去："阿阮为太子殿下侍酒。"

太子目光流连她面上片刻，忽而大笑，别有意味地朝着也先道："国主这份大礼当真是厚道。"

也先亦是爽朗笑了，胸腔一片颤动。

吴琦回过神来，咽了咽口水，侧身与貌烈道："这瓦剌如此蛮荒之境，怎会寻得如此绝色？啧，恐怕咱们北安找不出一个来！"

猊烈自也是看清了那女子的美色，的确是世间难寻，不过他自是知道，这个女人可不简单，她可是将来瓦剌的第一个女王。据说她是良哈多青梅竹马的恋人，这良哈多倒也能忍，将自己心爱的女人亲手献出，国主又将其作为礼物送给太子，也不知良哈多往后被这女人鸩杀之时，心间是如何感受。

堂堂男子，没有死在沙场，却是死在榻上。

猊烈心底不由得浮起一阵讥讽之意。

大厅里已经起了一阵恭维之声，恭祝太子得了美姬。

一向沉默的李元朗也加入了恭维的行列，他笑道："父皇当年将天下第一美色纳入后宫，如今大哥也得了如此绝色，可算是一段佳话了。"

也先顿时被他的话吸引了去，一双铜铃眼瞪圆了来："可是二十年前那位西域第一美人姜姬？"

李元朗道："正是。"

也先面上不由得浮起了几分神往，叹道："听说那美人不仅美绝，身上还天生带有异香，可惜啊……竟未能一见。"

话语一出，北安众官员面色便有些难看，暗道这蛮子不懂规矩，那姜姬虽不是正经妃子，却也是明德帝的姬女，怎可如此妄议？

然而李元朗却像是没有意识到似的，笑着道："那姜姬便是咱三弟的生母，咱们三弟别的没有，那一张脸可是与他娘亲一模一样。"

"哦！"也先满面惊喜，忙朝着太子鞠身，拜个大礼，诚恳道，"不知本君能否有这个荣幸一见，以了多年夙愿？"

太子面色不变，嘴角仍含着笑，半晌，终于道："去，请广安王进来。"

李元朗立刻拜首，恭恭敬敬道："臣弟这便遣人去请。"

他忙与身边随行吩咐了一句，那随行立刻去了。

大殿内当即起了一阵不小的骚动。

对于这位地位尴尬的三皇子，在明面上，京城众官员几乎都是闭口不谈，然而私下自是颇多议论，这些时日，因着那些坊间貌若潘安的传闻，这些议论显然更多了些。

待几轮酒盏来回，李元朗的随行匆匆踏了进来，跪伏在地上。

太子李元乾已被那瓦剌丽人劝酒劝得连着几壶下肚，目色已开始发直起来，见前去通传之人已经回来，但那李元悯并不随在其后，眉头皱了皱，大着舌头问道："人呢？"

见那随行面上带着几分犹豫之色，李元乾不由得沉了脸，把酒杯重重一放："说！"

随行忙道："广安王的人说……二殿下已经安歇，不便进来。"

未等李元乾发怒，李元朗已是大声斥责："放肆！广安王久离京城，这是已不将太子殿下放在眼里了吗？"

李元乾目下沉怒，如今自己登基在即，作为准天子，怎容旁人拂逆，尤其在外国使团面前，当下拂袖大怒："遣御林军去，请不动，便押这厮进来！"

左相大人赵构在案下看得心惊肉跳，又窥了一眼自家外孙面上的阴鸷，心间更是忐忑，太子近些年渐渐转了些性子，刚愎自用，所做决议绝不容他人置喙。这会儿他多喝了点酒，盛怒之下更是连这般浅显的门道都看不出来——那广安王何许人，最是懦弱、谨小慎微，若是太子来请，惶说安歇下来，便是残了恐是也会让人抬着进来，又怎么这般拂了太子之令？

然而当众之下，他哪能当场分说，只能按捺下来，默默饮酒。

见御林军副使受命而去，李元朗露出一丝几不可见的笑容。他收回目光，蓦地对上了一双锋利的眼睛，那一瞬间，他仿佛感觉被一只蓄势待发的野兽盯上了一般，一股冰冷至脚底升起。

他惊疑不定，正待细看，那两江总制已经仰头一倒，一杯酒便进了肚子。

李元朗盯了猊烈一会儿，见他没再往这边看来了，仿佛方才只不过是自己的错觉一般。李元朗心有余悸，又生了几分不满，微微眯着眼睛，缓缓坐了下来。

不多时，一脸行色匆匆的李元悯进来了，当他踏进大殿的那一刻，原本喧闹的大殿一下子安静下来。

李元悯一下子便看见了那个位于末位的高大男子，脚步微微一滞，又继续往殿内走去，他已经没心思去想什么，看到太子那黑沉的脸面，心剧烈跳动着，一种不好的预感油然而生。

今日，御林军团团围住了客栈，二话不说便闯入他的居室一把扯他起来，恼得倪英当场拔剑，险些一场恶战，还是他好言好语与那御林军副使说了些软话，这才化了这场干戈。也来不及收拾什么，他连忙匆匆跟着御林军进宫了。

他心下不安，双手一抬，恭恭敬敬地叩地一拜："参见太子殿下。"

话音未落，一个酒盏迎面扑来，李元悯没有躲，闭着眼睛生生受了，额角一阵激痛，冰冷的酒液洒得头脸皆是。

李元悯连擦都不能擦，愈是谦卑地低伏下身子："殿下息怒！"

"息怒？"李元乾冷哼一声，"广安王好大的架子，竟连本官也叫不动了！"

李元悯暗忖随行们绝对没有糊涂到妄自推了太子命令的地步，他又是何其机敏，知道自己定是着了谁的道，只是以太子如今的性子，这会儿根本不是解释的时候，只会火上加油。

他当下诚惶诚恐，脊背越发低微："臣弟惶恐，许是下人无知，未及时通报，误了这厢……还望太子殿下轻饶。"

李元乾面色暗沉，指了指杯子。

一旁的太侍会意，随即为李元悯满上，并递上杯盏。

李元乾下巴一抬，喜怒不辨的声音传来："去与国主大人赔罪。"

李元悯接过杯子，心间一紧，以自己如今的身子，如何能喝这样的一杯？

他面上不由得带上了犹豫，心间快速过了些说辞。

倒是满脸惊艳之色的也先回过神来，哈哈一笑，抖着一身的软肉步下踏跺，亲自上前取了他手上的酒杯："赔什么罪？倒是显得本君里外不是人了！"

也先上上下下打量着李元悯，眼睛微微一眯，低声道："可算把广安王盼来了！"

一旁的李元朗闻言举杯站了起来，笑道："国主大人当真是体恤咱们广安王。"继而又对李元乾拱手，"臣弟有一建议，既是国主大人不计较，太子殿下不如做一回人情，让广安王陪同国主吃酒，也好尽了我朝的地主之谊。"

李元乾哼了一声，摆了摆手，算是同意。

左相赵构在下首冷汗直流，此举自是大大不妥，那广安王虽微末不足道，但好歹是入了牒的皇子，岂可如侍伎一般伺酒？然而太子已是双目赤红，脑袋微晃，显是醉意颇高。

其余百官更是面面相觑，自不敢在这当头说什么。

而猊烈恍若丝毫不关心大殿发生之事一般，一杯接着一杯地喝酒。

见李元乾应了，李元朗嘴角浮起笑意，当即又收了，面色略带了些严肃，看着李元悯："今次算是你走运，太子殿下与国主大人皆不与你计较，还不去侍酒？"

李元悯抬眸看了一眼李元朗，八年了，对方的样貌改变了很多，但那双时不时吐着毒芯的眼神，依旧是记忆中熟悉的样子。

他看了半晌，轻声道："是。"

他慢慢踏上踏跺，坐到了也先身边。

也先已是喝高了，毫不顾忌地瞧着他的侧脸，啧啧称奇："北安当真是……人杰地灵哪！"

李元乾笑了，搂着那瓦剌美人，目中醉意沉沉。

他凑了过去，半真半假玩笑道："可惜，这广安王不是个女子，若是，本宫便做一回人情，送于国主为妃了。"

也先一愣，目光更火热了，又瞧了一眼身边默默倒酒的人，亦是半真半假道："可惜是个男人了！"

李元悯垂着双眸，死死稳住自己颤抖的手，只当自己是个死物一般，为也先满上了酒。

他藏在袖中的手指紧紧掐住了大腿，拼命告诉自己，一定要忍。

忍不下去也要忍。

他已不是曾经那个活不下去就可以一了百了的人了，他背负了那么多人的前途命运，再难也得忍。

"砰——"

耳畔传来一个尖厉的声音，一个摇摇晃晃的身影一把推开桌案，朝着殿前走来。

猊烈红着眼睛，似喝醉酒了一般走上前，几个太侍忙下来阻止他，却被他三两下推开了来，未及太子开口斥骂，他"砰"的一声拍在也先桌上。

众人齐齐被吓了一跳。

猊烈舔着牙，打了个酒嗝："听说瓦剌第一勇士良哈多亦在此次进京的使团中……"

他像是喝醉了一般晃着身子，目光炙热地紧盯着也先："不知末将是否有幸当场切磋一二？"

李元朗心念一动，忙站起来呵斥："放肆！"

他正待喊人来拿下，也先抬了手阻止他。

满脸油光的也先上上下下扫了几眼这高大壮硕的青年，起了兴致，他早便闻听北安这名力气过人的神勇悍将，瓦剌人尚武，对着力量有着天生的至高推崇，此刻见猊烈主动提出来切磋，心间自是痒痒，当下兴致勃勃站了起来，抬手扣在胸上，朝着太子遥遥一鞠。

"本君早便听闻北安有一虎将，悍猛过人，能以一敌百，太子殿下不如给本君一个机会开开眼界，让咱们瓦剌的第一勇士良哈多与他切磋一场，如何？"

良哈多闻言一愣，忙站了起来，同样鞠了个大礼，面上带了笑："若有此等机会，当真是不胜荣幸。"

李元乾见二人如此热情，自不好拂了他们的意愿，不满地瞧了猊烈一眼："既是国主这般说，便遂了你的愿。不过切磋而已，点到即止便可，切不可鲁莽。"

猊烈拜首称是。

他的目光似是无意一般掠过也先身边之人，面上仍自无异，展臂朝着良哈多一举，做邀约状："请！"

良哈多朗声一笑，顺势站了起来，嘴角渐渐放了下来："猊将军可得手下留情啊。"

猊烈眼睛微微眯了起来。

两者皆是一等一的好手，这场交战自是不比平时武斗。但见二人骁勇，打得不分上下，叫人看得热血上头，心间各为几方暗暗拧了一把劲。

旁人只看得出来二人打得胶着，然而处在当中的良哈多却是心惊不已，他虽不至于落了下风，却也全然无法压制住对方半分，如此僵持的局面倒像是对方故意掌控似的。

看着对方面上的好整以暇，相比起自己的全力以赴才有的轻松之意，良哈多越发心惊肉跳，觉得对方的气力若沧海一般，探不到底处。

在心焦之际，对方突然露出了一个破绽，良哈多自是毫不留情攻了过去，那瞬间，他脑中蓦地一震，心道不好，然而已经来不及了。

伴随着一声沉重的皮肉击打之声，良哈多闷哼一声，身体骤然飞了出去，听得"砰"的一声，那健硕的身子重重地砸在也先的桌案上，迸溅一地的狼藉，即便也先闪躲得及时，也被洒得一身的汤汤水水。

李元悯呼吸一滞，抬起头，大殿中，那个高大的男人目色血红，沉重地呼吸着，一双利目亦是深深地看着他。李元悯心间一凛，可下一瞬，男人已经移开了目光。

随行太侍满脸惶恐地拿来几方巾帕，为也先掸去身上的脏污。

太子面色黑沉，原本他见着麾下的大将如此神勇，在瓦剌人面前大大挣了脸面，心间快意，然没高兴多久，又遭了他这么不知轻重的一出，自是心头火起。

下首的左相大人生怕自家外孙酒后失仪，更怕再惹出什么事来传到陛下耳中，不等太子发难，当即对猊烈大声呵斥道："下手怎如此不分轻重，还不快快向国主大人请罪？"

猊烈收了势，忙上前朝着也先俯身一拜："末将多吃了几口黄汤，下手失了力道，还望国主大人见谅。"

也先酒醒了不少，看着周身的狼藉，满腹气闷，恨不得当场发难。然而手下大将这般轻易被击败，他若是放下脸，未免显得输不起，当下按捺下怒意，面上带了笑："武人切磋，自有胜负，有何可怪？"

猊烈状似大为感激，俯下身去："多谢国主大人体谅。"

也先咬了咬牙，紧紧攥紧了拳头，暗自瞪了一眼地上揉按胸口的良哈多，心下沉怒。

因着这场风波，太子也无继续的雅兴，只命人好生安置瓦剌使团，便先行下去换洗安歇。

大殿内的众人也便相互拜别，各自分头而去。

然而李元悯却是撇开了众人，步履匆匆，夜风吹拂其上，一身的冰凉，可他的心里是热的，仿佛这深夜也如三月春光一般。他站在闸门不远处，远远望见城门，面上充满了难以形容的神采。他想，一定要见见猊烈，一定要见上一面，正欲一路小跑出去，身后传来一阵匆匆忙忙的脚步声。

"三殿下！三殿下！"

李元悯回过头，看到一个年老的太侍上气不接下气地跑了上来。

他跑到李元悯面前喘了几口气，而后微微一躬身，面上恢复了平静："三殿下，陛下有请。"

李元悯面上的笑意一点一点地冷了下去。

道乾殿内，安静得连一根针落在地上都能听得见。

李元悯已经跪在那儿许久，双膝早已麻木，然而他敛眉垂眸，不敢挪动半分。他已经许久未这般跪过了，浑身僵痛，心间更是像担负了重山一般喘不过气来。

明黄的帷帐依旧静静垂着，两侧宫人纹丝不动候在那里，与木俑无异，给这静谧的空气平添了几分压抑。

许久了，里头响起窸窸窣窣的声音，伴随着一阵微热的龙涎香气，帷帐撩开了来，一个明黄色的身影从里面走了出来。李元悯更是将脑袋低低地叩伏下去，薄薄的肩胛骨垂着，显得卑微而顺从。

脚步声由远及近，停在了李元悯的前方。他的心跳动得越发快了，重重地吞咽了一下喉头："父皇。"

"抬起头来。"

明德帝淡淡的话语没有分毫记忆中嫌恶的口吻，李元悯心下愈是慌乱，只行了大礼，而后立起身来。

明德帝已是瘦得形销骨立，乍看上去一派日薄西山之感，他握拳支在唇边重重地咳嗽了一声。

太侍很快替他端来茶盏，明德帝喝了一口，将茶盏递给那太侍，干哑的声音不辨喜怒："带着其余人等都下去。"

太侍心领神会，忙朝着左右使了使眼色，那两个宫人便跟着出去了。

李元悯双目微微垂着，这是他自有记忆以来，第一次离他这位生身父亲这样近，却令他无端感受到了一股酷寒之气。

明德帝踱了几步，步履很是缓慢，这让他看上去与民间老叟无异，他轻声说道："方才在殿上发生的一切朕皆已听说了，你受委屈了。"

李元悯听得心惊，拱着手，赔笑道："皆因元悯上不得台面的缘故，怪不得太子。"

明德帝面上显出一丝厌恶，咬了咬牙，缓缓背过身，走到一旁的座几边，吃力地坐了下去，然后将袖中的一本密函丢在地上。

"看看。"

李元悯忙拾起瞧了，上面没有落款，只有一行小字——

二皇子，刺杀未果。

李元悯心间一跳，只做不懂状，讷讷道："儿臣愚钝，不知这是何意……这二皇兄要刺杀谁？"

明德帝讥讽地看了他一眼。

李元悯只觉得浑身发凉："进京之时儿臣确是遇到一场截杀，险些……原来……原来竟是二皇兄！"

此事他早有几番猜测，自然也是怀疑过李元朗的，只是一时没有证据而已，不想，竟是在这深宫里知晓了背后的主谋。

他不敢细思明德帝缘何告知他，只咬着唇，低泣道："可二皇兄为何要做出这等事情？儿臣……儿臣并未得罪他……"

明德帝唇边讥诮愈盛，重重地咳嗽了一声，像是嫌恶似的，挥了挥袖子，说："放心，朕自会替你主持公道。"

他抽走了李元悯手上的密函，便是这般的动作，又引得他咳嗽好些次。半晌后，他干哑着喉咙说："朕会让他付出代价。"

李元悯听得心惊肉跳，几乎瞬间明白了缘由，但也只能咽了咽口水，道："二皇兄不过一时想岔了……许是其间有误会，待儿臣与他解释一二……"

"错了便是错了！"明德帝已经没有了耐性，阻断了李元悯的话。

他微微眯了眼睛，沉声道："往后，他断不会再出现在京城。朕替你做了主张，你要如何报答朕？"

他话锋一转，逼近李元悯，目中幽深："嗯？"

李元悯抬起头，怔怔地望着明德帝。

——李元朗视他如眼中钉肉中刺，费尽心机除他，可没想到，自己与他一般，早已被这上首之人摒除了一切触及皇位的可能性。

可是，这些他根本便不想要，却也依旧要被逼上一条绝路。

两次，竟皆是如此。

他深深吸了一口气，闭了闭眼睛，说："儿臣不明白。"

明德帝皱了皱眉，觉得眼前之人好像一下子不一样了，这样的眼神看得他很是不适，竟让他生了几分心虚。他心下沉怒，咬牙压低了声音："有何不明白？朕已宽宏大量留了你这孽障二十余载的性命！早在当初你本该化为一抔黄土，而不是如此胆大妄为地对朕说话，你还有何不明白？！"

话毕，明德帝似是累极，气喘吁吁地直起身来，目中越发阴寒。

李元悯重重地磕了一个头："儿臣在此立下重誓，无论日后如何情形，此生不踏入京城半步。"

"誓言没用。"明德帝幽幽看了他一眼，如同看待一件死物一般。

李元悯握紧了拳头，黑沉的潮水吞没了他。

再次出宫，月上正中，夜色已深。

清冷的大街上空无一人，李元悯步行在其间。他低头看了看自己藩王服制，眉头皱了皱，旁若无人般地将外衫给除了，黑靴上似也沾了污渍，他心间烦恶，俯身摘了，与外衫团在一起，丢到远远的地方。

看着干干净净的小衣，他心里才舒坦起来，就这般摇摇晃晃地行走在空寂的青石板道上。

有时他会走得快一点，双手有节奏地轻轻地打在腿侧，像个放课的孩童一般，有时他又放缓了脚步，用雪白的赤足丈量着地上的青石板，一寸又一寸。

"月儿弯……月儿弯……阿爹带儿采菱忙……"

他在低声吟唱，唱的是一首岭南父慈子孝的童谣，他的声音飘忽，像一缕捉摸不住的轻烟，断断续续在这清冷的夜色里浮动。

然而他耳边却是响起一个嘶哑苍老的声音——

"有司马家在，朕怎可安心？"

"广安王府上下数千人命……你好自为之！"

那人信奉佛道，不会亲手弑子，否则当初亦不会在空远大师劝说下留下李元恻的性命。而今，自然也要李元恻自我了结，免得污了他自己的手，损了修德，妨碍他死后灭度登仙。

李元朗刺杀失败，恐怕更加遗憾的是他吧。

天下啊，天下之大，竟无一处可以容身的地方。

原来两次机会，他李元恻依旧逃不脱自我结束的宿命。

许久了，游荡的人突然停了下来，他蹲在一处墙角，那里有一道暗渠，污水打湿了渠壁，四处脏污。然而他直接跪了下去，身子往下探，许久后，他终于立起身来，怀里抱着一只湿漉脏污的小狸猫。

他将它紧紧抱在怀里，小狸猫低低地喵呜了一声，他看了它很久，轻轻叹息着，靠在墙上慢慢滑下，而后盘腿坐了下来。

"你爹娘呢？"李元恻问着同样寂寞的猫儿。

他伸出手指，一点一点地顺着它的毛，他像个不知道脏的孩子一般，用脸蹭了蹭它，而后紧紧将它抱在了怀里。

李元恻回到了客栈时，倪英早已急得不行，她含着泪，指挥着众人分头找寻。随着一个随行的惊呼之声，她回头看见了抱着猫的李元恻，当下急匆匆迎了上来，惊疑地看着他浑身的狼藉。

李元恻却笑了笑，轻声道："我没事。"

他往前走了几步，又回过头来："遣人去猊参领那儿一趟……说是我有要事相告。"

猊烈来的时候，客栈的灯烛已渐渐熄了，月色浸满了人间，温温吞吞地笼上一层朦胧。

猊烈上了楼才发现李元悯正高高地坐在屋顶上，独自饮酒，他看了看那陡斜的高度，不由得皱了皱眉。

远处之人看见了他，居然挥手笑了笑："你上来。"

猊烈喉结动了动，提气翻身上了屋顶。

夜风猎猎，吹得衣角飞扬，哗哗作响，李元悯给他挪了个位置，自顾自喝了口，突然道："曹纲说，你是个好皇帝。"

猊烈一怔，仔细看着李元悯的双目，然而在那双漆黑的瞳仁中，他没有看到任何东西，只是亮晶晶地映了些月色。

李元悯丢给他一酒瓶，又道："今晚，谢谢你了。"

猊烈不知为何，心下一颤，有些难言的不安。

眼前之人不再说话，径直躺了下来，叹了口气，闭上了眼睛。

猊烈以为他睡着了，却听得他的声音又轻轻地传了过来。

"阿英……我教养得不好，野小子似的，不过在岭南的这些年，广安王府上上下下都很疼爱她，她合该是开心的。"

猊烈焉能听不出他的言下之意，见他还能使这些小心思，当下安心不少，说道："放心，往后有我在，谁都欺压不到广安王府的头上。"

得到了猊烈允诺的李元悯面上顿时有了亮色："真的？"

"真的。"猊烈声音不自觉软了下来，轻咳了声，"今日之事……往后也不会再发生。"

李元悯笑了。

猊烈心间一动，只觉得许久都未曾见过他这样柔和地笑了，不知缘何，一股后知后觉的痛弥漫上心尖。

眼见夜色愈深，李元悯吸了吸鼻子，笑道："你明日还有事情吧，别耽搁在这儿了。"

他闭上了眼："便让我一人独享一下这般月色吧。"

猊烈皱了皱眉，他这副呼之即来挥之即去的模样叫人心间生闷。猊烈径直起了身，回头看了一眼，当即翻身下了楼。

随从已经在门口候着了，猊烈翻上马背，再遥遥看了一眼那高耸的屋顶，那人已经变成了小小的一点。他收回目光，缰绳一扯，便往营地而去。

刚上马没多久，猊烈心间那点不适越发扩张起来，像是胸口堵了一层棉花似的。他加快了速度，却分毫都无法将内心闷堵之感散去，他心间突然一痛。

"吁——"

马儿骤然被掣住缰绳，前足高高抬起。

猊烈捂住心口，面上恐怖阴寒。

跟随身后的随从被他吓了一跳，亦是策马停了下来。

猊烈厉声问道："宫中可有何消息？"

"没……"那随从眉头一拧，想到什么，小心翼翼道，"只是陛下召了三殿下侍疾，不过三殿下很快便出来了……"

话音未落，猊烈早已调转马头，飞速回头去了。

客栈的烛火都已经熄灭了，猊烈匆匆飞身上楼，往方才的屋顶一瞧，那人不见了。

猊烈的心剧烈跳动起来，又回去李元恨的住处找了一通，不见任何影子。

猊烈正欲出门，余光瞥见桌上一张用镇纸压着的泛黄信笺，在月色下发着冷光。他三步并作两步上前，看到上面有几个还没有干透的苍劲小字：

尸身火化，骨灰撒入沧江，切记。

他心间已是惊骇难当，骤然推开门，还没来得及喊人搜寻，就见对面更高的一重屋顶上，一个人影晃晃悠悠漫步其间。

猊烈脑袋一下子空白，想都没想，骤然踏上栏杆，翻身上屋顶，如虎豹暴起般向那人奔去。

瓦片被踩得碎裂开来，向四处迸溅，猊烈两遭都没有感受过的惊恐像铁锁一般死死扼住了他的咽喉，他连叫都叫不出来，只拼命追了过去。

李元恨回过身，看见一个黑影飞速而来。他没有血色的脸上很是冷静，转身跌跌撞撞向檐角跑去。

剧烈的风吹散了他的乌发，他浑然不顾，如翩然的鸟儿一般向那制高点奔去。

"不——"猊烈赤目欲裂，发出了一声几乎像是野兽一般的嘶吼。

他眼睁睁瞧着那人决然地爬上檐角，而后展开双臂，像鸟儿张开翅膀一般，毫不犹豫地跳了下去。

猊烈惨烈地叫了一声，健硕的身体暴起，扑了过去，但只来得及捉住李元悯的衣角，刺啦一声，李元悯的身体向下坠去。

猊烈霎时抽出腰带，往前一甩，那腰带一下子卷在了李元悯细白的手腕上，猊烈也被巨大的冲劲带倒了，身子向下滑去。

他死死咬着牙，拳头一砸，居然赤手空拳在那光滑的檐壁上打出一个洞来。他鹰爪似的大掌紧紧抠住洞口，锋利的瓦片割破了他的手，血漫了出来，但总算稳住了下滑的态势，他浑然不知痛一般，只紧紧盯着腰带另一头的被束缚着悬在半空中的人。

李元悯面目平和，看着猊烈通红的眼睛，却把手伸向那只被缠住的手。

猊烈眼睛滴血一般，惊恐地大喝："不许动！"

他紧紧盯着李元悯的动作，连呼吸都停住了，碎片纷纷落下，在地上砸成碎片，他断没有再比这会儿更恐惧的时候。

李元悯凄清地笑了笑："痴子，做你想做的事情吧，别被我拖累了。"

话毕，他怔怔地抓住了腕上的腰带，一点一点扯开。

猊烈吼道："李元悯！你胆敢死！"

他的眼睛已经被血丝浸染得如同野兽。

"若你死了！我便会率铁骑踏入岭南，杀光你辖境内的所有百姓！还有你的广安王府！通通杀光！我会告诉他们！他们得了如今的一切，全是因为你李元悯！都是因为你！"

李元悯手微微一顿，凄惨地笑了笑："你不会……"

"我一定会！"猊烈声音骇沉如阎罗，"李元悯，你不知道我疯起来是什么样子！你永远都不会知道我疯起来是什么样子！"

他咬着牙，像是威胁，又像是哀求："别叫我发疯！李元悯……你别叫我发疯……”

他掌中的血一点一点顺着手臂流下来，湿透了他的袖子，可断断不如心间撕裂般的痛苦。

他拼尽全力吼道：“李元悯！”

夜风吹过，李元悯的乌发漫天飞舞，悬在半空中的身体摇晃着，像是断了翅膀的鸟儿一般。

客栈里陆陆续续亮起了光，随着一阵慌乱的响动，倪英也翻身上了屋顶，抓着檐角急急爬了过去，往下探着身，当看清那个摇摇晃晃的身影后，她哭叫一声：“殿下哥哥！您不要阿英了吗？”

她无助极了，只能跪在那里使劲磕头，号啕大哭：“求您不要丢下阿英！不要丢下阿英！”

李元悯闭上了眼睛，大颗大颗的眼泪沿着眼角落了下来。

猊烈趁着这个空隙，猛喝一声，重重地将腰带往上一扯，那纤细的人影腾空而起。等将人揽在怀里，猊烈死死一把抱住了他。

第十九章 ◆

在那无限光明中，李元恸闭上了眼睛。

曹纲趁着夜色悄无声息地进了街西的客栈，待踏入一间厢房，那儿已经有人在等着了。

高大健硕的男人回过头来时，曹纲看见了他包扎得严严实实的左掌，掌心隐隐透着些暗沉的血迹出来。

这位天赋异禀的男人何其骁勇，怎会有被人伤了的时候？曹纲心下一急，忙上前几步："大人，您……"

"无事。"猊烈摆了摆手，移开话头，"有件事你现在必须去办。"

曹纲见他神色慎重，忙靠近上来。

猊烈低语几句。

曹纲面上大惊："王喜？！"

猊烈点点头，目中幽深："这事儿你务必尽早落实，阻了龙榻上那老儿的耳目，他时日无多，务必拖住！"

王喜是他们安插在宫中的重要一环，曹纲不知为何这般早启用。见猊烈眼睛微微一眯，曹纲神色一凛，忙郑重拜首。

他又瞧了瞧猊烈的神色，小心翼翼道："大人，您何时回驿使馆？"

猊烈道："不急。"他睨了一眼曹纲，"若有要事，以烟信相告，我自会前去。"

曹纲看了看他，终究没有说什么，只郑重拜别。

猊烈拐进内室，里头躺着一个睡着了的人。从救下这人的那一刻起，猊烈哪里都没有去，他利目里已经布满了红血丝，都不敢合眼，只如一只猛兽一般牢牢盯着李元恸。

那种心脏险些被撕碎的剧痛尚有余悸，蚀骨的恐惧像是刻在了猊烈的骨子里，叫他一刻都不敢闭上眼睛。

天渐渐亮了，东方露出了鱼肚白，清冷的晨光穿过窗棂透了进来，屋内的一切蒙上了一层光晕。

李元悯睁开了眼睛，却是对上了一双通红的眼睛。

“别怕……”眼前人咬牙切齿说，“我有法子！任谁也迫不得你！”他重重捏了捏李元悯的手腕，“别怕！”

李元悯失神的面上终于有了动静，苍白的唇翕动着，想说什么，却是急促地呼吸了几下，像是受了莫大委屈的孩子，终于号啕哭了起来。他哭得上气不接下气，哭得胸腔窒息了一般，哭得颊边的乌发都湿透了。

他抓着猊烈的手，纵容自己这样狼狈地疯了一般哭起来。

天际烧起了红云，漫天的金色，很快，赤日以不可阻挡之势冲破了重重障碍，将天地间所有的暗沉撕裂开。

大地，彻底亮了。

这两日里，李元悯没有见过任何人，除了猊烈。

外头云谲波诡，然而客栈内却是如同静谧的孤岛一般。

猊烈自顾自脱去了鞋履，睡在床榻边的一张短榻上。

李元悯垂着双眸，看到了他被打湿些许的绷带，目色闪了闪，又闭上了眼睛。

也不知过了多久，猊烈都快迷糊起来了，榻上的人动了动，坐了起来。猊烈一下睡意全无，又见他下了床，忙跟上前去，但见那人披着乌发赤着足，在雕花浮纹的柜里翻着些什么，半晌，他手中多了些白布及金创药。

猊烈显然明白了他的意图，心间生了些暖意，一下子便将自己受伤的左掌递了过去。

李元悯微微一滞，却也抬起手，将那条被水沾湿的布条取下。

猊烈伤口复原得甚快，两日的工夫便已经结起了厚厚的痂。见李元悯看了他一眼，猊烈忙道：“还疼着，得上点药。”

他摸了摸鼻子，竟有些赧色。

李元悯垂下双眸，像听信了他似的，为他伤口撒上药粉，扯过干净的白布替他细细包扎着。

猊烈看着李元悯专注而认真的模样，不知何故，喉间有些发热。

李元悯带着些暗哑的声音传来：“明日，你该回去了。”

猊烈没有说话。

李元悯叹了一口气，道：“你不该耽搁在这儿。”

猊烈支起身，见李元悯神色波动，只以为他仍在忧心，喉结动了动，道：“宫中那位，你不必担心。没有人能让你死。”

李元悯听了，却是低下了头。

夜色温柔，月光倾泻进来，帷帐上落下不少的浅白光影，房内无端地起了一片安宁。

外头的打更声远远地传来，一声又一声，仿佛隔岸烟火一般朦胧。

许久了，在静默中的李元悯终于抬起了头，看着眼前的男人。

“你还是阿烈。”他深深吸了一口气，“是吗？”

猊烈目中幽深，隔了很久才回道：“我告诉过你，我可以容你在我这儿胡来，但断然容不得你半分的假惺惺。今天，爷还是这句话。”

李元悯听罢，心间一颤，他始终是那个赤虎王，他永远都是那只敏锐无比的猛兽，洞悉人心，所有内心中的蝇营狗苟在他面前皆无所遁形。

李元悯有着被看穿的羞愧，然而一股破釜沉舟的野心突然升腾，叫他身上热了起来，心脏剧烈地跳动着。他想，唯有这个机会了，他要赌！押一场他最大的豪赌！

他心下一狠，蓦地对上猊烈的眼睛，说道：“我要你助我上位！”

空气中一片寂静。

李元悯紧紧盯着猊烈，胸膛起伏着，这场命运的豪赌终于下了注。

许久许久，李元悯都没有听到对方的回答，他的心渐渐冷了下来。

这时猊烈突然笑了，他眉目很冷厉，这样的笑软化了几分他的厉色，令他英朗的脸多了几分柔软：“好，我助你李元悯上位。”

这个结果顺利得令李元悯意外，叫他一时愣住了。

猊烈仿佛不过答应了一个小要求一般，面上的凝重尽去。

李元悯不知为何，居然有些无措：“你……”

狠烈却是长叹一口气。

"没承想我狠烈也有甘心替人卖命的一天，当真是……"他自嘲地轻声笑了笑，"希望这辈子不会落得个飞鸟尽良弓藏的下场。"

瞬间，李元悯突然红了眼眶。

他突然意识到，他们本就是一个人。

剥离了层层外壳，他们本质上都是同一个人——都是那个他熟悉的灵魂。

夜色中，李元悯酝酿了许多的话，可最终，却只是吐出了两个字："多谢。"

初武廿九年二月廿三，瓦剌国主也先暴毙于北安都城，朝野震惊。

当夜，京城戒严，太子命刑部官员协同都察院左右都御史彻夜严查。连着两日，御林军都在四处拿人，一时间，京城风声鹤唳。

也先是死在榻上的，死的时候身边还有两个女人，此二女乃太子府歌姬，在宴席时被也先瞧上了，太子自然顺水推舟，当夜便送到了他榻上，没承想便是此举催了他的命。

两位歌姬自然第一个被拿下，严刑拷打之下供出当晚有一宫人进献了一碗海马汤。

后经件作查验，也先死于五脉爆裂，究其根源便是因为这碗海马汤。海马汤本就有温肾壮阳的功用，当中竟又加入淫羊藿、巴戟等催阳之烈剂，也先沉湎酒色多年，内里早已亏空，还一直都有服用兴阳益精的五龙丹的习惯，在夜御二女之时，又进服了这般虎狼之药，机体自是经受不住，当场七窍流血，暴毙而亡。

都察院左都御史忙连夜下令逮捕那宫人，可未及捉拿，那宫人便已吞服剧毒而亡。

瓦剌国主这般不光彩地死在宫中，又与内廷宫人有关，此案自是不能善终，瓦剌使团上下更是义愤填膺，怒势汹汹皆言要讨回公道。

值此多事之秋，为了息事宁人，太子便找了个无关紧要的人出来顶罪。

然而瓦剌使团岂是那般好糊弄的？到了第三日，瓦剌大将良哈多率人一举冲进了重兵把守的大境寺，将也先的尸身抢了回来自行收殓，当夜扶着也先的灵柩回了瓦剌都城。

晚春时节，一层阴云笼罩在京城上空。

驿使馆内，灯火通明，猊烈提笔落下几字。

曹纲急匆匆从外头进来，他本是处变不惊之人，此次面上却是难得的慌乱，一踏入厅内便反手将门关了。

猊烈眄了他一眼，利目微微一眯，当下便知他所为何来："镇北侯府出了什么情况？"

曹纲叹服猊烈的机敏，敛眉道："果如大人所料，前几日，司马父子换了梽州的大将符严。"

气氛瞬间凝固起来。

曹纲原以为猊烈会大为震惊，却不想他只是长长吁了一口气，唇边浮起一丝不明意味的笑来。

"看来，这司马父子中至少有一人与我们一般恢复记忆了。"

曹纲面上微微紧绷了起来："大人，那咱们下一步……"

"按兵不动。"

曹纲心间不由得浮起焦急。

猊烈将笔丢在案上，眼中灼灼："一件事如果晓得真相，那便不算最坏的情况，最差的是发生了，但我们一无所知。"他磋磨着指尖，问曹纲，"如果你是司马父子，会当如何？"

曹纲沉默半晌，说道："斩草除根。"

猊烈朗声一笑，目中阴寒："那倒要看看司马家有无这个本事了。"

他慢慢合上双目，片刻工夫，骤然睁开，心间有了决断。他提起笔，匆匆往上头写了几行字，随手将信封蜡，递给曹纲："此秘笺送去给谢老将军，父亲之事请他准备翻案。"

倪焱当年之事谢老将军已找到新的证据，他本想面呈明德帝推翻当年旧案，然而被猊烈阻止了，只让他先搁置着。

猊烈自是没指望明德帝能承认冤杀忠将，否则彼时也不必等到他夺了天下，才得以为父亲平反。

念及那一场动荡，猊烈冷笑一声，与曹纲耳语几句，曹纲领命。

猊烈脸色稍缓，移开了话头："良哈多出城了？"

曹纲道："良哈多一行扶着也先的灵柩出了玉门关，据说半途还哭晕了过去。"

猊烈唇边浮起讥笑："这良哈多打仗尚可，演戏倒也是好手。"

彼时到底还是小瞧了他，才导致当年打了三年的仗，如今复盘起来，发现有诸多疑点，追随着线索几番探察，原来，这厮的爪牙竟已伸到了北安皇宫大内，难怪当年瓦剌、鞑靼大军居然不费吹灰之力，便连攻下凉州、陕北、肃宁三地，险些破了京城。

曹纲询问道："良哈多安插在内廷的那人怎么办？"

猊烈摆摆手："不必着急，既是他的棋子，那便放着好了，总归我们知道他的底细，便不急着对付。"

顿了顿，他利目微微一眯："如今这形势自是越乱越好，有他们的牵制，司马家到底忌惮着我们几分。"

曹纲明白猊烈的用意，心间总算放松了几分："大人英明。"

猊烈用指头叩了两下桌案，吩咐道："与王喜说上一声，切要保全良哈多那棋子，万不可叫旁人拔除了去。"

"属下明白。"

瓦剌国主也先暴毙的消息很快便传到了李元悯耳中，他并没有多少惊讶，只是应了一声，便让随行去了。他展开手上的一张字条，上面是猊烈的字，他上下扫了扫，便丢到一旁的炉子里烧了。

门口"吱呀"一声，倪英进来了，给李元悯送来了早膳。

不知道是不是猊烈跟倪英说过什么，那一夜过后，倪英仿佛像没有发生过任何事情一般，如同往常那般待李元悯。

李元悯见倪英这副样子，酸涩难当，却也只能如她一般当作什么事也没有发生过。

他想，无论如何，他都得为他们、为自己一搏。

用了早膳，他打起精神来，提笔写了几个字，这几个字，彼时他亦写过，送给了一位他原本以为的知己。

高山复流水，万仞独见君。

李元悯坐在床榻边良久，一抹冷笑渐渐浮了上来。最终，他叫来了倪英，说道："将这封信送去镇北侯府。"

绕过曲曲折折的廊桥，李元悯来到一处竹林。竹荫环绕中，一间偌大的古朴小院掩映其中，门口有一匾额，提着"瀚海"二字。这是镇北侯府的藏书库，藏书量除了大内，北安朝无人可比。

彼时，司马昱常常带着李元悯来到此处，一待便是半日，那些时光是李元悯难得度过的几分安生日子。

李元悯看了那小院前摇曳的竹林半晌，终于提脚走了进去。

穿过门，进入厅内，看到一个长身玉立的背影。

听得响动，司马昱转了过来。

司马昱端的是玉树临风的好架子，即便是以如今的心境，李元悯也不得不承认，眼前人的风采确实当得起明德帝朱笔御批的"芝兰玉树"四个字，他是那样的光彩夺目，光是站在那儿，便叫人忍不住将目光汇聚在他身上。

此刻，李元悯内心极平和。

司马昱用狭长的凤目看了他许久，终于大步走了上来。

"阿悯。"

香炉上的青烟缭绕，渐渐销蚀于虚无，徒留下淡雅的清气，李元悯几不可闻地吐了一口气："好久不见，元若。"

司马昱看了他许久，凤目微垂："你如何知晓的？"

李元悯别开那忍不住泛起冷光的眼睛，说道："我为了活计改变了我的人生，你自然也是，既然改变了，那终究是有迹可循。"

司马昱闻言闭上了眼睛，叹了一口气，柔声哄慰一般："过去皆是我轻敌，才让你得了那一场结局，可既然上天重新给我们一次机会，那这辈子，阿悯，我们好好重新过。"

"怎么重新过？"这样的话似是触了李元悯的逆鳞，他凄惨地笑了笑，自怨自艾似的说，"我何苦要来找你？我何苦来找你？"

他气狠了似的往外走，可终究还是停下了脚步，身体晃了晃，支撑不住似的，扶住了一旁的案几。

"阿悯，你只能找我，旁人帮不了你。"司马昱喉结动了动，英俊的面上光芒渐盛，"但我向你保证，那样的结局定不会再发生。"

李元悯垂下了头，这让他看起来有了几丝脆弱。

司马昱正要说什么时，他抬起了头，问道："太子宴请瓦剌那晚，是你吗？"

司马昱自是意识到他问话的意图，目中闪过一丝阴鸷，喉结滚动："那种关头……我只能忍。"

李元悯轻声道："可赤虎王忍不了。"

司马昱面上隐隐有几分怒意，但强自忍耐下来："他不是赤虎王。"

李元悯几不可闻地叹了一口气："你怎么就这般笃定他不是赤虎王？"

司马昱笑了笑，想起了那个酷厉肃杀的男人，眼中满是阴鸷，说道："我原也存着疑虑，可阿悯，那天宴席中，那种情况下，他那般鲁莽地替你出头……若他是赤虎王，绝对不会那样做。"

那种场合，纵然司马昱这等身份，也断断不能贸然出头，顶着当场惹怒太子的风险为他解困，更不用说区区一个两江总制。

那只凶兽最没有人性，奸同鬼蜮，狠辣诡谲，又岂会如此！

李元悯听了，面无表情，只是看了司马昱很久很久，眼中似有一片浩渺烟波，叫人看不清深处。

最终，他长叹一口气："对，他的确不是赤虎王。我将他自小带在身边，亲自教养，如今，他只认我一人，即便他转投太子麾下，可他也只会认我一人。"

他顿了顿，继续说道："毕竟，我再也不要重复以前的命运了！"

司马昱目光一冷，一把抓住李元悯的肩膀，说道："你做得好，驯化了这只猛兽，往后这天下便是我们的掌中之物。"

李元悯极其艰难地咽了喉间的腥味，顺从地任他抓着，面上露出了脆弱的神色："希望吧。"

司马昱一怔，叹了口气，声音低沉下来："会的！阿悯，你不知道我看见你的尸首的时候心有多痛，你怎么下得了手？怎么下得了手？！好在上天垂怜我们，给了我们这样机会，阿悯，如今我来了，往后你可以松一口气了。"

李元悯听罢，垂下了头，不叫人看见他脸上的一丝表情。

两日后，北安内廷变天。

卧病多日的明德帝龙颜空前大怒，撑着病体亲自写下废太子的诏书。

这一变故来得猝不及防，未等左相大人赵构携数位大臣亲自入宫劝勉，御林军已团团包围东宫，将太子软禁起来。

第三日清晨，明德帝的寝宫前跪了大片的官员，劝勉哭谏之声此起彼伏。

然而这些似乎没能够动摇明德帝的坚决。

午后，一道急诏更是震动朝野——太子李元乾的名字从皇家玉牒中除去，即日贬为白身。

当夜，太子生母赵淑妃悬梁自尽。

然而，第一个发现赵淑妃的宫人却见对方口唇青紫，圆目怒睁，绝非悬梁之状，可未及御医到场，赵淑妃的尸身便被盛怒的明德帝以自戕伤中宫祥和之气、徒增帝王业障为由，焚烧尸身用以警示众人。

一时间，京城风声鹤唳。

外头风雨飘摇，然而镇北侯府的书院内却是一片平静祥和，雅致古朴的书房内的香炉上飘起阵阵青烟，渐渐消逝于虚无，徒留淡淡的清香萦绕四处。

李元悯穿着一身月白的文士衣袍，没有盘发，只用一根木簪子束着，越发清雅出尘。他垂着眸，颇有兴味地翻阅着手上那本《虎吟经》。

司马昱坐在其侧，手中同样也有一册书，然而他注意力并不在书中，而是不时用余光观察着身边之人，许久，他唇边浮起一丝笑意。

李元悯似有所察觉，抬起头来，对上他温和的目光，不由得一愣，也笑了笑。

一切，恍若彼时的光景。

司马昱心间一动，合上书本，笑道："算起来此书你看了不下五遍。"

李元恻闻言笑了笑："这孤本难得，确实值得一品再品。"

司马昱目色一动，道："既是你喜欢，那便送给你了。"

李元恻受宠若惊："这如何使得。"

司马昱笑了，目色温柔："如何不使得？"

他声音低沉下来："阿恻，很多事情是我对不起你，而今……区区一本经书，又算得了什么？"

他不再往下说，恰当地停留在一种欲说还休里。

司马昱总有这样的本事，他看着人的时候，总是一片温煦，从不会让人觉得不舒服。

李元恻垂了眸，将书本收起来，嘴边浮起淡淡的笑意："那我便占你这个便宜了。"

他妥当放置好，似是随意开口："太子究竟怎么回事？"

司马昱面上的笑渐渐收了。

李元恻"啊"了一声，一副颇为识相的样子："是我逾越了。"

"有何逾越？"司马昱立刻道，"我们之间不必说这些。"

他将手上的书卷丢在案上，嘴角浮起一丝不易察觉的冷笑："赵淑妃宫内设有暗室，被搜出了足足十箱书信，往来的对象乃一个闺阁时期便有交集的男人……巡防营副都督杜岩，这二十余年的巡防生涯，端的是监守自盗啊。"

他垂下双眸，掩住了眸中的光芒："陛下龙颜大怒……自是与太子身世不纯有关。"

李元恻大抵知道了这一桩公案，只是内里实情究竟如何，那便不得而知了。他不再继续问，只看了看外头，转移话头道："天色已晚，我得回去了。"

还未起身，他想到了什么似的，说："我想让你帮我保太子麾下一人，毕竟八年的心血，我不想白费。"

司马昱早已经知道李元恻会提起这桩，见他这般坦诚反而是心安下来，温和一笑："但说无妨。"

片刻后，门口的光影暗了暗，一个高大健硕的人影走了进来。

狨烈恭顺拜首："殿下。"

李元悯抬手示意，狨烈利目一转，放在了司马昱那张微微僵硬的脸上。他像是没发觉司马昱的异色一般，恭敬拜道："见过小侯爷。"

纵然已有心理准备，但司马昱的面色不免还是暗沉了几分，念及彼时的屈辱，司马昱恨不得当场命人拿下他，让他受千刀万剐之刑，方能解心头之恨。

不过此刻不能，大变在即，云谲波诡，内有太子一党蠢蠢欲动，外有瓦剌鞑靼大军即将挥师南下，如此水深火热之境地，但凭镇北侯府麾下的兵马，断断不能稳住这局面。

他恢复记忆的这个节点太过仓促，导致他如今不能轻举妄动，若他能有李元悯的八年，岂有这只凶兽活命的机会？

办大事者不拘小节，这彼时的残暴人屠被摘除了一身反骨后，却也是一把劈天断地的利器，不如先为自己所用。

只要定了天下……后面的日子还长着呢。

许是狨烈面上少了那道吓人的刀疤，又或者是方才那种绝无可能在赤虎王身上出现的恭顺，司马昱倒是迅速镇定下来，面上带了温煦的笑容。

"原是两江三省的狨总制，久仰大名！"

日头渐渐偏移，红霞满天。

竹影摇曳，几许清风拂过，书童疲倦地候在外头，却不敢有一丝懈怠。书房内进了一趟又一趟的热茶，时不时传来一阵朗笑，屋内三人显然是谈兴颇高。

眼见时候不早了，李元悯携狨烈与司马昱道别。

二人回到了客栈，一前一后进了大门。待闲人尽去，狨烈嗤笑道："司马昱不过如此。"

"不，你了解他。"李元悯目色幽深，直接将彼时与司马昱之间的种种说了。

如今想来，也难怪司马昱那般笃定他无异心，彼时他久居闭塞的冷宫，长到十三岁便被司马父子控在身边，又遇上司马昱这般人物的"悉心对待"，内心极度贫瘠的他岂能逃脱得了司马昱的百般围猎手段？纵然他后来敏锐地察觉到不对劲，但自小缺乏爱意的他自欺欺人一般忽视了所有，甘为司马昱所控制。

可以说，司马昱对他献祭一般的依附是笃定了的，便连最后他看破那张丑恶的嘴脸，心死如灰，自戕而死，司马昱依旧没有归因于己，只认为他是畏怕赤虎王才这般狠绝。

"不过这样也好，总归他怀疑不到我的头上。"李元悯淡淡道，像是在说一件发生在旁人身上的事情一般。

猊烈静默了半日，轻声道："痴子。"

影影绰绰的烛光有了些缱绻的滋味来。

三月中旬始，京城实施宵禁，一更暮鼓敲响，全城戒严，五更晨鼓后方可开禁通行。

朝局云谲波诡、风声鹤唳，便是京城的普通百姓都闻到了一股不同寻常的大变前的气息，谁都知道，京城马上便要乱了。

三月廿九日，太子李元乾自尽于诏狱。消息传出，明德帝的行宫前更是跪了乌压压的一众太子党官员，百官怒骂司马父子谋逆，哭声震天，更有激进的言官一头撞死在石柱上，以求正道。

御林军统领王昇不敢轻举妄动，只率军僵持着。

辰时，整个行宫被大军层层包围起来，当猊烈出现在这群文官面前时，众人皆骇然。太子麾下两名大将之一的青州军吴琦早已叛变，而眼前这位两江三省的总制却在这样关键的时候转投司马父子麾下。

左相大人赵构惊怒难当，当即跌跌撞撞上前，指着猊烈的鼻子痛骂，却被直接拖了下去，而后千余军士押着一众贵青亲眷进来，人群中顿时起了一阵骚动。

猊烈利目凛冽，威压无形，往前走了几步，冷冷道："想死的，爷定不让你们寂寞，只管报上名来！"

他抬手一挥，喝道："听好了，有自戕者，其家眷皆杀！"

众将士齐齐喝道："是！"

"午时前，尚踞此喧哗者，亦皆杀！"

"是！"

声浪冲破云霄，鸟雀惊得哗啦啦向远处飞去。

猊烈骤然眯起眼睛，一个个看了过去，直到个个文官低下了头，人声鼎沸的大庭渐渐安静了下来，只剩下了妇孺的哭泣声。

与此同时，镇北侯府却是一片宁静，议事厅中，三人正默默品茶。

日上正中之时，一人驾着快马自宫门匆匆往镇北侯府而去，三两下便踏进了议事厅。

"侯爷，太子党羽皆已降服。"

司马忌朗声大笑，胸腔一阵颤动。他已逾知天命的年纪，微微斑白的鬓角却掩盖不住他面上的踌躇满志。

"不愧是猊总制。"

李元悯见状了起来，恭恭敬敬地拜首："恭喜侯爷。"

司马忌眼角仍带着笑意，似是颇为认可李元悯这般谨小慎微的态度，他利目微微一眯，别有意味道："同喜啊，三殿下。"

李元悯自是会意一笑，替司马忌面前的空杯满上了茶。

一炷香后，司马昱携李元悯拜别司马忌，二人从议事厅中走了出来。

司马昱垂眸瞧了瞧李元悯的侧脸，嘴角含了笑："总算一切顺利。"

"是啊，真好。"李元悯笑了笑，垂下双眸。

微风吹过，一片桃花瓣飞来，落在了李元悯的肩上。

司马昱心间一动，抬手捻了，轻轻放在掌心，问道："陪我下一盘棋可好？"

李元悯笑着回道："好啊。"

轻烟袅袅，自雅致的香炉逸出，书房内对坐着二人，皆是俊美非凡的人物，端得是仙人对弈。

司马昱摇头叹道："八年不见，你这棋艺倒是长进了很多。"

李元悯笑笑不语。

见李元悯神色松快，司马昱心间亦是放松不少，念及一事，他落了子，低声说道："后天……你有个准备。"

见司马昱面色慎重，李元悯执子的手微微一滞，又放了下去。

"好。"

后天，便是明德帝驾崩的日子，亦是司马父子扶他上位的日子。

李元悯静默半晌，突然道："我想进宫见一见他。"

司马昱皱眉："阿悯，莫要徒生枝节。"

李元悯摇了摇头，叹了口气："这个面，我必须要见的。"他抬眸看着司马昱，"这算是我唯一的条件。"

司马昱目中幽深，心中有着不悦，但最后还是温声道："好。"

李元悯朝他微微笑了笑。

从书房出来的时候，司马昱追了上来，递给李元悯一本书，是李元悯最喜欢的一本游记。

"带回去吧。"司马昱柔声道。

李元悯很惊喜，小心翼翼地摸了摸："谢谢你了。"

倪英扶李元悯上了马车，当帷帐放下的那一刹那，他将手中的书册无谓一般丢在一旁。

他冷冷一笑，合上眼睛。

那厮又做出这样一副情深义重的样子，手段更比彼时多了几分老练，若非自己早已看透他的本质，岂能不心软一二。

如今，他们二人早已是逆转了形势，只司马昱不知而已。

也是如今，李元悯才知道猊烈手上的情报网已是渗透各处。

彼时，赤虎王即位后，因要安置前朝官员，他彻查了无数人，自也是掌握了不少朝中官员的机密要害，所以，在司马父子的视野外，许多官员早已被猊烈所牵制。

便是连明面上司马皇后麾下的大内总管王喜，亦为猊烈所控。

也正是因为如此，他才知道了太子落马的真正秘密——

那个与赵淑妃私通了二十余年的男人，并不是巡防营副都督杜岩，而是镇北侯司马忌。

赵淑妃进宫之前便与司马忌两情相悦，后明德帝为平衡朝堂，纳了赵氏女为妃，可到了最后，在司马皇后的助力下，那赵淑妃却成了司马忌扳倒太子的关键一环。不知这一步，司马忌是什么时候决定的，更不知那赵淑妃到了最后一刻，知不知道那个纠缠了二十余年的男人的真正面目。

当真是有其父必有其子。

李元恫想起这对父子，心下又起了一阵冰冷污黏的感觉，叫他浑身不适。

这两天，京城又发生了四五起流血事件，纵然背后有着惊天的内情，但很快，事件便在重重镇压下悄无声息地平息了。

御林军换帅，朝堂人事调动频频，明面上，京城已沦为司马父子的一言堂。

四月初一这天，与彼时一般，是个阴沉沉的天气。

李元恫身着白蟒箭袖，腰缠玉带，头束紫金冠，他神情肃穆，倪英为他披上了大氅。

门"吱呀"一声，猊烈沉步走了进来。

倪英见状，便找了个由头退了出去。

猊烈的目光一直都未离开过李元恫，半晌才慢慢地走了过去："准备好了吗？"

李元恫问道："我这样会不会太过意气用事？"

猊烈笑了笑，没有直接回答他，只低声道："王喜已将乾元殿诸人替换成了我的人，宫中一切我皆已安排好，你只管做你想做的。"

猊烈安抚似的拍了拍李元恫的背："去吧，去做个了结。"

原来他都知道的，李元恫喉结动了动，却是一句话都说不出来。

恢弘的乾元殿，衬着灰色的天空，显得有一丝的晦涩，李元恫看了看那龙飞凤舞的匾额，心下想着，自己已经有很久没有见过父亲了。

他深深吸了一口气，他在御前太侍的引领下，踏进大殿。

殿内静悄悄的，镶金兽首铜炉里烧着银炭，淡淡的龙涎香萦绕四周，一切显得那么光鲜明亮，然后李元恨却从中嗅出了一丝腐朽的气息。

他顿了顿，很快提脚进了内殿。

内殿没有任何宫人侍奉，只剩下明黄的龙床上躺着的一个人。

那个曾高高在上的帝皇此时已没有了往日的威严，只像一个普通的垂暮老人，已是风烛残年。

他喉间发出一股奇怪的声音："水……来人……水……"

李元恨站在那儿片刻，替他倒了杯水，送了过去。

明德帝面色已是青灰，双颊深深地凹陷进去，他借着李元恨的手艰难地喝了几口水，正要斥责，那双混浊的眼珠子在视及李元恨的脸时，一下子怔住了。他干裂苍白的唇抖着："姜……姜姬……"

李元恨静静地与他对视。

很快，明德帝眼中的迷茫尽去，眼神渐渐冷了下来，变成了李元恨熟悉的憎恶、怨毒。

"原是……你这孽障！你怎么没死？"明德帝紧紧盯着李元恨的脸，胸膛起伏得越发厉害，他眼神蓦地一冷，"王喜是你的人？！"

话毕，他再也支撑不住，倒了下去。

李元恨叹了一口气，掸了掸衣摆，站了起来，面无表情地看着对方挣扎。

明德帝挣扎着，终于拉着帷帐勉强半坐了起来，声嘶力竭地喊着："来人！来人！王喜——"

他的声音飘荡在空荡荡的大殿中，没有一个人回他。

李元恨道："父皇想做什么？不如吩咐儿臣，儿臣乐意代劳。"

明德帝咬牙切齿："滚！"他深深吸了一口气，像是拼尽了全力，大声吼道，"来人！"

回应他的依旧是空寂的大殿里的回音。

明德帝再也支撑不住，浑身瘫软下来。

李元恨看着明德帝歇斯底里的模样，心底早已没有了往日的畏惧。他走近了几步，一把抓住明德帝的手，眸中闪动着一丝冷光："莫非父皇想命人拿来一杯鸩酒吗？还是一条白绫？"

明德帝浑身一震，不可思议地看着他。

李元悯目色越发冰冷，深深吸了一口气，说道："可惜，迟了。"

明德帝混浊的双目骤然圆睁，想推开李元悯的时候，李元悯已重重地松开了手，明德帝整个人跌到了榻上。

"司马忌！"明德帝双目血红，整张脸扭曲着，只发着剧烈的气音，"这老匹夫……"

李元悯大笑，似是乐不可支一般。

明德帝从未见过李元悯这般模样，双目越睁越大。

李元悯俯下身，凑近了来："他不过是我的一块踏脚石罢了，相信吗，我的父皇？父皇？呵，我能这般唤你吗？可你何曾一天当过我的父皇？"

他缓缓站了起来，面上已恢复了平静，轻叹一声："我无父无母，怎会降生在这个世上？可我分明便是这般无父无母。"

他曾常常觉得自己在这个世上太过飘忽，天地之大，他竟找不到归处。

幸好，他总算找到了另一只孤兽……他总算有了归处。

榻上的明德帝怒得脸面已经呈一种濒临涨裂的紫黑色。

李元悯长长叹了一口气，彻底地平静了下来，淡淡道："李盛偓，你永远不知道你欠了我什么东西。

"不过，我也不要你还。

"我嫌弃。

"我会用你给我的这具身体，自己取。"

明德帝喉头怪异地"咕噜"一声，眼中最后一丝的光亮也消失了，整个人以一种畸形的姿态僵在那里，半晌，他的手重重地垂了下来，一下子委顿在榻上。

李元悯坐了很久才站起来，连看都没有看一眼榻上之人，只摇摇晃晃地走出了行宫。

推开宫殿大门，夕阳挣脱了乌云的桎梏，刺目地洒在李元悯的面上，在那无限光明中，他闭上了眼睛。

初武廿九年四月初一，明德帝驾崩，这个即位二十余年，在位期间无功无过的帝王，终于走完了他最后的时光。

第二十章 ◆

冬至，是黑夜最长，白昼最短的一天，当这一日过去，也便
代表着最漫长的黑夜过去了。

国不可一日无君，未免朝局动荡，三皇子李元悯奉先帝遗命灵前即位，
消息一出，举国哗然。

因这位三皇子乃不祥之身，如何能得登大宝？畏着司马家的赫赫权势，
百官岂敢口出妄言，但消息传到了民间，物议沸腾。

时临大丧，京城一片缟素，在这样白色的汪洋中，风波不宁，暗涌浮动。

然而到了四月初十，事情开始有了转机。开元寺的主殿里，恢弘的南
无燃灯上古神佛像居然碎裂开来，轰然作响，大殿烟尘茫茫，惊得香客四
处逃窜，待碎片尽脱，原先的佛座上竟现出一座偌大的观音像，手持净瓶，
脚踏莲花座，慈悲地俯瞰众生，面目竟与三皇子颇为相似。

不仅国寺如此，北安各地的寺庙皆有此神迹，观音慈悲，以佛身度人，
三皇子为观音转世的说法不胫而走。

初武廿九年四月十九，明德帝三子李元悯在权臣司马忌的扶持下登基，
改元建制，年号暨和。

登基当日，绵延多时的阴雨天气骤然放晴，如同神迹一般。

肃穆的古钟敲了九九八十一下，李元悯在礼官的扶持下，头顶着厚重
的冠冕，身着繁复庄严的帝王冕服，一步一步地登上了高台。

百官叩伏，山呼万岁。

北安朝的第十五位皇帝朝元帝就此登基。

猊烈亦是跪在了百官的行列当中，他看着那个端方贵重的皇帝，重重
地叩伏下去。

为他这唯一的主子。

暨和元年初夏，瓦剌大将良哈多打着为国主也先复仇的旗号，趁着新

君方立、朝局不稳的时机，连同鞑靼王庭，集合八十万大军，浩浩荡荡挥师南下。

肃宁都督林酰领兵抗敌，四月末，肃宁破，林酰殉国。

猊烈临危受命，敕封定远大将军，提立二品军侯，发兵应战。

宫门启开，一路上太侍宫女纷纷问安让行。

司马昱意气风发地进了寝殿。

明亮的灯烛下，身着明黄色绸衣的新帝正在灯下翻阅着书册，他神情淡然，似乎此时的周遭与他皆无联系一般。

司马昱心间微微一凝，不知为何，他总有些不安，很多时候，他觉得有点不认识眼前这个人。

但他说不出来是哪里变了。

心念一动，他突然想起来，是那双眼睛，那双含水的眼睛看着他的时候不再有彼时那般晶莹剔透的感觉，而是一片淡宁，如温水一般，他也会朝着他笑，但始终都是那般淡淡的。

司马昱转念一想，终究是亏欠了李元悯良多，想来他心灰意冷也是有的，不过自己会慢慢来，直到他心间那层薄薄的护甲再次卸下。眼前这人，自己再了解不过了，不是吗？

司马昱心下一定，提步上前。

"陛下，龙体要紧，莫要看坏了眼睛。"

李元悯抬起头来，淡淡笑了笑，将手上的书丢在一旁："你怎么来了？"

司马昱暗忖片刻，没再铺垫，径直道："今日午后与侯父谈及边疆局势之际想起这定远大将军，陛下往后打算如何安置？"

李元悯面色无异，笑着道："一切但凭侯爷安排。"

司马昱心下安了，软声道："此子狼子野心，这次虽自小归附于你，但总归留着不放心。"

他窥了李元悯一眼："本担心你不肯。"

李元悯无谓地笑了笑："当初救他，也不过想改掉他的叛将命数，好叫我得以苟活罢了。"

他顿了顿，眼角露着些怜悯："但多多少少伺候我一场，到时候别做得太难看便行了。"

听他这么一说，司马昱大大地放心下来，温声道："知道你一向心软，放心，至少他算是有功劳的。不过也不急，这场仗要打上三年，倒不急着考虑这问题，只是先与你说说，让你有个准备。"

李元恽点点头："知道了。"

他嘴角微微扯了扯，站了起来，将桌案上的册子放置在几架上："看了半日的书，倒是乏了。"

司马昱看见了他眼下的倦色，想着这些日连着下来的大丧、登基祭典，他这身板确是遭不住，便柔声交代了几句，告退了。

待人走远，李元恽慢慢地抬起眸子来，里面一片冷光。

一阵细碎的脚步声传来，倪英从外头进来了，她一身御前宫女的打扮，手上端着一碗安神汤，放在桌案上，利落地布上羹勺。

李元恽看着她的动作，心间微微一酸。他原先想让倪英回岭南，不必束在深宫中的，然而倪英不肯。如今她敛了性子，越发谨小慎微，俨然已成了李元恽的一大助力，但李元恽每每想起当初那个活泼明艳的少女，终究是心酸不已。

倪英悄声道："陛下，不相关的宫人皆被遣走了。"

这宫中的人，皆已被王喜替换成猊烈的人了。

李元恽点了点头，展开双臂，让倪英卸去发冠。

新帝登基一个月后，敕封镇北侯司马忌为摄政王，并于龙椅旁设座，与新帝一起受百官叩拜。

不到半月，内廷便出了十余道调令，人事变动频频，原太子党官员贬谪的贬谪，罢官的罢官，一应换上司马父子的亲信。

朝元帝几如傀儡，凡是司马父子所请，皆御笔朱批应了，偌大的北安朝堂，已经沦为司马家的天下。

转眼间到了六月末，前线传来战报，定远军击败瓦剌、鞑靼大军，主帅猊烈更是率大军一路乘胜追击至漠北平原，俘获瓦剌王子吐乌、鞑靼左右贤王，敌军全线溃败。

这场彼时打了三年的仗，这次却仅仅打了不到三个月。

捷报传入京城，举国欢庆。

疆北大捷的消息无疑让新帝的威望上了一个台阶。

瓦剌、鞑靼八十万精壮铁骑在连下凉州、肃宁、陕北三地之后，一路势不可当，兵临京城之际，却在三个月内被定远军尽数荡清，这简直是个神迹，民间欢腾，朝元帝乃观音转世之说更是愈演愈烈。

可这样的好消息，却在一个人心间掀起惊涛骇浪。

深夜，镇北侯府。

议事厅中的下人被清得一干二净，连心腹近卫都被遣退了，在外围层层把守着，不准任何人靠近。

里头传出一阵杯盏碎裂的声音，众近卫面面相觑，但因镇北侯有令，任何情况皆不允许靠近，故而所有人只守在原地，并不敢轻举妄动。

议事厅内，摄政王司马忌面目惊怒，他胸膛剧烈起伏着，沉声道："昱儿，此事干系重大，你万万不可有半句妄言。"

司马昱面色苍白如纸，一一将发生在自己身上的事情说了。

司马忌愈听愈心惊，如此怪力乱神之事，岂能轻易相信？然而以自己对独子的了解，他断断不会胡言，何况，他所述之事，桩桩件件都解答了自己诸多的疑问。

那良哈多何等人物，瓦剌第一大将，从未有过败绩，那只凶兽便是天生神勇、天赋异禀，若非洞晓先机，也断不可能在面对八十万精壮铁骑之时，赢得如此迅速。

纵然司马忌如此城府，思及深处，也不由得变了脸色。

"朝元帝呢？"司马忌追问道，"他可有如此境遇？"

司马昱艰难道："他亦是……"

司马忌顿时气急，狠狠一掌甩在司马昱脸上，叫他一个踉跄扑在一旁的案几上。

"糊涂啊！"司马忌恨铁不成钢，骤然疾行几步，一把抓住司马昱的衣襟，"为何不早说？为何？！"

司马昱痛苦地闭上了眼睛。

知子莫若父，三两下司马忌便探得他的想法，简直怒不可遏："没用！没用！这世道，那些劳什子情爱算什么，只要天下落在我们手上，你要什么人拿不到？"

自家这个孩儿旁的什么都好，除了多情，他竟喜欢上一个小门小户的上不得台面的女子。司马忌本打算借着朝元帝之手除了那林家女，没想到还未着手，那林家便传出小女落水而亡的消息。

司马忌原本还想着天助司马家，可这会儿是愈想愈心惊，念及个中种种，这怪力乱神之事，也容不得他不信了。

那掖幽庭之奴想必确是恢复记忆了，连那贱姬之子也一般命运，想必早已是沆瀣一气，狼狈为奸了，他必得早做好打算！

司马忌立刻镇定下来，微眯着眼睛道："如今旁的也不说了，我便问你，林家那个女子藏在哪里？"

司马昱泪流满面，再不敢欺瞒，重重一跪，将一切说了出来。

司马忌捏紧了拳头："好，这才是我司马家的好男儿。"他像是想到了什么，利目微微一眯，"还有那朝元帝究竟……"

司马昱心下乱了起来，突然想到了李元悯淡淡的眼神，一团乱麻中更是生了些恐惧，但恐惧什么，他也说不出来，只重重地拜首："父亲，孩儿知道怎么做了。"

七月初，定远军班师回朝。

朝廷于宣武门举行了盛大的犒军仪式，朝元帝登上了耸立的高台，亲自犒赏这数十万为北安而战的定远军将士。

京城百姓倾巢而出。

高耸入云的宣武台下人山人海，北安的子民们终于看见了他们的陛下，百姓自发跪了下来，山呼万岁。

呼声撼天动地，久久不散。

朝廷上的风向渐渐有了变化，一道看似坚不可摧的墙正在逐渐瓦解。

七月末，便有参定远大将军各般罪名的奏折不断往上递，什么大不敬、卖官鬻爵之类纷至沓来。

安静的大殿内，李元悯看着案几上摆着的一堆高高的奏折，揉了揉额角。

倪英端来了香茶，轻声道："陛下，摄政王在外面候着。"

这已经是第三日了，李元悯叹了口气："去回一声，朕身体不适，让他先行回去。"

话音未落，门口一阵喧闹，摄政王司马忌推开几名侍卫进来。

见侍卫险些抽刀，李元悯心下叹息，却笑了笑："侯爷来了。"

司马忌年逾五十，但看上去颇是硬朗，只鬓角微微染了霜白，风采不减当年。他这般忤逆犯上，却是轻松笑道："原来陛下在，这些奴婢竟妄自做主，不肯让老臣面见陛下，着实该杀！"

"哦，竟有此等事？"李元悯似模似样地皱了皱眉，宽慰道，"侯爷放心，朕自会问罪。"

"陛下圣明。"司马忌虚虚一拜，"许是陛下平日里好脾气惯了，纵得个个如此忤逆。"

他直起了身，目中跳动着锋利的光芒，意有所指："好比咱们朝中，可多的是这种人呢。"

李元悯微微一哂："有什么话，侯爷但说无妨。"

司马忌冷笑一声，指了指御前那沓厚厚的奏折道："这何须老臣说，参貌大将军的折子都快堆满御前了，陛下再如此偏袒，莫不是要寒了百官的心？"

"侯爷言重了。"李元悯无谓摆摆手，犹自带着笑意，从那一沓奏折里翻出几本来，往案前一丢，"若说偏袒，朕可是不独偏袒一方。"

司马忌眉头一皱，上前几步，匆匆翻阅一本，双目骤然睁大，怒不可遏。

那是江宁省按察使苏樉参他屯田的折子，再翻了几本，大理寺卿赵广禄、右都御史钱观致等几位也在参他的行列，这些都是他一手提拔起来的官员，如何到头来，忘恩负义反咬一口？

司马忌心下剧跳，利目微微一眯，抬头说道："陛下！此间定是有人从中作梗，陛下万万不可相信！"

李元悯语气轻松："朕自不会轻断，手心手背都是肉，朕怎好偏袒一方。"他瞧了一眼那堆折子，笑了笑，"这些糊涂账便搁着吧。"

司马忌再也忍不住，沉步上前，阴沉的眼睛在李元悯身上转了几转，低声道："陛下，老臣看你还是依仗我们的好。"

"什么依仗不依仗，侯爷说得太过了，你们二人皆是朕的肱股之臣，何必就此非彼？"李元悯轻笑着，像是安抚一般，"再说，侯爷如此年纪何必跟年轻人一般计较。"

纵然是司马忌如此城府之人，也不禁怒极，厉声道："陛下！"他面目沉沉，死死盯着李元悯，"莫非陛下要迫得老臣弃暗投明？"

话刚出口，司马忌并没有见到对方的慌乱，眼前人的笑容却是渐渐冷了下来，英挺非常的面上居然带着一股阴寒。

"哦？投谁的明？"李元悯慢慢站了起来，毫不顾忌一步一步走下踏跺来，"朕的大皇兄早已命丧黄泉，而四弟几如痴子，屎尿不知……"

"对了，还有个二哥。"李元悯笑了笑，眼中却是一点温度也没有了，"侯爷猜猜他如今在何方？"

"还是侯爷想着什么宗师旁支？"他笑得更是清冷，"可惜，侯爷，你老了，没法打仗了，何况……"

李元悯顿了顿，走到了司马忌面前，直视着他："你道朕这武威大将军如何打败的良哈多？咱只需透一点错误的消息给那瓦剌安插在宫中的探子，混淆视听，莫说八十万大军，便是百万雄师又有何可惧？"

司马忌双拳紧紧握起，瞳仁微颤。

新帝早已垂下眸子："侯爷不若瞧瞧，这回，侯爷的镇北军中又有多少身在曹营心在汉的。"

他顿了顿，又笑了："所以朕方才说，朕也袒护侯爷，不是吗？"

眼前人只是这么微笑地站着，眼神淡淡的，可司马忌却深深地感到了一股寒意。

他这才意识到，他要拔除的绝非是那只凶兽，而是驾驭那只凶兽的李元悯！

司马忌咬牙切齿，胸中翻滚着滔天巨浪，又惧又怒，恨不得将眼前此子碎为粉末，可最终他咬了咬牙，拂袖而去。

李元恸看着司马忌的背影许久，嘴角微微一扯，冷笑了一声。

他最大的胜算便是他们在暗，司马父子在明。

只要这般，司马父子永远不知自己培植的亲信当中谁已叛离，在草木皆兵、风声鹤唳中不断内耗，直到他们稳稳地把握住了局势。

七月初十，京城骁骑尉谢荀谢老将军突于朝会间为当年的一桩旧案翻案。

因这桩当年轰动京城的谋逆案牵涉的官员众多，一时间掀起轩然大波，本就云谲波诡的朝局乱得像是陷入泥潭一般。

武将们激愤难当，拼命上书要求彻查，可以说，这桩旧案是留在北安众武将心中的一根刺。

当年，大将倪焱谋逆一案审结，发落了大批武将，自此案起，北安将者不上三品，朝间重文轻武的风气更甚，因此案所累，寒族子弟更无机会出头。

倪焱出身寒微，靠着带兵打仗的本事，一路爬上西北大营主帅的位置，在他领兵生涯中，不仅打通了河西走廊，更是将北安的疆域扩至西域，立下了不世之功。他是以虽一介寒族，但凭着战功赫赫，官拜武威侯。

然而初武十一年，倪焱竟与外敌勾结，拱手将南台十六州送给了南诏国。消息传入京城，明德帝大怒，命司马忌彻查此事，后证据确凿，倪焱就地被枭首，其族人男丁年满十六者皆被杀，未满者没入掖幽庭永世为奴，女眷则皆充入教坊司。

倪焱在武将们心中地位崇高，自是大批武将为之喊屈，甚至不顾身家性命为之奔走。如此威势岂能为君者所容，明德帝盛怒，杀了一批又一批的人，直到午门的血都染红了地皮，喊冤的声浪才渐渐平息下来。

北安一朝重文轻武，此案后更甚，文官集团把控的朝堂岂有武将们说话的份，是以一年一年过去了，这桩旧案渐渐地成了定案。

如今，这桩谋逆案又被翻了出来，种种证据表明，当年大将倪焱系冤杀，当年的主审，也就是司马忌更是难辞其咎。

为表公道，此案设在大理寺公开会审，所有证供青天白日下一一呈出。随着愈来愈多铁一般的证人证物的出现，案情已经明朗——司马忌栽赃陷害忠良，提前泄露南台十六州布防图予南诏细作，使得北安大军不敌南诏铁骑，累得主帅倪焱终以通敌叛国之名被冤杀。

虽案件已明朗，但后续却戛然而止，每日的朝会也因此停了。

民间物议沸腾，倪焱作为寒族出身的武将，乃北安开朝以来第一个封侯的寒族人士，居然被如此冤屈。其子猊烈承袭父亲衣钵战功赫赫，却在朝堂上被司马党羽连连打压。这桩桩件件更是让这桩谋逆案的翻案加上了诸多意味，众多寒族子弟纷纷奔走进言，一股自下而上的浪潮裹挟着压抑多年的寒族愿景前进。

朝廷再也镇不住这样要求严惩奸佞、还复清明的声浪，七月下旬始，朝元帝命刑部协同御史台速速办理此案。

八月初，倪焱谋逆一案终于有了结果，然而大内迟迟不公布。

午门乌压压地跪满了人，在猊烈的带领下，寒族之士请愿愈演愈烈，京城屡屡有流血事件发生，局势胶着。

拖一天处理，京城形势便危急一分，待八月中旬水深火热之际，朝廷终于颁布了四道敕令。

其一，褫夺摄政王司马忌之爵位，暂押大理寺，待案卷过了三堂会审，再行公开处置。

其二，恢复倪焱武威侯之爵位，由定远大将军、倪焱之子猊烈承袭，并恢复其宗姓，荫万户，敕封倪焱之女倪英为清河公主，位同皇家女。

其三，由礼部重新拟订武将品阶制度，废除将者不上三品的旧例。

其四，为安抚天下寒族，废除科考旧制。但凡北安子民，无论尊卑，皆可参与科考，不再论身份设置门槛。

因着这场持续了多日的动荡颠覆了太多东西，没有人觉得朝元帝的决议惊世骇俗。

大内昭告天下当日，寒族之士奔走而告，大街小巷皆是笑颜，甚至比起任何一个节日都来得热闹。

三堂会审后，司马忌通敌卖国、诬陷忠良的罪名确凿。司马忌见大势已去，意欲携兵谋反，却被镇北军副将黄岩告发。朝元帝盛怒，判其凌迟之刑，游街示众，以儆效尤。至此，司马党羽一网打尽，其子司马昱下落不明，销声匿迹。

暨和元年冬，武威侯倪烈亲自率军南下，百万大军浩浩荡荡，威势冲天。

南疆的这场战役打了不到半年便大获全胜，南诏国国主亲自携着降书入京。

朝元帝亲自受降，至此南疆战事平息，丢了十余年的南台十六州再复归为北安。

深夜，李元悯速速摊开一份奏折，上面是熟悉的字体。

李元悯抚摸着那一行笔力遒劲的字，心间一阵酸涩。他已经亲自送阿烈上了无数次战场，好在这场南疆战事结束了，在可以预见的未来，阿烈可以好好歇着了。

后日便是祭天的大日子，希望阿烈能够及时回来。

祭天大典这一天是个艳阳高照的好天气，李元悯在数位宫人的伺候下穿上了厚重而庄严的冕服。

有宫人匆匆进来："陛下，废太后又在后宫闹了，说是……"他顿了顿，窥着李元悯的神色将剩余的话说了出来。

李元悯揉了揉眉头，这个一向以贤良出名的司马太后，在这样的关头终于撕下了那副戴了十多年的面具。李元悯也是到了如今才知道她手中沾了多少人命，甚至他生母姜姬之死与她也脱不了干系。

李元悯目中泛着冷光："既是嫌弃伺候得不好，那便遣退容华宫中所有宫人，除了每日一顿粥，旁的不许给，也不得让她出宫门半步。"

宫人得令匆匆去了。

许是司马漪的这一出，令李元悯回忆颇多，御驾路过开元寺的时候，便让人停了下来。

他瞧见了那尊大佛，儿时的他常常卧在佛脚上歇憩，那是他难得几分安生的时候。

他心念一动，便在两个太侍的陪同下，去了西殿。

这西殿冷宫本已无人居住，早已荒芜一片，然而却有嬉笑声从里面传来。

身边的太侍面色骤然一紧，忙朝身后的御前侍卫使了个眼色，十余侍卫严严实实将李元悯护在当中。

李元悯听了会儿，沉默半晌，挥了挥首，让侍卫退下了。

他慢步走上前，推开大门，但见杂草丛中有两个面色痴呆的男人嬉闹，头发乱蓬蓬的，随行的宫人许是偷懒，早已不知去了哪里。

这两人是李元朗与李元旭。

李元朗痴着张脸凑了上去："若你将那不祥之人拉下马来，我便可以当皇上了！"

李元旭不快起来："浑说！你乃姬女所生，岂能当皇上？我才是皇上！"

二人言语不对付，当即打了起来，在杂草丛中滚得一身都是泥。

几位随行的太侍面色惶恐，然而李元悯没有分毫动怒，他面上一片平静，只命人合上门，便往外退去了。

李元悯不知道倪烈究竟用了什么手段才让二人如此，他也不愿多思，只是这一次，恐怕便是他们这名义上的兄弟最后一次会面了。

很神奇的是，他心中没有任何想法，既无恨怨，也无怜悯，好像他们便如这西殿的一草一木似的，不值得他记在心上。

他只是看了看那湛蓝的天空与那慈悲的佛像，心里想着待祭天大典结束，想必就能看见倪烈了吧。

念此，李元悯的心一下子敞亮起来，繁复冗长的祭天大典似乎也没有那般令人心生倦意了。

然而，令李元悯没有想到的是，正是这例行的祭天大典，出了事。

祭天大典于京郊圣山长泰峰举行，历代北安帝王皆要在冬至这一日亲自登上峰顶，在礼官的引导下登上高台，祈天佑民，以求北安全境风调雨顺。

天未亮，山脚下已经围了大批御林军，浩浩荡荡的人马往峰顶出发。这大典烦琐，从祭前五日便开始准备，太常寺卿、礼部侍郎更是数月前便已经着手一应事务。

待倪烈率着曹纲及十余骁勇之士风尘仆仆赶到山脚下时，祭天大典还未结束。倪烈听见峰顶隐隐传来的太和钟肃穆的声响，心下一定，总算赶上了。

山脚下留守的众御林卫纷纷下跪："武威侯！"

倪烈看了看浓雾缭绕的峰顶，与身后的众将士道："赵全、王昇二人随本侯上去，其余人等在这儿候着。"

曹纲忙劝道："侯爷，咱们这几日已是日夜兼程，眼瞧着快近午时，这大典也快要结束，陛下的御驾不多时就要下来了，何不在此等上片刻？"

倪烈摆手道："不必，本侯亲自去接陛下。"

果又是如此，曹纲心间唱叹，却不再有二话，立刻退后。

倪烈解下盔甲，丢给一旁的护卫，交代了曹纲几句，便带着两个随行匆匆往峰顶去了。

曹纲站在原地，看着那高大健硕的背影良久，不由得感慨地叹了一口气。

曾经那个雷鸣电闪的雨夜，这个天生骁勇、反骨铮铮的赤虎王连夜请他到了眼前，告诉了他一个惊天的决定——

"我要助三皇子上位，且此生奉他为君。

"这个决定本将只是告知你一声，不容许你有任何异议，总之，往后他便是你我二人之主，可晓得？"

男人眼中目光坚毅，炙热迫人。

那之后过了好几日，曹纲都未能反应过来。他后来才晓得，三皇子，这个同他一般来自彼时的游魂，竟真的收服了一只逆天的凶兽。

是什么时候开始的呢？曹纲不知道，他唯一能做的，便是助力赤虎王完成这一切。

那高大的身影渐渐消失在山道间，曹纲怅然地深深叹了一口气，嘴角一扯，却是浮出一丝微笑来。

罢了，也算得了另外一种圆满了。

随行们汗流浃背，早已跟不上倪烈的步伐，这山道虽不崎岖，却很陡峭，走得并不轻松，倪烈又急着上山，转眼间便超过二人许多。

倪烈龙行虎步、风风火火，愈靠近峰顶，步伐越发快速起来。

喧嚣渐盛，待迈上最后一级台阶，倪烈终于看到了那巍峨雄浑的天台，他唯一的主子正身着华贵的冕服，高高在上，行三跪九拜大礼，看来大典也几近尾声了。

倪烈站在那里，重重地松了口气。虽是冬日，他的额际上却是热汗腾腾，可心里倒是一片快意——终于赶到了，终于可以亲自迎接陛下下山了。

因着冗长的祭典，百官皆是疲累，连御林卫多多少少也露着有几分不自知的疲态。

朝元帝托起下摆，从高高的天台上下来，他随意抬了下眸子，一下子却是愣住了。

不过只有片刻，他像是没有任何事情发生过一般，神情肃穆庄严地一步一步下了上百级的踏跺，可他眼中却是温情的。

倪烈嘴角一扯，远远地对上了朝元帝的视线，线条冷硬的脸庞也浮起了一丝笑意。

"轰——"

一声撼天动地的爆炸，倪烈眼睛骤然睁大，亲眼看着他的陛下被滚滚烟尘吞没。

在众人尚未反应过来之际，倪烈撕心裂肺嘶吼一声，如虎豹一般急速往天台上冲了去。

接连又几声爆炸，四处浓烟滚滚，天台下的百官终于回过神来，大惊失色！

"不——"

"护驾！"

"来人！护驾！"

……

天台下乱成一团，惊叫声、斥骂声混成一团，御林军从外围突破人群，往天台速速围合而去。

倪烈脑子空白一片，没命地冲进了那股浓烟里。他脑袋轰轰作响，突然传来一阵剧痛，跌跌撞撞往李元恪方才站的方向奔去。

"陛下！陛下！"他惶急地呐喊。

他痛苦地甩了甩脑袋，脚步仍旧没有停下来。

越发剧烈的疼痛袭来，几乎要将他撕碎成两半，倪烈跪跌在了踏跺上。他十指紧紧掐进了发间，额际青筋暴起，仰天发出了一声几乎像是野兽般的嘶吼。

一片混沌中，水波轻漾着，一个瘦弱的宫女姐姐向他走来，宫女姐姐不顾脏污，为像畜生一般的他温柔清洗起来……所有的一切如同水中幻影，隐隐约约地，被蒙上了一层昏黄的光影。

倪烈面色痛苦：“不……”

光影中，十岁的他抱着十三岁的他，月色下，怀中人的声音有了几分脆弱，声音低微得几乎像是这淡薄的月色：“阿烈……”

倪烈目色血红，几乎要滴血一般！

他又看见了那片月，以及夏夜的清风，二人在广安王府的屋顶上行走，清风拂动，画面也跟着浮动。

浓烈的烟尘中，倪烈跪行着，痛苦地用拳头砸自己的脑袋。他眼中滚出了眼泪，艰难地往天台上爬去。

那是一片镜湖，月色下，那人赤着足，翩然向湖边跑去，如同一只舞动的白蝶，“扑通”一声，他们跳进了水里，如两条快活的鱼，追逐着，嬉戏着，最后奔向月下的那座竹林。

如同当年二人牵着手，一起逃离了京城。

愈来愈多的画面疯一般地挤进倪烈的脑海。

倪烈已泪流满面，骤然暴起，仰天长啸：“殿下！”

啸声如巨浪一般冲破烟尘，朝着远方而去。

滚滚烟尘许久未散去，御林卫首领当机立断，命众将士围合整个天台，一路搜寻上去，可没有人找到朝元帝，一路上横七竖八的死尸一一清点过，也无陛下的身影。

冬日的日头不至于炎热，峰顶更是寒上三分，可御林军首领已经汗湿了背，他站在高处不断声嘶力竭地指挥着：“找！那边，还有那儿！给我找！”

　　一个高大的身影越发靠近，是武威侯！御林军首领未及叩拜，对方早已迅速向他身侧奔去。

　　御林军首领从未曾见过倪烈如此可怕的模样——额上青筋暴起，双目血红，他随手抽出一御林卫的佩刀，身形如虎豹一般往白玉石栏外跃身而出，跳进了密密挨挨的树丛中。

　　只听到树丛中传来几声喝，武威侯已挥刀将那树丛劈开，一个半人宽的地道入口出现在面前，未及御林军首领开口，他已纵身跳了进去。

　　御林军首领连忙叫来几位副手，一一分配："何方，你立刻往山下送信，即刻封山，未得到准令前不容许任何人离开这长泰峰！"

　　"是！"

　　"留两百人在此，其余人随我来！"

　　"是！"

　　凌乱的脚步声骤起，众御林军乱中有序分头散去，御林军首领第一个纵身跳下了那地道。随着他的步伐，身后跟随的卫兵一个接着一个跳了进去。

　　这密道曲曲折折，暗无天日，御林军首领吹了火折子才窥见了一点方向，他汗流浃背，眼睛都被汗水给糊了，脚下却是不敢放松片刻。约莫过了两炷香的时间，眼前终于出现了一道白光，他一喜，攀爬着出了地道。

　　长久居于黑暗之中，烈日的白光将他双目刺得难受，半晌，待恍神回来，一座庙宇现在眼前。

　　这里的土质颇为松软，御林军首领窥到了地上凌乱的脚印正是往那庙宇的方向而去，他心间一凛，大掌一挥："围合！"

　　从地道口爬出来的御林军纷纷俯身疾步往那座废弃的庙宇去。

　　御林军首领的一只手握住了佩刀，另一只手擦了擦汗，更是提起了十二万分的精神，然而未及庙门，紧闭的大门里头传来倪烈的大喝："都别进来！"

　　御林军首领心跳如擂鼓，咽了咽口水，手一扬，让众人停在了原地。百余人形成包围圈，悄无声息地将那不大的破庙给围合起来。

　　山神庙内，倪烈双目血红，神情肃穆，胸膛高高起伏着，他面前站着一个人，居然是那消失良久的司马昱。

　　一年多不见，司马昱瘦削得厉害，皮肤黑了很多，下巴上长了些胡楂，早已无当初芝兰玉树的世家公子的翩翩模样，倒像是山里的猎户。他目中阴寒，嘴角却渐渐浮起笑意。

　　"对，不能让任何人进来，进来的话，他可就没命了。"

　　"他在哪里？"倪烈猛然喝道。

　　司马昱没有回答他，伸手进怀里摸了摸，掏出一块虎头形状的玉佩来。

　　倪烈瞳仁骤缩，以几乎看不清的速度一把抢过司马昱手上的东西，这是他娘亲的遗物，那人一直贴身佩戴着。

　　倪烈怒不可遏，一把卡住司马昱的脖子，眼神几要噬人。

　　司马昱却哈哈大笑起来，面上丝毫没有畏惧的神色："赤虎王未免太过轻率。"他目色冷了下来，"我劝你不要轻举妄动为好，这天下至尊的性命可是在我喜怒之间！"

　　鸟雀骤然飞起，扑棱着翅膀从荒芜的墙头飞远了去。

　　倪烈胸膛重重起伏，闭了闭眼睛，终是放开了司马昱。他缓缓吐了一口气，说道："这长泰峰已布下了天罗地网，你再是如何也逃不出了。"

　　他血红狂躁的眼睛渐渐恢复了冷静，微微眯起，看着司马昱："你本已潜逃，若是改名换姓，兴许还可苟活于世了却残生，可你却在这儿巴巴等人上门。"

　　他喉结动了动，将目光凝聚在司马昱身上："司马昱，你的目标分明就是我，又何苦拿捏这些手段？"

　　司马昱的目色渐渐变得怨毒："对，我的目标就是你，两次！没承想我镇北侯府两次皆栽在你的手上！这笔账，你要如何算？"

　　"你想怎么算？"倪烈已经彻底冷静了下来，目光扫视了一番庙宇，"陛下在哪里？"

　　司马昱冷笑道："他自然不在这儿，我怎会让你轻易找到，这可是我最大的依仗。"

　　他顿了顿，笑道："不是吗？赤虎王。"

　　空气安静了下来，只余二人的呼吸声。

　　倪烈突然笑起来，声音朗朗："你是想拿陛下要挟我吗？"

他收起了方才所有的情绪，退后几步，将庙宇的内门也给关上了，再一步一步地逼近司马昱。

司马昱呼吸顿时沉重了几分，咬紧了牙，死死盯着他的举动。

在离司马昱还有几步距离的时候，倪烈停了下来，眉间皆是一片嘲讽："这次可真要感谢你了，替我除了这朝元帝。"

他挑着眉头看了看那紧闭的内院门口，眼中有着肆无忌惮的讥讽。

"原本本侯还在想着如何名正言顺呢。"他仰天一笑，"这不是机会自己找上门来了吗？"

"你——"司马昱咬牙切齿，微眯着眼睛看了倪烈半晌，突然跟着笑了起来。

倪烈渐渐收了笑，也眯着眼看着他。

司马昱的笑容渐渐冷了下来，拍了拍手。听得"吱呀"一声，侧门一开，李元悯嘴中塞着布团，在两个道士的钳制下出来了。

他雪白的脖颈上横着两把刀，可他似乎浑然不在意，眼尾发红，不可置信地看着倪烈。

司马昱使了个眼色，一道士会意，将李元悯口中的布团拔了出来。

李元悯喘着气，怒不可遏："朕竟错信了你！"他咬着牙，眼眶越发红了，"朕怎么会信你这种人！"

倪烈面色铁青！

半晌他又缓和了来，面上勉强带了几分哄慰："陛下，臣方才不过胡诌，叫这贼子分心而已……臣待陛下之心，日月可鉴哪。"

李元悯痛苦地闭上眼睛，显然不再相信他的话。

司马昱见了，忍不住浮起笑意，强自按捺下来："阿悯，我说过的，世上断无一人有我待你之心。"

他阴毒地看了一眼倪烈，又转过头看着李元悯，嘴角不自然地抽动着，扯起一个畸形的笑来："这掖幽庭之奴岂会真心待你？你如今……总算晓得了吧！"

李元悯的眼角分明有着湿迹。

"晓得又如何？"倪烈脸色愈黑，死死盯着司马昱，声音骤然冷了下来，如罗刹般阴寒，"你以为我能让你们走出这道门吗？"

李元悯惊得睁开了眼睛，面色恐惧："你要弑君？"他声音颤抖着，"外头还有御林卫候着，你不怕诛九族吗？"

倪烈哼了一声，手中的刀骤然扬起，地上的一颗石子跟着迅猛飞起，敲在内门上，门闩掉落，死死扣住了门。

他眼神冷冽，如同一只蓄势待发的野兽："弑君？又有谁看见了？别忘了……"又逼近几步，声量骇沉，"死人是不能说话的。"

李元悯已是惊骇到说不出话来，那两个挟持他的道士不由得被倪烈那阎罗一般的杀气震得退后了去。

虽是如此绝境，司马昱却感受到了一股巨大的快意，这是他恢复记忆以来最为爽快的时刻。他居然癫狂地笑起来："阿悯，嘿，阿悯。"

他上前紧紧握住了李元悯的手腕，目光炙热异常："策划这遭之初，我便知道此次怎么的都活不成啦！

"我只想让你晓得，你不该信他而不信我！

"阿悯，记得彼时吗？"

他的神情沉醉，浸在愉悦的回忆里，丝毫没有看见任何危险一般。

"你记得你彼时怎么待我的吗？这辈子……"

他笑了起来，可他来不及说了。

他听见了一个细微的破空之声，然后怔怔地看了一眼破胸而出的血红刀尖。

刀尖滴落着一颗一颗黏腻的血珠。

他晃了晃身子，周围的一切变得很冗长且缓慢，他看见了那只凶兽扑倒了道士，拳头往道士面上一砸，道士顿时满脸开花，如元宵盛放在洪武门的烟花。

另外一个道士不知何时也血肉模糊地倒在了地上。

他还想说什么，却是涌出了一大口血来。

见那只凶兽三两步走到李元悯面前，司马昱嘴角扯了扯："阿悯，别怕，跟我一起死吧，死也要在一起。"

可他却看见李元悯那本该惊惶不已的眼里却是含着欣喜的热泪望着那

只凶兽。

"阿烈！"

司马昱听见劫后余生的李元悯唤那只凶兽。

司马昱已经躺在地上一动不动了，可他的视线一直聚集在那二人身上。

原来，死亡便是这样。

肢体僵硬了，却还可以看见一些东西，只是那些画面越变越模糊，一点一点地失去了色彩。

他从未看过那只凶兽这样温顺，也从未看见过阿悯这样的神态。

那一定不是赤虎王，另外一个也定然不是他的阿悯，到底哪里出了错了呢？

还没等他想明白，他眼中的世界骤然黑暗下来。

地上躺着三具死尸，院中的二人却是紧紧相拥着。

"殿下……"倪烈发出一声轻柔的叹息。

李元悯叫这熟悉的语气弄得浑身都僵直了，怔怔地推开了他，嘴唇动了动，又有点惧怕似的，那样惶恐又无助地看着他。

倪烈想笑，却是两行眼泪下来了。他拿开了李元悯的手，哑声道："殿下，那八年，我都记起来了……"

李元悯笑了两声，却突然怒上心头，一巴掌狠狠地打在倪烈的脸上。他咬着牙，还是不甘心，使了狠劲又打了一下："你去哪儿了？你敢回来！你还敢来见我？"

倪烈任他打，热泪滚滚下来，却是笑着任李元悯发泄着。

一阵风卷过，吹起一地的浮尘。

李元悯打到累极，剧烈地吸着气，额头重重地抵在倪烈的胸膛上。他哆嗦着，再也忍不住，一把抓着倪烈的衣襟号啕大哭，哭得歇斯底里，浑身都在发颤。

倪烈的泪也一下子下来了。

外头的御林军终于破门冲了进来，所有人都看见了他们端方贵重的陛下失态地抓着武威侯的衣襟，哭成了一个孩子，而武威侯的眼角分明也有湿迹。

没有人明白那是为什么。

这两只孤兽，是如何走到如今的，他们都不明白。

众人皆想，陛下约莫被吓坏了吧？

夕阳染红了天际，白云灼烧起来，连破废的庙宇也被涂上了一层金红。天地之大，目之所及皆是绚烂一片，令人目眩神迷。蓦地，一声轻轻的叹息似有若无地散逸于这片天光中，像是一个号子一般，光芒转瞬间便慢慢暗淡下来。

天地万物亦随着这一声叹息笼上了一层朦胧的影子，如镜花水月一般，漾起涟漪一般的虚幻。

相拥的两人消失了，地上的司马昱消失了，御林军们消失了，吐着新绿的枯枝、破败的庙宇……所有的一切碎裂开来，伴随着夕阳的湮灭一点一点地被吞进了黑暗之中，最终，连那最后一点红也不见了。

李元恫想，这大概是他看见的最后一个夕阳了，即便只是一个冗长梦境中的夕阳。

哦，这是一个重生的梦境。

原来如此。

李元恫慢慢闭上了眼睛，在魂识殆尽的最后一刻，忽而想起来，这个圆满梦境的最后一日是冬至，是黑夜最长，白昼最短的一天，当这一日过去，也便代表着最漫长的黑夜过去了。

他一生全无平静的时候，但幸运的是，他死亡的那一刻终于获得了。

即便这份平静是一个死亡前的梦境带给他的，他亦甘之如饴。

番 外 ◆

今生前世 · 梦

　　夕阳吐着最后一丝余温，落在了西山的边际，半边天空都被染红了，一如浮动着的朦胧的红纱缎。不多久，那片带着热的红便慢慢地冷却下来，天地间归寂于一片温吞的幽暗。

　　此时已是宵禁时分，京城的东直门早已落了地石，不允许任何人员进出，然而此刻却有一名年轻的太侍执着天子的御笔亲批匆匆赶来，他与守卫的执金吾一番交流，城门便缓缓开启，一辆朴实无华的马车在太侍的引导下，顺着宫道往后殿的方向急速而去。

　　不多时，马车在内宫外门停了下来，不等宫人来请，一只苍劲有力的手早已径直掀开了帷帐，一张略显焦急的脸出现在面前。

　　是武威侯倪烈，他方从边境归来，一脸的风尘仆仆。他已过知天命之年，然而挺拔壮硕的身体依旧看得出当年武威大元帅踏破漠北平原、封狼居胥的风采，只有微微斑白的鬓角才得以窥见几丝岁月留下的影子。

　　太子李玄靖、二皇子李玄慈早便候在那里良久，见着武威侯来了，当即将人迎进了殿内。清河公主皆已守在那里良久，她目上带着肿胀的红，见着来人，忙拾掇一二，深深吸了口气，起身行礼了。

　　"侯爷。"

　　倪烈早已顾不得礼节，一把抓着倪英的手臂，声音带着一丝几不可闻的颤抖："陛下……可还好？"

　　倪英摇了摇头，睫羽早已沾湿泪水，颤声道："阿兄，快些进去吧，陛下……已经在等你了。"

　　倪烈心下一寒，不再言语，匆匆入了内门。

　　大殿内悄无声息，连在旁侍奉的贴身宫人皆被遣散了去。

倪烈站在那明黄色的垂帐前，像是怕往前踏出一步似的。他戎马倥偬一生，又是这样知天命的年纪，本该看淡一切生死，然而此刻，他却是起了一丝无望的胆怯，像是回到了少年彷徨的年纪。一旁的香炉淡淡浮起了些轻烟，消逝于虚无，他踯躅片刻，终于狠心掀开垂帐进去了。

榻上的人静静躺着，像是睡着了一般，原本冠玉一般的脸面已青灰一片，显然是油尽灯枯的弥留之际。倪烈的脚步从没有这般沉重过，呼吸几乎都要黏滞起来，他使劲吞了吞喉头，才得以让自己哑声唤道：“陛下……”

这一声“陛下”叫榻上的天子终于有了动静，他缓缓睁开了眼睛，艰难地转过头，看见来人，面上居然浮起了一丝柔和的笑意，一如当年很多时候。他轻声道：“是阿烈啊……”

李元悯没有唤他武威侯，没有唤他大元帅，没有唤他爱卿，而是如同儿时一般唤他阿烈，天下再没有第二个人这般叫他了。

堂堂天下兵马大元帅在那一刻突然湿了眼眶，他两三步上前，跪在了榻前：“陛下……”

榻间的天子像是释然一般，嚅动着毫无血色的唇道：“总算……等得及你这一面了。”

他们相互扶持了近三十年，其间的羁绊已远远不能用“君臣”二字来衡量了，他们没有亲缘，却是有着比血亲更深的羁绊。他们是活了两次的人，在这辈子，终于挣得了一个圆满的结局。为了心中的天下，他们鞠躬尽瘁、整饬纲纪，如今天下河清海晏，而眼前的天子也已经熬得心力交瘁，唯剩一把骨头了。

倪烈心间生痛，只恨上天不公，竟叫这般轻易收了他去，只能泣声道：“太子尚小，陛下如何忍心？”

李元悯面上没有一丝忧虑，宽慰道：“命数自有天定，玄靖他……好得很，有你，有曹纲，朕早已安心了。”

他的视线从倪烈的面上移开，落在不远处袅娜的轻烟上，视线放得很远很远，像是透过那阵轻烟看到了旁人看不见的远地似的，喃喃道：“朕此生无憾了……就是彼时……”

他极其轻微地叹了口气：“若是彼时没有将你送出宫……便好了。”

那终究是个噩梦，自己送他出了宫，却叫他变成了那般可怕的为祸人间的凶兽，有时候午夜梦回，难免徒增遗憾。

人对于遗憾的事总是怀着一丝希冀，这点希冀随着岁月的流逝时常断断续续闪回心间，在这般别离时刻更是无端冒了出来。

"幸好……"李元悯叹息着，那失了血色的唇翕动着，"幸好这辈子……"他没有继续往下说，可面容上难免带了几分怅然。

倪烈心间更痛，没有谁比自己更了解李元悯这份怅然的背后是什么，两遭的岁月，自己都受着他的庇护，但彼时，他知自己，自己却不知他，甚至在他悲惨地死在自己面前的时候，心里一丝波动都没有，只冷冷地看着那具目全非的死尸，心间漠然冷酷，可是，那是自己彼时唯一的光啊。

自己竟眼睁睁看着他如此。

倪烈双肩耸动，重重地抓住了李元悯的手："陛下……陛下……"

千言万语皆在这一声声的"陛下"里面了。

李元悯笑了笑，艰难地张了张嘴，又唤了声"阿烈"，嘴角的笑意还未散去，手便垂了下来。

那一瞬间，倪烈闭上了眼睛，将脑袋轻轻地放在李元悯的手背上，如同一只疲倦归巢的孤兽。

他想起了十岁那年二人的模样，两个伤痕累累的孩子相互牵着手，在浩渺的烟波中朝着他们的未来满怀希冀奔去，那时候的他们正站在人生新的起点上，如今这么多年过去了，居然已经到了道别的时候。

"陛下……"倪烈紧闭的眼中滚出两行热泪，一滴又一滴地砸在眼前毫无血色的手上。

蜡烛静静灼烧着，一动不动，似乎要永恒地照耀着这人世间。

倪烈听到了漫天的呼啸声，混杂着湿漉漉的血腥气息，一个劲儿往鼻翼间钻，时光突然变得很缓慢，像是有一摊黏稠的水将他包裹在其间，他晃了晃脑袋，发现自己睁不开眼睛。

做噩梦了吗？

倪烈心间猛然一凛，伸手想抓住什么，却什么也抓不到。

蓦地，他眼前白光一亮——

百万赤虎铁骑踏平了京城，狼烟四起，宫墙溅满了污血，到处皆是杀戮肆虐的痕迹。

风波定，天下变色，赤虎为王。

赤虎军副将曹纲登上了高高的天坛，下首广阔的平台上跪满了降臣。

他居高临下地睥睨着地上如同蝼蚁一般的满朝朱紫，目露讥讽之意："朝元帝呢？"

众官员浑身颤抖，面露惭色，没有一个人敢说话，偌大的天坛，竟然安静得出奇。

不多时，有个大胆冒进的内侍缩着脖子上来："回大人，奴才见那罪人往偏殿去了，是西殿的方向。"

"哦？"曹纲露出赞赏之色，却掩饰不了眼底的讥诮，"带我们去。"

内侍没有看出别的，心下顿时一喜，知道改变命运的机会便在眼前了，当下腿脚也不哆嗦了，连滚带爬站了起来，一路哈着腰给赤虎叛军指路。

曹纲一路疾行，刚要唤人去请在主营中坐镇的赤虎王，却见赤虎王的随行王超匆匆往里面来。

王超看见曹纲，连礼都顾不得行，急道："曹副帅！赤虎王他独自入宫了！"

曹纲一惊："他去做什么？"

王超道："属下不知，赤虎王未交代任何，属下来不及阻拦他便只身往宫里来了，像是赶着做什么一般。"

曹纲倒抽了一口冷气，如今京城局势虽已大定，但到底是暗涌浮动之际，赤虎王本该坐镇大营，怎么这等关键时刻有如此行径？

他忙追问："去的哪里？"

见王超指的正是西殿的方向，曹纲皱了皱眉头，心间闪过一丝不安，更加快了脚步往西殿而去。

一众兵将浩浩荡荡往西殿去了，那内侍难得挣了脸，自然不舍得浪费机遇，当下谄媚地絮絮叨叨："奴才方才看见那罪人鬼鬼祟祟的身影，心里琢磨着怎么都得给大王盯梢着，只看着他进了西殿，一刻不敢耽搁，立马便来禀报了。"

他窥着曹纲的脸色，伸手朝前面一指："贵人，前面便是西殿。"

曹纲抬眸看了眼那破落的宫墙，眼睛微微眯了起来，然后朝身边的随行使了个眼色。

随行心领神会，上前几步至那内侍面前，和颜悦色地笑了笑，问道："你叫什么？"

那内侍喜得不知如何是好，忙道："奴才赵福，原是容华宫的打杂太侍。"

"赵福？"随行点了点头，"你随我来。"

他转过身，将那犹自含着笑的赵福带了下去，不多时，拐角处传来一声惨叫，显然有人已经做了刀下亡魂。

叛军已将这座破落的西殿层层包围了起来，曹纲盯着那斑驳半开着的门，不安越发弥漫上心头。

他带了十余名将士先行进去，命其余人等在原地听候命令。

西殿的杂草已经很高了，几乎已没过人的膝盖，倒伏的草丛现出一条小道来，看着痕迹显然是有人往里面去过。曹纲握紧了腰间的刀柄，朝身后几人挥了几下手势，几人受命分开了来，慢慢朝主殿包抄而去。

"吱呀"一声，西殿的大门被推开了。

曹纲看见了他很多年后都难以忘怀的一幕——

那一身反骨、睥睨天下的赤虎王，如归顺的凶兽一般重重地叩伏在朝元帝面前，地上散落的一把匕首正闪着明晃晃的冷光，照耀在曹纲那张不可思议的面上。上首的朝元帝显然也是料想不到眼前这一幕，他睁大了眼睛，眼神复杂，只怔怔地看着跪俯在地上的枭雄。

身后的将士们陆续进来，谁都没有料得眼前这一幕，众人齐齐屏息，互相看了看，却找不到任何答案。

夕阳的余晖越发热烈地燃烧着。

当夜，曹纲被招进大营之中，高大挺拔的赤虎王背对他站着，许久后才说道："曹纲，不必问本王什么，本王不会回答你，只要你记好接下来的这些话。"

赤虎王转身过来，锐利的鹰目中闪烁着坚定的光芒。

他看着曹纲的眼睛，一个字一个字道："这些事情本王已做好决定，不容你置喙，可晓得？"

曹纲从未听过他如此慎重的语气，心间一滞，觉得十分不安。

"可、晓、得？"赤虎王眯了眼睛，加重了语气。

曹纲喉结动了动，重重跪伏了下去："属下晓得。"

从赤虎王的营帐出来的时候，曹纲有些恍惚，他已经用了最大的定力去消化了方才赤虎王的话。

赤虎王要他继续扶持朝元帝，并此生奉朝元帝为君。

"曹纲，此事本王决计不容你有旁的想法，否则，这天下便无你我共立之处，可知？"

话犹在耳，曹纲叹了一口气，仰天而啸，任随细碎的雨洒在面上。

他乃江南府状元出身，官拜翰林院学士，却因一言之失被四皇子李元旭迫害至家破人亡，沦为一介白身，而今他是令旁人闻风丧胆的赤虎军副帅。他一世浮沉，大起大落，却依旧笑到了最后，男人梦寐以求的热血不外乎如是了。

可以说，赤虎王与他是世间最好的刀与鞘，配合着便是一把劈开浊世，叫乾坤变色的利器，这世间没有人比他们配合得更好，他们有着共同的理想，有着共同的目标，眼瞧着曙光便在眼前，他已经迫不及待大展拳脚了。然而，他们安排的计划突然有了变化。

这计划险些打得他措手不及。

曹纲不明白，可他不会违抗赤虎王。他如今的一切都是赤虎王给予的，他绝对不会跟赤虎王站在两条道路上。

雨水打湿了曹纲，他在心中接受了这份命运。

暨和七年冬，八王之乱终于彻底结束，这场持续了四年的战争致使无数百姓流离失所，生灵涂炭。北安朝廷也历经了翻天覆地的清洗，朝元帝在赤虎大将的助力下终于拔除了司马党羽一族，所有人都在等着这位以"清君侧"为由上位的大将变成第二个把控朝政的司马家。然而脱离了掌控的朝元帝开始一展抱负，成了真正的帝皇，而那只赤虎却心甘情愿成了他手上最锋利的一把刀，替他的天下披荆斩棘，拂去所有不平。

许多年过去了，天下民安物阜、击壤鼓腹，竟隐隐有了一股盛世的意味。

已经没有人再念着那些前尘往事了。

很久以后，依旧在那张龙榻上，年事已高的朝元帝到了油尽灯枯的地步，他艰难地抬起了手，紧紧握住了那北安朝廷护国柱石的手，艰难地唤着："阿烈……"

倪烈连忙靠近了前去，但见朝元帝的面上浮着一丝奇异的光芒。

"阿烈……你一直……一直没有告诉朕为什么……是你当时便认出……朕是那宫女了吗？"

倪烈含着泪，却是笑了，想起了那如在梦中的一世，说："陛下，臣早已经认出来了，早便认出来了。"

不，比那时候更早。

朝元帝听了，感觉十分松快，面上居然带了丝笑意，安然地沉睡了过去。

倪烈原本想继续说的，却在看见了他笑意的一刹那，将后面的话全部吞了下去。

如同彼时一般，他将额头轻轻放在他的手背上，如最虔诚的信徒。

他们是两只孤兽，但幸运的是，两遭他们都相逢了。

这便够了。

后　记 ◆

　　因为父母工作的缘故，我的童年是在某个南方城市的重工业区度过的，所以我的童年记忆总是逃脱不了空气中弥漫着的那股刺鼻的气息。

　　我的学校离住的地方要走上二十分钟，在这条路上，过往的行人可以清晰地看见远处高耸入云的烟囱群。每天放学，我最大的乐趣便是坐在路沿的护栏墩子上，在夕阳的余晖中等候下午五时的一场盛大表演——待五点一到，那些庞大的烟囱便一同向空中排放大量的白色气体，于是天际线便模糊起来，像一幅任人随意泼墨的画，分不清哪里是真正的云朵，哪里又是烟囱造出来的浮幻。那时候的我自然没有任何环保观念，反而在这些大团大团的气体绘就的天空中寻到了一丝寂寞童年里的兴味所在。

　　后来，那条路上开了家书店，于是，下午五点，我终于找到了一个比烟囱更有趣的地方，只要交上五毛钱，我可以自由地窝在那个落灰的角落里许久——那可真是个记忆里无比惬意的地方。那间书店虽然不大，但书的品类很杂，从东西方严肃文学到包装拙劣的言情口袋本，都可窥得一二，于是我像一只饥渴良久的杂食动物，突然掉进了个藏粮丰富的仓垛里一般，陶然忘忧、乐不思蜀。也是在那段时光，我看了很多关于主角之间的救赎故事——两个不完整的人，因为命运的相逢，变成一个完整的闭环，这样的故事太过于迷人。

　　我这个故事的中心词也是"救赎"。

　　救赎是个宏大又深刻的命题，但我的救赎故事里，不过是两只伤痕累累的孤兽彼此靠近，互相舔舐伤口，相濡以沫，再一同抗争命运，并获得胜利的俗气故事。但我依旧喜欢这样的俗气，所以这个故事的开端看似狗血而残酷，但其实它的底色是温暖的。

　　李元悯身为皇子，本该有享不尽的荣华富贵，却因为不祥的命格，两次皆被代表父权、皇权的皇帝放逐，同样的，叛将之子猊烈也遭到了不公命运的放逐，两个有着悲惨命运的人就这样相遇了。

他们是两个性格截然相反的人，如果说李元悯是水，那么猊烈则是火。

李元悯如水一般温柔而强大，他儿时备受欺辱、漠视，但这些黑暗污湿并没有将他同化成一个恶人。他柔在外表，内心却是强大的，所以，他在他与猊烈之间承担了一个救赎者的角色。与之相反，猊烈一副暴躁刚强的皮囊下，却有着一颗柔软而敏感的心，他看似漠视憎恶一切，不允许任何人靠近，却依旧轻而易举地被李元悯流露出来的善给收服。

所以，他们是一对看似对立，但绝佳契合的伙伴。他们没有血缘关系，却依旧有着比血缘更深的羁绊。这种羁绊自然是相互的，谁能说在他们共同的人生历程中，李元悯没有被那只躁动的猛虎救赎呢？

是的，归根到底，他们是相互救赎的。

写这个故事的开端，我一直游离在一种上帝造梦的恍惚之中，但写到最后，我的心底是踏实而暖和的，并在某种程度上，我愿意相信他们是真实存在的，就像我愿意相信人与人之间是有着或深或浅的羁绊一样。这种羁绊不以血缘、功过、利益来衡量，因为是你，由于是你，仅此而已。

我希望看到这段文字的你都可以遇见心中的李元悯，或者心中的猊烈，然后在某个无意的瞬间，被一点一滴地、悄无声息地修补齐了心间的某处缺损。

因为是你，由于是你。

仅此而已。

以上。

止宁
写于 2021 年的春末